宫本武藏

MIYAMOTOMUSASHI

风之卷

〔日〕吉川英治 著

王维幸 译

南海出版公司

新经典文化股份有限公司
www.readinglife.com
出　品

目录

风之卷

3　　　枯野见

27　　　活高手

43　　　夜道

54　　　两个小次郎

78　　　二少爷

99　　　死路一条

110　　慈母悲心

132　　锹

142　　商人

161　　春雪

176　　雪响

198　　今样六歌仙

214　　焚牡丹

223　　断弦

231 忧春之人

245 沉香之姿

260 门

284 明日待酒

296 必死之地

309 一个月亮

320 木魂

342 离散之雁

353 生死一路

366 雾风

380 菩提一刀

397 乳

407 蝶与风

416 道听途说

425 连理枝

436 送春谱

448 女瀑男瀑

风
之
卷

枯野见

一

丹波大道的长坂口已经遥遥可望。如白色电光一样透过行道树射入眼睛的，是留在山凹间的残雪。那山脉象征着丹波边境，耸立在京都西北郊。

"点火！"不知谁说了一声。

虽说已是初春，不过今天才正月初九。衣笠寒冷的山风大概把小鸟冻坏了，旷野中的鸟鸣声听起来令人心碎。人们只觉得似乎连鞘中的刀都在嗖嗖地向腰部吹着寒气。

"这火着得可真好。"

"火焰在乱窜，小心点，否则会引起山火的。"

"用不着担心。就算再怎么烧，也烧不到京都。"

在荒野中点起的火噼噼啪啪地燃烧着，把四十多人的脸烤得发烫，长长的火舌甚至要舔向那朝阳。

"热，热！"这下子人们又喊起热来。

"够了。"植田良平阴沉着脸，朝添柴火的人呵斥道。

吵吵嚷嚷间，时间已经过了半刻。

"不久就过卯时了吧？"有人问了一句。

"是吗？"众人不约而同地扬起脸望望太阳。

"卯时下刻马上就到了。"

"怎么回事啊，小师父？"

"应该马上就来了。"

每个人的脸上都流露出一种紧张感，众人不由自主地沉默下来，眺望着市郊的大道，屏息凝神，紧张地等待着。

这时，不知何处响起了牛的长嘶。这里曾是皇宫的牛场，又称"乳牛院遗迹"。看来这里至今仍放养牛，太阳一高，四周便弥漫起枯草和牛粪的气息。

"也不知武藏去没去莲台寺野？谁去看一下？莲台寺野离这里只有五町远。"

"去看武藏？"

"对。"

没有一个人敢说去看，大家都在烟霾后沉着脸不作声。

"可是，小师父去莲台寺野前应该会先在这里准备一下，再等会儿看看吧。"

"该不会弄错了吧？"

"昨晚小师父确实是如此交代植田师兄的，不会有错。"

植田良平证实了同门的话："没错。武藏或许已提前到达约定的地点，但清十郎师父可能想先使敌人急躁，所以故意迟到一会儿。如果我们鲁莽行事，暗助师父，传扬出去将严重损害吉冈一门的声誉。对手不过是一介浪人，大家少安毋躁。在小师父英姿飒爽地来这儿之前，我们只须像树林一样静观。"

二

这天早晨，从数量上看，这些汇集到乳牛院的人只不过是吉冈门下的一小部分，但高徒植田良平来了，自称京流十剑的高徒也来了半数，可以说，四条道场的骨干力量几乎都来了。

清十郎前一晚就已吩咐所有门人：一概不许帮忙。虽然所有门人都没有将武藏轻视为不值一提的对手，但他们也从未想过师父清十郎会轻易败在他的手下。师父必定会赢——大家都如此认为，只是还抱着"万一"的准备而已。既然已在五条大桥上竖起告示牌，公开宣布今天的比武，那就要大展吉冈一门的威容，顺便还要向世间大肆宣扬一下清十郎的名字。因此，门人们自然都十分卖力，全都汇集到离莲台寺野不远的这片荒原，翘首等待不久后即将经过这里的吉冈清十郎。

可是，也不知清十郎怎么了，始终不见他的身影。众人望望太阳，卯时下刻眼看就要逼近了。

"奇怪啊。"三十余人不禁嘀咕起来，难以按植田良平训诫的那样保持静观。而看到乳牛院荒原的吉冈门人便错把这里当成比武地点的围观者也不禁议论起来："怎么回事，这比武究竟——"

"吉冈清十郎在哪儿？"

"还没看到啊。"

"那个什么武藏呢？"

"好像也没有来。"

"那些武士是干什么的？"

"大概是给其中一方帮忙的吧。"

"这算什么事！光是助阵的来了，最关键的武藏和清十郎却都不来。"

人越聚越多，看热闹的人络绎不绝地朝这里涌来。"还没开始？哪个是武藏？哪个是清十郎？"

人们吵嚷起来。虽然没人敢接近那些吉冈门人，可乳牛院荒原的各个角落，无论是茅草丛中还是树枝上，全都挤满了人。

就在这时，城太郎走进人群中。只见他腰佩一柄比身体还长的木刀，穿着大号稻草履，吧嗒吧嗒地走在干燥的土地上，扬起阵阵灰尘。"没有啊。"他东张西望地扫视着人群，在荒原周围转来转去，"怎么回事？阿通姐不会不知道今天的事……从那以后，她也没再去过乌丸大人的府邸。"他寻找的倒不是武藏，而是一直担心武藏的胜败、今天肯定会来这里的阿通。

三

女人们即使小指受一点伤，也会吓得脸色苍白，却会对残忍或血腥的事异乎寻常地表现出不同于男人的巨大兴趣。总之，今天的比武让整个京城里的所有眼睛和耳朵都兴奋起来。看热闹的人中有相当一部分是女人，甚至还有些女人携手而来。可是在这些人中，城太郎无论怎么找也看不见阿通。

"奇怪。"城太郎都转累了。莫非从在五条大桥分手的那一天起，阿通姐就生病了？他胡乱地猜测着，甚至更加大胆地想象起来：那个阿杉老太婆说得倒是好听，可她会不会是欺骗阿通姐，背后有什么阴谋呢？想到这里，城太郎越发不安。这种不安甚至远远超过了对今天比武结果的忧虑。其实，城太郎一点也不担心比武的胜负。

数千个看热闹的人挤满了荒原，等待比武的开始，他们似乎都坚信吉冈清十郎会取胜，只有城太郎一人对武藏坚信不疑：师父必胜！如今，武藏在般若坂力敌宝藏院众人之枪的飒爽英姿又浮现在他的脑海。师父岂会输掉？就算是所有人一起上……就算把聚集在乳牛院荒原的吉冈门人也都算作敌人，他也仍坚信武藏的实力，所以在这方面他倒没什么可担忧的。但阿通没来与其说让他失望，毋宁说让他担心：阿通姐不会出什么事吧？

从五条大桥上分别的时候，阿通曾说如果有空，她也会去乌丸大人的宅邸，让城太郎拜托那边再住些日子。可是从那以后已经过了八天，无论是正月的头三天，还是正月初七的七草节，阿通一次都没来。出了什么事呢？从两三天前起，城太郎就有些不安，尽管在今天早晨来此之前，他还怀有一丝希望。

　　城太郎呆呆地望着荒原正中央。围在篝火周围的吉冈众门人被淹没在从远方拥来的数千围观者中，他们仍在虚张声势，但由于清十郎仍未到来，看起来有些萎靡不振。

　　"奇怪，告示上明明写的是莲台寺野。比武地点是这儿吗？"

　　只有城太郎忽然怀疑起这一点。正在这时，从他身边拥过的人流中，忽然有人狂妄地喊了起来："小鬼！喂，喂！往那边走的那个淘气鬼！"

　　城太郎回头一看，觉得有些面熟。那不是八天前的元旦早晨，在五条大桥畔大笑着嘲讽与朱实说悄悄话的武藏，而后离去的佐佐木小次郎吗？

四

　　"什么事啊，大叔？"尽管只见过一次面，城太郎的语气却十分熟络。

　　小次郎挤到他身边，还没开口说话，便先从头到脚打量起他来，这是他的习惯。"上次在五条大桥见过面吧？"

"大叔你也还记得？"

"你当时是和一个女人在一起吧？"

"啊，与阿通姐一起。"

"那个姑娘叫阿通啊。她与武藏有关系？"

"算是吧。"

"是堂兄妹？"

"不是。"

"那是什么？"

"是喜欢。"

"谁喜欢？"

"阿通姐喜欢我的师父。"

"是恋人啊。"

"不是。"

"这么说，武藏就是你的师父喽？"

"嗯。"这一次，城太郎十分自豪地点点头。

"哈哈，所以今天你也来了？可是清十郎和武藏都还没有露面，看热闹的都很焦急啊。你一定知道武藏在哪里吧？他已经从客栈出来了吧？"

"不知道，我也正在找他呢。"

这时，身后传来两三个人哗啦哗啦跑过来的脚步声。小次郎鹰一般的眼睛立刻望过去。

"那不是佐佐木先生吗？"

"哦，植田良平。"

"你怎么在这儿？"良平仿佛终于抓到似的一把握住小次郎的手，"你从年底就忽然不回道场了，小师父还以为出事了呢，天天挂念你。"

"就算其他日子不回去，只要今天来不就行了？"

"是啊。不过，先请到那边一叙。"良平及其他门人客气地将小次郎围起来，簇拥着将他引到他们聚集的荒原中央。

一看到身背太刀的小次郎的华丽装束，围观者的眼睛顿时都睁大了。"武藏，武藏！""武藏来了。"众人窃窃私语。"哦，他就是宫本武藏。""唔……看似是个讲究穿戴的人，但看上去并不弱嘛。"

被留在原地的城太郎看到周围的大人们都信以为真，便拼命地纠正："错了，错了！武藏先生怎么会是那种人呢？怎么会是歌舞伎少年般的打扮呢？"

不过，就连那些听不到他纠正的围观者观察了一阵子后，似乎也觉得不对劲。"怎么回事？"他们也开始纳闷。

走到荒原中央的小次郎往那里一站，仍用他那一贯的傲慢态度斜视着吉冈门下的四十多人，似乎开始了演说。植田良平之外的御池十郎左卫门、太田黑兵助、南保余一兵卫、小桥藏人等所谓的十剑对他的演说一脸不满，全都愤怒地阴沉着脸，用可怕的眼神瞪着小次郎那上下翻飞的嘴唇。

五

佐佐木小次郎对众人说："武藏和清十郎都还没有来，这可以说是天佑吉冈家。诸位最好各干各的，赶紧回道场。"

光是这些就足以让吉冈的门人们激愤不已，不过小次郎似乎还觉得不够，继续说道："我的这番话，对清十郎先生来说，当是最大的帮助了。对于吉冈家来说，我就是天降的预言者。我敢断言，一旦动起手，尽管说起来很可怜，但清十郎先生必败，必会因那武藏而丧命。"

一听这话，吉冈的门人怎么能再忍气吞声。植田良平等人面如土色，对小次郎怒目而视。十剑中的御池十郎左卫门终于忍耐不住，还没等小次郎再度开口，便一下冲撞过来。"你说什么？"他说着把右肘抬到两人的脸之间。不用说，他摆出这个神速拔刀的架势，自然是想给小次郎点颜色瞧瞧。

小次郎微微一笑，露出酒窝注视着他。小次郎身材高大，就连那酒窝似乎都透着股傲慢的鄙视。"生气了？"

"当然。"

"那失礼了。"小次郎将话题轻轻岔开，"那我就不帮忙了，只能说一句你们随便了。"

"谁、谁让你来帮忙了？"

"从毛马堤把我迎到四条道场的时候，究竟是谁逢迎取悦于我的？难道不是你们，还有清十郎先生？"

"那只是待客之道而已，你还得寸进尺了！"

"哈哈，算了，就算我在这里与你们蹭出点比武的火花也没用。事后可别后悔没有听我的预言啊。依我亲眼比较，清十郎先生百分之九十九没有胜算。今年正月初一的早晨，我曾在五条大桥畔见过武藏，我当时就觉得清十郎先生不是他的对手。在我看来，你们亲手在桥头竖下的比武告示牌，就像是亲笔写下的吉冈家衰亡的报丧牌。只是当局者总是不自知啊，这或许就是人世的常态吧。"

"住、住口！你是借这场比武来向吉冈家泼冷水的吧？"

"连别人的好意都不能诚心接受，这原本就是霉运之人的劣根性。随你们怎么想。但不用等到明天，过一会儿，就算你们不愿睁开眼睛，恐怕也不得不清醒了。"

"你再说！"穷凶极恶的声音已经带着唾沫星朝小次郎砸了过去。愤怒至极的四十余人，即使只挪动一小步，腾腾的杀气都足以遮云蔽日，将荒原笼罩在一片漆黑中。

可是，小次郎早已料到对方的反应，他迅速躲开，却毫不掩饰自己的血气。若是找上门来打架，奉陪一下也无妨。自己明明是一番好意，竟遭到对方如此怀疑。也许对方还会认为他是想借着今天许多人聚集在这里的机会，把武藏与清十郎比武的人气全都拉拢到自己身上。但就算如此也无所谓，小次郎顿时露出好战的眼神。

六

　　围观的人看到这种情形，开始骚动起来。这时，一只小猴子穿过人群，滚绣球似的朝荒原中央跳跃而去。在小猴子身前，一名年轻女子也顾不上颜面，连滚带爬地朝里面冲去，正是朱实。吉冈门人与小次郎之间剑拔弩张的氛围被朱实忽然间的大喊消解了。"小次郎先生，小次郎先生，你在哪里？武藏先生在哪里？武藏先生不在吗？"

　　"啊？"小次郎回过头来。

　　吉冈一方的植田良平及其他人也都惊讶地咕哝道："哟，那不是朱实吗？"尽管只是一瞬，可所有人的目光都被她和小猴子吸引过去了，众人顿时心生诧异。

　　小次郎斥责道："朱实，你怎么到这里来了？我不是早就告诉你不许来吗？"

　　"身体是我的。我来有什么不对吗？"

　　"不行。"说着，小次郎轻轻一推朱实的肩膀，"回去。"

　　朱实喘着粗气，使劲摇头拒绝。"不！虽然我受到了你的照顾，但还不是你的女人吧？你凭什么要赶我回去？"

　　突然，朱实一下子哽住，抽泣起来。男人们狂躁的情绪顿时被这可怜的呜咽泼了盆冷水，但令他们大跌眼镜的是，朱实随后的话语中透出比任何男人都可怕的愤怒："究竟是为什么，为什么你要将我绑在念珠店的二楼？是不是我一担心武藏先生，你就憎恨我、折磨我？而且……而且……你还说，今天的比武，武藏一定会被杀。你说你欠吉冈清十郎的情，就算清十郎做不到，你也会助他一臂之力，誓杀武藏不可。你这么说着，把从昨晚哭到天亮的我绑在念珠店的二楼，然后就出去了，不是吗？"

"你疯了，朱实？大庭广众，你胡说些什么？"

"我要说！我就是疯了也要说！武藏先生是我的心上人，一想到心上人要被杀，我就再也待不住。我从念珠店的二楼拼命喊，让附近的人帮我解开绳子，然后不顾一切地跑来。我一定要见武藏先生，快把他交出来！武藏先生在哪里？"

小次郎哑着舌，在朱实可怕的控诉前沉默下来。他大为恼火，可朱实所言句句属实，他自然会招致人们的怀疑。这个男人一面热情地照顾朱实，一面又以无限摧残她的身心为乐。而这一切都在大庭广众之下被朱实毫无顾忌地揭露，小次郎既难为情，又大为光火，只能恶狠狠地盯着朱实。

就在这时，平时总跟随在清十郎左右的仆从民八像鹿一样飞快地从行道树那边跑来，挥着手大喊："出、出事了！大家快、快来！小师父被武藏打伤了！被、被打伤了！"

七

民八的喊叫顿时让大家大惊失色，仿佛脚下的大地忽然开裂。"什、什么？"众人不敢相信。"小师父让武藏……"

"在、在哪里？""什么时候？""真的吗，民八？"

尖厉的声音纷纷吐出。说好要先来这里准备一下再去比武的清十郎，没有在这里现身就已经与武藏决出了胜负。民八的这个消息听起来怎么都不像是真的。

"快、快！"民八继续含糊不清地喊道，气都来不及喘一口，又朝着来路跌跌撞撞地奔了回去。

尽管众人半信半疑，可民八也不像是撒谎或出了差错。"走！"植田良平和御池十郎左卫门等四十余人立刻跟在民八身后，如同穿越野火烈焰的野兽般朝行道树方向奔去，身后扬起一片尘土。

从丹波大道朝北奔了五町左右，只见行道树的右边有一片被雾霭笼罩的枯野，静谧地舒展在初春的旭日下。斑鸫和伯劳原本在欢快地啼唱，此时却一下子飞上了天空。民八发疯般朝草丛里奔去，很快跑到一处古冢遗迹似的土堆附近。"小师父，小师父！"他再次扯开嗓子，一下子跪倒在地。

"啊！啊！是小师父！"

面对眼前的一幕，从后面赶来的人全都呆立在原地。仔细一看，一个武士正趴在地上，蓝花染的窄袖和服上系着皮腰带，额头上扎着一条止汗白布。

"清十郎师父！您要挺住啊！"

"是我们啊！是门下的大家啊！"

清十郎的颈椎仿佛已经破碎，被托起来的头又重重地歪了下去。白色的止汗布上没有一滴血，袖子、裙裤和附近的荒草上也没有血迹。可是他眉头紧蹙，双眼痛苦地紧闭，嘴唇青紫。

"还有气、气息吗？"

"很微弱。"

"喂，来、来人！快把小师父……"

"背走？"

"对。"

于是一人背过身将清十郎的右手搭在肩上，就要起身。

"痛……"清十郎闷声叫了起来。

"门板！门板！"

话音未落，三四个人便冲出行道树，不一会儿便从附近的民宅中拆下一块木板窗搬了回来。清十郎被仰面朝天放在木板上。但呼吸一恢复过来，他便痛苦难耐地翻滚起来。无奈之下，门人们只好解开腰带，将他结实地绑在板上，然后抬着四角，像出殡似的黯然向前走。

清十郎在木板上疯狂乱踢，简直要把木板踢裂。"武藏……武藏走了吗？痛！从右肩到手腕都……看来骨头已经碎了。唔，痛死了！各位，把右胳膊给我连根砍掉！砍！来人，砍掉我的胳膊！"他瞪着天空呼号不已。

八

伤者痛苦难耐，抬着木板四角的门人们都忍不住转过脸，更何况他们抬的正是自己尊为师父的人。"御池先生，植田先生。"他们停下来，回头与师兄商量，"师父那么痛苦，让咱们把他的胳膊砍下来，我看索性就砍下来吧，省得活受罪。"

"混账！"植田良平和御池十郎左卫门立刻把他们骂了个狗血喷头，"若光是痛，还没有性命之忧。但若是砍下来出血不止，结果如何就很难说了。总之赶快抬回道场，仔细检查一下右肩，看看武藏的木刀究竟打到什么程度。万一真到了必须砍下来的那一步，也要在止血和其他救治措施都准备停当的条件下才能砍。对了，谁先赶紧赶回去，把大夫叫到道场！"于是，两三个人先行赶回去准备。

再往大道上一看，行道树的松树间隙已经挤满了从乳牛院荒原追过来的如蛾子一样多的人，张望着这边的情形。这自然又令众人十分懊恼。植田良平对那些只是阴沉着脸默默尾随在木板后面的门人命令道："各位，你们到前边去，把那些家伙都给我轰走。小师父都这个样子了，你们还想让那些围观者再看热闹吗？"

"是！"仿佛终于找到了郁愤的发泄口，许多门人立刻气势汹汹地冲了过去。敏感的围观者顷刻间如四散的蝗虫一样轰然而逃。

"民八！"植田良平把仍跟在木板一旁哭泣的民八一把抓了过来，"你过来一下！"他毫不掩饰愤懑，语气中充满斥责。

"什、什么事？"民八看到植田良平那可怕的眼神，牙齿都打起哆嗦。

"你从离开四条道场时起就一直陪着小师父吧？"

"是、是这样。"

"小师父是在哪里准备的？"

"是来到莲台寺野后准备的。"

"我们都在乳牛院的荒原上等着，小师父不会不知道，为什么直接就到这儿来了？"

"我也不知道是为什么。"

"武藏是先来这里的，还是比小师父后来？"

"先来的，就站在那座冢前面。"

"他也是一个人？"

"是，一个人。"

"怎么比试的？你就光看着？"

"小师父对我说，万一他败在武藏的手下，就让我把他的尸骨抬回去。他还说，从天亮时分起，门人们就在乳牛院荒原骚动不已，在与武藏决出胜负之前，绝不可去通知那些人。武者的失败是无可避免的，他不想成为靠卑鄙手段获取胜利的耻辱者，让我断然不可从一旁出手。说罢，他就走到了武藏面前。"

"唔……那后来呢？"

"我越过小师父的肩膀看到了武藏的微笑。就在我以为他们正在寒暄的时候，突然传来凄厉的一声。我心里一惊，再定睛一看时，小师父的木刀已飞上天空。转眼间，屹立在这里的就只剩下扎着柿黄色头巾、鬓发倒立的武藏了。"

九

一阵风卷残云，大道上已经没有围观者。木板上的清十郎痛苦地呻吟，人们簇拥在他周围，有如卷起败旗回山的兵马，一面留意着伤者的苦痛，一面悄然前行。

"哎？"忽然，前面一个抬着木板的人停下脚步，朝后脖子摸去。后面的人则抬头仰望天空。木板上方也有松树的枯针哗啦哗啦地落下。定睛一看，原来是一只小猴子，正茫然地望着下面，仿佛故意显示出一副无礼的样子。

"啊，痛！"一个松果忽然砸向仰面看天的一张脸，男人立刻捂住脸。"可恶！"他投出短刀。短刀闪着寒光穿过松针的间隙朝小猴子飞去。

这时，某处响起了口哨声。小猴子一个跟头跳到树荫后面，又飞快地跳到站在那里的佐佐木小次郎肩上。"啊！"围着木板的吉冈门人这才看见小次郎和旁边的朱实，不禁吓了一跳。

尽管紧盯着木板上的伤者，小次郎却并未露出嘲笑的表情，反倒表现出虔诚的样子，听到清十郎痛苦的呻吟甚至皱起了眉。但吉冈的门人却立刻想起他刚才的话，觉得他是前来嗤笑的。

"是猴子，不是人干的。别理它，快走。"不知是植田良平还是其他人催促了一声。

"等一下。"小次郎连忙跑过来，突然朝木板上的清十郎说道："怎么样，清十郎先生，被武藏伤了吧？伤在哪儿？什么，右肩？啊，这怎么行，骨头已像装在袋里的沙砾一样碎了。但这样仰面朝天摇来晃去可不好，弄不好体内出的血会侵入脏器，还会灌进头部。"他转向周围的人，依然盛气凌人地说道："快放下木板！还犹豫什么？放下，没事的，快放下。"然后又对濒死的清十郎说："清十郎先生，你站起来试试。怎么会起不来呢？创伤很轻，充其量不就是右臂吗？挥挥左臂，只要肯走，一定还能走。身为拳法先生的儿子，若让人说是躺在木板上从京都的大道上回来的，你倒无所谓，可已故的拳法先生就顿时名誉扫地了。再也没有比这更不孝的了。"

清十郎死死盯着小次郎，眼睛眨都不眨。突然，他猛地站了起来，右臂从右肩上耷拉下来，仿佛已不属于他自己，似乎比左臂长一尺还多。"御池，御池！"

"在……"

"砍！"

"什、什么？"

"混账，刚才不是早就说了吗？砍下我的右手！"

"可是……"

"唉，没骨气……植田，你来，快！"

"可是……"

这时，小次郎说道："如果不嫌弃在下……"

"那就拜托了。"

小次郎站到一侧，抓住清十郎耷拉的手一下子抬了起来，同时拔出前插短刀。只听奇怪的一声，伴随着喷涌的血柱，清十郎的右臂已被连根砍下。

十

清十郎仿佛失去了重心，微微一个趔趄。门人们连忙扶住他，一起捂住伤口。

"走！我要走着回去！"清十郎的神情就像死人在狂喊一样。在门人的簇拥下，他走了十步。喷涌的鲜血在大地上形成一条黑红的血路。

"师父！"门人像铁桶似的围住清十郎，停下脚步，担心地说道，"本来用木板抬着赶路多轻松，可恶的小次郎偏偏横插一杠子，多管闲事！"门人对小次郎不负责任的做法很是愤慨。

"走！"喘息了一会儿，清十郎又走了二十步。他不是用脚在走路，而是用意志力在走，但是，他的意志力没能坚持多久。大约走了半町，他忽然朝地上倒去。

"快、快叫大夫！"狼狈的众人立刻像抬死尸一样抬起无力的清十郎，匆匆忙忙离去。

目送一行人离开后，小次郎回头看着站在行道树下一动不动的朱实说道："看见了吧，朱实？你一定觉得非常解恨吧。"

朱实面色铁青，憎恶地瞪着小次郎若无其事的笑脸。

"这就是你一辈子都忘不了的、日夜诅咒不已的那个清十郎，你心里一定敞亮多了吧。朱实，你被他夺走的贞操就这样完美地复了仇，不是吗？"

朱实忽然觉得，小次郎是一个比清十郎更加可恨、恐怖、让人讨厌的人。不错，是清十郎让她成了这样子，但清十郎不是恶人，还没有坏到恶人的程度。相比之下，小次郎却是一个恶人，虽然并非世间定义的那种恶人，却是一个不希望别人幸福，对别人的灾难和痛苦袖手旁观并以此为乐的性格扭曲之人。比起那些盗取或劫掠型的恶人，这种人难道不是品质更为恶劣、更需要防范的吗？

"回去吧。"小次郎将小猴子托在肩膀上，说道。朱实真想从这个男人身边逃走，却总觉得自己无法逃脱，鼓不起勇气。

"就是再去寻找武藏也已经没用了。他不可能老在这一带转悠。"小次郎自言自语地朝前走去。

为什么不能离开这个恶人呢？为什么不趁这个机会逃走呢？尽管朱实憎恨自己的愚蠢，却不得不跟在后面。蹲在小次郎肩上的小猴子转身露出白牙，朝她笑了起来。

朱实觉得自己的命运跟小猴子一样，不禁忽然可怜起凄惨的清十郎。且不说对武藏的感情如何，对于清十郎和小次郎，她都抱有不同的爱和憎。此时，她才开始真正思考起复杂的男人问题。

十一

赢了！武藏在心里为自己奏起凯歌：我胜了吉冈清十郎，我打败了室町时代以来京流宗家的名门之子！可是，他一点都高兴不起来，有些失落地走在荒原上。一掠而过的小鸟露出鱼肚般的腹部。仿佛陷进了柔软的枯草和枯叶中，他一步一步沉重地走着。获胜后的孤独——这本是贤人们世俗的伤感，修行中的武者是没有这种心境的。可是他陷入了一种极度的孤独中，漫无目的地独自走在荒原上。

武藏忽然回过头。与清十郎比武的莲台寺野山丘上的松树看上去是那么脆弱。没有用第二刀，应该不至于危及性命——他突然担心起对手的状况，于是赶忙察看提在手里的木刀，上面没有血。今天早晨，在带着木刀来此之前，他觉得对手一定会带着众多随从，弄不好还会耍一些卑鄙的阴谋，所以他自然就做好了死的准备。为了让死相不至于难看，他还刻意用盐把牙齿刷白，甚至又洗了洗头才出发。

见到清十郎，武藏觉得与自己想象中的人物相差甚远。他甚至怀疑起来：这就是拳法之子吗？映入武藏眼帘的清十郎怎么看都不像是京流第一的武者，只是一个柔弱的公子哥，而且只带了一个贴身随从，既没有别人跟随，也没有帮忙之人。就在互报姓名的瞬间，武藏后悔了：这场比武不值一比。

武藏寻找的是在自己之上的高人。可当他正视这个敌人时，一眼便发现对方只是个用不着磨炼一年就可以打败的对手，而且清十郎的眼睛里没有丝毫自信。无论与多么强大的对手决斗，都需要强烈的自尊心，可是清十郎不仅眼睛里没有，全身都没有燃起一丝朝气。

　　清十郎今天早晨为什么要来这里？以这种毫无自信的心态应战，还不如违约的好。如此一为对方设想，武藏竟可怜起清十郎来。他只是一个不成器的名门之子，虽然被从父亲那里继承来的千余门人尊为师父，可那只不过是上一代的遗产，并非自己实力的表现。最好还是找个借口设法抽回木刀，这样对双方都有好处。尽管武藏这么想，却没有机会。

　　"对不住了……"武藏再一次回头望望那长着纤弱松树的坟冢，暗暗为清十郎祈祷，希望自己的木刀造成的创伤能早一天痊愈。

十二

　　无论如何，今天的事情算是了结了。无论胜败，倘若事后仍一直挂念于怀，那便算不上个武者，便不成熟。武藏想着这些，正要加快脚步，忽然发现前方枯野的草丛中有个老妪正蹲在那里挖土寻找着什么。听到他的脚步声，老妪猛地抬起头，"啊"地睁大了惊诧的眼睛。她身穿与枯草一般颜色的素色衣服，只有圆鼓鼓的棉衬袄的绳子是紫色的。虽然一身俗服，头上却蒙着头巾，年龄大约七十岁，似乎是一个脱俗的矮小尼姑。

武藏也着实吓了一跳。草丛里没有路，老妪的衣服几乎又跟荒原一个颜色，一不留神也许就会踩在她身上。

"老婆婆，您在采什么呢？"武藏自以为态度很亲切。

老妪却蜷缩在原地，望着武藏的脸哆嗦起来。她的袖口里隐约露出像是用南天竹的果实串起来的珊瑚念珠，手里还拿着一个小箩筐，里面盛着好不容易从草根中挖来的嫩马兰、款冬花茎等各种菜根。

看到老妪的指尖和红色念珠都在瑟瑟发抖，武藏很是好奇，她为什么这么害怕呢？他想，或许她把自己误解为打劫的山贼草寇了，于是又说道："哦，青菜都长出这么多了，果然是春天了。水芹能采了，芜菁和鼠曲草也都能采了。老婆婆，原来您是在挖野菜啊。"

武藏刻意显得很亲切，来到老妪旁边，瞅瞅小箩筐里的野菜。老妪却吓得一下将小箩筐扔在地上。"光悦！"她边喊边朝远处逃去。

武藏惊愕地望着矮小的老妪跑去的地方。若不仔细看，还以为这只是一片平坦的荒原，但其实其中也有舒缓的起伏。老妪的身影不一会儿便消失在稍低的地方。从喊人这点来看，那儿一定有老妪的同伴。如此说来，那边的确微微飘逸着烟霭。

"好不容易摘的这些野菜却……"武藏把撒落在地上的

各色野菜重新拾到小箩筐里。为了彻底表示自己的好心，他拿起小箩筐，跟在老妪身后。

不久，他再次看到了老妪以及她的两个同伴。看来三个人是一家人，为了避开北风，便选了缓坡下面一处地方，在朝阳处铺上毛毡，摆好茶具和水瓶之类，甚至还支上锅，以蓝天和大地为茶室，以自然风景为庭院，正在享受风雅景致。

活高手

一

　　三人中的一人为男仆，另一人似乎是这尼姑打扮的老妪的儿子，但也已年近四十七八，看起来像个放大了的京都瓷人偶，肤色白皙、容光焕发、体态丰润、浑身透着悠闲。从刚才老妪喊"光悦"的情形来看，此人无疑就叫光悦。

　　说起这光悦，如今，在京都本阿弥的十字街上，就住着一个天下闻名的同名之人。据说加贺的大纳言利家每年都会给他送去二百石左右的生活补贴，世人无不羡慕。住在京城中，一年又能得到二百石的粮饷，光是这些就足以过上奢华生活了。而且这光悦还受到德川家康的特别青睐，能堂而皇之地进出于公卿堂上，天下诸侯到了他家门前都不敢张扬，倘若从马上小瞧了他的店，甚至都难以通过。

　　由于住在本阿弥的十字街上，世人就称他为本阿弥光悦。但他本名次郎三郎，本业是刀的鉴定、研磨和擦拭。

依靠这三样手艺，他家从足利初期起就家世繁盛，在今川、织田、丰臣三代都备受恩宠，可以说是历史悠久的名门。

此外，光悦还善于绘画，既会做陶器也会泥金画。书法造诣尤高，这也是他最为自信之处，若细数当今名笔，要么是家住男山八幡的松花堂昭，要么是乌丸光广卿，要么是世间所谓的三藐院书风的创始者近卫信尹，再就是这光悦了。

可是，即使评价如此高，光悦自己似乎还不满足。街头巷尾甚至流传着这样的故事：有一次，光悦拜访平日交往甚密的近卫三藐院。近卫公乃出身于氏长者前关白豪门的贵公子，现职为左大臣，可谓官高位显，但他并非庸俗之人。出兵朝鲜那年，据说他认为这绝非丰臣秀吉一人的大业，而是事关国家的兴废，为了国家，他决不能坐视不管。于是他上奏当时的天子，恳请从军征韩。秀吉听闻后怒斥其为"天下无益之大莫如此也"。可是，嗤笑他的秀吉出兵朝鲜却被世人评论为天下最大的无益之事，真是可笑。这些姑且不提，光悦拜访近卫三藐院的时候，自然是三句话不离本行。

"光悦，倘若让你列出当今天下的三大书道名笔，你选谁？"近卫公问光悦。

光悦当仁不让，随即说道："首先这第二位就是大人您了，再次为八幡的泷本坊，就是那个昭乘。"

三藐院有些不解，又问了一次："你刚才说首先这第二位……那前面的第一位是谁啊？"

只见光悦一本正经，望着对方的眼睛说道："便是在下。"

光悦就是这样一个人。在武藏面前带着男仆的这对母子究竟是不是光悦母子呢？如此显赫的家世，却只带一个仆人？衣服和茶具等是不是也有点太寒酸了呢？

二

光悦的指间夹着画笔，膝上放着一帖怀纸，上面是他刚才精心画下的枯野的溪流，但尚未画完，散落在一旁的废纸上也都描绘着同样的水纹。怎么回事？他忽然回过头来，似乎并未弄清楚眼前究竟发生了什么，平静地打量起躲在男仆后面发抖的母亲和站在那里的武藏。

看到他平和的目光，武藏只觉得自己的心情也平静下来，但这目光远称不上亲切。他身边没有光悦这一类型的人，但对方的眼神却让他有一种眷恋。光悦的目光宽厚而深邃，不觉间便露出面对故交时的微笑。

"浪人先生，一定是老母冒犯你了吧？连我这个儿子都已四十八了，老母的年龄想必你也能推测出来。虽然身体还算健康，可近来也常说眼睛有点模糊。若是老母有疏忽的地方，就请让我来为她致歉。请原谅。"说着，光悦把膝上的怀纸和手中的画笔放在毛毡上，就要双手扶地致歉，这让武藏愈发觉得必须要解释一下，自己并非故意惊扰老人。

"不……"武藏也慌忙跪在地上，拦住光悦的施礼，"您是老人家的儿子？"

"是。"

"这个歉意该由在下表示才是。令堂是如何受惊的，在下也全然不解，一看到在下，令堂就扔下小笋筐仓皇逃去。在下一看，辛辛苦苦摘来的水芹等野菜散落了一地。想到令堂从枯野中采摘这些野菜的辛苦，虽不清楚她受到惊吓的原因，但在下还是觉得过意不去，就把野菜重新拾回小笋筐里，拿到这里来。还请快快抬手免礼。"

"是这么回事啊。"光悦似乎全明白了一样，悠然地笑着，朝母亲说道，"您听见了吗，母亲，您一定是误会了。"

老妪似乎也松了口气，从男仆背后探出一点身子。"光悦，这么说，这位浪人先生根本没想伤害我们？"

"他不但没有恶意，而且看见您把小笋筐里的野菜都扔了后，惦念着您从枯野中采摘这些野菜时的辛劳，还特意帮您带过来了呢。虽是名年轻武士，却善良体贴。"

"哎呀，那可对不住了……"老妪来到惶恐的武藏面前，脸低得似乎要贴到手腕上的念珠，深深地行了一礼，向他致歉。然后，仿佛心结已完全打开，这位老母亲满脸绽起笑容，对儿子说道："现在想来实在是过意不去，但刚才第一眼看到这位浪人先生的时候，我只觉得来了一个血腥之人，吓得毛发倒竖。不过现在看来，他是一个什么恶意都没有的好人。"

武藏闻言，倒是被这老妪漫不经心的话语震住了。他只觉得自己仿佛现出了原形，将真正的自我暴露在别人面前。

三

血腥之人——光悦的老母亲毫无遮掩地如此描述武藏。无论是谁，都很难察觉到自己身上散发的气息。听老人如此一说，武藏才突然意识到自己身上带着的血腥之气，而且老妪清澄的感觉让他感到了从未有过的耻辱。

"修行武者先生。"无论是武藏炯炯有神的异样目光，还是充满杀伐之气的干涩头发，浑身上下的每一处都透着股锋芒，可是光悦从中看到了一种可爱，"如果不急，何不在这里稍微休息一下？这里如此寂静，就算只是默默地待着，也让人神清气爽，心旷神怡，仿佛心都会融进天空的蓝色中。"

老妪也附和道："我再摘点野菜，煮点菜粥请你吃怎么样？倘若不嫌弃，坐下来喝杯茶也好……"

一坐进这对母子之间，武藏只觉得身上充满杀气的锋芒全部消失了似的，心情变得无比平静。他不由得感到一种像是与自己人待在一起般的温馨，不觉间便脱去草鞋，坐在毛毡上。

随着敞开心扉的谈话逐渐深入，武藏才知道老妪名叫妙秀，是一位在京都尽人皆知的贤妇人，她的儿子正是住在本阿弥十字街的艺林名匠本阿弥光悦。

大凡佩刀之人，没有不知道本阿弥家的名字的，武藏却未能将光悦和他的母亲妙秀与传闻中的名人联系起来。即使在听到这对母子便是传闻中名门当家人后，他仍把他们当成是在旷野中邂逅的普通人，因此产生的眷恋与亲切感也突然加深，难以抛下。

在等待茶釜里的水沸腾时，妙秀问道："这孩子多大了？"

"我看，也就二十五六岁吧。"光悦望望武藏答道。

武藏摇摇头。"不，二十二岁。"

妙秀有些惊讶地睁大眼睛。"还那么年轻啊。二十二岁，正好可以做我孙子啊。"然后她就不停地询问起来，故乡是哪里、有无双亲、跟谁学的剑术，等等。

被慈祥的老妪当成孙子一般看待，武藏的童心也被唤起，就连措辞都变得像孩子一样。他每天都沉埋于刻苦的修行，一直把自己当成刀剑一样磨炼，从未享受过生命。如今，与妙秀如此一谈，那种想随便一躺撒一撒娇的心情，突然从武藏长久以来暴晒在风雨中的肉体内复苏。

只是，武藏不能这么做。

妙秀和光悦，还有放在毛毡上的所有东西，甚至包括茶碗，都与碧蓝的天空融到一起，与自然合而为一。他们与飞过旷野的小鸟一样，静静地欣享着万物合一的恬静，唯有武藏像遭到排斥的继子似的孤零零地凸显在那里，无论怎么看，他都像是游离于自然之外的另一种存在。

四

还是聊些什么好。因为交谈时，武藏会有与毛毡上的人融到一起之感，便能得到安慰。可是不久后，妙秀便对着茶釜沉默起来，光悦也拿起画笔背过身。于是，武藏不好再与他们交谈，却也不知该享受什么，心中只有无聊和孤独之感。

有什么趣味呢？春天还浅，这对母子就来到这荒原，莫非是想挨冻？在武藏眼里，这对母子的生活实在是不可思议。倘若为了采摘野菜，到了天气更暖、游人更多的时候岂不更好？草都发芽了，百花也该绽放了。倘若以品茶为目的，也用不着如此麻烦地特意把茶釜茶碗都带来。怎么说也是赫赫有名的本阿弥家，家里一定有上好的茶室。

是为了作画吗？武藏又想，于是便将目光投向光悦宽阔的后背。他稍微向一旁侧了侧身子，窥视光悦的笔下，怀纸上描绘的依然全是水流。在不远处的枯草间，一条蜿蜒的细流在潺潺流淌。光悦专心致志，欲将水的流动用线条表现出来。尽管他努力地试图以笔墨捕捉，却似乎总也抓不住神韵，于是便不厌其烦地描绘着同样的画面。

看来作画也不容易啊。武藏忽然找到了打发无聊的方式，入神地看了起来。当把敌人的身影置于刀剑下，达到忘我境界，自己与天地融为一体的心情——不，连心情之类都消失了的时候，刀剑就会自然地斩杀敌人。此时的光悦仍把水视作敌人，所以才画不出来，其实只要把自己当成流水就行了。

无论看什么，武藏都无法不与剑道联系起来。从剑术方面来思考作画，也能隐约地理解到这种程度。不过仍让他不解的是，妙秀和光悦为何会如此快乐。尽管母子二人沉默地背对着背，可是无论哪一方都是一副怡然享受、毫不厌倦的样子，真是不可思议。

大概因为他们是闲人吧，武藏单纯地如此认定。在这险恶的时势之中，竟然也有享受绘画、品茶的悠闲之人。他们是与武藏无缘的另外一个世界的人，小心地守着祖上代代传下来的财产，可以说是游离在时势之外的上等逸民。

不久，无聊便诱发懒散。对于严诫懒惰的武藏来说，一旦意识到这点，便一刻也待不下去了。"叨扰了。"说罢，他穿上草鞋。仿佛意外地消磨了时间，他的神情忽然变得不自然。

"要走？"妙秀惊讶地问道。

光悦平静地回过头来。"难得家母要为你奉茶呢，尽管有些粗陋，可她正用心地守着茶釜的水，就喝一杯再走吧。听你刚才与家母的谈话，你大概就是今天早晨在莲台寺野与吉冈家的长子比武的那个人吧。再也没有比战后的一杯茶更好的了，这是加贺大纳言和家康公常说的一句话。茶可以养心，再也没有比茶更养心的东西了。我认为动生自静。就再聊一会儿吧，我也陪你们聊。"

五

　　虽然隔着相当的距离，可自己今天早晨在与这片旷野相连的莲台寺野和吉冈清十郎比武的事情，光悦早就知道了？明明知道这些，却仍能将其当成是另一个世界的纷扰，静静地待在这里？武藏重新审视了一下光悦母子的身影，又坐了下来。"盛情难却，那就恕我不客气了。"

　　光悦高兴地说："也不是说要强行挽留你。"说着，他盖上砚台盒的盖子，然后把盒子压在废弃的怀纸上，以免纸被风吹跑。

　　光悦盖上盒盖时，盒子的正面仿佛被包在厚厚的黄金、白银和螺钿中，像金花虫一样发出璀璨耀眼的光芒，武藏不禁欠起身子仔细观察。但等盒子放下来后再一看，上面的泥金画却绝非那种耀眼绚烂的东西，倒是十分华丽，有如把桃山城的精华都浓缩在上面一样，还有股馥郁的千年熏香味道。

　　仿佛百看不厌似的，武藏出神地望着那盒子。在武藏看来，这件小小的工艺品比头顶的蓝天和四方荒原的自然风光都要美丽，光是看看就能得到安慰。

　　"这是我消遣的作品，怎么，好看吗？"光悦问道。

　　"您也做泥金画吗？"

　　光悦只是默默地微笑。望着觉得手艺之美胜过天然之美的武藏，他心里似乎有些嗤笑之意：这名青年也是个乡巴佬啊。

武藏当然不知自己已被从大人的高度看低了，说道："太精美了。"他的目光仍未离开那盒子。

光悦又说道："我虽说是自己消遣时的作品，但上面所配的和歌却是近卫三藐院的创作，书写之人也是他。所以只能说它是两个人合作的结果。"

"近卫三藐院，就是那个关白家吗？"

"对，正是龙山公的公子信尹公。"

"我姨母的丈夫就常年在近卫家奉公。"

"叫什么名字？"

"松尾要人。"

"哦，若是要人先生，我跟他很熟，每次去近卫家都受到他的照顾，而且他也经常访问寒舍。"

"母亲。"光悦又将此事对母亲妙秀说了一遍，"真是处处有缘啊。"

"是吗？这么说，这孩子是要人先生的外甥了。"说着，妙秀离开炉子，走到武藏和光悦面前，优雅地开始进行茶事的礼仪。尽管已是一位年近七十的老妪，仍对各种礼仪十分熟悉，动作自然，指尖细致灵活，所有动作都透着股典雅优美的味道。

武藏也学着光悦规规矩矩的样子，僵硬的膝前放着盛有点心的木盘。虽然只是些无聊的小点心，下面却铺着旷野里无法找到的绿叶。

六

正如剑有形，也有礼法一样，听说茶也有法。武藏凝视着妙秀正在展示的茶的礼法。太绝妙了，真是毫无破绽，他依然借剑道来解释。正如高人把剑而立的姿势不似这世间的人一样，如今，他从这位沏茶的七十岁老妪身上也看到了这种庄严。道即是艺之精髓，看来无论做什么，只要达到这一境界，看起来都一样。他陶醉地陷入深思。

可是回过神来时，面对放在小绸巾上送到膝前的茶碗，武藏却又为如何端起品茶而迷惘。他连列席茶事的经历都没有过。茶碗看起来并不精致，仿佛小孩随便抓起地上的一把泥土捏成，但茶碗中的浓绿色茶汤却比天空还透彻纯净。

再看看光悦，已经吃起了点心。他仿佛在寒夜里抱着一样温暖的东西，两手捧着茶碗，两三口便喝干了。

"光悦先生。"武藏终于说道，"在下乃一介武夫，并不曾吃过茶，既不知饮法，也不知礼仪。"

"什么……"妙秀一听，仿佛责备孙儿似的，轻轻地瞪了他一眼，"什么知茶不知茶，哪有那么多自以为是的小聪明。既是武夫，就像武夫那样喝就是了。"

"是吗？"

"礼法并非茶事，乃是精神准备。你练剑不也是这样吗？如果一味拘泥于礼法，茶味就会受损。倘若练剑，若只侧重身体的准备，就会失去心与剑的融会贯通吧？"

"是。"

武藏不禁低下头，正要聆听后面的话，不料妙秀却笑了起来，说道："我对剑可是丝毫不懂啊……"

"那我就喝了。"由于膝盖酸痛，武藏由跪坐改为盘腿坐，然后像是用饭碗喝水似的，咕嘟一口喝完茶放下。他只觉得苦，就算再怎么恭维也实在称不上好喝。

"再来一碗如何？"

"已经够了。"

有什么好喝的？为什么还要故作庄重，从这种东西里钻研出什么味之枯寂之类的礼法来？武藏实在不解，可是他不想带着对母子二人的疑惑轻蔑地离去。倘若茶道真的只是如自己感受到的这样，它也不会历经漫长的东山文化时期后获得如此发展，也不会得到丰臣秀吉和德川家康之类人物的支持，连柳生石舟斋晚年都归隐到此道之中。这么想来，泽庵和尚也经常说一些茶的事情。

武藏再一次将目光落在小绸巾上的茶碗上。

七

武藏一面回想石舟斋，一面把茶碗端在眼前凝神观察。忽然，他又想起了当时石舟斋所赠的那枝芍药。他想起的并非那白芍药的花朵，而是那花枝的切口，是当时受到的强烈震撼。

啊！武藏简直要喊出声来。他忽然强烈地感受到某种东西正从茶碗里震撼着自己的心。他捧起茶碗，放在膝上观察，就像换了一个人似的，两眼发热，仔细地注视着茶碗的底部和切痕。石舟斋所切的芍药枝切口，与切掉茶碗泥土的锐利切痕，两者都是非凡之人的杰作。

武藏只觉得肋骨膨胀，喘不过气。他也说不清楚是为什么，只能说茶碗里蕴藏着巨腕名匠的无穷力量，语言难以表达的震撼正痛切地渗入他的心里。他从中获得了倍于常人的感受，这也是事实。茶碗的制作人究竟是谁呢？这种一拿在手里就不愿放下的触感让武藏不能不问。"光悦先生，正如我刚才说过的，我对陶器之类一窍不通，但这个茶碗想必是手艺了得的名匠制作的吧？"

"何以见得？"光悦的话语如同他的面容一样柔和，厚墩墩的嘴唇有时会流露出女人般的亲切。尽管眼角有点下垂，双眼却像鱼一样细长而清秀，透着一股威严，不时还会堆起揶揄般的皱纹。

"若问为什么我很难说，只是忽然有此感觉。"

"那究竟是从哪里感受到了什么？请讲讲。"光悦有些恶作剧。

"这……"武藏思考了一下，"我虽然说不清楚，但还是说说吧。就是这儿，用竹刀毅然切下的痕迹……"

"嗯！"光悦拥有艺术家的天性，他原本断定武藏对艺术的理解高不到哪里去，一直小看武藏。可意外的是，对方似乎要说出令他不可等闲视之的内容，让他女人一般文雅的嘴唇突然紧闭。"竹刀的痕迹？武藏先生为何如此认为？"

"锋利！"

"仅此而已吗？"

"不，更复杂。制作它的人肚量很大啊。"

"还有呢？"

"若是以刀作比，此碗如相州刀一样坚韧，吹毛利刃，什么都能斩断，但相州刀仍不忘以美丽的色彩包装。而这个茶碗尽管十分朴素，却有一种王侯般的妄自尊大之感，似有不把人看在眼里之嫌。"

"唔……原来如此。"

"所以在下以为，此碗的作者一定是那种深不可测的人物。但无论如何，他无疑是个名匠。恕我冒昧，请问烧制此茶碗的陶工究竟是何许人物？"

这时，光悦像杯沿一样敦厚的嘴唇绽开，满含口水说道："就是鄙人。哈哈哈，这是我胡乱烧制的器具。"

八

光悦也实在有点坏，待武藏彻底评价完后，才供出茶碗的制作者实际上是自己，而且还不使对方生出受到揶揄的反感，只能说太有心机了。不过，四十八岁的光悦和二十二岁的武藏，年龄的差距是不争的事实。武藏丝毫没有觉得对方是在试探自己，仍毫不掩饰内心的感佩。

此人连这种陶器都自己烧？没想到茶碗的制作者便是此人。光悦的多才多艺，不，是光悦虽然有如此才能，打扮得却像一个质朴的茶碗，而内里则蕴藏人类的深奥，让武藏感到毛骨悚然。即使以他自负的剑理来探这个人的底也无法探清，他自然充满了尊敬。

产生这种感觉后，武藏顿时软弱下来，他的性情决定了他无法不对这种人低头。在这里，他再次发现了自己的不成熟。在大人面前，他只是一个羞涩畏缩的未成年者。

"你似乎也喜欢陶器啊，有眼力。"光悦说道。

"不，在下对此全然不懂，只是推测。说了一些失敬的话，还请见谅。"

"你说得不无道理，哪怕只是烧制一个好的茶碗，也是一生之道啊。你对艺术有感受力，而且很敏锐。看来还是因用剑而自然养成的眼力吧。"光悦也比较认同武藏。但身为大人，即使心里感到佩服也不会嘴上称赞。

不知不觉，武藏忘记了时间的流逝。不久后，男仆又去摘了些野菜回来，妙秀便熬了粥、煮了菜根，然后盛在光悦亲手做的小盘子里，打开酒瓶里的芳醇，开始了简单的野食。

对于武藏来说，这种茶料理实在清淡无味，他的肉体需要更浓厚的滋味和脂肪，但他还是真诚地想品尝一下野菜和萝卜的清淡味道。因为他知道，无论是光悦还是妙秀，自己需要跟他们学的东西还有很多。只是吉冈的门人为了给师父报仇难保不会追到这里。武藏不时感到不安，环视旷野各处。

"承蒙款待。在下虽然并不急着赶路，可一旦吉冈的门人追来，难免给你们添麻烦。倘若有缘，来日再会。"

妙秀目送着起身离去的武藏，说道："如果得便，去本阿弥的十字街玩啊。"

光悦也从后面说道："武藏先生，有机会一定要光临敝宅啊。你我再好好聊聊。"

"我会拜访的。"

旷野里，武藏一直觉得就要追来的吉冈门人一个也未看见。他再次回过头，望望光悦母子悠闲的毛毡世界。自己走的路只有一条，而且又窄又险，怎么也比不上光悦享受的天高地阔。武藏又与之前一样，低着头，默默地朝原野尽头走去。

夜道

一

　　"瞧他那狼狈样，吉冈的第二代当家人！来，为吉冈家的倒霉干杯！终于让我咽下这口气了！"这里是位于城边牛饲町的一家小酒馆。泥地的屋内弥漫着燃烧柴草的烟霾和煮菜的香味，光线已经暗了下来，外面火红的晚霞把道路映得通红。短布帘每动一下，就会远远地望见晚霞中东寺的塔上黑色火星一样的乌鸦。

　　"来，喝！"喝酒的是隔案对坐的三四名小商人。此外还有一个独自默默吃饭的行脚僧，以及一群猜铜钱正反面赌酒的做工者。狭窄的酒馆挤满了食客。

　　"太黑了，老板，酒都喝到鼻子里去了！"有人喊了一声。

　　"是，是，马上就来。"

　　柴薪正在一角的地炉里红红地燃烧。外面已经暮色沉沉，里面却红红火火。

"一想起来就窝火！从前年起就欠下炭钱和鱼钱，那么大一个道场用的可不是一星半点的小数目。到了除夕总该付账了吧，没想到去了一催，他的门人们却一通胡说八道，最后竟要把我们这些要账的轰出去，真是岂有此理！"

"算了，消消气。莲台寺野一事，他们不是得到报应了吗？"

"所以到了这时候，我不是生气，我是高兴得要命。"

"可是，那清十郎也输得太容易了。"

"不是那清十郎没本事，是那个武藏太厉害了。"

"不管怎么样，听说只是一击，清十郎的左手还是右手就嘎嘣断了一只。据说还是用木刀打的，可真厉害。"

"你去看了？"

"我倒是没去，是听那些去看的人说的，大致就是这种情形。清十郎被放在门板上抬了回来，命倒是保住了，却一辈子成了残废。"

"后来怎么样了？"

"据说门人都义愤填膺，如果不杀掉武藏，吉冈流就无法抬头。但既然连清十郎都不是对手，那么除了他弟弟传七郎，门中就再也无人能与武藏较量了，所以现在正到处寻找传七郎呢。"

"那个传七郎，就是清十郎的弟弟？"

"那家伙要比他兄长厉害得多，却是一个扶不起来的甩手二少爷，有零花钱的时候，终日不进道场，把父亲拳法的关系和名声当作幌子，整天像个无业游民一样到处游山玩水，完全是个累赘。"

"真是一对不成器的兄弟。拳法先生那么了不起的人物，怎么生出如此不争气的骨血呢？"

"光有血缘关系是成不了才的，这就是证据。"

炉子里的火焰渐渐暗淡，旁边有个男人一直坐在那里，靠着墙壁打盹。由于喝了不少酒，酒馆老板也就任他醉在那里，但每次往炉子里添柴时，火焰就会爆裂着舔向男人的头发和膝盖。老板只得对他说："客官，火要烧着您衣服的下摆了，请把折凳再往后挪挪吧。"

听老板这么一说，男人才强打精神，睁开因酒和火而充血的眼睛。"嗯、嗯。知道、知道。你轻点不就行了。"他既不松开紧抱的胳膊，也不挪动屁股。大概是酒后难受吧，他看起来郁闷至极。再瞧瞧那青筋暴跳的撒酒疯般的面孔，原来是本位田又八。

二

关于莲台寺野的事情，不光是这里，各处都在风传。武藏出名了，本位田又八便更觉得自己无比凄惨。在自己也出人头地之前，他实在不想听到武藏的名字，可是就算把耳朵堵上，只要稍微有几个人凑在一起，就不免谈起武藏，这让他即使喝醉也无法彻底消除内心的忧郁。

"老板，再给我倒一杯酒。什么？凉的也行，用那边的大升量。"

"客官，您没事吧？您的脸色可有点……"

"浑蛋！我天生就脸色发青！"

已经用这个酒升喝了多少杯了？喝着酒的又八就不用说了，就连酒馆老板都快记不清了。又八一口气把满满一杯酒倒进喉咙，接着又抱起胳膊，默默地靠在墙上。尽管喝了那么多，还受着脚边炉子里熊熊火焰的熏烤，他的脸色却没有变红。

走着瞧！不久之后我也要让你看看！人的成功并非只限于剑术，无论成为财主还是大官，还是地痞流氓，只要能闯出点名堂来就行。我和武藏都是二十二岁，在那些很早就扬名于世的家伙中，很少有人是大成者。那些狂妄自大、自以为是的人，到了三十岁左右就已经摇摇欲坠，再无前途了。所谓的虎头蛇尾，说的就是这种人的最终下场。

尽管没有说出来，又八心里却在不断地重复这种反感。在大坂听到这场比武的传闻后，他立刻就赶来京都了。他并没有别的目的，只是心里总惦念着武藏，便想过来看看接下来的情形。

不过，这小子也得意不了多久了，他马上就会遭殃。吉冈门人中也不是没有人物，那里既有十剑士，又有清十郎的弟弟传七郎……又八一直期待着武藏声名扫地的那一天，也一直在寻找忽然降临到自己身上的幸运。

渴……他忽然扶着墙，从火炉边站了起来。其他客人都回过头来看他。他把头伸进一角的大水缸，用长把舀子喝了水，然后扔掉舀子，掀开短布帘，踉踉跄跄地朝外面走去。

呆若木鸡的酒馆老板看到他的身影消失在短布帘后，才如梦方醒。"喂，客官！"他大喊着追了出来，"您还没有结账呢！"

其他客人也从短布帘的缝里探出头。又八摇摇晃晃，好歹站住。"什么？"

"客官，或许您迷迷糊糊，一时忘了吧？"

"我没忘东西啊。"

"那酒……嗯……酒钱，您还没付呢？"

"酒账啊？没钱。"

"哎？"

"真烦人啊，我没钱。前不久还有钱来着。"

"那，你从一开始就想白吃白喝？"

"住、住口！"又八从怀里摸到腰上，摸出一个印盒，朝酒馆老板脸上扔去，"我也是个腰佩双刀的武士，还不至于无耻到吃了酒不给钱的地步。这个足以顶你的酒钱了，拿走！剩下的就不用找了，都给你了。"

三

老板并未看清扔给自己的是印盒，砸到脸上后，他顿时双手捂脸大喊一声"痛"。从短布帘内往外看的客人们一脸厌恶。

"过分的家伙！"

"混吃混喝来了。"

"杀了他！"

人们咒骂着拥到外面。每一个人都多少喝了点酒，再也没有比饮酒者更恨那些酒后无德之人的了。"还上瘾了！浑蛋，拿钱！"人们将又八围了起来，"就是像你这种东西，一年到头都在骗酒喝，把酒馆差不多都喝倒闭了。若是没钱，就让你的头吃我们每人一下！"

一听到这些人气势汹汹地要围殴自己，又八手握刀柄护住身体。"什么？揍我？有意思！那就上来揍揍试试啊。你们以为我是谁啊？"

"你不就是个比乞丐还没骨气、比盗贼还无耻的垃圾浪人吗？怎么，还把自己当成人物了？"

"你敢骂我！"又八横眉立目，睨视四周，"说出我的名字会吓死你们！"

"谁怕你啊。"

"所谓的佐佐木小次郎说的就是我。怎么，连伊藤一刀斋的师弟、钟卷流的传人小次郎都不知道？"

"真是可笑！别吹牛了，快拿钱，酒钱！"一人伸出手催逼。

又八却没有正面回答。"若是印盒不够，那就连这个也给你吧。"话音未落，他冷不防抽刀就是一挥，立时把男人的手斩落在地。

"啊！"男人顿时发出凄厉的叫声，根本没有将他放在眼里的食客们见状，仿佛自己受了伤一样，顿时吓得屁滚尿流。"杀人了！"众人抱头鼠窜。

又八高举太刀，眼里闪出清爽的光。"你们刚才说什么？敢说不敢当的鼠辈！我要让你们瞧瞧佐佐木小次郎的手段！站住，先放下人头再走！"黑夜之中，他还在挥舞利刃。尽管他频频摆好姿势，夸张地宣称是佐佐木小次郎，可对手却全都不见了。黑暗的夜空中，甚至听不到一声乌鸦的啼叫。又八忽然仰天狂笑，可是欲哭般的孤寂立刻淹没了他的面孔。他颤巍巍地把刀插入刀鞘，晃晃悠悠地走了起来。

老板早已仓皇逃走，又八扔到老板脸上的印盒仍然落在路边，在星光下熠熠生辉。由于只是在黑檀木的材质上镶嵌了珍珠色的青贝，看上去似乎不怎么值钱，但那青贝纹样的光却像落在地上的萤火虫一样，在夜晚的路边显得璀璨而妖美。

"咦？"从酒馆出来的行脚僧立刻捡了起来。他刚才还急着赶路，捡到这东西后却返回酒馆的屋檐下，借着从布帘缝中透出来的灯火，仔细地察看起印盒的纹样和坠子。"啊！这是老爷的印盒！是惨死在伏见城工程现场的草薙天鬼大人的东西……印盒底部还刻着'天鬼'两个小字。"决不能让他逃了！行脚僧急忙朝又八追去。

四

"佐佐木先生，佐佐木先生！"又八听到有人在后面喊，但分明不是自己的名字，醉酒的他自然充耳不闻。他跟跟跄跄地从九条朝堀川方向走去，似乎连自己都控制不了自己的身体。

行脚僧快步追去，从后面一把抓住又八的刀，说道："小次郎先生，请等一下。"

"哎？"又八打了个嗝，回过头来，"我？"

"你不是佐佐木小次郎先生吗？"行脚僧眼里透着可怕的光。

又八的醉意开始消散。"我……是小次郎，你找我有何贵干？"

"我有事想问。"

"问……问什么？"

"这个印盒是从哪里弄到手的？"

"印盒？"又八的醉意逐渐消失，在伏见城工程现场被打死的修行武者的表情忽然又浮现在眼前。

"究竟是从哪里弄到的，快说！我想问的是这个。小次郎先生，这印盒是如何到你手里的？"行脚僧一字一句、郑重其事地盘问起来。他二十六七岁，即使从年龄来说，也不像那种只是巡礼寺院、祈祷来世的缺乏生气之人。

"谁……你究竟是谁啊？"又八认真地试探起对方。

"是谁都无所谓。重要的是，请说出印盒的来处。"

"这原本就是我的东西，谈什么来处？"

"你说谎！"忽然，行脚僧改变了语气，"快把真相说出来！否则可要铸成不可挽回的大错。"

"我说的全是真的，怎么会是撒谎？"

"看来你是无论如何也不坦白交代了？"

"何来交代？"又八也自然虚张声势起来。

"你这个假小次郎！"话音未落，行脚僧携带的四尺两三寸长的橡木圆杖便嗖的一声抢了过来。虽然又八已经本能地后退，酒精却让他的动作稍显麻木。

"啊！"他跟跄了两三间的距离，还是跌倒在地，却又骨碌一下爬起来，转身撒腿就跑，动作之迅速让行脚僧都有点惊慌失措。

行脚僧本以为又八已经烂醉如泥，断然不会有机敏的行动，这种藐视却让他变得被动。他一下子急了。"你这家伙！"他一面追赶，一面顺着风势将橡木杖朝又八投去。

又八一缩脖，木杖带着风声从耳边呼啸而过。这样怎么得了！又八愈发加快脚步。行脚僧捡起打空了的木杖也飞奔起来，然后瞅准时机，再次把木杖抛向黑暗。又八又一次从木杖下脱险，一瞬间，所有醉意都消失了。

五

又八的喉咙仿佛烧焦了一样干渴。无论逃到哪里，他都觉得行脚僧的脚步声正从背后传来。眼前已经是接近六条或五条的街道，他拍拍心口。"呜，真是倒了大霉了……应该不会追来了。"他往一条狭窄的小巷望了望。他并不是在寻找逃路，而是在搜寻水井。看来真的发现了水井，又八走进小巷深处。那是一口位于贫民街的公用水井。又八绞上吊桶，抱起桶猛喝，然后又将吊桶放下，哗啦哗啦地冲洗脸上的汗水。

"那个行脚僧是干什么的呢？"又八清醒过来后，之前的恐惧立刻复苏。装着钱的紫革腰包和中条流的出师证明，还有刚才的印盒，这三样东西是去年夏天在伏见城的工地上从那个被众人虐杀的没下颌的修行武者尸体上偷来的。不久后，钱就被花了个精光，怀里剩下的只有中条流的出师证明和一个印盒。

"行脚僧说那印盒是他主人的东西，这么说那家伙是死去的修行武者的随从？"真是冤家路窄，又八觉得自己净被不愿见到的人围追堵截。他越是遮起脸走阴暗的角落，就越是有各种偶然像鬼影一样向他追来。"不是木棒就是手杖，总之是用一件厉害的东西打过来。若是那呼啸飞来的东西砰的一下砸中脑袋，肯定就玩完了。决不可疏忽大意。"

花死人钱一事一直是又八心中的负担。每次想起自己做下的错事，在烈日下被虐杀的没有下颔的修行武者那张脸就会浮现在眼前。若是赚了钱，我一定最先还上，若是能出人头地，我一定会为他立碑供奉……又八不断地在心里向死者道歉。

　　"对，如果还把这种东西装在怀中，说不定又会引起怀疑，干脆扔掉算了。"又八隔着衣服摸着中条流的出师证明，心想。一直顶在钱腰袋中的卷轴便是此物，带着走路也相当麻烦，可是扔掉又八又觉得可惜。浑身上下已经一文钱都没有了，若说带在身上的财产，就只有这个卷轴。虽然用这个当资本也找不到出人头地的门路，可那种有朝一日把自己推销出去的侥幸心理，即使在被赤壁八十马轻易骗光财产后，他也没有放弃。何况诈称写在证明上的佐佐木小次郎到处走，有时也会很方便。一旦拿给无名的小道场或是喜欢剑术的商人看，不但能得到莫大的尊敬，而且不用开口请求就能从对方那里获得一宿一饭之礼遇。可以说这正月的前半个月，又八几乎全靠此吃饭。

　　"根本就用不着丢掉，我怎么越来越胆小！这样胆小怕事很可能是我出人头地的障碍。我要像武藏一样，心放宽一些，学学那些得天下者。"虽然打定了主意，可今晚的住处还是没有着落。即使是用泥巴和茅草搭建起来的歪歪扭扭的贫民窟，住在里面的人也有门有檐。想到这些，又八羡慕不已。

两个小次郎

一

本位田又八卑鄙的眼神不由得窥视了一下周围的人家。每一家都那么贫穷，但那里有围着同一口锅的夫妇，还有一对兄妹围着老母亲，正在加夜班做手工。尽管物质上贫困，可他们都有着丰臣秀吉和德川家康的家庭中没有的东西，那便是越贫穷就越浓厚的骨肉亲情。正因为有着这种互助互爱，这贫民窟才没有沦为饿鬼的地盘，仍保持着人间的温暖。

"我也有老母亲，她怎么样了呢？"又八不禁想了起来。去年年底，他遇到母亲后只待了七天左右，立刻就对无聊的母子生活感到厌倦，便在途中任性地抛下母亲，再也没有见面。"真对不起，可怜的老母亲……无论怎么寻找，也不会有像母亲那样真心爱我的女人。"

又八想去清水寺的观音堂看看，那里距离这儿不远，檐下也能睡觉。而且他还抱着一种奢望：如果凑巧或许还

54

能遇上老母亲。

母亲阿杉是笃信神佛之人。无论什么样的神佛，她都绝对相信其神力。不，不只信，还将其当成绝对的依靠。上一次仅仅一起相处了七天多，母子之间就出现不合，原因之一也是阿杉把时间全都耗费在求神拜佛上，让又八感到无聊和厌倦，觉得无法与老母亲一起长久地旅行。

那时，又八就经常受到阿杉的训诫："若要问什么最灵验，世上再也没有比清水寺的观世音菩萨更灵的了。我们到那儿去诚心祈愿，结果还不到二十一天，观音菩萨不就让我们遇上了武藏那小子吗？而且还是在佛堂前碰上的。你最好也相信清水寺的观世音。"后来，她又跟又八说了好几次，说到了春天要去祈求菩萨保佑本位田家，顺便还愿。说不定老母亲正在那里参拜呢，又八想。如此一来，或许他的想法就不是瞎猜了。

又八试着从六条坊门的街道朝五条方向走。虽说是在城里，但附近黑得什么都看不清楚，甚至会被狗绊倒。野狗实在太多了。从刚才起，他就被野狗的狂吠包围，那种纠缠绝不是扔一块石头就能让它们沉默的程度。不过最近，又八已习惯了狗朝自己狂叫，无论野狗如何龇着牙尾随而来，他都能若无其事地继续往前走，直至狗泄了气。可是到五条的松原附近时，狗群却突然改变了狂吠的方向，就连一直围在又八前后的狗都纷纷与其他狗一起，跳跃着围起行道树中的一棵松树，汪汪地朝天咆哮。在黑暗中乱窜乱跳的狗群与其说是狗，不如说更像是狼，而且多得都数不清。其中还有狗竖起爪子，龇着牙跳到五六尺高，样子十分可怕。

"咦？"又八抬头望望树上，睁大了眼睛。树梢上隐约有个人影。透过星光一看，女人的衣袖和白色脸庞正在细细的松针中颤抖。

二

究竟是被狗追得逃到树上去了，还是原本就躲在树上，狗群觉得可疑便在树下围拢？虽然这一点并不明了，可在树梢上颤抖的那个身影无疑是一个年轻女子。

"去！畜生！去！"又八朝狗群举起了拳头，"你们这些畜生！"说着还朝它们丢了两三块石头。他早就听说倘若像野兽一样四肢着地大吼，无论什么样的狗都会被吓跑，便趴在地上"嗷"地试着吼了一声，可是这招对于眼前的这群狗丝毫不起作用。

当然，对手也不是只有三四只。就像群集在深渊中的鱼似的，无数影子摇着尾巴、龇着牙，以要把树皮扒光的气势，冲着树上那颤抖的女人狂吠不已。即使又八从远处模仿野兽的吼叫，对这群猛犬也丝毫不见效。

"你们这群畜生！"又八愤然起身。他突然意识到，再怎么说自己也是一个腰佩双刀的青年，居然趴在地上学兽叫，让树上的女人看见将是何等的耻辱！

呜！随着一只狗凄厉的惨叫声响起，所有的狗都转向又八。看到他手中的白刃和倒在其下的同伴尸骸，狗群呼的一下汇集到一处，全都像波浪一样弓起干瘦的脊背。

"还想尝尝厉害啊？"又八挥起刀冲进狗群，狗群呼的一下如飞沙走石般向四面八方散去。

"那女人，喂，下来！下来！"又八朝树上喊道，结果树梢间竟摇曳起金属器物的悦耳铃声，那衣袖上的铃声太熟悉了。"咦，那不是朱实吗？喂！"虽然在腰带或衣袖上系铃铛的女子并不只限于朱实一人，但那微微发白的脸庞看起来也像是朱实。

"谁……谁？"果然是朱实的声音，而且非常吃惊。

"还没弄明白啊，我是又八。"

"哎，是又八哥？"

"你到底在那种地方干什么啊？你不是不怕狗吗，怎么……"

"我不是因为怕狗才躲上来的。"

"那你先下来如何？总之先下来。"

"可是……"朱实从树上观察静谧的四周，"又八哥，你快离开这儿吧。那个人似乎已经追来了。"

"那个人？谁啊？"

"现在哪还有空说这些，总之是个很可怕的人。去年年底，我还以为他是个热心人，可是没想到在受他照顾期间，他对我竟然越来越残忍。于是今夜我就瞅准机会，从六条的念珠店二楼逃了出来，可他立刻就发觉了，现在好像已经追来了。"

"不是阿甲吗？"

"不是。"

"是祇园藤次之流？"

"那种人能有什么可怕的。啊，好像来了！又八哥，你别站在那里了，否则我就会被发现，你也会遭殃的。你赶紧躲起来吧。"

"什么，你说那家伙来了？"又八有些迷茫，犹豫起来。

三

女人的眼神会命令男人。一旦意识到女人的眼神，男人便总会忘乎所以地爆发力量，或者展示一下英雄风采。刚才又八以为没有人看到，便趴在地上装野兽，这种羞耻心理再次占据了他的内心。无论朱实在树上如何劝他现在情况危险，让他快藏起来，他都觉得自己好歹是个男人。就算朱实不是他的心上人，他也不能吓得大嚷一声"不好了"就不管不顾地一头钻进黑暗的角落，他决不能如此不争气地在她的眼皮底下丢人现眼，丑态百出。

"啊？谁？"两人异口同声。一方是飞快赶来的男人，另一方则是吓了一跳连忙躲开的又八。朱实一直担心的那个可怕男人终于来到这里，而又八提在手里的利刃上还滴着狗血。见此情形，男人从站在又八面前的瞬间似乎就看出又八来者不善。"你是谁?"他劈头盖脸地问道。

由于朱实那恐惧的样子实在夸张,又八心里也咯噔一下。但仔细看看对方的身影,虽然高大魁梧,但年龄与自己相差无几,留着额发,身穿华丽的少年窄袖和服。我当是什么呢,他想,原来是个毛头小子。于是他哼哼一笑,安下心来。像这样的对手,来多少个都没有关系。若是傍晚时撞见的行脚僧那种人,倒也的确可怕,但像眼前这等毛头小子,都超过二十岁了,还留着额发,身穿少年和服,自己断然不会输给这种柔弱少年。而且就是这家伙在折磨朱实?狂妄的臭小子!虽然还没有问出原因,但无疑就是此人正在纠缠朱实,让朱实遭受折磨。好,那就先教训教训这小子。

看到又八气定神闲,沉默不语,留着额发的少年武士第三次开了口:"你是什么人?!"他凶狠的声音与长相极不相称。尽管这第三次喝问器宇轩昂,简直要把四周的黑暗驱走,又八却依旧以貌取人,根本没有把他放在眼里。

"我吗?我是人。"又八半带揶揄。此时本不需要笑,又八却故意嘲笑对方。

果然,额发武士顿时火冒三丈。"连名字都没有吗?自卑得连名字都没有了吗?"

面对对方气势汹汹的喝问,又八从容不迫,反唇相讥:"像你这样的无名鼠辈,不配知道我的名字!"

"住口!"少年的背上斜背着一把大刀,光是刀身就有三尺多长。他向前一探,逼近一步,露在肩膀外面的刀柄顶部愈发引人注目。"我与你的问题待会儿再解决。我先把躲在这树上的女人弄下来，带回前面的念珠店，有种你就等在这儿别走！"

"少啰唆！我岂会答应你！"

"什么？"

"这姑娘是我前妻的女儿。虽然现在已没什么缘分，但我岂能见死不救？你敢当着我的面动她一根毫毛，我就立刻砍下你的手！"

四

又八觉得对方虽然不像刚才的狗群那样好对付，但吓唬一下估计就会夹起尾巴逃走，不料额发少年竟显出一副好战的样子。"有意思！看你这模样，也能算得上武士吧。好久没遇上有骨气的人了，我背上的晾衣杆正日哭夜闹呢。自从传到我手里，这家传的宝刀还不曾喝饱过血，已经有点锈了，今天就用你的骨头来磨一磨。真要动起手来，你可别吓跑了。"

对方处心积虑，想先用话把又八套住，避免又八逃走。可是又八根本没有意识到这圈套，依然把事情看得很简单。"别吹牛皮了！你若改悔，现在还来得及。趁着还能看清脚下的路赶紧消失，尚且留你一条性命！"

"我也把这句话原样奉还给你！不过，阁下刚才就煞有介事地说什么不屑对我这种人报出姓名，可我还是想请教一下尊名，这也是决斗的礼数。"

"哦，让你听听倒也不是不可以，但你可别吓倒！"

"我早就壮好胆子了，阁下不用担心。那么首先，阁下是哪个流派？"

但凡如此刨根问底的人，通常都不会是强手，于是又八越发不把对方看在眼里，得意忘形地说道："秉承富田入道势源一脉的中条流，已受出师证明。"

"哎，中条流？"对方变得有点吃惊。

话已至此，若不完全震慑住对方，恐怕会引起怀疑，于是又八趁热打铁。"那么，这次也该让我听听你的流派了吧？这可是决斗的礼数啊。"他模仿对方的语气，反戈一击。

结果对方道："在下的流派和姓名稍后自然会报出。敢问阁下的中条流究竟师从何人？"

又八不屑一顾般当即答道："钟卷自斋先生。"

"哦？"小次郎越发惊诧，"阁下可认识伊藤一刀斋？"

"当然认识。"又八觉得好玩，将此视为这套说辞再次起效的证据，以为自己已找到兵不血刃即可制服这额发少年的妙招。于是，他主动说道："若说那伊藤弥五郎一刀斋，我也不瞒你，他便是在下的师兄，我们是师从自斋先生的同门。怎么，你问这个做什么？"

"那么，请容我再问一下阁下的大名。"

"佐佐木小次郎。"

"什么？"

"在下乃佐佐木小次郎。"又八一字一顿，连说了两遍。

至此，小次郎的反应已超出了惊讶，只有哑然。

五

"唔——"不久，小次郎哼哼笑了起来，肆无忌惮地盯着又八。

又八回瞪他一眼。"为什么用那种眼神看我？怎么，被我的名字吓坏了？"

"啊，诚惶诚恐。"

"回去吧！"又八抬抬下巴，推出刀柄说道。

谁知小次郎竟捧腹大笑，似乎一时半会儿停不下来。"在下行走江湖，什么样的人没碰到过，但还真不曾如此惶恐。那么佐佐木小次郎先生，在下想问问你，你知道在下是何人吗？"

"什么？"

"我想问问你，我究竟是什么人？"

"关我什么事！"

"不不，你应该十分清楚。虽然有些啰唆，但为谨慎起见，在下还是想再问一遍：请问尊姓大名？"

"你怎么还不明白？我乃佐佐木小次郎！"

"那么，我呢？"

“是人吧。”

“当然是人。可是，我这个人的名字呢？”

“你在戏弄我？”

“不，我很认真，非常认真，再认真不过了。小次郎先生，我是谁？”

“少啰唆！这个最好问你自己。”

“若名字都要问自己，岂不愚蠢得可笑？那我也报一下姓名吧。”

“哦，说！”

“你可别吓坏了。”

“少啰唆！”

“我乃岸柳佐佐木小次郎。”

“啊？”

“世居岩国，姓氏佐佐木，名为父母所赐，剑名岸柳者，便是在下。不知何时，这世上竟出现了两个佐佐木小次郎！在下行走世间，什么样的人都见过，可与名为佐佐木小次郎者相遇，我佐佐木小次郎还是头一回。真是生来第一次遇到这种奇缘，这么说来，阁下就是佐佐木小次郎先生喽？怎么，你好像突然开始发抖了？交个朋友如何？”小次郎靠了过来，啪地拍了一下脸色苍白、目瞪口呆的又八的肩膀。

又八一哆嗦，吓得“啊”地大叫一声。

接下来的话语便出自小次郎之口，仿佛吐出的枪一样朝又八刺去。“你若敢逃，定斩不饶！”说罢，他一下子跳出两间远。又八刚想逃走，只听嗖的一声，那把晾衣杆长刀已经越过小次郎的肩膀，在黑暗中画出银蛇般的弧线。之后，小次郎就无须再挥第二刀了。又八已像被狂风吹动的树叶一样，径直在地上骨碌骨碌翻了三个滚，再也动弹不得。

六

三尺多长的白刃被投向背后的刀鞘，砰的一声滑入其中，发出高亢的鸣响。小次郎已经对没了气息的又八看都不看一眼了。"朱实！"他来到树下，望着树梢喊道，"朱实，快下来！我不会再那么对你了，快下来吧。我最终还是砍了你养母的前夫，快下来看一眼吧。"

树上始终没有任何声音，松叶黑黢黢的。不久，小次郎亲自朝树上爬去，可朱实已经不见了。看来她不知何时瞅准空隙，从树上滑下来溜了。

小次郎坐在树梢上，许久未动，似乎置身于飒飒的风中，思考着逃走的小鸟的去向。为什么那个女人竟如此怕我？小次郎想不明白。他觉得自己已经对她倾注了最大的爱。尽管他也承认这种爱的方式有点过激，却无法体会这种爱与平常人的不同。

若要知道小次郎对女性的爱如何与常人不同，仔细留意一下他在剑道上的表现，即他的刀法，似乎就能得到一些答案。自小在钟卷自斋身边习武起，他就已经被称为"鬼才""非凡少年"，可见当时他的刀法就已异于常人。简单说来，就是"韧"。"韧性"极强是他刀法的先天特点。越是面对超越自己的强手，刀的韧性就越强。当然，这个时代的刀是不讲求道的，无论多么具有韧性，也没有人会觉得肮脏。一旦让那家伙盯上，可就没命了——就算有人如此恐惧，也不会有人说小次郎的刀法卑鄙。

他年少的时候，有一次被平时憎恨他的师兄们用木刀狠狠地打趴在地，当场昏了过去。一个师兄觉得于心不忍，便给他喂水照顾他。结果苏醒过来的小次郎竟猛地站起来，用那师兄的木刀当场将其打死。而且只要输过一次，他便永远都忘不了那个敌人，无论是晚上，还是对方上厕所或是睡觉的时候，他都会跟随在后伺机报复。对于这种做法，当时的武道并不会指责其"混账，比武就该在比武的时候进行"，所以，对于他这种异常的执着——只要打过他一次，就永远成了被他报复的对象——同门的人也都不怎么指责。

不觉间，小次郎便自诩是"天才"。这不是他桀骜不驯或狂妄自大，连他的师父自斋和师兄一刀斋也都承认这是事实。自从回到故乡，开始在锦带桥畔每日练习刀斩飞燕，钻研独门刀法，人们便更称赞他是"岩国的非凡少年"，他也以此自负。不过，在这种韧性十足的刀法上的执着在爱女人时究竟会以何种形式表现出来，恐怕没有人知道，小

65

次郎也从未将两者联系在一起思考，所以朱实讨厌他并逃走一事令他十分不解。

七

当小次郎突然回过神的时候，发现树下有个人影在动。那人似乎并不知道小次郎就在树梢上。

"啊，有人倒在那里！"说话间，人影来到又八旁边，弯下腰仔细查看又八的情形，不久便惊呼一声，"啊，是这家伙！"吃惊的声音大得在树上都能听到。

原来那人是手持白木杖的行脚僧。不知行脚僧想起了什么，慌忙脱下无袖短披衫。"奇怪，既不像被人砍杀的样子，也还有体温，这家伙怎么昏过去了？"他咕哝着，摩挲起又八的身体，不久就解下系在腰上的一条细绳，把又八的双手扭在背后，结结实实地绑了起来。由于已经昏厥，又八自然毫无抵抗。绑好之后，行脚僧用膝盖顶住又八的背，用力按压他的胸口。

"呜——"又八发出粗重的声音，行脚僧便像拎芋头草包一样，把又八带到树下。"起来，起来！"他一面呵斥，一面用脚踢。

在鬼门关转悠一圈的又八大概还未完全恢复意识，半梦半醒地站起身。

"对，就这样别动。"行脚僧十分满意，将又八的身子和腿直接绑在了松树干上。

"啊？"又八这才惊叫一声，对面前之人不是小次郎而是行脚僧大感意外。

"喂，假小次郎，你跑得倒挺快啊，让我好一顿找。但现在跑不了了吧？"说着，行脚僧开始慢慢地拷问又八，先是啪的一下打了又八一个耳光，又使劲按住又八的额头。又八的后脑勺一下子撞到树干上，砰的一下发出沉闷的声音。"你是从哪里弄到那个印盒的？快说！你说不说？不说是吧？"行脚僧又使劲揪住又八的鼻子，凶狠地摇来晃去。又八发出凄惨的喊叫声。

行脚僧松开手。"说吗？"

这次又八倒十分干脆。"说。"他流着眼泪答道。不用如此拷问，又八也已经没有勇气再隐瞒了。"那是去年夏天的事了。"他一五一十地讲起自己在伏见城的筑城工地上运石头时遇到的那个没有下颔的修行武者，"没错，我是出于一时恶念，从那人的尸体上拿了钱包、中条流的出师证明和印盒就逃走了。钱都花完了，证明还带在怀中。您若是能饶我不死，虽然现在我无法还上，但日后我一定拼命干活偿还。要不，我给您写一张字据也行。"

毫无保留地交代完，又八觉得似乎身上的一个大脓包被切掉了，一下子去除了自去年以来的一块心病，忽然轻松起来，心里也没什么害怕的了。

八

听完又八的交代，行脚僧问道："果真如此？"

又八乖乖答道："是真的。"他微微低下头。

行脚僧沉默了一会儿，竟一下子拔出腰间的小刀，倏地捅到又八眼前。

又八一哆嗦，不敢正视，斜着抬起脸。"你要杀、杀我吗？"

"嗯，要你的命。"

"我可老老实实全都招了。印盒早还给你了，出师证明的卷轴我也还你。还有，虽然那钱我现在无法还，可日后我一定会还上的，你完全没必要杀我啊。"

"你的诚实我很清楚。你大概还不知道我是何人吧？告诉你，我是上州下仁田人，是在伏见城的工地上被众人打死的草薙天鬼先生的仆从！名叫一之宫源八。"

这些话又八根本就没有听进去。他惧怕死亡，只顾拼命挣扎，诅咒着绑在身上的绳子，思索着如何能够逃脱。"我道歉，是我不对。可是我根本不是故意从尸体上盗走东西的。他临终时说了句'拜托'，我开始还打算按照他的遗言，把东西送给他的亲戚，可后来由于手头紧，就禁不住把手伸向了那钱。是我的不对，我什么错都认，您就饶了我吧，让我怎么认罪都可以。"

"不，你若谢罪倒要让我为难了。"行脚僧似乎在拼命压抑自己的感情，摇摇头说道，"详细经过我已经在伏见城调查过了，我也知道你很诚实。但对于故土的天鬼先生的家人，我必须要提点东西回去慰藉他们，我这么做也是情非得已。理由有很多，但最主要的是因为找不到杀害天鬼先生的凶手。我也很为难。"

"不……不是我杀的。喂、喂，你可别弄错了啊！"

"我知道，这些我十分清楚。不过，远在上州的草薙家遗族们不知道天鬼先生竟是在筑城工地上被那些土工和运石工打死的，而且这样很不体面，我也很难将实情告诉亲戚朋友和世人。所以，虽然这请求对你来说是很残忍，但你还是认了吧，就当你是杀害天鬼先生的凶手，为了替主人报仇，就让我源八杀了你吧。"

真是强词夺理的要求。又八一听，越发拼命挣扎。"岂、岂有此理……不、不行，我还不想死！"

"阁下说得没错，可你刚才在九条的酒馆时连酒钱都掏不出来，都快活不下去了。与其忍饥挨饿地在这世上游荡，丢人现眼，还不如现在就来个干脆的，一下子立地成佛如何？我会从随身携带的钱中拿出若干，作为你的奠仪送给你。如果你还有记挂的老人，我就替你交给老人。如果你想把钱作为所修功德，要我献给你祖先的寺院，我也一定会如愿给你送到那里。"

"门儿都没有……我不会要你的破钱，我要的是我的命！不行，快放了我！"

"既然我如此苦口婆心地求你，那就无论如何也请你做一回我主人的敌人了，没办法。我拿着你的人头回到上州，就能向天鬼先生的遗族和世人交代了。又八先生，你就把这当成前世的冤孽，认了吧。"说罢，源八再次端起了刀。

九

"且慢且慢，源八！"忽然，不知是谁喊了一声。

倘若这声音出自又八口中，源八也会强压良心的不安，为了达到目的而面带狰狞地挥下去，可是——"啊？"他不禁望向黑暗的空中，仿佛怀疑自己听错了似的，竖起耳朵聆听吹过树梢的风。

这时，头顶的天空又传来声音："不要滥杀无辜，源八——"

"谁？"

"小次郎。"

"什么？"

又一个自称小次郎的人要从树上下来。这绝不可能是只天狗，因为那声音听起来格外亲切。究竟有几个假小次郎呢？源八心怀戒备，只见他从树下跳开，手握短刀朝向空中。"光说小次郎，我怎么知道你是谁？你究竟是哪里的小次郎？"

"岸柳——佐佐木小次郎。"

"胡说！"源八大笑一声，"这种假把戏已经行不通了。你难道不知道，这里正有一个小次郎叫苦连天呢。哈哈，我明白了，你一定也是下面这个又八的同伙吧？"

"我是真的小次郎。源八，我要跳下去，可你一定是想把我一劈两半吧？"

"哼，你这个怪物！你只管下来吧，来多少我就杀多少！"

"你若是杀得了我，那我就是假的。真的小次郎是不会被杀的。我下去了，源八！我现在就往你头上跳。你就完美地给我一刀吧。可一旦你不能在空中斩杀我，那我背上的晾衣杆或许就会像劈竹子那样将你一劈两半了。"

"且慢！小次郎先生，请等一下。我想起你的声音了。既然带着名刀晾衣杆，那必是真正的佐佐木小次郎先生。"

"相信了吗？"

"可是你怎么会在这种地方？"

"待会儿再说。"

源八吓得一缩脖子。几乎同时，小次郎已经越过源八仰起的脸，嗖的一下，裙裤带起的风与散落的松针一起落在了源八身后。

看到真的佐佐木小次郎，源八反而产生了重重疑问。

此人与自己的主人草薙天鬼是同门师兄弟，因此小次郎还待在上州钟卷自斋身边的时候，源八也见过他好几次。但那时的小次郎并不是如此美艳的少年。他幼小时眉眼之间便透着倔强，浑身散发出一股凛然之气，但由于师父自斋厌恶华美之人，所以当时在那儿挑水的他也只是个质朴黝黑的乡间少年而已。

没看错吧，源八简直看呆了。

小次郎坐在树下，说道："喂，你不坐下吗？"

两人交谈一番，小次郎这才明白，师父的侄子，即同门师兄草薙天鬼带着欲交给他的中条流出师证明游历时，竟在伏见城的筑城工地上被错当成大坂一方的间谍而被打死。而且他也弄清楚了另一点：正因这一事件，才在世上制造出两个佐佐木小次郎。

这让真小次郎拍手称奇。

十

随后，小次郎又说，像这种借他人之名招摇撞骗的生活上的弱者，即使杀了也没有意义。若真要惩罚，还有更好的办法。若是为了给草薙家遗族一个交代以及维护草薙在世人面前的体面，也用不着硬是制造一个仇敌来掩盖真相。不久后他去上州，会堂堂正正地解释师兄之死，也会做祈福法会，把这些都交给他就行。

"怎么样，源八？"

听小次郎如此一说，源八道："既然你都这么说了，那我也就没有什么异议了。"

"那么，咱们就此作别吧。你也回故土去吧。"

"这么快就要走？"

"我现在要去寻找一个名叫朱实的女子，她逃跑了。因为有点急，只好……"

"啊，请等一下，差点又忘了一件大事呢。"

"什么事？"

"还有先师钟卷自斋委托天鬼先生交给你的中条流出师证明呢。"

"唔，是这个啊。"

"刚才这个叫又八的假小次郎说，他从死去的天鬼先生怀里掏了出来，现在仍带在身上。那当然是自斋师父授给你的东西。在下今天能在此见到你，或许也是自斋先生和天鬼先生在天之灵的佑护，还请你就此收下吧。"说着，源八将手伸进又八的怀里。

看来性命算是保住了，即使那证明被从腹带里掏了出去，又八也丝毫不觉得可惜，心情反倒轻松许多。

"就是这个。"源八代替故人将出师证明交到小次郎手里。

本以为小次郎会感激涕零地收下，不料，他却连手都没伸出来。

"我不要。"

"哎？为什么？"源八十分意外。

"没有为什么，因为这东西已经对我没用了。"

"你这话可有些过分啊。自斋先生生前就已经认定，能够接受这中条流出师证明的人不是你便是伊藤一刀斋，根本无第三人选。后来，自斋先生之所以在临终时把这一卷轴委托给天鬼先生，要他转交给你，那是因为伊藤一刀斋已经自立门户，称为一刀流，所以尽管你是师弟，可先生还是决定把证明传授给你。你难道不明白师恩的可贵？"

"师恩是师恩，但我也有自己的抱负。"

"你说什么？"

"你不要误解，源八。"

"你这么做对恩师是不是太无礼了呢？"

"不是这样的。说实话，我一直认为我比师父自斋先生拥有更杰出的天赋，将来也一定会胜过师父。我不想一辈子都在山里做一名剑客，最后埋骨乡野。"

"你不是一时冲动才这么说的吧？"

"当然不是。"谈起自己的抱负，小次郎毫无顾忌，"虽然师父特意把出师证明传授给我，可我坚信，我小次郎现在的水平已经在师父之上了。而且中条流这个流名带有乡野之气，对于有远大抱负的青年人来说，反倒会成为一种障碍。既然师兄弥五郎创立了一刀流，那我也要立一个流派，打算称之为'岩流'。源八，既然我怀有这种抱负，出师证明之类对我来说就已经没用了。你把它带回故土，与寺院里的死者名册类收在一起吧。"

十一

小次郎丝毫没有谦让之类的话语。多么狂妄傲慢的男人！源八用憎恶的眼神死死盯着小次郎那刻薄的嘴唇。

"不过，源八，请你转达我对草薙家遗族的问候。等我不久后去东国的时候，一定会前去拜访。"小次郎最后的话倒是说得十分客气，说罢抿嘴一笑。

再也没有比高傲者的假客气更可恨的东西了。源八火冒三丈，真想严厉苛责他对亡师的不敬。我真愚蠢！源八自嘲了一句，迅速走到无袖短披衫旁边，把出师证明收进去。"告辞！"源八丢下一句，气冲冲朝远处走去。

小次郎目送着他离去。"哈哈哈，气走了，乡巴佬！"他说罢转过身来，对被绑在树干上的又八说道："冒牌货，喂，你怎么不说话？"

"是。"

"你叫什么名字？"

"本位田又八。"

"你是浪人？"

"是……"

"没骨气的家伙！好好学学连师父给的出师证明都退回去的我吧。若连这么点气概都没有，怎么能成为一流一派的鼻祖呢。你冒充他人之名，盗取他人的证明，浪荡于世，简直卑鄙至极。就算披着老虎皮，可猫始终还是猫，最终便会落得这种下场。这下记住了吧？"

"我以后会注意的。"

"今天就饶你一命。但为了让你长长记性，这绳子，你就一直等到它自行解开的那一刻吧。"说完之后，小次郎不知想起了什么，又用短刀削起树皮来，被削掉的树皮落进又八的脖领里。"啊，没有带矢立。"小次郎喃喃自语。

"若需要矢立，小的腰里好像插着一个。"又八讨好地说道。

"你带着啊，那就借用一下了。"

小次郎扔了笔，反复叨念着。岩流——这是自己刚才忽然间想起的代词。从前他一直把在岸柳和岩国的锦带桥练习刀斩飞燕的回忆当成剑号，倘若作为流名，还是岩流更合适。

"对，今后的流派就叫岩流，这远胜于一刀斋的一刀流。"

此时已是深夜。小次郎拿起矢立中的笔，在削成一张纸大小的白色树干上如此写道：

> 此人冒用本人之姓，盗用本人之剑名，为害诸国，因绳之示众。
>
> 本姓，本流，天下无二。
>
> 岩流　佐佐木小次郎

"好。"

墨一般的松涛如潮水一般呼啸着掠过松林。小次郎敏锐的双眼立刻便捕捉到一个移动的物体。他的眼睛刚才还燃烧着崇高的抱负，此时已像猎豹一样朝昏暗的松涛中放出锐利的光。"啊？"莫非是朱实的影子？

突然，他猛地朝某处跑去。

二少爷

一

　　自古以来轿子或竹轿笼之类的交通工具便只为有身份有地位的阶级使用，至于被庶民百姓使用，在城里或街道上开始出现，是最近才有的风景。人坐在用四根竹子连结的竹篓内，前后的轿夫边走边喊"哎、嗨、哟、嗨"的号子，宛如抬着行李走路。由于竹篓很浅，轿夫迈开步子时，为了防止被甩出来，乘轿的人必须两手抓住前后的吊竹，身子也一颠一颠地与轿夫的号子保持同样的节奏。

　　此刻，在这松原中的大道上，正有一乘这样的轿子。一行七八个人提着三四盏灯笼如旋风般从东寺方向赶来。一过半夜，这条大道上便经常会有赶轿或马鞭的声音呼啸而过。由于连接京都和大坂的交通要道淀川半夜会停航，一旦有急事，自然要星夜兼程赶陆路。

　　"哎，嗨，快了！快到六条了。"这群人并不像是从三四里开外的地方赶来的。轿夫和跟随在轿旁的人都累得精疲力竭，气喘吁吁，连心脏都要吐出来了。

"这儿是六条了？"

"六条的松原。"

"再坚持一会儿就到了。"

提灯上绘着大坂倾城町，即烟花巷里常见的太夫纹样，轿中坐的却是一个几乎将竹篓撑裂的大男人，精疲力竭地跟在后面步行的随从也全都是健壮的年轻人。

"传七郎先生，四条马上就要到了。"一人冲着轿子说道。此时，轿子里的巨汉正像纸老虎一样摇晃着头，惬意地打着瞌睡。

"要掉下来了！"这时，一个随从连忙从轿外扶住男人。

男人一下子睁开眼睛，说道："啊，口渴！拿酒来，快拿竹筒的酒来。"

大家都筋疲力尽，只要一有机会，就总想歇息一下。

"停轿，休息一会儿。"

"唔——"话音刚落，人们便立刻把轿子放了下来。轿夫和年轻的随从一齐抓起毛巾，擦拭着像鱼皮一样湿漉漉的胸前的汗水，搓起脸来。

"传七郎先生，已经不多了。"一人将竹筒递向轿子。

男人接过去一饮而尽。"啊，凉！都凉到牙根了！"被唤为传七郎的男人似乎终于睁开眼睛，喃喃自语。他的头忽然伸出竹篓外，仰望天空，说道："天还没亮？这么快啊。"

"令兄一定在望眼欲穿地盼您回去吧，一刻如千秋，恐怕都等不及了。"

"真希望在我赶回去之前兄长能够挺住……"

"虽然大夫说能挺住,但令兄的情绪一直那么激动,伤口经常出血,恐怕不好啊。"

"嗯,他一定懊悔不已。"说着,传七郎张开嘴,又把竹筒倒过来,但酒已经没了。"武藏!"他把竹筒摔到地上,恶狠狠地说道,"快!"

二

酒量大,脾气也暴躁,更惊人的是臂力——提起吉冈家的二少爷,世上无人不晓。他的个性与哥哥完全不同。父亲拳法还在世时,他的力气就已经超过了父亲,门人们至今也仍这么认为。

兄长你不行,你这个样子就别继承家业了,哪怕乖乖地去享清福也行啊。传七郎甚至当着哥哥的面都是这种口吻,兄弟间的关系因而十分不合。

尽管如此,拳法在世时,兄弟二人仍能尽心尽力经营道场。可拳法去世之后,传七郎就几乎从未在道场里拿起过刀剑。去年他邀了两三名朋友,说是要到伊势去玩,回来时顺便造访一下大和的柳生石舟斋,可出去之后就再也没有回京都,连个消息都没有。尽管一年都没回家,可谁都不担心这个二少爷会饿着。他每天花天酒地,口无遮拦,还说哥哥的坏话，自己无所事事却目空天下，只要时不时地晃一晃父亲的名字，就能酒肉不愁，逍遥度世。在老实人看来，这实在不可思议，但传七郎这个二少爷还是具备一些生活能力的。听说最近他又混迹于兵库的御影一带，在某人的别墅里混起了闲饭。即使听到这种传闻，大家也没怎么往心里去。然而正在这节骨眼上，发生了这次清十郎与武藏的莲台寺野事件。

濒死的清十郎说想见见弟弟，这让门人们深感震动。但即便清十郎不这么说，众人也觉得若想报仇雪恨，除了传七郎便再无旁人。而在考虑善后措施的时候，大家又不约而同地想起他。只听说他在御影附近，其他的一无所知，不过吉冈门还是立刻派了五六人赶往兵库，终于打探到他的音讯，用轿子把他抬了回来。

尽管平日里兄弟不睦，但一听说兄长为了保住吉冈的声誉，参与比武，却重伤败北，惨遭羞辱，濒死时还透出了想见弟弟的意愿，传七郎二话不说。"好，我马上回去。"他立刻坐上轿子，不住地呵斥轿夫全速前进，把轿夫的肩膀都压烂了，此前已经换了三四家轿夫。尽管如此着急赶路，可每到轿夫休息时，传七郎仍不忘让人给他往竹筒里打酒。他情绪激动，或许是想以此来安慰自己，但他平时就是个酒坛子。而且轿子在淀川的寒气和田间的寒风中飞奔，所以无论怎么喝都不觉得醉。

不巧的是，竹筒里的酒又喝光了，传七郎焦躁起来。"快！"他愤怒地扔掉竹筒，命令轿夫起轿，可是轿夫和门人们似乎发现了可疑情况，一齐朝远处黑暗的松涛中望去。

"怎么回事？"

"不像是一般的狗叫。"

众人的注意力都被吸引过去，尽管传七郎催得很急，他们也并未立刻汇集到轿子旁边。

于是，传七郎第二次愤怒地大喝，催促起轿。人们这才一愣，说道："传七郎先生，请稍候一下。那边是怎么回事？"他们朝着此时根本无暇顾及周遭的传七郎问道。

三

其实众人根本用不着担心害怕，神经紧绷，应该只是几十只或几百只狗在狂叫而已。即使再多，狗叫声还是狗叫声。常言道，"一犬吠虚，万犬传实"，众人根本不必慌乱。更何况近来已无战事，野狗久未吃到人肉，便从野外转移到城区，群集在街道上，这种情况也屡见不鲜。

"快去打探一下！"尽管嘴里如此吩咐，传七郎自己却先站了起来，朝黑暗的松林快步走去。既然连他都起来了，可见狗叫声非同一般，一定发生了什么。于是跟随的门人丝毫不敢怠慢，跟着跑了过去。

"啊？奇怪的家伙！"

果然，他们看到了一幅不可思议的景象。眼前正是被绑缚在树上的又八，以及将他黑压压包围了三四层、欲将他撕成肉片的旋风般的狗群。

倘若狗也懂得正义，这或许可称得上是它们的复仇。又八刚才杀了一只狗，身上还沾着狗血的气味。

不，狗的智力与人类差之千里，或许在它们看来，又八是个没出息的家伙，戏弄一下他一定很好玩，抑或是它们不知这个姿势奇怪、背靠大树而坐的家伙究竟是小偷、瘫子还是别的什么，感到十分好奇才对他狂吠。

每只狗都像狼一样，肚皮塌陷，脊背拱起，满嘴利齿。对于孤立无援的又八来说，这比刚才的行脚僧和小次郎不知恐怖了多少倍。由于手脚都不能动弹，他只能以表情和语言来防守。可是表情无法当武器，语言对狗也不起作用。于是他就用狗也能听懂的语言和狗也能看懂的表情恶战苦斗，拼命防御。

"呜——嗷——嗷——"他模仿猛兽的咆哮。狗群有些畏缩，后退了一点点，但由于又八这头猛兽吼得有些过度，鼻涕流了出来，狗群一看便知他软弱可欺，顿时围了上去。一看声音当不成武器，又八又想用表情来吓唬狗群。只见他嗷的一声咧开大嘴，似乎吓住了狗群，他又忍住不眨眼，瞪起眼珠，把眼睛、鼻子和嘴巴扭到一处，还把长舌头伸到鼻子上吓唬狗群。可不一会儿，他做累了，狗群似乎也有些厌倦，再次凶狠地逼了上去。于是他又穷尽毕生的智慧，把自己装扮成狗的同类，向狗群表示善意。"汪，汪，汪！汪，汪，汪！"他模仿着狗的叫声叫了起来。

可是，这似乎更招致了狗群的轻蔑和反感。众狗顿时汪汪乱叫，有的扑到他的脸前狂吠不已，有的则舔起了他的脚。又八无法示弱，便硬着头皮拼命嚷起平家琵琶中的法皇巡幸大原的一段："斯时，文治二年春，法皇欲巡幸建礼门院大原之闲居，时值二三月，山风凛冽，余寒未尽，峰上白雪尚未消融……"他双目紧闭，眉毛紧蹙，声音简直要把自己都震聋。

四

　　幸亏传七郎等人在这时赶来，狗群轰的一下四散逃去。又八也顾不得体面，大喊起来："救命啊，帮我解开绳子！"

　　吉冈门人中有两三个人认识又八。

　　"咦，在蓬之寮的时候见过这家伙。"

　　"是阿甲的丈夫。"

　　"丈夫？阿甲应该没有丈夫啊。"

　　"那只是祇园藤次为了面子编的瞎话。这个男人其实一直被阿甲养着。"

　　众人议论纷纷。

　　"看着挺可怜，给他解开吧。"在传七郎的吩咐下，大家帮又八解开绳子，仔细询问，于是又八又开始瞎编起来。他羞于述说事情的真相，绝口不提自己的卑鄙。

　　看到来的是吉冈的人，又八又想起了自己的宿怨，于是便扯上武藏，说尽管自己与他是同乡，可他夺走了自己的未婚妻，令自己的家名受到玷污，无颜面对家乡父老。母亲阿杉为了雪耻，发誓如不杀死武藏，不处决不贞的未婚妻，便再也不回故乡，并不顾老迈的身躯，与自己一起踏上了追杀武藏的旅程。虽然刚才有人说自己是阿甲的丈夫，但这完全是荒谬的误解，自己是曾寄身于蓬之寮，却与阿甲毫无关系，祇园藤次至今仍与阿甲关系亲密并携手私奔他国便是铁证。自己对这些事情根本就不在乎，现在担心的只有母亲阿杉与敌人武藏的消息。根据这次在大坂听到的传闻，吉冈先生的长子与武藏比武时遭遇不测。一听到这消息，自己便顿时坐不住了，一口气赶到这里，不料被十余名凶恶的野武士包围，所携钱财悉数被夺去。不过由于上有老母，另有仇敌，这身体弥足珍贵，便任由他们作恶后离去。正在听天由命之际受到了吉冈一门的帮助。

"多谢。无论是于吉冈家，还是于我自己，武藏都是不共戴天的仇敌。我身上的绳子能由吉冈一门的人解开，这或许是某种缘分。您似乎便是清十郎先生的弟弟，我要杀武藏，您恐怕也抱有誓杀武藏之心。不管谁先杀死他，总之在实现夙愿之后再拜会您吧。"

若是完全撒谎，恐难取信于对方，于是又八在编造的过程中也多少穿插了一些事实。不过"不管谁先杀死他"这一句还是有点画蛇添足的意味，甚至令他自己都有些汗颜。

"想必母亲阿杉正在清水寺为实现宏愿而祈祷，所以我正急着赶去找她，搭救之恩改日再赴四条道场报答。您如此急着赶路，耽误了您的行程，实在惶恐之至，还望见谅。"

趁未露出破绽之际匆匆离去，虽然迫不得已，但又八却也拿捏得恰到好处。

就在众人半信半疑的时候，又八已不见踪影。门人们一脸茫然，传七郎也露出苦笑。"那家伙究竟是怎么回事……"想到这无谓的耽搁，他不禁咂舌。

五

"最近数日是危险期。"自从大夫如此交代后，已经过了四天。此时正是病情最危险的时期，不过从昨天起似乎略显好转。清十郎恍恍惚惚地睁开眼睛，分不清究竟是早晨还是晚上，他试着思考。枕边的长明灯快要熄灭，四周没有人，外间传来鼾声，疲惫的守护人们未解衣带，全都蜷着身子睡在地上。

鸡在啼叫，这让清十郎再次意识到自己还活在这个世上。活受辱！他用被子一角捂住脸，指尖颤抖着，似乎在哭泣。今后该以什么面目见人？他想到此处，不禁抽搐了一下，吞下呜咽。父亲拳法的名声实在太过响亮。自己这个不肖子光是背负父亲的名声和遗产就已经尽了最大的气力，可到头来还是身败名裂。完了，吉冈家已经完了。

噗的一下，枕边的长明灯自动熄灭了，房间里映着微微泛白的黎明之光。站在白色晨霜中的莲台寺野的情形再次浮现在清十郎的脑海中。回想起当时武藏的眼神，仍令他毛骨悚然。看来，自己从一开始便注定不是他的敌手，可自己为何没有弃剑投降？这样最起码也能保住家名。

都怪自己太骄傲自满，以为父亲的名声便是自己的名声。想来，自己除了生为吉冈拳法的儿子，又何曾做过哪怕一种像模像样的修行？败在武藏的刀下之前，自己作为一家之主，作为一个人，已经有了失败的预兆，与武藏的比武只不过是压垮自己的最后一根稻草而已。照这样下去，早晚有一天，这吉冈道场会被社会的激流吞没，绝不可能永远兴旺繁盛。

清十郎的睫毛上挂着白色的泪滴。随着泪滴骨碌一下流到耳际，他的心也颤抖起来。为什么我没在莲台寺野死去？活着又有什么用？失去右臂的剧痛让他紧锁眉头，苦闷不已，害怕黎明的到来。

当、当、当，远处传来叩门声。有人前来唤醒守在外间的人。

"哎，传七郎先生来了。"

"刚到？"

有人慌忙出去迎接，还有人立刻跑到清十郎的枕边。"小师父，小师父，好消息！刚才他们说传七郎先生已经乘早轿赶到了，想必一会儿就会过来。"

人们立刻打开窗户，往火盆里添了些炭，然后放下坐垫等着。不一会儿，传七郎的声音从隔扇外面传了进来："就是这儿吗，兄长的房间？"

好久没听到这声音了！想到这里，清十郎又觉得自己这副样子简直无法见弟弟。

"兄长。"

面对走进门的弟弟，清十郎抬起无力的眼睛，本想笑一下，却没能笑出来。一股酒香从弟弟身上散发出来。

六

"你怎么样了，兄长？"传七郎精力充沛的样子让清十郎感到重压。

清十郎闭上眼睛，沉默了一会儿。

"兄长，在这种时候，即使是不肖的弟弟，也是一种依靠。从信使那里一听到详情，我便急急忙忙从御影起程，途中在大坂的烟花巷准备了些酒食，就星夜兼程赶了回来。你安心就行了。既然我传七郎已经回来，这吉冈道场无论谁来，我都不会让他动一根手指。"

说罢，传七郎冲着前来倒茶的门人嚷道："喂喂，茶就算了。不用倒茶了，快准备酒来！"

"是。"门人退了出去。

"喂，来人，把这隔扇给我关上！不知道病人怕冷吗？混账！"说着，传七郎由跪坐转为盘腿而坐，抱起火盆，注视着沉默不语的清十郎。"那胜负到底是如何决出来的？宫本武藏不是最近才崭露头角吗？兄长怎么会栽在一个初出茅庐的臭小子手里……"

这时，门人从边上说道："传七郎先生。"

"什么事？"

"酒准备好了。"

"拿来。"

"已经在那边准备好了，您是否要先洗个澡？"

"我不想洗澡。酒要在这里喝，快给我拿到这儿来。"

"在枕边？"

"没事，好久没有与兄长说话了。虽说我们长期不合，但现在这种情况下，什么都不如自家兄弟贴心。就在这儿喝。"

不一会儿，传七郎便自斟自饮起来。"香！"他说着接连干了两三杯，"兄长若身体好，真想也敬你一杯啊，好久没有敬兄长酒了。"他边喝边自言自语。

清十郎翻眼瞅了瞅，说道："弟弟。"

"嗯？"

"就别在这枕边喝酒了。"

"为什么？"

"它让我想起很多讨厌的事情，让我不愉快。"

"讨厌的事情？"

"亡父也一定厌恶我们兄弟俩喝酒吧。无论是你还是我，我们因为爱喝酒都没有做过一件好事。"

"那做的都是坏事？"

"你大概不会有切身的感受，可是我现在已经彻底尝到半生的苦酒了……在这病榻上。"

"哈哈哈，别说这些无聊的话了。兄长本来就胆小心细，有些神经质，缺乏那种剑客的豁达。说实话，与武藏之类的人比武原本就是错误。无论对手实力如何，这种事情实在是不适合你做。你已经吃过苦头了，最好不要再拿刀了，只管当你的吉冈二代掌门人就行。若是遇到无论如何也要挑战比武、躲也躲不开的猛士，我传七郎会替你出去解决。这道场今后也交给我吧，我一定会经营得比父亲在世时还要繁荣数倍。只要你不怀疑我有篡夺道场的野心，我一定会亲自做给你看的。"传七郎将酒壶里最后一滴酒倒进杯里说道。

"弟弟！"清十郎想要起身，可由于少了一只手，连被子都没能利落地掀开。

七

"传七郎……"清十郎从被褥中伸出左手，紧紧地握住传七郎的手腕，力量之大甚至让传七郎感到疼痛。

"啊……松、松、松手，兄长，酒要洒出来了！"传七郎慌忙将被握住的手里的酒杯换到另一只手上，问道，"什么事这么郑重？"

"弟弟，就按照你希望的那样，把道场让给你吧。但继承道场的同时，便也继承了家名啊。"

"好，我接受。"

"别如此随意地答应。倘若重蹈我的覆辙，再度玷污了亡父的英名，还不如现在就让它覆灭。"

"别说傻话了，我传七郎可与你不一样。"

"就算是为我，你能否洗心革面？"

"等等。酒是不能戒的，唯独这酒。"

"那好吧，喝酒也得有个度。其实我犯错并不是因为酒。"

"是女人吧？喜欢女人可是你的短处。等你身体恢复之后，就娶一房妻室吧。"

"不，借着这个机会，我已毅然弃剑，也没有想拥有妻室的心情了。只是，有一个人我必须要搭救她。若能看到她幸福地生活，我就别无他求了。然后就在荒野尽头结一茅屋，了却终生……"

"什么？有一个人必须要搭救？"

"算了，其他的事就托付给你。身为武士，你这个废人兄长心里也还燃烧着几分骨气和脸面，虽然并不成熟……我是忍着这些来求你的，你记住，千万不要重蹈我的覆辙。"

"好……不远的将来，我一定会为你一雪耻辱。只是那个武藏现在在哪里？知道他的下落吗？"

"武藏？"清十郎睁大了眼睛，十分意外地盯着弟弟，"传七郎，我刚提醒过你，你怎么立刻就想与武藏比武？"

"你又瞎说些什么啊？这都什么时候了，还用得着理由吗？你把我传七郎迎回来，不就是出于这种打算吗？而且我和门人都认为武藏还没有踏足他国，所以才匆匆赶回来找他报仇，不是吗？"

"你大错特错了。"清十郎摇摇头，仿佛已经看到将来，"你不许去。"他以哥哥命令弟弟的语气说道。

传七郎分明不满意。"为什么？"他顶撞道。

清十郎的脸色因为弟弟的语气而微微泛红。"因为你赢不了！"清十郎激动地喝道。

"赢不了谁？"传七郎的脸色也变得苍白。

"武藏！"

"谁赢不了他？"

"还用说吗？是你！以你的本事——"

"胡、胡说！"传七郎故意做出一副大笑的样子，晃着肩膀，然后甩掉清十郎的手，自己往酒杯里倒起酒来，"喂，没酒了！拿酒来！"

八

听到喊声，一名门人慌忙从厨房拿来酒，而此时屋里已没了传七郎的身影。"咦？"门人很奇怪，放下托盘，朝清十郎问道："怎么了，小师父？"看到清十郎趴在床上，门人吓了一跳，连忙凑到枕边。

"你去叫……给我叫来！我还有话对传七郎说，把他带到这儿来！"

"是、是。"门人听到清十郎坚定的语气，这才放下心来。"是，马上就去。"他说着，慌忙出去寻找传七郎。

传七郎很快就被找到了。他已经去了道场，正坐在许久都没有看到过的自家道场的地板上，周围是同样久未谋面的植田良平、南保余一兵卫、御池、太田黑等元老。

"见到令兄了？"

"嗯，刚见了过来。"

"他一定很高兴吧？"

"不怎么高兴。在进屋前，我也是满怀激情，可兄长还是绷着脸，我把想说的都说了，然后就跟往常一样立刻吵了起来。"

"吵架？这可是你的不对啊。令兄从昨天起才稍见好转，病情刚刚有所恢复，你可不能和病人较真啊。"

"可是……喂，等一下。"传七郎与元老们简直如老朋友一般，他开玩笑似的抓住责备自己的植田良平的肩膀，同时又像展示臂力一样用力晃了晃。"兄长说他能理解我为了给他雪耻想与武藏比武的心情，但我终究胜不了武藏。一旦我死了，这道场也会随之消亡，家名也会断绝。耻辱只由他一人扛下就行了，他会借这次的事情发表声明，终生不再握剑，归隐山野，我要替他把这道场支撑下去，将来修成武艺之后，为他挽回一时的污名……"

"言之有理。"

"什么言之有理?！有什么理？"

前来寻找的门人瞅准说话间隙，跪拜在后禀报道："传七郎先生，令兄刚才说让您再去一趟他那里。"

传七郎瞪了那门人一眼，问道："酒准备好了吗？"

"已经搬过去了。"

"拿到这儿来，我要与大家边饮边谈。"

"可小师父……"

"多嘴！兄长有点患恐惧症了，把酒拿到这儿来。"

植田良平、御池和其他人则齐声劝道："算了算了，现在也不是喝酒的时候，我等就不喝了。"

传七郎很不高兴。"你们是怎么了？不会连你们也被一个武藏吓趴下了吧？"

九

正因吉冈流的名气很大，所遭受的打击就更大。武藏的一记木刀，不仅打伤了吉冈当家人的身体，还从根本上大伤了吉冈一门的元气。难道就这样输了？原本极度自信的门人完全崩溃，即使重整旗鼓，也不会像以前那样团结一致。尽管日子一天天消逝，这次打击造成的痛苦却并未从众人的脸上淡去。无论谈什么，大家的意见不是要做消极的失败者，就是做极端的激进者，总之无法统一。

在迎回传七郎之前，元老们之间就出现了两种对立意见：向武藏提出第二次比武，一雪前耻，或者就此采取自重的策略。如今也仍是两种看法，既有同意传七郎者，也有暗暗赞同清十郎的深思熟虑者。可是，耻辱只是一时的事情，万一重蹈覆辙……这种隐忍的话只有清十郎才能说出口，元老们即使心里有这种念头，也无法说出来，在充满霸气的传七郎面前更是噤若寒蝉。

"就算是在病中，兄长那胆小怯懦、优柔寡断的话语也让人实在听不进去。"传七郎端起被移过来的酒杯，让众人各自斟上酒。从今天开始，他便要在替兄经营的道场中大展自己独特的刚毅气质和风格了。"我誓战武藏！无论兄长怎么说，我也要与他一决高低！就此放过武藏，为了家名只求将道场勉强维持下去，兄长的这番话还像是武士说出来的吗？他这么想，败在武藏手下也理所当然。你们也把我看成是和兄长一样的人吗？"

"这个……"支吾了一会儿，大弟子南保余一兵卫说道，"你的本事我们也相信，不过……"

"不过什么？"

"按照令兄的想法，武藏只是一介修行武者，而我方则是室町以来的名家，即使简单权衡一下也不难明白，这只能是得不偿失的比试，无论胜败，都只是一场没有意义的赌博，令兄是否是如此考虑的呢？"

"赌博？"传七郎的眼里顿时现出愠色。

南保余一兵卫慌忙改口："啊，恕我失言。这话就当我没说。"

"滚！"不等众人吱声，传七郎一把揪住他的衣领，站了起来，"滚出去！胆小鬼！"

"请恕我失言。"

"住口，你这等胆小鬼根本就没有资格与我同席！滚！"传七郎说着将他推了出去。

南保余一兵卫后背撞在道场的护墙板上，脸色煞白。但不一会儿，他便静静地坐了下来，说道："诸位，承蒙多年的照顾。"接着他又朝正面的神坛行了一礼，径直朝宅子外面走去。

传七郎连理都不理。"来，喝！"他继续向众人劝酒，"喝完酒后，从今天起，你们就要把武藏的下落给我找出来。他一定还没有到他国，一定还在附近得意扬扬地瞎晃荡呢。听明白没有？安排完这些，接下来就是这道场了。绝不能就让它这么死气沉沉的，要让门人们互相鼓励，一如从前那样练功。我睡一觉后会再来的。我可和兄长不一样，脾气暴躁，即使对那些无名小辈，也会严加训教。"

十

又过了七天。

"找到了！"一名门人大喊着从外面跑回吉冈道场。

传七郎一直站在道场里，按照之前声明的那样进行极其野蛮的训练。如今，大家都被他不知疲倦的精力吓得畏畏缩缩，生怕下一个被点名批评的就是自己，全都躲到角落里，战战兢兢地望着元老太田黑兵助像个孩子一样被呹来喝去。

"停，太田黑！"传七郎收回木刀，望着刚来到道场边坐下的门人问道："找到了？那武藏在哪里？"

"实相院町的东十字路口，也就是俗称的本阿弥十字路口，武藏似乎正住在那里的本阿弥光悦家中。"

"本阿弥家里？光悦怎么会认识武藏那样的乡巴佬修行者呢？"

"具体原因并不清楚，住在那里却是千真万确。"

"好，我现在就去。"

传七郎正要大步走向里屋做准备，却被随后跟来的太田黑兵助和植田良平等元老拦住了。

"贸然前去挑战，感觉就像故意找碴吵架一样，就算赢了，世人恐怕也不会认可我们。"

"练武的时候虽有礼节规矩之类，一旦到了实战，武道里并无这些。胜了就是胜了。"

"但令兄比武时可不是这么做的。最好还是同上次一样，先递交书信，约好地点、日子、时刻，再堂堂正正地比武，还是这样气派。"

"是吗？那就这么办，照你们说的来。不过，你们不会是这段时间又受了兄长的鼓动，打算阻止我吧？"

"那些对您抱有异议的，以及那些抛弃了吉冈道场的忘恩负义之徒，这十多天里全都走了。"

"这样一来，这道场反倒更坚固了。像祇园藤次那样的无耻之徒和南保余一兵卫那样的懦弱之人，所有不知廉耻的窝囊废最好都自己乖乖地滚出去。"

"在向武藏递交书信之前，是否先跟令兄打个招呼？"

"这件事你们办不了，还是我自己去说吧。"

兄弟之间仍同十多天前一样存在分歧。自那以来，谁也没有妥协。尽管元老们都担心二人会再度争执，却似乎没有传来什么争吵声，所以众人立刻盘腿坐下，开始商量第二次比武的地点和日期。

这时，清十郎的房间里突然传来喊声："喂，植田、御池、太田黑还有其他人，你们都给我过来一下！"这并不是清十郎的声音。

众人一齐赶去看，房间里只呆呆地站着传七郎一人。他一脸要哭的表情，如此哀伤的神情就连众元老都是头一次看见。"快看，你们都快看看！"他向众人抖了抖手里哥哥留下的书信，愤怒地说道，"兄长那家伙，给我写了如此啰唆的信后就离家出走了，连去处都没有写……连个去处都……"

死路一条

一

　　"谁？"阿通忽然停下手中的针线活，喊了一声，"哪位？"她打开走廊的隔扇，但外面一个人也没有。意识到是自己的错觉后，阿通不禁感到一阵寂寥，就连那件只要缝上袖子和领子就可完成的衣服都无心做了。

　　莫非是城太郎？她心中叨念着，依然恋恋不舍地望着无人的外面。只要感觉到那里有人经过，她就会立刻以为是城太郎来找自己。

　　这里位于三年坂下方。尽管正面是杂乱无章的街道，背面却是无垠的灌木丛和田地，山茶正在开放，梅花也即将绽开。

　　阿通所在的房间背面是树丛，前面是百坪左右的菜地，对面则是每天从早到晚都传出繁忙声音的客栈厨房。这里也属于客栈，每天的饭菜也都是从对面的厨房里送过来的。

　　此刻虽然看不见外出的阿杉的身影，可这里是她相熟的客栈，她来京都时必然会住在这里。田中的这栋厢房，便是她喜欢住的地方。

"阿通小姐，到饭点了，把饭给你送过去吗？"对面厨房里的女人朝这边喊道。

阿通这才回过神来。"啊，吃饭了？我等婆婆回来后一起吃，待会儿再送过来吧。"

厨房的女人应道："老婆婆出去的时候嘱咐过，她今天大概会晚些回来，估计要等到傍晚时分。"

"我反正也不太饿，午饭就不吃了。"

"你一点东西都不吃，可不能老是这样啊。"

不知从哪里飘来一阵松柴的浓烟，无论是田里的梅树还是客栈的正房都淹没其中。由于附近有许多烧陶器的瓦窑，每到开炉的日子总会浓烟弥漫。不过烟尘散去之后，初春的天空便显得愈发美丽。

马嘶声和到清水寺参拜的人们的脚步声让街道上乱哄哄的。从这声音中，阿通听说了武藏打败吉冈的传闻。她兴奋不已，在脑海中想象着武藏的飒爽英姿。城太郎一定去莲台寺野观看了，他若来，详细的情形也就明白了……等待城太郎的来访让她越来越痛苦，可是城太郎从未来过。自从在五条大桥分别以来，已经过了二十多天。

莫非就算城太郎寻来，也找不到这家客栈？不，不可能，早就告诉他这家客栈在三年坂下了，就算是一家一家地打听也该……阿通思来想去。难不成是患了感冒什么的卧床不起了？她又忽然担心起来。不过，城太郎怎么会因感冒而卧床呢？他一定是悠闲自在地在初春的天空下放风筝呢。想到这些，阿通又开始生气。

二

不过，如果换个角度想，城太郎大概也是一样的想法。又不是太远，阿通姐也该来看自己了，哪怕一次也好啊，而且再怎么说，她也该去乌丸的府邸表示一下谢意。或许，他也在如此期待吧。

阿通倒也并非没想到这一点，但对她来说，城太郎来看她是极容易的事，她要想去乌丸府邸却十分困难。不光是去乌丸府邸，无论去哪里，都需要得到阿杉的许可。为什么不趁着今天阿杉外出的好机会出去呢？不知内情的人一定会这么想，可那个老太婆是不会笨到连这一点都意识不到的。阿杉早就嘱咐过客栈的人，所以一直有人寸步不离地盯着她。哪怕是想稍微去大街上走走，客栈的正房中便立刻会传来不动声色的声音："阿通姑娘去哪里？"

一提起阿杉，从这三年坂到清水寺附近，很多人都认得她。她去年在清水寺一带揪住武藏，以年迈之躯悲壮地向他挑战一事让很多人记住了她。目睹了当时情形的轿夫和搬运工无不对她交口称赞。

"那个老婆婆真坚强。"

"真是个刚毅的老婆婆。"

"她可是为报仇才出来的。"

这件事情过后，阿杉受欢迎的程度不知不觉飙升，后来甚至发展成尊敬。客栈的人就更不用说了，阿杉一句吩咐："这个女人有些来头，我外出期间给我看好了，千万别让她逃跑。"她只要如此吹上点风，客栈的人自然就会忠实地帮她看着阿通。总之，现在阿通已经被禁止擅自外出，寄信也必须经由客栈的人。她除了等待城太郎的来访别无他法。

阿通退回隔扇的后面，又开始飞针走线。手里的衣服是由阿杉的旅装翻新改做的。这时，又有人影闪过。"咦？似乎走错了。"外面传来陌生女人的声音。看来对方是从街上走进来后，觉得这里的田地和厢房与预想中的不一样，便疑惑地喃喃自语。

阿通无意间从隔扇后面探出头来看了看。那女人正站在葱田间的梅树下。她看到阿通便问道："请问……"她不好意思地低下头，"请问这儿不是客栈吗？我看到巷子入口处写有客栈字样的灯笼，便走了进来。"她有些尴尬，扭扭捏捏地说道。

阿通从头到脚打量着女人，连回答都忘了。那异样的眼神大概让对方局促不安，误入此处的女人越发害羞起来。"这儿是哪里？"她瞅瞅四周的屋顶，又望望一旁的梅树枝头，"啊，开得真好。"她抬起羞涩的脸，看得出了神。

对，在五条大桥见过！阿通忽然想了起来。但为避免把人弄错，她又仔细地在记忆中搜索。的确是元旦早晨，在大桥畔把脸贴在武藏怀里哭泣的那个漂亮姑娘。虽然对方大概还不知道，但对阿通来说，那是难忘的一幕。这不就是那个像敌人一样让自己一直耿耿于怀的女人吗？

三

看来厨房的女佣通知客栈了，只听从正面绕进巷子的客栈伙计问道："这位客官，您要住店吗？"

朱实抬起不安的双眼，说道："嗯，在哪儿？"

"就在那边，在巷子右侧的一角。"

"就是说对着街道了？"

"虽说对着街道，但也挺安静的。"

"我想找一家出入不惹眼的客栈，这时正好看见挂在巷子一角的灯笼，想着这里一定挺合适，就走了进来，"说着，朱实望望阿通所在的房间，"这儿不是你们客栈的房间吗？"

"是我们的。"

"若是这儿就好了，这么安静……而且从任何地方都看不见。"

"那边的正房也有上好的房间。"

"住在这儿的正好也是一位女客……我能不能也住在这儿呢？"

"可这里还住着一位脾气有点古怪的老婆婆……"

"没关系，我不介意……"

"那得等她待会儿回来后，问问她答不答应与您同住。"

"那，在她回来之前，我就先到别的房间里休息一下吧。"

"请。我想那边的正房也一定会令您满意的。"

于是，朱实跟着伙计朝客栈的正门绕去。

阿通最终一句话也没有说。为什么不问她几句呢？阿通后悔不已，不过没办法，自己生来就是这种不争气的脾气。阿通独自陷入沉思。那个女人与武藏之间究竟是什么关系呢？哪怕只知道这一点也行啊。在五条大桥看见他们的时候，他们俩说了很长时间的话，关系绝非一般，后来她不是还哭了吗？武藏不是还搂着她的肩膀吗？不会的，她不会独独对武藏先生才这样……阿通试图否定自己因忌妒产生的所有臆测，可是从那天以后，自己就经常因此感到一种从未体会过的复杂痛苦。

一个比自己美丽的女人，比自己有更多机会接近那个人的女人，比自己更有才气、更能聪明地抓住男人心的女人。此前，阿通心里想的只是武藏和她两个人的世界，现在却突然看到了同性的世界，她感到无助。自己根本就不美丽，也没有才气，更没有机缘的青睐。与浩渺社会中众多的女性相比，她觉得希望二字已与自己无缘，自己不过怀抱着狂妄的梦想罢了。很久以前爬上七宝寺千年杉上时比暴风雨还强烈的勇气如今已经没了，最近占据她内心的竟全都是如同那天早晨畏缩在牛车后面的懦弱。

真希望城太郎能来帮我一下！阿通痛切地想。当年能在暴风雨中爬上千年杉树，大概是因为自己身上还有一些城太郎那样的纯真。可最近她会经常一个人陷入烦恼，这大概意味着自己已在不知不觉间失去了少女的纯真。想到这些，几滴眼泪不禁滚落在运针的衣服上。

"阿通，你在不在啊？你怎么不点灯啊？"屋檐前不知何时已沉浸在暮色中，外面忽然传来刚刚归来的阿杉的喊声。

四

"您回来了。我马上就去点灯。"阿通起身朝后面的小屋走去。阿杉冷冷地盯着阿通的背影，在昏暗的榻榻米上坐下。

阿通放下灯，双手扶地向阿杉招呼道："婆婆，您累了吧。今天又去哪里了……"

"还用问吗？"阿杉故意板起面孔，"寻找儿子又八，打探武藏的下落。"

"我给您揉揉腿吧。"

"腿倒是不怎么累，大概是时令的关系，这四五天肩膀有些酸痛。如果你愿意揉，就给我揉揉肩吧。"

无论说什么，阿杉都是这种口气。但也只须忍耐这一时，等找到又八，此前的恩怨就会一笔勾销。想到这些，阿通轻轻走到阿杉背后。"您的肩膀真的很硬啊。这样喘气一定很难受吧？"

"即使走路，有时也会突然间觉得胸闷。看来还是年纪大了，说不定什么时候就会中风倒下呢。"

"您身体比年轻人都硬朗，怎么会呢。"

"可是就连身体那么结实的权叔不都像变幻无常的梦一样说走就走了？有谁会知道自己的命运呢。我只要一想到武藏，浑身就充满力量。当我不由自主地燃起对武藏的仇恨时，浑身上下就会产生一股谁都不服的勇气。"

"婆婆，武藏先生绝不是那样的坏人，您一定是误解了。"

"呼……呼……"阿杉让阿通继续揉肩，又说道，"是吗？对你来说，他当然是你厌弃又八后又迷上的男人。是我不会说话，对不起。"

"哎呀！不是因为这个。"

"你敢说不是？比起又八来，武藏一定可爱得不得了吧。凡事可不能遮遮掩掩的，总得说开了才是。过一段时间见到又八后，我老婆子就做中间人，按照你希望的那样，把事情彻底了结。这样一来，你和我老婆子就形同陌路了，你一定会立刻投进武藏怀里，说起我们母子的坏话吧？"

"您怎么会这么想呢。婆婆，阿通我可绝不是那样的女人。原先的恩情始终还是恩情，我永远都不会忘记。"

"最近的年轻女子啊，嘴可真甜，说起话来真是好听。我老婆子是个老实人，那样的话可装不出来。你若成了武藏的妻子，以后就是我的仇人了。呵呵呵，给仇人揉肩膀心里也一定很难受吧？这也是为了与武藏在一起而忍受的痛苦吧？如此一想，也就没有什么不能忍的了。"

"……"

"你哭什么？"

"我没哭。"

"那滴在我衣领上的是什么？"

"对不起。不知不觉就……"

"喂，你这样就像有虫子在爬似的，痒痒的。能不能加把力啊？不要老是抽抽搭搭地净想武藏！"

这时，前面的田地里出现了手提灯笼的亮光。本以为是客栈的小女佣又同往常一样送晚饭来了，不料一个声音响起："打扰一下。请问，这里是本位田大人母亲的房间吗？"抬头一看，一个僧侣打扮的人正站在走廊上，手里提的灯笼上写着"音羽山清水寺"。

五

"小僧是子安堂的堂众……"说着，僧人将灯笼放在走廊里，从怀里掏出一封书信，"不知是何缘由，黄昏时分，一名冻得瑟瑟发抖的年轻浪人窥探堂内，询问最近有没有一位作州的老婆婆前来参拜，我等便回答说是有一位老婆婆经常过来。于是他借了纸笔写了封书信，说如若看到老婆婆，便将此信交给她，然后就走了。正巧小僧要到五条办事，就赶紧给您送了过来。"

"哎呀，真是辛苦你了。"

尽管阿杉热情地招呼僧人到屋里坐，可僧人还是立刻就回去了。于是阿杉在灯笼下展开书信，少顷脸色大变，看来信的内容一定让她的心情产生了强烈的波动。

"阿通……"

"是。"阿通从一角的炉旁答道。

"不用倒茶了，子安堂的僧人已经回去了。"

"已经回去了？那婆婆您就喝一杯吧。"

"没来得及端给别人就要拿来给我喝吗？我的肚子可不是茶叶篓子，这种茶，我根本不想喝。你还是先赶紧准备一下吧。"

"要去哪里？要我跟着一起去吗？"

"你一直在等待的那件事，今夜可以了断了。"

"啊……这么说，刚才的书信是又八哥来的？"

"你可真啰唆，闭上你的嘴跟我走就行了。"

"那我去和客栈的厨房说一下，要他们赶紧把晚饭拿来。"

"你还没吃饭？"

"我一直在等婆婆回来，所以就……"

"净瞎操心！我出去时是上午，你觉得我不吃饭能撑到现在吗？我在外面吃了奈良茶饭，兼作午饭和晚饭。你还没吃的话就赶紧吃点茶泡饭吧。"

"是。"

"音羽山的晚上还很冷，衬袄缝好了吗？"

"窄袖和服只差一点就做起来了……"

"我问的不是窄袖和服，快去拿衬袄来。还有，布袜也洗了吧？我的草履绳松了，你去告诉客栈给我弄双新的稻草履来。"阿杉的吩咐一件接着一件，简直让人喘不过气。

也不知为什么，阿通对阿杉的指使一件都无法反抗，就连看到她默默盯着自己的眼神都会心里发慌。阿通摆好草履。"婆婆，请上路吧，我来陪着您。"说着走到前面。

"拿灯笼了吗？"

"没……"

"你这没脑子的女人，你打算就这样让我老婆子上路啊，到音羽山的深处却连个灯笼都不打？快去向客栈借个灯笼来！"

"是我疏忽了，我马上就去。"阿通忙得连自己准备的时间都没有。

光说是音羽山的深处，可到底要去哪里呢？阿通忽然想到了这个问题，但如果刨根问底一定会挨骂，于是她默默地打起灯笼沿三年坂向前走去。不过，她的心情不由得轻松许多。刚才的书信一定是又八来的。如此一来，自己早就跟阿杉约好的那件事今夜就会彻底解决。无论什么样的痛苦和不快都只须暂时忍耐，跟他们谈妥之后，今夜怎么也得去一趟乌丸大人那里看看城太郎。

三年坂是一道考验人耐力的坡道。坡道上凹凸不平，碎石很多，阿通注意着脚下的碎石，朝前走去。

慈母悲心

一

耳边传来瀑布的声音，虽然水量并未增加，可水声在夜里听起来比平时大多了。

"这里大概就是地主神社吧？你看，这棵树的牌子上还写着'地主樱'三个字呢。"两人已经沿着清水寺旁边的山道爬了不少路，可是阿杉丝毫不喊一声累。"儿子，儿子！"一站到堂前，她就朝着黑暗的深处喊了起来，表情和声音里满含真切的母爱。在身后的阿通看来，她仿佛已变成另外一个人。"阿通，别灭灯笼。"

"是……"

"不在这里啊。"阿杉咕哝着在四周转悠，"信上明明写着要我到地主神社来找他啊。"

"他写明是今夜了吗？"

"既没写今天，也没写明天。这孩子，无论多大岁数也长不成大人啊。早知这样，还不如让他去客栈找我呢，或许因为住吉的事，他有些不好意思吧。"

这时，阿通拽着她的袖子说道："婆婆，那不是又八哥吗？好像有人从下面上来了。"

"哎，原来在这儿啊。"阿杉望向崖上的山路，喊道，"儿子！"

然而，不久后上来的人却对阿杉理都不理，径直绕到地主神社后面，又返了回来，毫无顾忌地盯着阿通那浮现在灯笼光中的白皙脸庞。

阿通猛地一怔，对方却毫无表情。今年元旦在五条大桥畔，两人应该见过面，但佐佐木小次郎大概早就不记得了。

"姑娘，老婆婆，你们是刚登上这里吗？"

由于问得十分唐突，阿通和阿杉望着华丽装束的小次郎愣住了。

这时，小次郎突然指着阿通的脸说道："有一个像你这么大的女子，名叫朱实，圆脸，个子比你要小巧，是在茶屋里长大的城里姑娘，看上去有点成熟。这样的女子，你们在这一带看见过吗？"

两个人默默地摇了摇头。

"奇怪，我听有人说在三年坂一带看见过。如果是这样，她一定会在这一带的佛堂过夜……"小次郎开始时还是询问的语气，可问到一半时竟自言自语起来，后来也没有再问的意思，咕哝了两三句后便离去了。

阿杉咂了咂舌。"那个年轻人是干什么的？看他背着刀，也算是个武士，却又穿得这么华丽，大黑天的还在追着女人的屁股跑，谁有那闲工夫理他啊。"

此时的阿通也心有所想。对，是刚才误入客栈的那个女人，一定是那个女人！武藏、朱实和小次郎，这三个人究竟是什么关系呢？她怎么都想不明白，只能呆呆地目送小次郎离去。

"回去吧。"阿杉十分失望，丢下一句绝望的话便迈开步子。信上的确写的是地主神社，又八却不来，瀑布声透出的寒意让人起了一身鸡皮疙瘩。

二

往山下走了一小段后，两个人在本愿堂前又遇见了小次郎。他们只是彼此看了看，谁都没有说话就错身而过。阿杉回头一看，只见小次郎正从子安堂向三年坂的方向径直走去。

"好可怕的眼神，就和武藏一样。"阿杉喃喃自语，不知忽然看到了什么，弓背的身体不禁一哆嗦，"哦"的一声，发出猫头鹰啼叫般的声音。

在一株巨杉后面，有个人正站在那里打手势。即使在黑暗中阿杉也能辨认出来，那人影分明是儿子又八。

来这边！人影比画的似乎是这个意思，看起来像是对什么心存忌惮。好可怜的家伙！阿杉立刻就看懂了儿子的处境。"阿通。"她回头一看，阿通正站在十间远的前方等她，"你先走吧，但也别走太远了，就站在那尘间冢旁边等着，我稍后就赶过去。"

阿通听话地点点头，准备往前走。

"喂，你可别想跑到别的地方或者逃走，我老婆子可盯着呢，你听见没有？"说罢，阿杉立刻跑向杉树后。

"是又八吗？"

"娘！"黑暗中，一双等候已久的手一下子伸出来，紧紧抓住了阿杉的手。

"你怎么缩在这种地方？你看看，这孩子，手被冻得冰凉冰凉的。"这种细致的怜恤之心顿时让阿杉变得慈祥起来。

听到母亲充满关爱的责备，又八仍战战兢兢地说道："可是娘，他刚才……就在刚才，他也是从这儿过去的。"

"谁？"

"那个背着太刀、眼神可怕的年轻人。"

"你认识他？"

"我怎么会不认识？那家伙叫佐佐木小次郎，就在早些时候，我还在六条的松原吃尽他的苦头呢。"

"什么，佐佐木小次郎？叫佐佐木小次郎的不是你自己吗？"

"为、为什么？"

"上次在大坂时，你给我看的那个中条流出师证明上不就是这么写的吗？当时你不是还说佐佐木小次郎是你的别名吗？"

"那是骗你的。那个谎言被戳穿了，我让真的佐佐木小次郎好一顿教训呢。拜托僧人给你送信后，我便赶赴约定的地点，却在这儿看到了那家伙。一旦让他发现可不得了，于是我就东躲西藏，一直盯着他的动静。已经没事了吧？他若是再回来可就麻烦了。"

阿杉目瞪口呆，半天说不出一句话，但看到又八比前些日子更加消瘦，无助和懦弱一览无余地写在脸上，她便越发可怜起这个儿子来。

三

"管他呢。"阿杉显出一副不想再听儿子诉苦的样子，摇摇头，"暂且不提这些了。又八，权叔死去的事你知道了吗？"

"权叔他……真的吗？"

"谁会说这种谎话来骗你。与你刚一分手，他就在住吉的海边淹死了。"

"我不知道……"

"你权叔惨死路上，我老婆子一大把年纪还在这旅途中痛苦地徘徊，这究竟是为了什么，你明白吗？"

"上次在大坂时，被你拽到冰冷的地上狠狠教训，我至今仍刻骨铭心，绝没有遗忘。"

"是吗……还记着那些话啊。那么，有一件事保准会让你高兴。"

"什么事，娘？"

"阿通啊。"

"啊！就是刚才跟在娘身边，现在已去那边的女人？"

"喂！"阿杉责备般挡在又八身前，"你要去哪里？"

"既然是阿通……娘，让我见见她，让我见见她。"

阿杉点点头。"就是想让你见见她，我才将她带来的。不过，又八，你见了阿通后打算怎么办？"

"我要对她说我错了，向她道歉，请她原谅。"

"然后呢？"

"然后告诉她，娘……娘也责备我一时轻率。"

"然后呢？"

"就和从前一样。"

"什么样？"

"重修旧好，与阿通结为夫妇。娘，阿通现在还会想着我吗？"

不等他说完，阿杉怒喝一声："混、混账！"她照着又八的脸就是一个耳光。

"你、你干什么啊，娘？"又八踉踉跄跄地捂着脸，接着便看见母亲那无比可怕的表情。从断乳以来，他从未见过母亲如此可怕。

"你刚才怎么说来着？你不是说我上一次教训你的那些话全都铭记在心了吗？我老婆子什么时候教过你，要你向阿通那种不要脸的女人道歉了？她可是玷污了本位田家的名声，而且与永世的仇敌武藏一起私奔的女人啊。她抛弃了你这个未婚夫，还委身于与你有家仇的武藏，这个像畜生一样的阿通，你居然还想向她跪地道歉？你还想跪地道歉吗！喂！"阿杉双手揪住又八颈后的头发，发疯般摇晃起来。

又八任由母亲摇来晃去，双目紧闭，甘受叱责，泪流不止。

阿杉越发焦急，说道："你哭什么？那个畜生有什么好留恋的？唉，你这孩子，让我说什么好呢。"结果她一使劲，把又八推倒在地，自己也随之仰面倒在地上。母子二人一起哭了起来。

四

"喂。"不一会儿，阿杉又恢复了严母的样子，重新坐起来，"现在你也需要稳住神。我老婆子今后也不知能活十年还是二十年，在我死后，我这声音就算你还想听第二次，也听不到了。"

又八倔强地将脸扭到一边，仿佛在说"我怎么会不知道"。

阿杉又怕对儿子打击过大，安慰道："你看，又不是只有阿通一个女人，那种货色有什么好留恋的？今后你若是有了心仪的女子，我老婆子就算是把那女子家的门槛踩烂，不，就算是把我的老命当作订婚的彩礼奉上，我也会给你娶回家来。可是，唯独那阿通万万不行。为了本位田家的脸面，我决不能让你娶她。无论你说什么，我老婆子也不会答应。如果你死活都要和阿通在一起，那就先砍下我老婆子的人头。只要我还有一口气，我就——"

"娘！"

看到儿子气势汹汹地顶撞起来，阿杉气不打一处来。"干什么？看你那个样！"

"那我要问你，给我做老婆的女人，究竟是你要，还是我要？"

"那还用说！不是你的老婆又是谁的老婆？"

"既、既然这样，我、我来选择不是天经地义吗？可为什么——"

"你怎么净说些胡话……你到底多大了？"

"可是……就算你是我娘，也不能太过分。"

母子二人都不懂得相互体谅，动辄感情用事，总是先发泄完才讲道理，因而很难相互理解，经常针尖对麦芒。这并非偶然，从他们组成家庭的时候起便是这种风格，已经成了一种习性。

"过分什么？你到底是谁的儿子？是从谁的肚子里来到这世上的？"

"你就是说这些也没用。娘……我无论如何也要和阿通在一起，我喜欢阿通。"又八终究不敢直面脸色铁青的母亲，朝着天空哼唧道。

阿杉瘦削的肩头剧烈地抖动，突然问了一句："又八，这是你的真心话？"她突然拔出短刀按在自己的喉咙上。

"啊，娘你干什么？"

"不要阻止我！还阻止我干什么？你怎么不说要帮我介错呢？"

"胡、胡说些什么啊。我……儿子怎么能眼睁睁看着娘去死呢？"

"那你能放弃阿通，洗心革面吗？"

"那娘又究竟为什么把阿通带到这种地方来呢？向我炫耀阿通的样子？我可看不透娘的用意。"

"用我的手杀死她倒是容易，但她背叛了你，是不守贞操的女人，我想让你亲手结果她，这也是老娘的拳拳之心，你难道就不明白这恩情吗？"

五

"娘的意思是要我亲手杀了阿通？"

"你不愿意？！"阿杉吐出厉鬼般的话语。又八甚至怀疑母亲怎么会发出这种鬼一般的声音。"不愿意就说不愿意，别磨蹭！"

"可、可是，娘……"

"还那么恋恋不舍？唉，像你这样的东西根本就不是我的儿子，我也不是你娘！阿通的人头你斩不下来，娘的人头总行吧？给我介错！"

这原本就是威胁，但阿杉还是重新端起短刀，做出自杀的样子。孩子的任性往往会让父母感到为难，可父母的纠缠有时也会让孩子头疼不已。阿杉只是其中一例，但看她激愤的神情，这个老太婆难保不会做出什么。在又八看来，她也不像是只装装样子。

又八慌了。"娘！你、你也犯不着这么急性子啊。好了好了，我知道了。我死心了。"

"就这些？"

"我会做给你看，亲手……亲手处决阿通。"

"你愿意了？"

"嗯。"

阿杉喜极而泣，扔掉短刀，捧起又八的手。"说得好！这才是本位田家的继承人，列祖列宗也会夸你有出息。"

"是吗？"

"快去杀了她。我早让阿通在山下不远处的尘间冢等着了。"

"嗯……我这就去。"

"斩下阿通的人头，再附上信，先送到七宝寺。这样，村人就会口耳相传，也能让我们挽回一半的面子。然后是武藏那家伙，他听说阿通被杀后，说不定会意气用事，乖乖地把自己送到我们面前呢。又八，你快去！"

"娘，你在这儿等着吗？"

"不，我也跟着去。但我若露面，阿通很可能会大喊大叫，说我不守信什么的，所以我会躲在稍远的僻静之处偷看。"

"一个女人……"又八摇晃着站起来，"娘，我肯定会结果阿通，你在这儿等着不就行了？不就是一个女人吗，没事，她跑不了。"

"你可不能掉以轻心啊。就算是女人，看到利刃肯定也会反抗。"

"知道了……小菜一碟！"又八如此鞭策着自己，迈步向前走去。

阿杉也不安地尾随。"听见没有，可不能大意啊。"

"你烦不烦，怎么又跟来了？好好等着！"

"那好，尘间冢就在下面……"

"说不让你掺和了，你还……"又八发起火来，"那你一个人去好了，我在这儿等着！"

"有什么不痛快的？难道你还不是真心想杀阿通？"

"她可是人啊，你以为像杀个小猫似的那么容易吗？"

"那倒也是……虽然她不守贞操，可怎么说也是你曾经的未婚妻。算了，我老婆子就待在这儿了。你一个人去，漂漂亮亮地干完回来。"

又八一句话都没有回，抱着胳膊，沿平缓的崖道向下走去。

六

从刚才起，阿通就站在尘间冢前等着阿杉。索性趁这个机会……她也并非没有考虑过趁机逃走，不过如此一来，自己二十多天的忍耐就完全付诸东流了。再忍耐一下！阿通呆呆地望着星星，想起了武藏，忆起了城太郎。一想到武藏，她心中便有无数星星在闪耀。快了，马上就能……仿佛做梦一样，她憧憬着将来。武藏在国境的山上说的话和在花田桥畔立下的誓言又在她心底复苏。

阿通坚信，就算经年历月，武藏也决不会背叛这些诺言。可是一想起那个叫朱实的女人，她又忽感不快，对未来的憧憬中陡添了一抹阴影，但与她对武藏的坚定信赖相比，这根本就不值一提，还没有让她担忧到不安的地步。花田桥一别后，就再也没见过武藏，也没与他说过话……尽管如此，阿通仍然很快乐。泽庵和尚说她可怜，可她不明白：如此幸福的我，在泽庵和尚眼中为什么是不幸的呢？

无论是如坐针毡般缝制衣服，还是为了等待不愿等待之人而独自伫立在昏暗的寂寞中，她都能享受属于自己的那份快乐。在他人看来很空虚的时候，却是她生命最充实的时候。

"阿通。"有人正从黑暗中呼唤阿通，但并不是阿杉的声音。

阿通回过神来。"哎？哪一位？"

"是我。"

"你是……"

"本位田又八。"

"哎？"阿通后退了两步，"是又八哥？"

"你连我的声音都忘了？"

"真的……真的是又八哥。你见到婆婆了吗？"

"我让她在那边等。阿通，你没有变啊，和在七宝寺时一样，一点都没有变。"

"又八哥，你在哪里？黑黢黢的看不清。"

"我能到你身边去吗？虽然早就到了，但我觉得没脸见你，一直躲在后面的黑暗中望着你。你在那里想什么呢？"

"没……没想什么。"

"有没有想我？我可是没有一天不想你啊。"

缓缓靠近的又八映入了阿通的眼帘。看到阿杉没在，阿通感到一阵不安。"又八哥，你从婆婆那里听到什么话没有？"

"嗯，听了后才过来的。"

"那……我的事也……"

"嗯。"

阿通松了一口气。她以为事情真的如她和阿杉约定的那样，自己的意思已从阿杉口中传达到了又八的耳朵里，而又八答应下来，一个人来到这里。"既然都听婆婆说了，那我的心情你也应该明白了。但我也要求你一件事，又八哥，从前的事情，你就当作我们没有缘分，今夜就把它忘了吧。"

七

　　母亲与阿通之间究竟达成了什么约定？一定又是母亲在玩糊弄小孩子的鬼把戏。想到这里，又八并未先答应。"不，啊，你先等等。"他无意问阿通藏在话底的意思，"若说从前的事情，是我薄情，都是我不对，甚至至今仍无颜面对你。你说得不错，若是真能忘记这些，我倒真想全忘掉。可是只要一想起你，也不知是什么报应，我怎么也放不下。"

　　阿通有些为难，说道："又八哥，我们之间已经出现了无法逾越的鸿沟。"

　　"这鸿沟中已经流走了五年的岁月。"

　　"对。正如岁月一去不复返，我们从前的心也无法再唤回来了。"

　　"没、没有什么是做不到的！阿通，阿通！"

　　"不，不可能了。"

　　阿通冰冷的语气和表情令又八震惊，他不得不重新审视起阿通来。

　　激情洋溢时，阿通就像夏日阳光下绯红的花朵一样火热，可没想到她竟然还有冰冷的一面，如同白色的寿山石，而且她身上还潜藏着冷酷的性格，似乎手指一碰就能断裂。看到如此冰冷的她，又八不禁忽然回忆起七宝寺来。

在那座山寺的走廊上，曾有个孤儿若有所思地用迷蒙的眼神默默仰望天空，一望就是大半天，有时甚至一整天都一动不动。母亲是浮云，父亲是浮云，兄弟姐妹和朋友也都只是浮云。这种冰冷一定是在孤儿成长的过程中不知不觉间孕育出来的。

想到这里，又八轻轻地靠到阿通身边，仿佛在触摸带刺的白玫瑰。"让我们重来吧。"他凑近阿通的脸颊喃喃道，"好吗，阿通？一去不返的岁月怎么呼唤也没用了，今后就让我们二人重新再来吧。"

"又八哥，你怎么就不明白呢？我说的不是岁月，而是心。"

"所以我今后要洗心革面。虽然我自己如此辩解听起来是有些奇怪，可我犯下的过错，又有谁年轻的时候没有犯过呢？"

"无论你怎么说，我的心都不会相信你了。"

"是我不好！一个男人都这样赔罪了……喂，阿通！"

"行了，又八哥，你今后也要活在男人中吧？就不要再费口舌了……"

"可这是我的终身大事啊。你要我下跪我就下跪，你若要我立誓，我什么样的誓言都愿意立。"

"这与我有什么关系！"

"不……不要生气……好吗，阿通？这儿无法心平气和地谈，咱们换个地方。"

"不。"

"我娘一来可就麻烦了。快走啊！我真的无法杀你。我怎么能杀你呢？"说着，又八抓住阿通的手，却被她使劲甩开。

"不。就算被你杀了，我也不会与你走同一条路。"

八

"你不愿意？"

"嗯。"

"怎么也不愿意？"

"嗯。"

"阿通，难道你至今还想着武藏？"

"我爱慕他，就算是下辈子，我也发誓要嫁给他。"

"唔……"又八战栗起来，"这可是你说的，阿通！"

"这件事我也对婆婆说过了，还让婆婆告诉你，最好趁此机会彻底了断这段恩怨，所以我才一直等到今日。"

"我明白了……是武藏指使你见到我后这样说的吧？对，一定是这样的。"

"不、不，这是决定我一生的事情，根本就不是武藏先生的指使。"

"我也有男人的脸面。阿通，既然你如此固执……"

“你要干什么？”

“我也是男人。我就是赌上自己的一生，也不能让你和武藏在一起！我不会答应！谁也别想答应！”

“什么答应不答应的，你究竟在和谁说话？”

“和你！还有武藏！阿通，你应该没有与武藏订婚吧？”

“没有……但这事你也管不着。”

“不，管得着！你原本就是我的未婚妻，只要我又八不点头，你谁的妻子也做不成。更不用说武……武藏那家伙！”

“卑鄙！懦弱！亏你还说得出口！很久以前我就收到你和阿甲签名的休书了。”

“与我无关！我从未记得寄出过那种东西，是阿甲擅自做主的。”

“不，那上面白纸黑字写着你要放弃和我的姻缘，让我改嫁他人。”

“拿、拿出来给我看看！”

“泽庵和尚看了，笑着擤了鼻涕后扔掉了。”

“既然没有证据，世上谁也不会信你。我与你订婚的事情，只要一回老家就没有人不知道。我有的是证人，你却毫无证据。怎么样，阿通？就算你无视世间的非议，硬是跟了武藏，也不会过得幸福。你或许还在担心阿甲的事情吧？告诉你，我已与那种女人分手了。”

“你就是告诉我也没有用，这种事与我没有任何关系。”

“我都如此低三下四地求你了。”

"又八哥，你刚才不是说你也是个男人吗？女人怎么会为不知羞耻的男人而心动呢？女人爱慕的不是那种娘娘腔的男人。"

"你说什么？"

"快撒手，袖子要撕破了。"

"畜、畜生！"

"你想怎么样？你要干什么？"

"既然……说到这种份上都不答应，那就我别怪我撕破脸皮了！若你还想要命，就别再想着武藏，快在这儿发誓、发誓！"

又八之所以放开阿通是为了拔刀。白刃在手后，仿佛是刀刃在挟持着人，又八脸色骤变。

九

持刀的人并非那么可怕，可是被刀挟持的人却万分害怕。阿通顿时一声尖叫，不是因为锋利的刀刃，而是被又八的恐怖表情吓住了。

"竟敢逃！贱女人！"又八的刀掠过阿通衣带的绳结。不能让她跑了！他心里一急。"娘！娘！"他一面追阿通，一面朝远处大喊。

听到声音，阿杉在远处应了一声，然后追赶过来。"失手了？"说着，她也惊慌失措地拔出短刀。

"在那边，娘，快抓住她！"

看到又八大喊着从远处跑来，阿杉的眼睛瞪得像盘子一样圆。"去、去哪儿了？"她堵住路问道。可是阿通已经不见了，只有又八撞到眼前。

"杀了阿通没有？"

"让她跑了。"

"蠢货！"

"在下边！在那儿！"

朝山崖下跑去的阿通被树枝刮住了袖子，正在挣扎。看来是在靠近瀑布潭的地方，水声从黑暗中传来。阿通连脚下都顾不上看一眼，夹起撕破的袖子，连滚带爬地继续向前。

阿杉和又八的脚步声立刻逼近。"太好了！"阿杉的声音已经从耳后传来，令阿通感到绝望。脚下是山崖的低地，四周都是黑黢黢的岩壁。

"又八，快杀了她！快！那贱女人摔倒了！"在阿杉的呵斥下，已完全被利刃操控的又八像猎豹一样跃到前面。"畜生！"他说着朝滚落在茅草的枯穗和灌木之间的阿通挥起了刀。随着树枝折断的声音，噗的一下，树丛下溅起血柱。"这个贱女人！这个贱女人！"三刀四刀，沉醉于血腥中的又八咬牙切齿，不惜把刀砍折似的，连同灌木的树枝和茅草的枯穗一通雨点般乱砍。

直到砍累了，又八才提着血刃，茫然从血腥的梦中清醒过来。看看手掌，掌心里都是血。摸摸脸，脸上也是血。

温热、黏稠的液体像磷火一样溅满全身。一想到这一滴滴血便是阿通被分解的生命，他只觉得一阵目眩，脸色煞白。

"呼、呼、呼……儿子，终于杀死阿通了？"阿杉悄悄从茫然的又八背后探出头，看了看已被砍得一片狼藉的灌木和草丛。"活该！一动也不动了。干得好，儿子！这样我心头的闷气也消下去一半了，在家乡的父老面前也能挽回几分面子。又八，你怎么了？快取下阿通的首级。"

十

"呵呵呵。"阿杉嘲笑着儿子的懦弱，说道，"没出息的东西！不就是杀个人吗，还用得着喘那么大的气？你若是不敢取下阿通的头，我老婆子替你取。闪开！"

阿杉正要上前，茫然若失呆立原地的又八竟忽然用手中的刀柄猛推了一下她的肩膀。

"啊，你、你干什么？"阿杉差点跌入灌木丛中，好不容易才稳住脚跟，"又八，你是不是疯了？朝你老娘……你究竟想干什么？"

"娘！"

"干什么？"

又八忍着哽咽的声音，用沾满鲜血的手背揉了揉眼睛。"我……我……杀了阿通！杀了阿通！"

"我不是夸你了吗？你怎么还哭？"

"我能不哭吗？可恶的母亲！"

"难过了？"

"当然！若不是有你这个母亲，我无论如何都会让阿通回心转意的。呸！家名算什么，对父老乡亲的脸面算什么！可是已经晚了！"

"又在发些没用的牢骚了。既然你这么留恋她，为什么不砍下我老婆子的头去救她啊？"

"我要是能做到，还用在这儿哭鼻子发牢骚吗？世上再没有比拥有一个不通情理的母亲更不幸的事了。"

"别说了，瞧你那个样子……亏我好不容易夸你一次能干。"

"随你的便。以后你就别管我了，我爱干什么就干什么，爱怎么混就怎么混。"

"这就是你的臭毛病。你非得说这些气人的话，把你娘气死啊？"

"我就是要气死你，臭老太婆，死老太婆！"

"好，好，随便你怎么说。快给我滚到一边去！我现在要剁下阿通的首级，再慢慢教训你。"

"谁、谁会听你这无情老太婆的教训？"

"别嘴硬，等你看到身首异处的阿通后再好好想吧。美貌管什么用……美若天仙的女子死后也照样是一堆白骨……我要让你亲眼看看什么才是色即是空。"

"别烦我，别烦我！"又八发疯般拼命摇头，"啊……仔细想想，我想要的还是阿通。我时常在想，我不能这样，怎么也得找一条立身之途，怎么也得拿出点干劲来。我要洗心革面，发愤图强，这一切也都是为了想和阿通在一起。既不是为了什么家名，也不是为了你的脸面，只有阿通才是我的希望。"

"你就在那儿瞎唠叨吧。你这样唠叨，还不如为她念点佛呢。南无阿弥陀佛。"不知何时，阿杉已来到又八面前，扒开溅满鲜血的灌木和枯草，下面有一具黑黢黢的尸体。阿杉将枯草和树枝压平，恭敬地坐在尸体前面。"阿通，不要恨我。你既然已成了佛，那我也就不恨你了。一切都是命中注定。愿顿证菩提。"说着，她摸索起来，一把揪住黑发般的东西。

"阿通姑娘！"这时，音羽瀑布上方传来喊声，就像枝叶摇曳声或是星星滑落声一样，绕过黑风，朝这低地上飘过来。

锹

一

是怎样的机缘让宗彭泽庵来到这个地方的呢？原本这就不可能是偶然，但由于看上去太过唐突，平常一直泰然自若的他唯独今夜显得那么紧张。真想先问问他事情的缘由，可现在似乎已无暇顾及。总之，那个总是满不在乎的泽庵如今也表现出少见的慌乱。"喂，怎么样，伙计，找到没有？"

与他一起四处寻找的客栈伙计朝他跑来。"没有，哪里都没看见。"客栈伙计厌烦地说着，擦着额头的汗。

"奇怪啊。是不是你听错了？"

"没有，我亲耳听她说的，傍晚清水堂的僧人来过之后，她说要到地主神社去一趟，还提走了我们的灯笼。"

"来地主神社不是很奇怪吗？深更半夜的来这里干什么？"

"好像是要与人会面。"

"那应该还在啊……"

"可一个人也没有啊。"

"怎么回事呢？"泽庵抱起胳膊。

客栈的伙计也抱着头自言自语："我问了子安堂的守夜人，说的确看见那个老太婆与一个年轻女子提着灯笼上来了。但没有一个人看见她们下三年坂。"

"所以就更让人担心了。她说不定去了山的更深处或者没有路的地方。"

"为什么？"

"阿通姑娘一定是听信了老太婆的甜言蜜语，被掳到鬼门关去了……找不到她真让人着急。"

"那个老太婆那么可怕？"

"什么啊，她是个大好人呢。"

"不过，听您这么一说……我倒是忽然想起一件事来。"

"什么事？"

"那个叫阿通的女子今天一直在哭。"

"她本来就是个爱哭鬼，人们甚至叫她爱哭鬼阿通呢。但既然从正月初一就被拉到了那老太婆身边，一定受了不少折磨，真可怜。"

"老太婆一直说阿通是她的儿媳妇，既然是婆媳关系，我们也都无能为力……一定是有什么恩怨，老太婆才会如此残忍地一点点折磨阿通姑娘吧？"

"那老太婆一定是折磨够了，从她半夜将阿通带到山中来看，她恐怕是想一解最后一口气。真是可怕的女人！"

"那老太婆简直不能算女人，否则不是对其他女人的侮辱吗？"

"也不能这样说。无论什么样的女人都有这么一面，只不过老太婆格外明显而已。"

"您毕竟是僧人，看来到底还是讨厌女人啊。但您刚才怎么说那老太婆是好人呢？"

"是好人没错。她不也说每日到清水寺参拜吗？面向观音菩萨祈祷的时候，她就成了一个接近观音菩萨的老太婆。"

"她还经常念佛呢。"

"是吧，这种信徒世上有的是。在外面作恶，一回到家又立刻念佛。满眼是恶魔的业障，一到寺中却也立刻念佛。他们坚信，就算是杀了人，只要之后多念念佛，就能消除罪孽，极乐往生。这种人最难对付了。"

说罢，泽庵又在黑暗中迈步向前，来到瀑布潭所在的山谷。"喂！阿通姑娘！"

二

又八一哆嗦。"啊！娘！"他提醒了一句。

阿杉也注意到了。她把镜子般的眼睛抬向半空。"怎么回事，那声音是……"她叨念着，手中仍揪着死尸的黑发，握着欲斩下首级的短刀。

"似乎有人在喊阿通的名字。又喊了。"

"奇怪。能到这儿寻找阿通的人，也就只有城太郎那小子了，可是——"

"是大人的声音。"

"好像在什么地方听过啊。"

"啊，不好！娘，先别砍什么人头了，已经有人提着灯笼朝这边走来了。"

"什么，走过来了？"

"是两个人一起。千万别让他们发现了。娘，娘！"

一感到情况危急，这对反目的母子一下子又化为一体。又八慌了，对母亲的镇静深感担忧。

"喂，再等一会儿。"阿杉依然被死尸吸引，"都到了这一步，怎么能不取下人头就走呢？若是就这么走了，我们拿什么证据向乡亲们证明处决了阿通？再等等，我马上就好。"

"啊！"又八捂上了眼睛。

阿杉用膝盖将灌木的小树枝压平，准备将刀刃对准死尸的脖子。又八则不忍看下去。

就在这时，阿杉口中忽然蹦出一句不明所以的话，看起来惊诧不已。只见她一下子扔开提在手中的人头，一个趔趄向后倒去。"错了！错了！"她摆着手想站起来，却怎么都站不起来。

又八也凑了过来。"什、什么？"他结结巴巴地说道。

"快看！"

"哎？"

"不是阿通！这个死尸不知是乞丐还是病人，像是个男的。"

"啊，是浪人！"又八盯着死尸的侧脸和身影看了半天，愈发惊诧，"奇怪，这个人我认识。"

"什么，是你的熟人？"

"他叫赤壁八十马，我曾遭这家伙欺骗，手头的钱全被他卷走了。雁过拔毛的八十马怎么会趴在这种地方呢？"

又八自然怎么想也想不明白。除了住在距此不远的小松谷阿弥陀堂的虚无僧青木丹左卫门，以及险遭八十马糟蹋的朱实，能够做出解释的恐怕就只有宇宙了。不过，若真要对这个落得如此下场的蝼蚁般的小人物出现于此的事向宇宙寻求解释，似乎也不可能，毕竟宇宙太大，也太过庄严。

"谁？谁在那里？不是阿通姑娘吗？"突然，泽庵的声音和灯笼的光出现在二人身后。

"啊！"一旦逃起来，年轻力壮的又八自然比阿杉快多了，况且阿杉还得先站起身来才能跑。

"是大娘吧。"泽庵跑过来便一把抓住了阿杉的后脖颈。

三

"往那边逃的不是又八吗？喂，把老母亲丢下往哪里去？你这个懦夫！不孝子！你站住！"泽庵按住阿杉的脖子，朝黑暗中喊道。

阿杉在泽庵的膝下痛苦挣扎，喝问道："谁？什么人？"
她还不忘虚张声势。

看到又八没有返回的迹象，泽庵松了手。"您不认识我
吗，大娘？看来您真的是老糊涂了。"

"噢，是泽庵啊。"

"吓了一跳吧？"

"你说什么！"老太婆恶狠狠地摇摇花白的头，吼道，
"游荡在黑暗世上的要饭和尚，如今竟流浪到这京都来了？"

"对对。"泽庵微微一笑，"大娘说得没错，我前一阵子
一直在柳生谷和泉州一带瞎晃悠，昨晚才晃到这京城来，
结果在一位大人的府里无意间听到一件不放心的事，觉得
事关紧要，不能袖手旁观，于是从黄昏时分起就开始寻找
你们。"

"什么事？"

"我也想顺便见见阿通。"

"哦。"

"大娘。"

"又怎么了？"

"阿通去哪里了？"

"不知道。"

"怎么可能？"

"我又没有用绳子拴着阿通走路。"

这时，提着灯笼站在后面的客栈伙计忽然大喊："啊！

法师，这里有一摊血！鲜血！"泽庵朝灯光俯下身子，脸也顿时绷了起来。

阿杉瞅准这个机会，突然站起身，拔腿就逃。

泽庵回过头喊道："站住，大娘！您不是为了一雪家耻才背井离乡吗？难道您就这样玷污了家名回去？您明明是因为疼爱孩子才出了门，怎么忍心把孩子推进不幸？"声音之大，简直不像出自泽庵之口，仿佛宇宙的怒吼一样包围了阿杉。

阿杉一下子停住脚步，脸上的皱纹全都化作不服输的表情。"你说什么？你说我再次给家名抹了黑，把又八推进了更大的不幸？"

"没错。"

"你这个傻子！"阿杉冷笑一声。但还没等对方开口，她便沉下脸来骂道："你这种吃布施饭借住他人寺院，在荒野里到处拉屎游走的臭和尚，还配说什么家名，还配说什么疼爱孩子？你懂得什么是世间真正的疾苦吗？还敢鹦鹉学舌地教训我？你最好先和世人学学如何自食其力吧。"

"真说到我的痛处了。世上的确有这种和尚，连我都感到有点难堪了。在七宝寺的时候，我就觉得大娘您伶牙俐齿，如今仍是一张利嘴啊。"

"我老婆子还有更大的抱负呢，你以为就光是嘴巴厉害吗？"

"算了。既然事情都做了，也已于事无补，那就干脆说说吧。"

"说什么？"

"大娘，您是不是让又八在这儿把阿通杀了？你们母子把阿通杀了吧？"

阿杉仿佛早就在等泽庵如此说，顿时仰天大笑。"泽庵和尚，就算你提着灯笼走路又有什么用？如果不长眼睛，世上不照样还是一片黑暗！你那眼睛究竟是摆设，还是有眼无珠？"

四

面对阿杉的嘲弄，泽庵无计可施。无知总会比智慧更占上风，尤其是无视对方的智慧恬不知耻地离去时，无知更是处于绝对优势。正所谓遇到一知半解的卖弄者，有智之人往往无计可施。被阿杉骂作有眼无珠也罢，眼睛是摆设也罢，泽庵还是用这双眼睛仔细察看现场，果然，死去的并不是阿通。

看到他表情放松下来，阿杉立刻说道："泽庵和尚，这下你放心了吧。该不会你就是撮合武藏和阿通私通的不义媒人吧？"她愤恨地挖苦道。

泽庵并不反驳，说道："既然您这么想，那就随您的便。不过，大娘，我知道您笃信神佛，您不会就这样弃这死尸而去吧？"

"他是个倒在路边的将死之人，虽然杀他的是又八，可也不能怪又八。如果弃之不理，他早晚都得死。"

这时，客栈的伙计插了一句："如此说来，这个浪人脑子似乎有点不好，前些日子就流着口水在街道上晃来晃去，脑门上还有一个遭什么东西重击过的大伤疤。"

阿杉却根本不管这些，已经开始朝前走寻找道路。泽庵把死尸交给伙计，跟了阿杉身后。阿杉似乎很不情愿，回过头正要放狠话，却看到树后有个人影在小声地喊自己，便高兴地跑过去。正是又八。到底是儿子，还以为他逃走了呢，看来还是惦记着老母亲，正在察看动静。阿杉感受到儿子的这份心意，高兴不已。

回头望望泽庵，母子二人嘀咕起来。看来他们还是对泽庵抱有恐惧，所以突然加快了脚步，朝山麓快步跑去。

"没办法……看样子无论说什么，他们也不会接受。若是能把误解这东西从世上除掉，哪怕只除掉这一样，人间的痛苦也会减轻不少啊。"泽庵望着母子离去的身影喃喃自语。他并没有追赶他们的意思，寻找阿通才是当务之急。

那么，阿通究竟怎么样了呢？看来阴差阳错，她的确是从那对母子的白刃下逃脱了。想到这里，泽庵的心里就一阵欣喜。可是大概由于见了血，在还没有看到阿通鲜活的面孔之前，他还是有些放心不下，想在天亮之前再找找。

当他下定决心的时候，朝崖上走去的客栈伙计似乎已从子安堂那里招来了值夜的僧人，只见灯笼的数量增加到了七八盏，再次朝崖下移来。看来他们是想把赤壁八十马的尸体就地掩埋。只见众人挥舞着扛来的锄头铁锹之类，不久，夜幕下响起恐怖的声音。

土坑挖得差不多时，有人大喊："啊，这里还有个死人！是个美女！"那里距离土坑不足五间远，瀑布的水流在此岔开，形成一小片沼泽，上面为灌木和杂草覆盖。女子就在那沼泽旁边。

"这个还没死。"

"是不是快死了？"

"只是昏过去而已。"

看到汇集的灯笼周围一片吵嚷，泽庵正要跑去看看，客栈的伙计已经大声喊起他的名字。

商人

一

能够如此灵巧地将水的特性融汇到生活之中，这种人家恐怕不多。武藏倾听着流淌在四周的潺潺水声，忽然如此想道。这里正是本阿弥光悦的家，距令武藏记忆犹新的莲台寺野并不远，就在上京实相院遗址东南方十字路口的一角。

这个十字路口之所以被称为本阿弥十字路口，不仅是因为光悦一家住在这里。在他家朴素的长屋门左右还住着他的侄子、同行匠人等，同家族全都住在这个十字路口，就像从前地方豪族时代的大家族制度一样，房屋鳞次栉比，众人和睦共处，过着平静的商人生活。

原来如此！对于武藏来说，这完全是一个神奇的世界。他也曾体验过下层商人的生活，却从未见识过京都这种无人不知的大商人生活。

本阿弥家既是足利家武臣的后裔，现在也每年领着前田大纳言的二百石禄米，又受到皇族的赏识，伏见的德川家康也对他另眼相待。因此，虽然光悦的职业是研磨擦拭刀剑，他是个纯粹的匠人，但他究竟是武士还是商人，一时还真的难以说清楚，可能他既是匠人也是商人。

总的说来，匠人的声誉地位近来已严重下降，这是匠人自甘堕落的结果，正如"百姓"一样，前朝时百姓甚至还曾被称为天皇的御民，也曾位居职业的上层，可随着世风日下，"这个臭老百姓"似乎成了侮辱的代名词，同样，"匠人"一词原先也绝不是下贱职业的称呼。

历数大商人的出身，无论是角仓素庵，还是茶屋四郎次郎、灰屋绍由，无一例外都源于武家。起初他们是作为室町幕府的家臣来管理商业方面的事务，都是幕府中人。可不知何时，他们经营的这些实务脱离了幕府的管制，也没有必要再接受幕府的俸禄，于是变成了个人经营。由于具有经营才华和社交能力，他们不再需要武士特权，于是就在世代相传的过程中不知不觉变成了商人。如今，他们既是京都的大商人，也是财富的所有者。

所以，即使武家之间发生了权力争霸，这些大商人的门第仍会受到双方的保护，可以代代永续。他们当然也会被勒令出钱，这似乎是一种兵火烧不掉的税金。

实相院遗址就在水落寺旁边，坐落于有栖川和上小川两条河的中间。应仁之乱时，这一带被烧成一片废墟，至今每逢种树，还经常挖出红色的断刀和头盔顶部之类的物件。本阿弥家的宅子应该是在应仁之乱以后建造的，算是历史悠久。

清澈的有栖川流过水落寺内，最后汇入上小川，中途则潺潺地流经光悦的宅子。这河水先是流过三百坪左右的菜园，然后消失于一丛树林中，接着仿佛从千尺源的地底突然涌出一样，从玄关的喷井流出，一部分流向厨房，用来做饭，另一部分则流入浴室，带走污垢。水还会流入幽静的茶室，在岩上敲出清泉般的水滴声，之后，水又奔流至被这家人敬称为"御研小屋"的作坊。作坊入口一直结着辟邪用的稻草注连绳，在这里，从诸侯手中承接的正宗刀、村正刀、长船刀等世上所有名刀通过匠人们的手被研磨得寒气逼人。

武藏来到这宅子后，便在这一房间里解下旅装，至今已经过了四五天。

二

在荒野的茶席上与此家主人光悦和妙秀母子相会之后，武藏便一直想找个机会再与他们见面。大概也是一种缘分吧，没过几天，便有了这样的机会。

从这上小川到下小川的偏东方向有座寺院叫罗汉寺，旁边是从前赤松一族的府邸遗址。虽然随着室町将军家的没落，旧大名的宅子如今也化为乌有，不过武藏还是想去寻觅一下，便在某日来到了这一带。

武藏年幼时便经常听父亲说："虽然我现在是以山间乡士的身份老朽在这里，可祖先平田将监却是播州豪族赤松的旁支，你的血脉中也流淌着建武英杰的鲜血。你必须要意识到这一点，更加珍重自己的生命。"罗汉寺是与赤松的宅地相邻的一座菩提寺，倘若寻访一下那里，说不定还会发现祖先平田的死者名册。武藏还听说父亲去京都时，也曾寻访和供养过祖先。而且就算探知不到这些陈年旧事，站在那片土地上，不时缅怀一下血脉相连的远古祖先，也未尝没有意义。于是那一日，武藏便刻意寻找起罗汉寺来。下小川的河流上架着一座桥，名为"罗汉桥"，可是怎么也找不到那罗汉寺。

"难道连这一带也变了？"武藏站在罗汉桥的栏杆旁，深有感慨。父亲与自己只相差一代，可在这么短的时间里，都市的面貌就发生了如此剧变。

流经罗汉桥下的浅浅清水中像是溶入了一些黏土，不时泛白而浑浊，可不一会儿就再次澄清起来。武藏定睛一看，发现桥左岸的草丛里，一股浊水正缓缓流出。每次这浊水注入河里，白色的微浊便会蔓延。看来那儿有研磨刀剑的人家啊。虽然武藏如此想，可他做梦也没想到，此后他竟成了那家的客人，并一住就是四五天。

"那不是武藏先生吗？"直到后来被外出归来的妙秀叫住，武藏才意识到这里便是本阿弥十字路口附近。"一路找得很辛苦吧？正好光悦今天也在家里，请不要客气……"妙秀为偶然在路边发现武藏而感到欣喜，以为他是特意来拜访的，于是把他带进两侧是长屋的大门内，立刻吩咐仆人叫来光悦。

无论是光悦还是妙秀，都和上次在荒野偶遇时一样，依然和蔼可亲地接待了武藏。

"我现在有一把重要的刀需要研磨。你先与家母说一会儿话，我干完活就与你慢慢聊。"既然光悦忙，武藏便与妙秀闲聊。不觉间天色已晚，他当夜便留宿下来。到了第二天，武藏又主动请光悦教他一些刀的研磨和使用方面的经验，光悦便把武藏带到御研小屋，现场给他讲解了各种知识。就这样，不知不觉间，武藏已在这家住了三四个晚上。

三

接受别人的好意总得有个度。武藏想今日辞别，可还没等他说出口，今晨光悦又主动说道："虽然也没怎么像样地招待你，再挽留你似乎也有些不妥，但只要不觉得厌腻，你住多少天都行。我的书斋里有一些古书和无聊的玩赏品，你可以随意翻阅观赏。稍后我会用院子一角的炉灶烧一些茶碗和盘子之类给你看。刀剑有刀剑的魅力，陶器也别有趣味，你也可以尝试着用泥土捏一个。"

在光悦的劝说下，武藏不由得再次停留在这家人恬静的生活中。

"你若是厌倦了，或是突然想起什么急事，这家里本就无人，所以也用不着道别，随时都可以离去，如何？"光悦又补充道。

武藏怎么会感到厌腻呢？光悦的书斋里从和汉书籍到镰仓时期的绘卷无所不有，还有舶来的古法帖等大量文卷，随便翻开其中一样，就足以让武藏在不知不觉中度过一日。其中尤其吸引武藏的，是壁龛上那幅据称是出自宋梁楷笔下的《栗之图》。那是一幅宽二尺、长二尺四五寸的横幅挂轴，十分古旧，甚至已看不出是何纸质。说来也奇怪，看着这挂轴，武藏竟半天都不会觉得厌烦。

"出自您手的画，外行人当然不及，但看到这幅画后，我总觉得这种东西似乎连我这种外行都能画出来。"一次，武藏如此说道。

"你大概说反了吧。"光悦答道，"我的画的境界任何人都能够达到，这幅画却道高而山深，非凡过人，它的境地远不是靠模仿就能达到的。"

果真如此吗？从那以后，武藏一有机会便端详这幅画。自从听过光悦的一番话，他觉得乍一看这只不过是幅单纯的水墨粗画，但只要仔细欣赏，便也逐渐领略到其中蕴含的"单纯的复杂"。画面上描绘了两个落在地上的栗子，一个外壳已破，另一个还紧紧地包在壳内，壳上面竖满了针刺，一只松鼠正朝着它扑去。画上的松鼠自由洒脱，活灵活现地表现人类的年轻和想拥有青春的欲望。同时，画面又将松鼠的欲望表现得淋漓尽致：若想吃掉壳里的栗子，便会被针刺刺痛鼻子，而如果畏惧那针刺，便吃不到壳中的果实。

或许作者无意传达这种思想，武藏却读出了此种意味。明明是在看画，倘若联想到画外的讽刺意味或暗示而徒令自己烦恼，或许也属多余。尽管武藏不断提醒自己保持理性，可这幅画单纯的复杂当中，除了具有水墨的美感和画面的动感，还蕴含着种种深奥之处，令人无法不陷入遐想。

"武藏先生，还在与梁楷做对眼游戏啊。你似乎很喜欢这幅画。倘若真是喜欢，离开的时候就把它卷起来带走吧。我送给你了。"光悦望着武藏的身影漫不经心地说道，随即在他身边坐了下来。

四

武藏深感意外。"要把梁楷的这幅画送给在下？万万使不得。打扰数日不说，还将您如此贵重的家宝卷走，哪有这样的道理？"他坚决推辞。

"可你如此喜欢……"光悦看着他诚恳害羞的样子，笑道，"没关系，你如果喜欢，尽管摘下来拿走便是。绘画这种东西，只有被真正喜欢、真正品出其中真味的人持有，它才是幸福的，已经作古的作者也才会满意。请不要推辞。"

"您这么说的话，在下就更无资格接受这幅画了。虽然观赏之后，占有欲也在蠢蠢欲动，也想拥有一件这样的名画，可是就算拥有了也没有用，毕竟我只是个既无家宅也无固定居所的修行武者。"

"那倒也是，旅行之人带着它反倒会是一种累赘。你还年轻，或许还没有萌生这种念头，但一个人无论多么年轻，没有家想必也会非常寂寞。怎么样，在这京都的一隅用圆木搭建一处茅屋如何？"

"在下还从未产生过安家的念头，反倒想遍历九州，一睹长崎的文明，再亲眼看一看关东的新都府江户，放眼陆奥的名山大川。我这游子之心一直向往远方。或许，在下生来就有流浪的癖好吧。"

"不，不只是你，谁都一样。比起四叠半的茶室更喜欢长空，这正是年轻人的天性。同时，他们还总是偏执地认为自己的希望不在身边，只有远方才有希望之路。他们珍贵的青春大部分都空耗在对远方的憧憬上，誓不成家，总是生活在对境遇的不平之中，对吧？"说着，光悦突然笑了，"哈哈哈，我这样的闲人对年轻人如此说教，似乎也有点奇怪啊。对了，我过来倒不是为了这些，而是想今夜带你出去。怎么样，武藏先生，你去过烟花巷没有？"

"烟花巷……不就是烟花女子待的地方吗？"

"对。我有个朋友叫灰屋绍由，是个性情豪放之人，他刚才来信约我。怎么，不想到六条的烟花巷去看看吗？"

"算了吧。"武藏当即答道。

光悦也不勉强，说道："既然不愿意去，邀你也没用，但偶尔置身于那种世界也挺有意思。"

妙秀不知何时已悄悄来到这里，饶有兴趣地倾听二人的对话。这时她插了一句："武藏先生，这是个好机会啊，就一起去吧。灰屋的主人是毫不拘礼之人，我儿子也好不容易有机会带你去一趟。那就去吧、去吧。"

与光悦听随武藏的意愿不同，妙秀说着便兴奋地从衣橱里拿出窄袖和服等衣物，连连劝武藏穿上，怂恿他和光悦一起去玩。

五

身为父母者，一听到儿子要去烟花巷玩乐，哪怕是当着客人或朋友的面，也会极不痛快地大声斥责：又去胡作非为了！严厉的父母甚至还会大骂一声：岂有此理！母子之间为此争吵一阵当是世之常情，可是这对母子却与众不同。

妙秀来到衣橱旁。"这个腰带不是挺好吗？窄袖和服穿哪一件合适呢？"她仿佛是自己要去游山玩水，兴奋地为去烟花巷玩乐的儿子出谋划策。不光是衣裳，就连钱夹、印盒、短刀等，也尽选华丽之物。尤其是钱夹里面，为了不在男人之间掉面子，也为了不在女人的世界里丢脸，细心的妙秀又从另一个钱柜里不动声色地抓了几把，装进沉甸甸的钱夹里。"快、快去吧，烟花巷掌灯时分去才好，最有趣的便是黄昏的街道了。武藏先生也去吧。"

不知不觉间，武藏的面前也堆了一摞衣服，虽是棉布衣，但从贴身内衣到外套全都是崭新的。武藏不由得有些奇怪，但从妙秀如此殷勤地游说来看，那令世人唾弃的烟花巷似乎也不是什么肮脏的地方，去玩玩也未尝不可。

武藏改变了主意。"那在下就承蒙好意，和光悦先生一起去吧。"

"这就对了。那快把衣裳也换了。"

"不了，美丽的服饰反倒不适合在下。无论是伏在荒野，还是去别的地方，还是这件夹衣最适合在下，穿着也自在。"

"这怎么能行！"妙秀竟严厉地责备起武藏，"你倒是觉得无所谓，可若是一身脏兮兮的打扮，就像在华丽的烟花巷座席上放了块抹布似的，这怎么像话呢？你要把世上的苦闷和丑陋全都忘掉，哪怕只是一刻或半夜也好，要完全置身于华丽的氛围中，丢掉所有寂寥，这才是去烟花巷玩乐的目的。以这个观点来看，你的装扮也是烟花巷华美景色的一部分，倘若以为这只是为了自己的面子，就大错特错了。呵呵呵，话虽如此，这也不是像名古屋山三、政宗先生等人的那种华丽衣裳，只是些不脏的衣服而已。快，别推辞，快穿上试试。"

"是，那我就……"武藏乖乖地答应，换上衣服。

"哦，挺合身的。"妙秀望着二人飒爽的装扮，不由得十分欣喜。

光悦则走进佛堂，奉上傍晚小小的灯明。这对母子一直是日莲宗的笃信者。出来之后，他对等候的武藏说道："一起走吧。"

光悦领着武藏来到玄关时，妙秀早就等在那里，将二人要穿的带绳的新草鞋在脱鞋处摆好，然后站在门后与正在关闭长屋门的男仆小声嘀咕起来。

"有劳母亲了。"光悦朝新草鞋低头致意后换好，"那么，母亲，我们去了。"

这时，妙秀回过头来。"光悦，你先等一下。"她慌忙招招手，叫住二人，自己则从小门中往外探去，似乎在观察大路上的动静。

六

"什么事？"光悦有些纳闷。

妙秀则悄悄关上小门，回头说道："光悦，刚才有三名强悍的武士来到门前，丢下几句粗鲁的话就走了……该不会要出大事吧？"天空还很明亮，妙秀却忽然担心起要出门的儿子与武藏，皱着眉说道。

光悦看了一眼武藏。武藏立刻便明白那些武士是何人了。"请不要担心。我想，就算他们想加害在下，也不会加害光悦先生的。"

"前天就有人说过这种事。当时虽然只有一个武士，可眼神可怕，招呼都不打便擅自闯进门内，蜷缩在茶室的甬道上窥探武藏先生的房间，好一会儿才离去。"

"大概是吉冈的门人吧。"武藏说道。

"我也如此认为。"光悦点点头。接着，他又问仆人："今天来的三人都说了些什么？"

仆人颤颤巍巍地回答道："刚才匠人们都回去了，小的正要关上门，不知从哪里一下子出现了三名武士，围住小的，其中一人还从怀里掏出一封书信，表情凶狠地要小的交给老爷的客人。"

"唔……他没说要交给武藏先生吗？"

"啊，他们后来又问是否有一个叫宫本武藏的人从数日前就住在这里。"

"那你又是怎么回答的？"

"老爷早就吩咐小的别说出去，所以小的就连连摇头，说没有那样的客人，结果对方大怒，厉声说小的撒谎，后来一个年纪稍大点的武士便劝导那人，皮笑肉不笑地说算了，他们会用别的办法转交。说罢，就去了远处的十字路口。"

武藏在一旁听了，说道："光悦先生，我看不如这样，万一遇到不测，伤及或者连累先生，在下实在过意不去，所以在下还是先走一步吧。"

"不，用不着。"光悦淡淡一笑，"不必如此费脑筋。既然知道是吉冈的武士，那就更不用担心了。我一点都不怕。我们走吧。"光悦催促着武藏刚到门外，忽然又探回门内。"母亲大人，母亲大人。"

"忘东西了？"

"不是。刚才的事情，倘若母亲担心，我就派人去灰屋先生那里一趟，回绝今夜的邀请⋯⋯"

"我担心的并不是你，而是怕武藏先生有个三长两短。武藏先生都在前面等着了，再叫住也不好，而且灰屋先生那边也盛情难却，你们就高高兴兴去玩吧。"

母亲关了门，光悦也不再担忧，便与等在那里的武藏并肩沿着河岸向前走。"灰屋先生的宅子就在前面的一条堀川，正好在去烟花巷的路上，说是早就做好准备等着呢，咱们就顺路过去吧。"他事先招呼道。

七

傍晚的天空还很亮。沿着水边散步本来就令人心旷神怡，在人们都忙忙碌碌的黄昏中，自己却悠闲自在地散步，更是人生一大乐事。

"灰屋绍由先生？这名字似乎经常听到啊。"武藏说道。

光悦悠闲自在地踱着步答道："你当然听说过。他在连歌界中属绍巴门派，已经自成一家。"

"是连歌师啊。"

"不，他并非像绍巴或贞德那样以连歌为生，而是与我一样都是这京都的老商人。"

"灰屋是姓氏？"

"是商号。"

"卖什么的？"

"卖灰的。"

"卖灰？什么灰？"

"染坊里染布用的灰，又叫染灰。做好后批发给各国的染坊，买卖做得可大了。"

"明白了，就是制作那灰汁水的原料？"

"这种交易耗资巨大，所以在室町初期还是由将军治下的染灰座奉行来管理，但从中期起便改为民营。据说京都只有三家染灰批发商被允许经营，其中一家便是灰屋绍由的祖先。但到了绍由先生这一代已经不再经营这种家业，而是在这堀川安度余生。"说着，光悦指指远方，"看见了吧，那座一看就很雅致的宅第便是灰屋先生的宅子。"

武藏点点头，忽然握住左袖口。奇怪啊。他一面听光悦说话一面思考：里面装着什么呢？右边的袖子在晚风的吹拂中轻轻摇曳，可左袖却沉甸甸的。怀纸在怀里，又没带烟盒，也不曾记得装过其他东西。于是武藏悄悄摸到袖口一看，发现竟是一条鞣好的菖蒲色皮绳，打了个蝴蝶结束在一起，随时都可以解开。一定是光悦的母亲妙秀事先放进去的，可以用作束衣袖的皮带。

武藏握着袖子里的皮带回过头，不禁朝身后的人露出微笑。他早就注意到了，一离开本阿弥十字路口，便有三个人在身后悄悄跟随。看到武藏的微笑，三人吓了一跳，同时停住脚步，低头嘀咕了一会儿，不久便做出从远方走来的样子，大踏步朝这边接近。

此时，光悦已站在灰屋门前敲响鸣器告知来访，接着便在拿着扫帚出来的仆人的引领下进入了种满花木的庭院。突然发现身后没有了武藏的身影，光悦又折返回来。"武藏先生，快请进。这家人不讲究礼仪。"他若无其事地朝门外说道。

八

门外，三名武士正翘着逼人的大太刀刀柄，伸出手臂围住武藏，傲慢地宣称着什么。是刚才的那三个武士？光悦立刻想了起来。

武藏平静地回答了三人几句，这才朝光悦那边回过头。"在下这就过去，您先请吧。"

光悦用平静的眼眸读着武藏的目光，用下巴朝里面示意，说道："那我先到里面等着，你办完事后就赶紧进来吧。"说罢，他闪身进入门内。

一名武士急不可待地开口道："不管你是不是逃避，今天我们已用不着谈这些了，我们并不是为此而来。我刚才也说过，我是吉冈门下十剑之一的太田黑兵助。"说着，他一撸袖子，两手伸进怀内取出一封信，往武藏眼前一晃，"这是传七郎先生给你的亲笔信，我可交给你了。你就在这里读一下，回个痛快话吧。"

"哈哈……"武藏随手拆开一阅，当下回道，"知道了。"

但太田黑兵助仍未熄灭猜疑的眼神。"确实？"他不放心，盯着武藏又问了一遍。

武藏再次点点头。"确实知道了。"

三人这才终于确定。"一旦违约，立刻当着天下之人羞辱你。"

武藏没有作声，望着三人僵硬的身影笑而不答。

武藏的态度大概让太田黑兵助觉得奇怪。"你听见了没有，武藏？"他继续喋喋不休，"时间可不多了。地点你记住了没有？准备好了？"他又叮问道。

武藏虽然没有露出不耐烦的表情，回答却极为简短。"好了。"他嘴里只冒出几个字，"那么，后会有期。"

说罢，武藏就要闪入门内，兵助却仍追着喋喋不休："武藏，在此之前你一直待在灰屋家？"

"不，他们说晚上要带我去六条的烟花巷转转，非此即彼。"

"六条？好。不是在六条就是在这家啊。倘若晚了，我们会来请的，可别耍什么卑鄙花样。"

武藏听着，转身走进灰屋的前庭，立刻关上门。一迈进这里，仿佛喧哗的世界顿时远离了百里，只觉得四周有看不见的围墙围起一片静谧的生活天地。

眼前是一条天然小道一样的石径，两侧低低的小竹丛和笔杆般的细竹使小径保持着恰到好处的润湿。沿路走来，映入眼帘的正房、前厅、厢房和亭子都保持着世家的古朴和厚重的深沉，四周的松树挺拔抖擞，高高地越过屋顶，显示着这一家的富贵，却又不会让走在下面的客人觉出半点傲慢之气。

九

不知何处传来蹴鞠的声音。倘是公卿的府邸，倒会经常从墙外听到这种声音，但商人家里出现这种声音还真是稀奇，武藏想。

"主人准备一下就过来，请在这儿稍候。"两名侍女端来茶和点心，把他们请进面向庭院的一间客厅。侍女举止典雅，一看便知家风教养。

"大概是太阳被遮住的缘故吧，怎么一下子冷了起来。"光悦喃喃自语，正要命侍女关上敞开的隔扇，却看见武藏正出神地倾听着蹴鞠的声音，眺望着庭院远处一片低低的梅花，于是也把视线投向外面，说道："一大片云笼罩在叡山山头，那是来自北国的云。你不冷吗？"

"不冷。"武藏单纯地答了一句，丝毫没有意识到光悦想要关闭隔扇。他的皮肤就像皮革一样强韧，和光悦细嫩的皮肤相比，对气候的感觉自然不一样。不仅这方面，对所有事物的感触和鉴赏，二人都存在着不小的差距。一言以蔽之，便是乡野之人与都市之人的差距。

外面很快暗了下来。看到侍女端来烛台，光悦准备关上隔扇。

"叔叔，你来了？"大概是刚才踢蹴鞠的孩子，只见两三个十四五岁的孩子从外廊探进头，把蹴鞠扔了过来。可一看到武藏的身影，他们立刻变得乖巧起来。"我去给您叫来吧。"

光悦说"不用"，但孩子们仍争着朝后面跑去。

关上隔扇点上灯盏，坐下来的武藏越发体会到这家的祥和。远处家人们的笑声隐约传来，听上去是那么温馨。

身为客人，武藏感触最深的莫过于无论望向哪里，都丝毫没有那种有钱人家的俗气，一切都是那么简朴，简直是在有意消除铜臭，让人仿佛置身于乡村大户的客厅里一般。

"哎呀，久等久等，十分抱歉。"这时，一个豪爽的声音突然传来，主人灰屋绍由随即现身。

与光悦相反，尽管此人像仙鹤一样清瘦，声音却比光悦的洪亮，充满活力，年龄看起来也比光悦大一轮左右，一看便知是个性情直爽之人。

光悦于是向其引见武藏。

"原来是近卫家的管家松尾大人的外甥啊。松尾大人我也很熟。"

由于提及了姨父的名字，武藏自然隐约察知了这种大商人与近卫家的关系。

"那咱们就快去吧。若是天还亮的时候出去，还能悠闲地散散步，既然天都已经黑了，那就叫乘轿子来吧。武藏先生也一同去吧？"

绍由的急脾气与年龄一点也不相称，而光悦则大方稳重得简直像把去烟花巷的事都忘了。两个人形成了鲜明的对照。他们乘上在街头揽客的轿子，武藏也平生第一次坐上了轿子，摇摇晃晃地沿堀川而去。

春雪

一

"好冷！刮起风了。"

"鼻子都要掉下来了。今夜肯定要下点雪了。"

"都春天了，还这么……"

轿夫们大声交谈着，呼呼地吐着白气朝柳马场赶去。三盏灯笼摇来晃去，忽明忽灭。叡山顶的云已经黑压压地蔓延到京城上空，夜空里现出一种恐怖的征兆。半夜里不会发生些什么吧？

相比之下，在这广漠马场远处，地上一片灯火，美轮美奂。正因为夜空里没有一颗星星，地上的灯盏才益发璀璨，仿佛是风擦亮了一簇萤火虫。

"武藏先生。"光悦从中间的轿子里探出头向后面说道，"就是那儿，那儿就是六条的柳町。自从最近店铺增加了，那里又称三筋町。离开城里，再穿过这空旷的马场和空地，远处忽然出现这么一片红灯的聚落，是不是也很有趣呢？"

"真令人意外。"

"这烟花巷以前在二条，由于接近大内，半夜时分，御苑旁边升起民歌俗曲自然就有些刺耳，于是所司代板仓胜重大人便急令搬到了这里。从那以后只过了三年，就已发展成如此繁荣的街市，而且还会继续扩展下去呢。"

"那么，三年前的这一带……"

"当时，晚上无论望向哪里，都是黑漆漆一片，让人不由得痛感那战国的兵火之祸。可是现在，新的流行事物全都源于这片街区，说得夸张一些，这里甚至形成了一种文化……"说着，光悦竖起耳朵听了一会儿，接着又说道，"你听，隐隐约约传来了吧……烟花巷的丝竹小曲。"

"果然，听到了。"

"别小瞧那种小曲，就是在那里，人们将新近从琉球传来的三味线进一步发展创新，又以此为基础创造出'今样歌谣'，派生出'隆达调''上方调'之类，可以说一切都诞生于这烟花巷。由于在这里兴起的乐曲也被一般民众接受，这种文化的联系让一般的市镇和烟花巷也产生了深深的联系。虽说这里是烟花巷，与市镇隔离，我们却并不能因此就认为这里有多么污秽、肮脏。"

这时，轿子忽然转了弯，武藏与光悦的对话也就此打住。

二条的烟花巷叫柳町，六条的烟花巷也叫柳町。柳与烟花巷究竟是从什么时候联系在一起的呢？不觉间，挂在道路两旁柳树上的无数灯笼映入了武藏的眼帘。

二

　　光悦和灰屋绍由似乎都对这里的青楼很熟，刚下轿来到门前的柳树旁，林屋与次兵卫的人便殷勤地迎了上来。

　　"船桥先生来了。""水落先生也来了。"

　　船桥，是绍由在烟花巷专用的隐名，源于家在堀川船桥。至于水落，自然也是光悦在这里使用的代号。唯有武藏没有固定住所，也就没有隐名。

　　所谓的林屋与次兵卫也是青楼名义上的名字，青楼实际叫"扇屋"。一说起扇屋，立刻就会使人想起如今名扬六条柳町的初代吉野太夫，而一谈起桔梗屋，室君太夫的名字便如雷贯耳。世人公认的一流青楼只有这两家。光悦、绍由和武藏进入的便是其中之一的扇屋。

　　里面的装潢十分绚丽。武藏尽量不东张西望，但每走一步，他都会不由自主地被方格天花板、桥架的栏杆、庭院的景致和楣窗的雕刻吸引。

　　"咦，都到哪里去了？"武藏对杉木门上的绘画看得入神，忽然找不到光悦和绍由了。他正在走廊里徘徊时，光悦朝他招招手。"在这里。"一抬眼，只见远州风格的石景中铺着一层白石子，造庭师大概是在模仿赤壁的风景，宛如北苑画作一样的庭院坐落其中，两间宽的银隔扇掩映在灯火中。

"真冷啊。"绍由弓着背，早已坐在空旷房间的坐垫上。

光悦也自行坐下了。"坐，武藏先生。"他指着中间空着的座席劝道。

"啊，这……"武藏不敢造次，规规矩矩地坐到下座。倘若像官老爷一样坐在上座，对于他来说，与其说拘束，不如说厌恶。对方却以为他是客气。

"可是，今晚你是客人……"绍由频频劝道，"我与光悦先生是天天厮混在一起的老朋友了，而他与你则是初次见面，所以快请上座、上座。"

武藏连连推辞："不，这样实在令在下诚惶诚恐，像在下这样的年轻人……"

绍由却说道："在烟花巷里哪还分老少啊？"他的语气突然变得随意，接着便弓着背晃着肩膀哈哈笑了起来。

此时，端着茶点的侍女已经来到身后，正等待席次的确定。光悦看出武藏的尴尬，打起圆场："那就由我来坐吧。"说着，他换到了壁龛的位置。武藏则挨在光悦后面坐下，略微安下心来，但又觉得如此珍贵的时间竟这么无聊地浪费了，实在有些可惜。

三

套间的角落里，两个侍奉太夫的侍女正亲密地坐在炉边。

164

"这是什么？"

"禽。"

"那，这个呢？"

"兔子。"

"那这次呢？"

"斗笠人。"

两人对着屏风玩起手影游戏。

炉子是茶道式的炉子，从茶釜口中冒出来的热气温暖着房间。不知何时，隔壁的人也增加了，酒的香气再加上人的体温，使人忘记了外面的严寒。不，更确切地说，是因为酒在血管中的循环，才让人们觉得房间里暖和起来。

"我这个样子是无法劝诫儿子们了，但我还是觉得，世上再也没有比酒更好的东西了。酒虽然被说成是不好的东西，被看作万恶的毒水，却不是因为酒本身。酒本身是好东西，是喝酒的人坏。总之，动不动就把责任推到别的事物上，这是人类的习性，倒是被人称为迷魂汤的酒才是最大的受害者呢。"比其他人的声音都大的，正是比谁都瘦的灰屋绍由。

武藏只喝了一两杯便推辞起来，而这时，绍由老套的饮酒理论却刚刚开始。随便一听就知道，这绝不是"新说"，只是一堆陈词滥调。无论是在席旁侍奉的唐琴太夫、墨菊太夫还是小菩萨太夫，或是其他的斟酒人和奉茶女，一听到他的论调便全都露出一副心照不宣的表情，仿佛在说"船桥先生又来了"，看看她们那忍着笑的表情就会明白。

可是，船桥先生对此毫不在意，继续着他的论说："若酒是坏东西，神灵也该讨厌才是啊，可比起恶魔来，神灵似乎更喜欢酒，再也没有比酒更纯洁的了。据说在神话时代，造酒的米必须让清纯处子们用玉珠一样的牙齿嚼碎才行。酒就是如此清纯的东西。"

"呵呵呵，真脏。"有人笑了起来。

"有什么脏的？"

"用牙齿嚼碎米来酿酒，这怎么会干净呢？"

"胡说！倘若用你们的牙齿来嚼，那一定很脏，谁都不会喝。是春天刚刚萌芽的、还没受到任何玷污的处女来嚼的，是像花吐蜜一样嚼了之后攒在壶里酿出来的酒。啊，我真想醉在这种酒里。"

说着，已经喝醉的船桥先生突然一把搂住身旁十三四岁的侍女的脖子，就要将干瘪的老脸贴到侍女的嘴唇上。

"讨厌！"侍女惊叫一声。

船桥先生嘿嘿一笑，将目光转向右侧。"哈哈哈，不要生气嘛，我的老婆——"说着，他捉住墨菊太夫的手搭在自己的膝盖上。光是这样也就罢了，两人还脸贴着脸，喝起一杯酒来，又恶心地相互偎依，旁若无人地亲热。

光悦不时含笑举杯，平静地与女人们和绍由戏耍玩笑，融入了这样的氛围中。唯有武藏孤零零地游离于这种氛围之外，这绝非是他自己一本正经的缘故，但大概是怕他吧，没有一个女人靠近他身边。

四

尽管光悦并未强迫，但绍由却像突然想起来似的，不时地劝酒："武藏先生，怎么不喝啊？"不一会儿，他似乎又惦念起武藏的酒凉了，并再次逼着武藏饮酒："喝啊，武藏先生。干了，再换一杯热的。"如此反复几次后，他的话语也逐渐变得随意："小菩萨太夫，给那个孩子敬一杯酒。快喝啊，孩子。"

"已经喝了。"武藏只有在这种时候才回应一句，否则根本找不到开口的机会。

"杯子里不是一点也没少吗？啧啧，没出息。"

"在下酒力不行。"

"不行的是剑术吧？"绍由开着过分的玩笑。

武藏笑道："或许吧。"

"一喝酒就妨碍修行，乱了平常的修养，一喝酒就削弱了意志，无法立身处世。你若是老这么想，是成不了大器的。"

"这些倒是不曾想过，只有一点时常令在下顾忌。"

"什么？"

"犯困。"

"若是犯困，在这儿或是别的地方睡一觉不就行了？用得着如此坚持吗？"说罢，绍由朝墨菊太夫说道："这孩子

167

害怕一喝酒就犯困，可我还是要让他喝。困了之后，你们服侍他睡下。"

"是。"太夫们全都抿着竹青色的嘴唇笑道。

"能否侍奉他睡下？"

"好。"

"可是，你们当中谁来伺候他？你说呢，光悦先生？谁合适呢，能让武藏先生中意？"

"这……"

"墨菊太夫是我的女人。若是小菩萨太夫，光悦先生则心里不舒服。唐琴太夫……也不行。真是左右为难。"

"船桥先生，吉野太夫马上就会过来了。"

"就是她了。"完全入兴的绍由一拍膝盖，"若是吉野太夫，一定能把武藏先生服侍得舒舒服服。只是吉野太夫还没来，我希望早一点让这孩子看到啊。"

于是，墨菊太夫说道："那吉野太夫和我们可不一样，点名要她的人可多了，就算叫她快来，也不会早来的。"

"不会，不会，只要告诉她我来了，无论什么样的客人她都会丢下不管的。谁去叫？快去！"绍由踮起脚，发现了在隔壁套间的炉旁嬉戏的侍女。"凛弥在不在？"

"在。"

"凛弥，你过来一下，你是跟在吉野太夫身边的丫头吧，为什么没把吉野太夫带来？你就说船桥先生等不及了，快把她带到这儿来。领来之后，我会好好赏你的。"

五

这个叫凛弥的侍女虽说只有十一岁左右，却具有惹人注目的天生丽质，最近被拟为第二代吉野。

"你听明白没有？"

听到绍由的话，凛弥脸上现出一种似懂非懂的神色。"是。"她乖巧地点点头，朝走廊走去。但关上身后的隔扇，站到走廊上，凛弥忽然大声喊着拍起手来。"采女、珠水、系之助，过来，快过来啊！"

房间里的侍女们全都应声而出。"什么事？"只见她们背对着明晃晃的隔扇，竟与凛弥一起拍着手喧闹起来。"哎呀，哎呀！"

屋外响起了欢呼的脚步声，在屋内饮酒的大人们不知发生了什么事，心里一阵羡慕。

"她们在闹什么？打开看看。"绍由催促道。

侍女们将隔扇朝左右两边打开。"啊，雪。"侍女们顿时惊喜地喃喃道。

"很冷吧……"光悦将酒杯送向自己已经发白的气息中，武藏也"哦"了一声，将目光移向那里。

深沉的夜空中，春天少有的牡丹雪正啪嗒啪嗒地带着响声纷纷落下，像是黑缎子上的白色条纹。四个侍女正并排背朝屋内站着。

"退下！"尽管太夫呵斥起来，可侍女们似乎已经忘记了客人。"太高兴了。"她们仿佛看到了突然造访的恋人，望着纷飞的大雪出了神。

"会积雪吧。明天早晨会如何呢？"

"东山一定会白雪皑皑吧。"

"东寺呢？"

"东寺的塔也会银装素裹。"

"金阁寺呢？"

"金阁寺也一样。"

"那乌鸦呢？"

"乌鸦也——"

"净撒谎！"说着，其中一个侍女做出捶打的动作，另一个侍女立刻从走廊跌落。

若是平常，跌倒的那个一定会哇地大哭，接着便会争吵起来。可意外的是，沐浴在纷纷落下的白雪中，跌落的侍女仿佛捡到一种偶然的喜悦，刚一站起身，便又朝雪落得更多的外面跑去。

"大雪，小雪，法然和尚不见了。他在做什么？正在诵经呢，正在吃雪呢。"突然，那侍女大声唱了起来，像是要把雪吸到嘴里似的仰起头，甩起两只袖子开始舞动。那侍女正是凛弥。

不会是受伤了吧？屋内的众人大吃一惊，全都站了起来。可看到她那活泼可爱的样子，大家又笑着安慰："行了，行了。快上来。"

可是，凛弥此时已经完全忘记了绍由的吩咐。由于脚弄脏了，一个侍女抱起她，像抱婴儿一样将她带走了。

六

关键的使者出了这种事情，要是扫了船桥先生的兴可不好，于是另一个小侍女十分机敏，主动前去察看吉野太夫的情况。

"接到回话了。"那侍女朝绍由小声道。

"回话？"绍由早已把这事忘了，他纳闷地问道。

"是，吉野太夫小姐的回话。"

"是吗。她来吗？"

"她说来是肯定来，可是……"

"可是？可是什么？"

"可是，眼下的客人怎么也不答应，不让她立刻过来。"

"没见识。"绍由不高兴起来，"若是其他太夫，这种说辞还能理解，可扇屋吉野太夫这样的倾国倾城，居然还会任由买主摆布，说什么无法弃之而来，岂有此理。看来，她也逐渐变成金钱的奴隶了。"

"不，不是这样的。今晚的客人尤其固执，怎么也不放。"

"所有买主都是这样的心理。那个顽固的客人究竟是谁？"

"寒岩先生。"

"寒岩先生？"绍由苦笑一下，看了看光悦，光悦也露出苦笑。"寒岩先生一个人来的？"

"不，那个……"

"与以前那个同伴？"

"是的。"

绍由一拍膝盖，说道："好，这下有意思了。雪也美，酒也醇，若是吉野太夫也在，就无可挑剔了。光悦先生，快派个人去。喂，丫头，给我拿那边的砚盒来，砚盒。"砚盒拿过来之后，他连同怀纸一起推到光悦面前。

"写什么啊？"

"歌也行，信也行。就写歌吧，怎么说对方也是当代的歌人。"

"这可难了。要写一首把吉野太夫要过来的歌？"

"对，没错。"

"若非名歌，对方肯定不为所动。可名歌之类岂是即兴之间便能吟出的？我看，您就做一首连歌吧。"

"真会推辞。不用麻烦，就这么写吧。"说着，绍由提起笔写道：吾庵冷凄凄，独缺吉野暖心花，何妨赠一枝。

一看这上阕，光悦也吟兴大发，说道："这下阕就由我来添上吧。"他随即写道：傲花怒放高岭巅，不惧云寒风打头。

绍由瞅了一眼，十分高兴，道："好、好。好一个'傲花怒放高岭巅，不惧云寒风打头'！这下子这云上之人也没词了吧。"说罢他将信封好，交与墨菊太夫，然后一本正经地说道："若是派一般的丫头或是其他女人去，总觉得没有派头。太夫，就劳你亲自跑一趟，能否到寒岩先生那里当一回信使啊？"

寒岩便是前大纳言之子乌丸参议光广的隐名。他的同伴大概是德大寺实久、花山院忠长、大炊御门赖国、飞鸟井雅贤之类的人。

七

不久，墨菊太夫便从对方那里得了回复，再次坐下。

"寒岩先生回话了。"她说着，恭恭敬敬地将信匣放在绍由和光悦面前。

这边只是随意弄了一句开玩笑的文辞而已，没想到对方如此郑重，用信匣回复。

"还如此郑重其事。"绍由不由得苦笑一下，然后与光悦相视，说道，"他们万万不会想到今晚我们也来了，那家伙一定也大吃一惊吧。"

原本只是一种游戏的心态，但等绍由打开信匣的盖子，展开回信时，却发现那竟是一张什么也没写的白纸。"咦？"他还以为另外有纸掉出，便瞅瞅自己的膝头，又谨慎地搜了搜信匣里面，可除了那张白纸别无他物。

"墨菊太夫，这是怎么回事？"

"小女也不知是怎么回事，寒岩先生只吩咐我带回信，就给了我这信匣，小女就带回来了。"

"他这是小瞧我们？还是面对着我们的名歌，一时难以提笔应对，就乖乖地交了致歉的降书？"无论什么都按自己的意愿来解释，自娱自乐，这似乎是绍由的秉性。但由于对自己的判断毫无自信，他立刻把信拿给光悦。"你看，他的回复究竟是什么意思？"

"大概是让我们解读其中寓意吧。"

"一张什么都没写的白纸，让人读都没法读嘛。"

"不，若真要读，也并非不可。"

"那么，光悦先生，你怎么解读这白纸？"

"雪……能不能将它看作一片白雪呢？"

"雪？哦，有道理。"

"我们要求他将吉野之花移到这里，作为回复，他的意思恐怕是倘若我们对雪饮酒，就不需要花了。也就是说，今晚正巧有雪景惠顾，所以请我们不要如此多情，最好打开隔扇，就雪畅饮。我想他大概是这种意思吧。"

"还真讨厌啊。"绍由有些窝火，"这样的冷酒怎么喝得下去呢？既然对方如此不给面子，那我们也决不能就此罢休，无论如何也得把吉野太夫叫到这边，这花我还就赏定了。"绍由激动起来，舔起干裂的嘴唇。比光悦年纪大这么多都如此急躁，可以想象他年轻的时候一定是性如烈火，给人添了不少麻烦。

光悦劝他从长计议，可绍由无论如何也要让人把吉野太夫带来，开始刁难女人们。后来，叫吉野太夫一事反倒变得比吉野太夫本身更助酒兴，侍女们都笑趴下了。喧闹的房间也逐渐与外面的簌簌大雪一起化为淋漓的景致。

武藏选准时机，悄悄离了席，谁都没有注意到他已不知不觉消失了。

雪响

一

武藏究竟是出于何种念头悄悄地从酒席上溜出来了呢？他来到了走廊，可幽深的扇屋让他一时不知所措，独自徘徊起来。前面灯火辉煌的房间里，玩客的声音嘈杂，小曲喧闹，若要避开那里，自然会走向昏暗的被褥仓和工具仓之类的地方。厨房大概就在附近，那里特有的热烘烘的气味正从昏暗的墙壁和柱子间冒出来。

"啊，客官，这种地方是不能来的。"忽然，前面昏暗的屋子里冒出一个人，张开手迎面挡在武藏面前，原来是个侍女。在客人面前展现出的娇媚不知已丢到哪里，对方似乎认为自己的权利受到严重侵犯，瞪起眼睛责难道："真是讨厌！这种地方客官你怎么能来呢，请快到那边去吧。"她责备着驱赶武藏。

哪怕是让人看到了一点点这个华丽群体背后污秽的生活侧面，都会让这个小侍女愤愤不已，同时，她也十分鄙视武藏不解做客之道。

"啊……这儿不能来吗？"武藏说道。

"不行，不行。"侍女推着武藏的腰驱赶他。

武藏一看那侍女，说道："哦，你不是刚才从走廊上跌落到雪地里的凛弥吗？"

"是，没错。客官您是要如厕而迷了路吧？我带您去吧。"说着，凛弥牵着武藏的手朝前拽他。

"不不，我没有醉。能否让我在空房间里吃一碗茶泡饭？"

"吃饭？"凛弥睁大了眼睛，"若是吃饭，可以给您送到房间里啊。"

"可是大家难得喝得那么愉快……"

听了武藏的话，凛弥也低下头。"那倒也是。好吧，我给您拿到这儿来。那您要吃点什么呢？"

"我只要两个饭团就行。"

"饭团就行了？"凛弥说完朝后面跑去。武藏希望的食物很快便被送到他面前。他在没有一盏灯火的空房间里吃完后，问道："从那儿的后庭能出去吗？"说完便立刻站起身，走向走廊的楼梯口。

凛弥一惊。"尊客，您要去哪里？"

"马上就回来。"

"就是马上回来，也不能从那种地方……"

"从正面出去麻烦。若是让光悦先生或绍由先生发现了，既麻烦，又会妨碍他们的兴致。"

"我给您打开那边的栅栏门吧。您可要马上回来啊。若是不回来，我可能会挨骂。"

"好好，我马上就回来。若是光悦先生问起来，你就说我要到莲华王院附近见故人，只是暂时离席，估计不久后就会回来。"

"估计可不行，一定得回来。侍奉您的太夫小姐可是我服侍的吉野太夫小姐呢。"说着，侍女凛弥打开覆雪的折叠柴门，把武藏送了出去。

二

烟花巷的大门外有一家草笠茶屋。武藏到那里询问有没有草鞋。但这家专为来烟花巷寻欢的男人提供遮脸用的斗笠，原本就不可能卖草鞋。

"有劳，能否帮我从别处买来？"武藏让店里的姑娘前去买草鞋，自己则趁机坐在长凳一头，重新系了系太刀和腰带。他脱下外褂，仔细叠好，又借来纸笔，简单写了几句封好，藏在袖中。"老板。"他拜托踞在被炉旁边的老人道，"叨扰一下，可否暂时为我保管一下这外褂？倘若到了亥时下刻我还没有回来，请把这外褂和信交给在扇屋的光悦先生。"

"好好，小事一件。我会好好替您保管的。"

"另外，现在是酉时下刻还是戌时？"

"还没那么晚。今天下雪，天黑得早了一些。"

"可我刚才离开扇屋时那边的钟才刚响。"

"那现在差不多是打梆子的酉时下刻了。"

"还这么早啊。"

"天才刚黑啊，看看路上的行人就知道。"

这时，店里的姑娘帮武藏买来了草鞋。武藏仔细检查了一下鞋绳搓捻的状况便穿在皮袜外面。他付了茶钱——从他的处境来说，即便是这点茶钱也难以承受——又要了一顶草笠，却只是拿在手里遮住头，然后拍了拍比落花还轻柔的雪，朝路上走去。

尽管四条河原附近还闪烁着百姓人家的点点灯火，可一迈进祇园的树林，脚下便已是斑斑积雪，光线也暗了下来，不时有祇园树林里灯笼和神灯的微弱灯光映来。无论是神社的拜殿还是后面的神主家都静悄悄的，仿佛没有人一样，只有枝头不时落雪的声音响起，之后便愈发静谧了。

"走吧。"正在祇园神社前叩拜的一群人呼啦一下站起身。

刚才，花顶山的各个寺院里都响起了戌时的钟声。或许是雪夜的缘故，钟声听起来冷彻六腑。

"传七郎先生，草鞋绳子没问题吧？这种简直把人冻僵的夜晚，绑紧的鞋绳也容易冻断。"

"不用担心。"吉冈传七郎道。十七八个亲族以及门人中的重要人物围在他身边，恐怕也有天寒的原因，每个人脸上都挂着一副毛骨悚然的表情，簇拥着传七郎朝莲华王院方向走去。起身后，传七郎已经收拾利落，做好了决斗的准备，至于头巾、皮带等就无须赘述了。

"草鞋？在这种时候，草鞋最好用布绳，你们也都好好记着。"传七郎大口吐着白气，与众人一同走进雪中。

三

天黑之前，太田黑兵助等三名使者已将决战书交到武藏手上，并获得了承诺。决战书上写的地点为莲华王院后面，时刻为戌时下刻。

等不到明天了。将时刻突然指定为今晚戌时，传七郎认为不错，亲族和门人们也觉得倘若给武藏喘息的机会，让他逃了，恐怕就再也无法在京都抓到他。在这种想法的驱使下，大家一致同意今晚便展开决斗，而此时，前去出使的太田黑兵助却没有出现在这群人中。或许他仍然徘徊在堀川船桥的灰屋绍由家附近，悄悄追寻武藏的行踪吧。

"谁？似乎有人先来了啊。"传七郎望着远处的莲华王院说道。那里的屋檐下，有人正在雪中燃起红红的篝火。

"大概是御池十郎左卫门和植田良平吧。"

"什么，连御池和植田也来了？"传七郎一脸不满，"只是和一个武藏比武而已，这样也太张扬了。就算报了仇，倘若让人说成以多欺少，岂不有失我的脸面！"

"不会，到时候我们自然会躲开。"

莲华王院长长的佛殿俗称三十三间堂。无论是放箭的距离，还是设置靶场的条件，人人都说这外廊是个练习弓箭的绝佳地方。不知从何时起，将射具带到这里独自练习射箭的人不断增加。吉冈一方由此也忽然想到了这个地方，于是就把此处选作比武场地，通知了武藏。结果来此一看，这里不仅适合练习射箭，更适合决斗。几千坪的地上看不见杂草和小竹丛，全是一片迷人的淡雪。尽管到处植有松树，却不是那种密生的树林，稀稀落落的，为这座寺院平添了一些情趣。

"啊！"先来一步正在那里焚火的门人看到传七郎过来，立刻从火堆旁站起来说道："一定很冷吧。时间还有的是，不妨先暖暖身子，再好好准备也不迟。"果然是御池十郎左卫门和植田良平二人。

传七郎没说话，默默地在植田刚才坐的地方坐下来。至于准备，他在祇园神社前早已完全做好。他一面伸手烤着火，一面嘎巴嘎巴地揉起两手的指关节。"还有点早啊。"在火光中，他皱了皱逐渐泛起杀气的脸，"刚才来这里的途中有家茶屋吧？"

"这么大的雪，恐怕已经关门了。"

"叫一下不就起来了？谁去一趟那里，给我打些酒来。"

"打酒？"

"对。没酒怎么行……这大冷天。"说着，传七郎弯下身子，像抱住篝火一样取暖。无论早晨还是晚上，或是在道场上，传七郎就从未断过酒，这些大家都知道。可是像今晚这种情况，在一会儿便要一赌家族沉浮的节骨眼上，在等待敌人到来的短暂时间里，喝酒究竟对传七郎的战斗力有利还是不利？毕竟与平常不一样，门人们也不能不深思熟虑。

四

　　与其让雪冻僵手，不便握刀，倒不如稍微喝一点，反倒有助于手脚的活动。多数人持这种想法。"而且传七郎先生都开口了，倘若坏了他的心情，就更不好了。"有些人还提出这种意见。于是，两三个门人便奔了出去，不久就买来了酒。

　　"啊，来了，这东西可比什么朋友都强啊。"传七郎将在炙热的灰烬上烫好的酒倒进茶碗，惬意地喝了起来，越喝就越充满斗志。今晚可不能像平常那样喝多了——尽管也有人在一旁担心不已，但这种担心无疑是多余的。传七郎心中有数，只喝了一点点。毕竟，性命攸关的大事近在眼前，外表虽在假装豪放，实际上他比在场的任何人都要紧张。

　　"武藏！"突然，有人喊了一声。

　　"来了？"围拢着篝火的人们仿佛腰被踢了一脚似的，呼啦一下全站了起来，红红的火星从人们的袖子和衣角间散向飞雪的天空。

这时，三十三间堂长长的走廊一角出现了一个黑色的身影，正远远地招手。"是我，是我！"人影打着招呼走近了。尽管裙裤扎得很短，一身利落的打扮，却是一个腰背都已变成弯弓的老武士。门人们一看，纷纷传话说是源左卫门先生，是壬生的老爷子，顿时安静下来。

这名被称为壬生源左卫门的老武士是吉冈拳法的亲弟弟，清十郎和传七郎的亲叔父。

"哦，原来是壬生的叔父大人，您怎么到这里来了？"传七郎似乎也没有想到此人会在今夜来到这里，十分意外地寒暄道。

源左卫门径直来到火旁。"传七郎，你真的要与武藏决斗吗？不过，看到你这样子，我算是松了口气。"

"我也正想与叔父大人商量一下呢。"

"商量？还用得着商量吗？吉冈的美名被抹黑了，你哥哥被人打成了残废，若是还能沉得住气，连我都要来责问你了。"

"请叔父大人放心，我和软弱的兄长可不一样。"

"这一点我也相信你。虽然我不觉得你会输，可我还是要鼓励你一句，于是特意从壬生那边赶来。传七郎，可不要太轻敌。那个叫武藏的据说也是个十分了得之人。"

"孩儿明白。"

"不要一心只想着取胜，听天由命吧。万一有个三长两短，我源左卫门会前来为你收拾遗骨。"

"哈哈哈！"传七郎笑了，"叔父大人，喝杯酒祛祛寒吧。"说着递过酒碗。

源左卫门默不作声地饮完之后,环视着门人说道:"各位前来干什么?不会是来帮忙的吧?既然不是,那就可以撤离了。这是一对一的比武,这么多人都聚集在这里,显得我们好像畏惧武藏似的。就算是胜了,也会被说成胜之不武。快,时间也快到了,大家都跟我一起退得远远的吧。"

五

耳畔响起嘹亮的钟声似乎是好久前的事了。那的确是戌时的钟声。如此说来,约定的戌时下刻已经近在眼前,传七郎想,这武藏怎么这么晚!他环望泛白的夜色,独自靠在快要燃尽的篝火前。

在壬生的源左卫门叔父提醒下,门人们全都离去,只有留在地上的黑色脚印与白雪形成鲜明的对照,历历可数。可怕的嘎巴声不时传来,是三十三间堂檐下的冰柱断落发出的声音。远处还不时传来雪将树枝压断的声响。每次有动静,传七郎的眼睛都会像鹰一样转动。

此时,与鹰的身影非常相似的一名男子正踏着雪从远处的树丛间隙敏捷地朝传七郎驰来。此人正是从傍晚时分起便一面监视武藏的行踪,一面不断联络报告的数名探子中的最后一个——太田黑兵助。光是看看兵助的表情便知道今夜的大事已经迫在眉睫。只见他飞也似的赶来,气喘吁吁。

"来了！"兵助报告道。

其实在此之前，传七郎就早已觉察，从火堆旁站了起来。听了兵助的话，他鹦鹉学舌般回了一句："来了？"随后便下意识地踩踏起未燃尽的篝火来。

"从六条柳町的草笠茶屋出来之后，尽管下着雪，可武藏那家伙依然如牛一般慢腾腾地走，刚才已经爬上祇园神社的石墙进入神社内。在下则绕路赶到了这里，虽然他脚步缓慢，但也该现身了。请准备！"

"好。兵助，你退到一旁。"

"其他人呢？"

"不知道。你在那里碍眼，退下。"

"是……"

虽然嘴上应着，兵助却不愿就此离去。眼看传七郎将篝火彻底踩灭在雪泥里，精神抖擞地从檐下走出去，兵助并没有离开，而是钻入佛殿的地板下，蜷缩在黑暗之中。

一进入地板下，在外面未曾感觉到的风竟冷飕飕地吹了起来。太田黑兵助抱着膝盖，忍受着彻骨的严寒，牙齿拼命打架，怎么也止不住。他宁愿相信这是寒冷的缘故，但他仍不时像憋了尿似的，浑身不住地战栗。

怎么回事？外面比白天时看得还要清楚。只见传七郎已离开三十三间堂约百步，在一棵高大的松树下使劲跺着脚，急不可耐地等待着武藏的出现。兵助估计的时间早就过了，可武藏迟迟未来。雪虽然没有傍晚时分大，雪花仍纷纷飘落。寒冷啃噬着肌肤，被火和酒暖热的身体也凉了，即便从远处也能看出传七郎的焦躁。

哗！传七郎突然被吓了一跳，抬头一看，原来不过是积雪像瀑布一样从树梢上落下来而已。

六

不用说，遇到这种情形，哪怕只是一瞬间，等待的一方也会产生无可忍耐的焦躁。吉冈传七郎和太田黑兵助都不例外。尤其是兵助，他为自己的报告感到自责，身上仿佛也冷得结了一层霜。再等一会儿，再等一会儿，他强忍着焦躁，可是依然不见武藏出现。"怎么回事？"他终于忍无可忍，从地板下钻了出来，朝站在远处的传七郎喊道。

"兵助，你还在啊？"传七郎也用同样的心情回应道。两人不觉间彼此接近，然后环望着茫茫的雪白夜色。

"还没来！"两人重复着近似呻吟的怀疑。

"那家伙，不会是逃了吧？"传七郎喃喃自语。

"不，不可能……"兵助立刻予以否定，并且根据自己一路跟踪的事实，极力保证武藏并未逃走。

"啊！"这时，听他辩解的传七郎目光突然扭向一旁。抬眼一看，只见蜡台的灯光在莲华王院的斋堂闪烁起来。持灯而来的是一名僧人，后面似乎还跟着一个人。

不久，两个人影与豆粒般的灯光跃过寺院的门扉，站在三十三间堂外廊的一头低声私语起来："晚上所有地方都关得紧紧的，我也不太清楚，但傍晚时确有一群武士曾在这里取暖，也不知是不是你要寻找的人。不过，现在似乎已经一个人也没有了。"只听得僧人如此说道。

接着，被带来的那个人客气地道谢："啊，打扰您休息了，实在抱歉。那边树下似乎站着两个人，也许就是告诉我要在莲华王院等候的人吧。"

"那你就去问问试试吧。"

"您把我引到这里就行了，请回吧。"

"你们是不是约好了要在这儿赏雪啊？"

"啊，是的。"那人微微笑道。

僧人熄灭了蜡台，继续说道："请恕我再多一句嘴，倘若像刚才那样再在这檐下生火，请一定要将最后的余烬熄灭。"

"知道了。"

"那我就告辞了。"说着，僧人关上门扉，朝斋堂走去。

剩下的那人盯着传七郎伫立了一会儿。那里是檐下的角落，其他地方则全是耀眼的白雪，因此那里的黑暗便显得越发浓厚。

"谁？"

"好像是从斋堂出来的。"

"似乎不像是寺里的人。"

"奇怪啊。"

两人不觉间已朝三十三间堂的外廊靠近了二十步。

这时，站在外廊一头的黑色人影也走到外廊中央，又一下子停住了脚步，将未结好的皮带一头在左袖根上紧紧地系起。连这种动作都能看清，原来不知不觉间两人已经前进到距对方如此近的地方，可就在这一瞬，两人却一个哆嗦，脚尖再也无法从雪中拔出。在隔了两三次呼吸的时间后，传七郎忽然大喊一声："啊，武藏！"

七

双方彼此正视。武藏！从吉冈传七郎喊出那一声起，宫本武藏就已经无可避免地占据了绝对的有利地位。

凭什么能如此肯定？首先，只要看看两人对峙的位置就不难看出，武藏站在比敌人高好几尺的廊上，而传七郎则相反，正处于被武藏睥睨的地上。不仅如此，武藏背后也绝对安全。他背对着三十三间堂的长壁，纵然左右两边有人意图夹击，高高的走廊也可自然形成一道防御，还无后顾之忧，可以把所有注意力都倾注到敌人身上。传七郎背后则是无限的空地和风雪。就算知道武藏并没有帮手，如此开阔的空地也无法让人毫不分神。

不过幸运的是，传七郎旁边还有一个太田黑兵助。

"退下，兵助！"传七郎拂袖让兵助退下。他觉得与其让兵助笨手笨脚地从一旁插手，还不如让他离得远远的，自己一人守住这块一对一的区域。

"行了吗？"这是武藏的问话，仿佛水一般平静。

就是这家伙？看到武藏第一眼时，传七郎便不由得带着一股仇恨从头到脚打量了武藏一遍。既有血亲的仇恨，也有对街巷议论和比较的厌恶，还有对这个初出茅庐的剑客的蔑视。"住口！"传七郎立刻骂了回去，这是他一贯的风格，"'行了吗'？你说的是什么行了？武藏，戌时下刻已经过了！"

"我们并未约定在下刻的钟声敲响的时候比武。"

"休想诡辩！老子早就来了，早就准备停当等你了。快滚下来！"其实传七郎尚未轻视对手到无视自己的不利地势而鲁莽进攻的地步。他自然会诱敌下来。

"现在就——"武藏轻轻回应了一声。此时，他的目光正在捕捉机会。若说这点，传七郎是在武藏出现后，浑身的肌肉才进入决斗状态，而武藏则在将身躯呈现在传七郎眼前之前便开始战斗了，他是带着已经开战的意志来的。

若要拿出证据证明武藏的想法，首先，他故意从寺院中间的小路通过，而且不惜打扰已经休息的寺僧，不走广阔的寺内，而是从斋堂方向突然来到佛殿的外廊，一下子出现在那里，从这一点上就能看出。登上祇园的石阶时，他无疑就已经在雪中看到了大量足迹，顿时灵机一动。发现尾随的人影离开，他明明要去莲华王院的后面，却故意又从寺院的正门进入。随后，他从寺僧那里获取了足够的入夜之后附近的情况，做好了准备，还喝了茶，取了暖，明知道时间过了一点点，却又突然出现在敌人面前。

武藏就是这样抓住了先机。而如今，传七郎正频频诱使他下去。当然，顺水推舟接受挑战是一种战术，反其道而行之，自己主动制造战机也是一种战术。胜败的分水岭正如映在水面上的月影一样，倘若过于相信理智和力量，想牢牢地抓住影子，反而会使自己溺死其中。

八

"你不但来晚了，连准备都还没做好？这儿的场地可不好。"

面对焦躁的传七郎，武藏始终不慌不忙。他说道："现在就过去。"

一旦头脑发热，必然招致失败，传七郎也不是不知道，可是一看到武藏存心拖延的样子，平时的修养便不由得抛到了脑后。"下来！到那边的空地去！要堂堂地报出姓名！那种故意的拖延和卑鄙的决斗，我吉冈传七郎向来唾弃！武藏，倘若在交手之前你就心生胆怯，那你就根本没资格站在我面前。下来！"他终于忍不住大喊。

武藏咧嘴一笑。"什么？像你吉冈传七郎之辈，早在去年春天便被在下一劈两半了！今天若再劈一刀，可就是第二次劈你了！"

"什么！什么时候？什么地方？"

"大和国柳生庄。"

"大和国？"

"在绵屋客栈的浴室里。"

"啊，那时？"

"虽然你我都在浴室中，身无寸铁，但当时我还是算计着能否用眼神将你杀死。结果，我最终用目光之剑杀了你，一刀毙命。不过你身上并未留下一丝痕迹，所以你自然也不会注意到。你不是自诩扬名立万的剑客吗？在别人面前怎么吹嘘我不管，可若想在我武藏面前夸耀，简直是可笑至极。"

"我以为你要说什么呢，简直是痴人说梦！但这倒是有点意思，我现在就要让你从自我陶醉中清醒。下来，站到那边去！"

"那么，传七郎，用什么来比，木刀还是真刀？"

"连木刀都没带来还好意思说？你不是早就打算要用真刀吗？"

"倘若我的对手希望用木刀，那我就先夺过他的木刀再杀他。"

"别再放厥词了！"

"那好。"

传七郎的脚后跟噌的一下在雪地上划出一条一间半长的黑线，给武藏留出通过的空间。武藏却在外廊上又慢悠悠地走了两三间，才下到雪地里。

两人离佛殿并不远，也并未走到几十间开外的地方。

传七郎已经等不及了。他突然大喝一声，准备先给武藏来个下马威，只听嗖的一声，与他体格相当的长刀微微挂着风声，朝武藏所在的位置精确地扫了过去。不过着力点精确未必就能将武藏一劈两半，因为武藏的身法比刀的速度还快。不，更快的是从武藏肋骨下喷射而出的那道白刃。

九

看看在空中闪过的两道白刃，再看看簌簌飘落的雪，只让人觉得雪的下落是那么缓慢。不过即使这么快的速度，也像乐器的音阶一样，有徐，有破，有急。加上风便是"急"，卷起地上的雪化为旋风，便形成"破"，之后便像飞舞的鹅毛一样徐徐返回静谧的雪景之中。

武藏与传七郎，两人的刀在出鞘的那一瞬，就已经无法让人相信他们的肉体还会安然无恙。两把刀飞舞着发出寒光，令人眼花缭乱。可是，当两人的脚跟啪的一下扬起两股雪烟，彼此退开，肉体居然都仍安好无损，雪地上也没有溅上一滴血，这只能说是个令人难以相信的奇迹。

分开后，刀锋之间九尺左右的距离便没再改变，似乎凝固在了半空中。

传七郎的眉毛上挂着雪。雪融化之后化为露珠，从眉毛流向睫毛里面。他不时皱皱眉，脸上的肌肉自然也随之一颤。随后他又使劲睁大眼睛，凸出的眼眶就像熔铁炉的窗口，唇中平静地吞吐着来自下腹的呼吸。但这只是表面现象，他的内心正如风箱一样燃烧着炙热的火气。

完了！一与武藏对峙，传七郎便立刻后悔了。为什么偏偏今天对起了眼珠子，自己为什么没能像平常那样高歌猛进呢？这种后悔频频萦绕在脑海。他现在可不像平常思考问题那样只用大脑判断，他只觉得全身血管中的热血都在奔流，都在思考。不用说头发、眉毛和其他毛发，就连脚指甲都被动员，全都朝敌人竖了起来，展示出战斗的状态。

就这样架着刀与敌人正面对峙……传七郎深知这绝非自己的长处。为了抬起肘部重新杀向敌人，他数次尝试抬起刀锋，却怎么也抬不起来。

因为，武藏正在等待这种机会。

武藏也一样，正面对峙的同时，手里也稳稳地端着刀，但他要稍微轻松一些。传七郎弯曲的肘部紧张得简直都要发出嘎吱嘎吱的声音，而武藏的肘部却显出一种柔软，倘若推一下，似乎还会向下方或一旁活动。传七郎的刀不时地欲动又止，欲止又动，企图改变位置，而武藏则相反，刀纹丝不动，从细长的刀背到护手，似乎都能积一层雪。

十

武藏祈祷传七郎出现破绽，寻找着他的漏洞，计算着他的呼吸。要战胜他，无论如何也要战胜他！八幡大神，这里才是生死的分水岭！当这些意识在脑海中一一闪过时，传七郎依然像一块巨岩一样立在武藏眼前。

一开始，眼前这豪壮的存在无法不让武藏感到一种压迫感。敌人要在我之上——说实话，武藏的确这么以为。同样的自卑感在小柳生城内被柳生四高徒包围时也曾有过。他之所以产生这种自卑的感觉，是因为他十分清楚，与柳生流或吉冈流等名门正派比起来，自己的刀法完全是野生的独创，既无形式也无理念。

如今，即使看看传七郎的架势，也不免令他心生赞叹，真不愧是吉冈拳法那样的人花费一代的时间钻研出来的功夫，单纯中透着复杂，豪放又不乏缜密，整个姿态浑然天成，如果仅凭力量和精神去压制，是绝不可能击破的。自己远未成熟——正因为武藏看到了这一点，才不会轻易出手。

当然，武藏也并未鲁莽。他无法拿出自负的功夫和野人般的行动。他从来都没有想到，自己今晚竟然无法伸出刀去。光是保守地保持这种决斗姿势就让他喘不过气了。他不断地集中注意力。要看准空隙！他的眼睛里充满血丝。八幡大神！他在祈祷胜利。我武藏必胜！

一股焦虑涌来，武藏心里也越发混乱。一般人会因此被卷入旋涡，陷入狼狈的失败。可是武藏却在不知不觉间从这种危险的自我昏迷中浮了上来。这完全得益于他不止一次逃离鬼门关的经历。仿佛眼睛一下子被擦亮了，他的头脑忽然清醒过来。

两人的正面对峙仍在继续。雪积在武藏的头发上，也落在传七郎的肩膀上。

巨岩一般的敌人已经不见了，武藏自己也消失了，甚至连此前那种必胜的信念都消失得无影无踪。武藏进入了这样一种超脱状态。在传七郎与自己之间的九尺空间里，白色的雪花仍在静静飞舞。武藏只觉得自己的心仿佛雪一样轻盈，自己的身体仿佛天地一样辽阔，天地便是自己，自己便是天地，虽有武藏这个人存在，却没有武藏的身体存在。

突然，雪花飞舞的空间缩小了，传七郎向前移动，意志也在刀锋上震动。啊！武藏的刀猛然朝后面扫去。利刃横着斩向正从他背后爬过来的太田黑兵助，只听嘎嘣一声，身后传来斩断红小豆袋子似的声音。太田黑兵助的头颅如同硕大的纸糊红灯笼，摇摇晃晃地飞过武藏身旁，朝传七郎飘去。武藏随之纵身高高跃起，仿佛要直踢敌人的胸部。

十一

"啊！"一声惨叫顿时劈开了四周的静寂，声音发自传七郎的口中。仿佛全身的气势突然中断了似的，他那巨大的身躯朝后一个趔趄，扑通一声跪倒在白雪的飞沫中。

"站、站住……"当传七郎悔恨地蜷缩着身躯，将脸埋在雪中呻吟时，武藏的身影早已远去。

突然回答他的是遥远的彼方。

"啊!"

"是传七郎先生!"

"出、出事了!"

"快来人啊!"

咚咚咚,仿佛潮水涌来,黑色人影顿时踏着雪拥至这里。来人自然是一直离得远远的、十分乐观地等待胜负决出的壬生源左卫门及其他门人。

"啊!连太田黑也——"

"传七郎先生!"

"传七郎师父!"

众人连呼带叫进行急救,但立刻便明白已经无济于事。太田黑兵助被太刀从右耳横着砍到嘴部,传七郎则是从头顶斜上方沿鼻梁外侧一直被砍到眼下颧骨的位置。二人都被一刀毙命。

"所、所以我怎么说的来着?轻视敌人最终会落得这种下场。传、传七郎!喂、喂,传七……"壬生源左卫门抱着侄子的尸体,明知发牢骚已没用,可还是懊悔不已。

不觉间,人们踩踏的雪已化为一片桃色。虽然自己也把注意力全放在了死者身上,可壬生源左卫门还是斥责起那些失去方寸只知焦虑的人。

"武藏呢?"

其他人并非没留意武藏,可是无论他们如何张望,武藏的影子也没有出现在他们的视野中。

"没有。"

"不在。"

"怎么可能不在呢？"听到众人傻子般的回答，源左卫门咬牙切齿，"在我们跑过来之前，的确看见有个人站在这里啊，又不可能长翅膀飞了！若不给那武藏一刀，作为吉冈一族，我、我还有何脸面活在这世上！"

这时，一人忽然"啊"地大喊一声，伸出手指。尽管是发自同伴的声音，可这突如其来的一声让众人哄的一下全后退了一步，然后才一齐看向那人手指的方向。

"武藏！"

"啊，在那里！"

一瞬间，一股难以言喻的死寂弥漫开来。比起天地的静谧，忽然从人群中涌出来的死寂里则含着股恐惧。众人的鼓膜和大脑全都变成了真空，眼睛也只是徒然映着前方的事物，似乎忘了思考。

原来，武藏就站在距离传七郎倒地位置最近的建筑物檐下。他观察着对方的举动，背靠墙壁侧身徐徐走了几步，登上三十三间堂西侧的外廊，悠然移步到刚才所站的外廊中央，然后转向汇集在远处的人群。大概是看出对方并无攻击的意思，他再次迈开步子，走到外廊的北角，一下子便消失了。

今样六歌仙

一

"竟送一张白纸作为回复，真是一帮可恨的家伙。倘若我们就这么默不作声，那些王公老爷的尾巴还不翘到天上去了！既然这样，我去跟他们直接谈，豁上这张老脸也要把吉野太夫要过来。"

俗话说玩乐不分老少，灰屋绍由便是如此，借着几分醉意便愈发没完没了。看来只要不如愿，他就不会放弃钻牛角尖。"带路！"说着，他抓住墨菊太夫的肩膀站起身。

"算了，算了。"尽管旁边的光悦连连劝阻，可他还是不听。"不，我就要去把吉野领过来。旗本们，快将老朽领到那些人那里，本大将可要亲自出马了。不怕他们的都跟我来，跟我来！"

虽然令人担心，可就算弃之不管也绝不会出事，醉汉从来便是这样。但不要以为这世界不出事就会有趣，其实只有危险或者看上去很危险的时候才是尘世的至妙之时，也才能体会游戏世界的滋味。尤其是像绍由这样一个阅尽人世、深谙玩乐之道的客人，同样是醉了，看似很好伺候，实则极难满足。玩者之心和放纵玩乐之心在跟跟跄跄走路时不即不离，简直就像哼哈二将。

"船桥先生，小心。"女人们试图护住他。

"什么？别拿我当傻子。我就是醉了，也是脚醉心不醉。"绍由发着脾气。

"那么，您一个人走吧。"

可众人一松手，他又跌坐在走廊上。"我有些累了，背我走。"他说道。

就算再宽敞，也不过是去同一宅子的不同房间而已，可光是在这连接两栋楼的走廊上，绍由就耗费了大量时间。但在他看来这一定也是游戏的一种。这位脸上装作什么都不知道、心里却似明镜般的醉酒客，途中竟变得像蒟蒻一样绵软，可把女人们害苦了。枯瘦的身躯中似乎潜藏着十分倔强的性格，他对刚才送来白纸回信、如今正在另一房间里独占吉野太夫玩兴正浓的乌丸光广卿等一座人气愤至极。乳臭未干的纨绔子弟，居然跟我耍小聪明！一贯的刚毅再加上酒劲令他怒火中烧。

提起公卿来，连武士都会忌惮，但如今京都的大商人却一点都不觉得他们可怕。说白了，他们其实很容易服侍。他们是徒有高位而没有金钱的阶层，只要用钱适当地满足他们，与他们附庸风雅，承认他们的官阶，满足他们的虚荣心，他们就会变得像自己的手指一样任由摆布。这位船桥先生便深谙此道。

"在哪里？寒岩先生游乐的客厅……就是这儿？"绍由摸索着映着璀璨灯光的隔扇，正欲打开，迎面却钻出一个人。"哟，我以为是谁呢！"

原来竟是与这种场所十分不相称的僧人泽庵，正探出头来。

二

"哦？"两人都睁大了眼睛，为这样的奇遇感到兴奋。

"和尚，你也在啊？"绍由说着搂住泽庵的脖子。

泽庵模仿着他的口吻："老爷子，你也来了？"说着也抱住绍由的脖子。这对迎头撞上的醉汉竟像恋人一样蹭起彼此肮脏的脸。

"身体还好？"

"还好。"

"真想你啊。"

"看把你乐的。"

随后，他们又是使劲拍对方的头，又是舔对方的鼻子。他们究竟在干什么？喝酒人的心情真令人费解。

泽庵刚从隔壁房间出去，走廊附近的隔扇就哗啦哗啦地响了起来，还传来发情的猫儿嬉戏般哼哼唧唧的鼻音。乌丸光广与相对的近卫信尹相视说道："哈哈，果不出所料，那个麻烦的主儿似乎来了。"随后微微露出一丝苦笑。

　　光广尚年轻，看上去像是一位三十岁左右的贵公子，皮肤白皙，是个美男子，即使不看衣饰只看长相也像个堂上的公卿家，实际年龄也许更大。他眉浓唇朱，眼睛里透着一股才气。既然这全天下都是武家的，为何让我生为公卿——这便是他的口头禅。他优雅的外貌下隐藏着刚烈的个性，对于武家主政的时代潮流似乎抱有强烈的不满。身为聪明年轻的公卿却不为当今世态烦恼，这种人只能是傻子——这也是他毫不忌惮的一贯论调。换言之，武家可满门世袭，可这样就将政治之权置于了戈矛之下，无论是右文左武的融合还是均衡，都不是近来才有的事。公卿只是节庆时的装饰，就像人偶一样，只被委以那些装点门面的任务，被逼着戴上那种无法戴上的扭曲冠冕。让自己这样一个人出生在这样的时代，只能说是神的过错。既然无法生为人臣，那么在这样的尘世中，就只有烦恼和饮酒了，莫如枕着美人的娇膝赏月赏花，醉生梦死。

　　尽管从藏人头晋升到了右大弁，现在又位列参议之列，是堂堂朝臣，可这位贵公子仍频频来往这六条柳町。据称只有在这个世界里，他才会忘记心中的愤懑。

　　在和他同样年轻且心怀烦恼的朋友中，也有像飞鸟井雅贤、德大寺实久、花山院忠长等精力更为充沛之人。他们与武家不一样，个个一贫如洗，但也不知他们究竟是如何筹到的钱，经常来这扇屋，还总是如此慨叹："只有来到这里，才觉着自己像是个人。"

光广平常都与这些人饮酒作乐，可今晚与他相伴之人和这些老面孔有点不一样，全都是老实人。近卫信尹比光广还要年长十岁左右，颇有稳重之风，眉清目秀，只是丰润而略黑的脸颊上有些浅浅的麻子，用世人的话来说算是一点瑕疵。不过据说镰仓第一男子源实朝脸上也有浅浅的麻子，所以这也不能算是此人的瑕疵。尤其是此人身上丝毫看不到前关白氏长者的庄严傲慢，他在书道方面颇有名气，人称近卫三藐院。在吉野太夫旁边默默微笑的他反倒显得温文尔雅。

三

近卫信尹满脸堆笑，将他那浅麻子脸转向吉野太夫。"那声音便是绍由的？"他问道。

吉野那比红梅还浓艳的嘴唇强忍着笑，答道："哎呀，要是真来这里，那可怎么办呢？"她眼角挂着一丝为难。

"不要起来。"乌丸光广按住吉野的衣服下摆，隔着套间朝走廊喊道："泽庵和尚，泽庵和尚，你在那儿干什么呢？太冷了！你若想出去就关上隔扇出去，要不就快进来！"他故意抬高声音。

泽庵应了一声："快、快进来！"说着从隔扇外面将绍由拽进来，来到光广和信尹面前一屁股坐下。

"哟，还有一个意想不到的朋友啊。真是越来越好玩了。"灰屋绍由尽管酩酊大醉，还是径直走到信尹面前，立刻朝他伸出手行礼道，"请赏我一杯！"

信尹微微一笑，随即说道："船桥先生，你还是那么硬朗啊。"

"我压根就不知道寒岩先生的朋友竟是大人您啊……"将酒杯返还后，这位"老油条"故意装成狂言中酩酊大醉的"太郎冠者"，摇晃着细长而布满皱纹的脖子说道，"请、请见谅，大人。平、平常久疏问候归久疏问候，此次邂逅归邂逅……也不管您是关白，还是参议……哈哈哈，对吧，泽庵和尚？"说着，又一把抱住旁边泽庵的头，指着信尹和光广，"要说世上可怜的人，就是你们这、这些公卿。什么关白、参议，有名无实，还是商人强得多。对吧，和尚，你不这么认为吗？"

泽庵也觉得这位醉酒老人有点棘手，连连点头。"是，是。"他好不容易挣脱出来。

"喂，和尚还没有赏我酒喝呢。"绍由又要起酒来。他几乎把酒杯歪到脸上，又说道："喂，和尚，你们是最狡猾的家伙了。当今世上，狡猾之人是和尚，聪明之人是商人，实力之人是武家，愚蠢之人便是堂上的公卿。哈哈哈，不是吗？"

"对，对。"

"喜欢的事情也不能做，对政事也插不上嘴，顶多也就吟吟歌，写写书法，根本就没有用武之地……哈哈哈，对吧，和尚？"

若论喝酒耍酒疯，光广毫不输他，若论雅淡和酒量，信尹也不落下风，可由于事发突然，二人都被这枯瘦的闯入者完全抢了兴致，只能甘拜下风，一脸沉默。

　　绍由趁势说道："太夫……太夫你认为如何？你是喜欢堂上之人，还是迷恋商人？"

　　"呵呵呵，瞧船桥先生说的……"

　　"这不是玩笑，我是在认真地探问女人的芳心。唔，明白了，看来连太夫也说是商人好啊。那就来我房间吧。那，太夫我可就领走了。"说着，绍由便将吉野太夫的手按在胸前，机警地站起身来。

四

　　光广一惊，慌忙放下手中的酒杯，酒都洒了出来。"开玩笑也得有个限度啊。"他说着掰开绍由的手，将吉野太夫搂到身边。

　　"为、为何？"绍由急了，"我并非强行将她带走，只因太夫面露想随我走之意，我才要带她走的。对吧，太夫？"

　　被夹在中间的吉野太夫只能报以苦笑，在光广和绍由二人的拉扯下面露难色。"哎呀，怎么办啊？"

　　虽然并非真的在赌气和争风吃醋，但争得脸红脖子粗，令为难者越发为难，也是一种乐趣。光广怎么也不答应，绍由也决不让步，吉野被夹在双方的情义中。

"那，太夫，你到底要服侍谁呢？这就完全看太夫你的心了，太夫想依从谁就去谁那里。"二人越发欺负起她，将她推向绝境。

"有意思。"泽庵观望着，想看事情如何收场。不，不只是观望。"太夫，你究竟要跟谁走，究竟跟谁走啊？"甚至连他都从一旁添油加醋，把这场争执当成了下酒菜。

唯有温厚的近卫信尹在关键时刻展现出品格。"哎呀，你们可真是些用心不良的客人。你们这个样，让吉野怎么说好？不要硬逼她了，大家和和气气地一起坐下来如何？"他帮着解围，"而且那边的房间里不就只有光悦一人吗？派人去把光悦叫过来吧。"他对其他女人说道，欲把事态缓和下来。

绍由仍旧坐在吉野旁边一动不动。"不不，不用去叫，我现在就把吉野领过去。"他摆手阻止。

"你说什么？"光广也抱住吉野不放手。

"你这可恨的纨绔子弟。"绍由将错就错，用迷离的醉眼看着光广，举起酒杯说道，"那就让我们在这女人面前来一场酒战，看看谁能钻进这花吉野。"

"酒战？可笑。"光广将另一个大杯子放在高脚盘上，置于二人中间，说道，"实盛先生，你染了白头发？"

"什么？以你这柔弱的公卿大人为对手，你以为我会怕吗？那就来吧，比试比试！"

"怎么比呢？光是这样一杯接一杯地喝可没劲。"

"那就来瞪眼游戏，谁笑谁输。"

"无聊。"

"那就来合贝壳游戏。"

"这种游戏怎么能跟你这肮脏的老头子玩呢。"

"可恶！既然这样，划拳！"

"好，就这样。"

"泽庵和尚来当裁判。"

"知道了。"

于是，两个人一本正经地斗起拳来。每次决出胜负，总有一人喝干酒杯。望着败者遗憾的样子，大家都笑翻了。

在此期间，吉野太夫则悄悄地离了席，楚楚地拖着裙摆，消失在雪中走廊的深处。

五

两个人的比试只能打成平局。若论喝酒，双方都不是一般人，胜负似乎永远都决不出来。吉野离去后不久，近卫信尹像是忽然想起什么似的，说了句"我也……"，便也回了官邸。裁判泽庵看来也困了，毫无遮掩地打着呵欠。

尽管如此，两人仍未停战。于是泽庵让他们继续，自己则随意躺了下来，后来他发现了近旁墨菊太夫的膝盖，便连声招呼都不打就把头枕在上面。如此迷迷糊糊地打瞌睡也实在畅快，可是泽庵忽然想起一件事来：他们一定很寂寞吧，我倒也该早点回去。他想起了城太郎和阿通。

这两人现正待在乌丸光广的府邸里。受伊势的荒木田神官之托将东西送到后，城太郎从年底就住在这里了，阿通则是刚刚住进去。

说起这"刚刚"，阿通在清水寺的音羽谷被阿杉追赶的那晚，泽庵之所以忽然赶到那里去寻找阿通，也是因为他早就感到不安。泽庵与乌丸光广是故交，无论和歌、禅、酒还是烦恼，二人都是能互相倾诉分享的道友。就在前些日子，这位道友向泽庵发来了邀请：怎么样，马上就新年了，乡间的山寺到底有什么好待的？滩之名酒、京都女人，再加上加茂的白鸰鸟，你就不怀念京都吗？若是困了，就在乡间参禅，若想参悟活的禅，那就要在人群中参悟。你若是怀念这样的都城，就快来吧。

光广发出如此邀请，泽庵便在这个春天进京了。他偶然看见城太郎每天在府邸里玩得不亦乐乎，毫不厌倦，于是询问光广，光广便如此这般告诉了他经过。于是泽庵把城太郎叫来详加询问，才知道阿通从元旦的早晨起便与阿杉一起走了，随后杳无音信。

岂有此理！泽庵大吃一惊，当日便外出寻找阿杉的住处，打探到三年坂客栈时已经是夜里。他越发感到不安，便让客栈的人打着灯笼找到了清水堂。

那天晚上，虽然泽庵平安地带着阿通返回了乌丸家，可是阿通因为受到极度惊吓，第二天便发起烧来，至今仍卧床不起。城太郎则一直守在枕边，又是用湿毛巾敷额头帮她降温，又是给她喂药，无微不至地看护她，简直令人感动。

"他们正在等着我吧。"泽庵也想尽快回去，可光广不但没有要回去的意思，甚至还越发清醒，说什么游戏现在才刚开始。

不久二人也都厌腻了划拳和酒战，又喝起闷酒来，随后又促膝高谈阔论。什么武家政治、公卿的存在价值、商人与海外发展之类，似乎净谈些大问题。

泽庵从女人的膝头转移到壁龛的柱子旁，闭着眼睛听两人的谈话。看样子还以为他睡着了，可他仍不时对两人的议论露出微笑。

不久，只听光广说道："啊，近卫大人什么时候回去了？"他忽然清醒过来，十分不满。

绍由也扫兴地皱起眉。"更糟的是吉野不在了。"他说道，"太不像话了。"

光广朝正在角落里打盹的侍女凛弥吩咐道："把吉野给我叫来。"

凛弥睁大了惺忪的睡眼，朝走廊走去。她无意间朝刚才光悦和绍由所在的房间一瞧，发现那里只有一个人，原来是不知何时已回来的武藏，正对着白色的灯火寂然坐在那里。

六

"咦，您什么时候回来的？我怎么一点都不知道。"

听到凛弥的声音，武藏说道："刚才。"

"还是从那扇后门进来的？"

"嗯。"

"您去哪里了？"

"去外面。"

"是去和恋人约会了吧？我去帮您跟太夫小姐说一声。"

听到这老成的话语，武藏不禁一笑，道："怎么不见大家的影子啊，都干什么去了？"

"都在那边，跟寒岩先生与和尚一起玩呢。"

"光悦先生呢？"

"不知道。"

"是不是回去了？若是光悦先生回去了，那在下也想回去。"

"不行。到了这儿之后，没有太夫小姐的允许是不许回去的。您若是偷偷回去了，就会受到嘲讽，我回头也会挨骂呢。"

就连这侍女的玩笑话，武藏都听得一本正经。这样啊，他信以为真。

"所以您不能偷偷回去。在我回来之前，请您在这儿等着。"

凛弥出去之后，过了一会儿，大概是从凛弥那儿听到的，泽庵竟进来了。"武藏，你怎么在这儿？"他拍拍武藏的肩膀。

"啊？"这无疑令武藏大吃一惊。刚才凛弥说那边有一个和尚，可他万万没想到竟会是泽庵。"好久不见。"他立刻退出座位，伏地行礼。

泽庵握住他的手，说道："这里是玩乐的地方，礼仪就免了吧。听说你是和光悦先生一起来的，怎么没看见光悦先生啊？"

"不知到哪里去了。"

"找找看。我有很多话要和你说，但过后再说吧。"说着，泽庵忽然打开旁边的隔扇，只见那里的被炉旁围着小屏风，有个人正在雪夜里尽情地享受着被窝的温暖。正是光悦。他睡得很香，都让人不忍心摇醒他。两人正悄悄地瞧着他的样子，他却自己睁开了眼睛，打量着泽庵与武藏，一副纳闷的样子。

一问情形，光悦也说道："既然只有你和光广，那去那边打扰一下也行。"

于是，一行人一起来到光广的房间。可是，光广和绍由似乎玩兴已尽，脸上都挂着一种欢乐之后的寂寥。喝到这种地步，酒也变得有点苦涩，嘴唇干得厉害，一喝水便想起家。尤其是依然不见吉野太夫的影子，总觉得缺少了点什么。

"回去吧。"

"回去。"

其中一个人一提，众人一致同意。与其说是毫无留恋，毋宁说众人更害怕这好不容易培养起来的好心情被破坏，于是全都站了起来。

这时，侍女凛弥走在前头，后面则跟着两名吉野太夫的小女仆。三人一路小跑过来，在众人面前伏地行礼，说道："让诸位先生久等了。太夫小姐传话说就要准备好了，让小女把诸位先生叫过去。虽然知道诸位也快要回去了，可这雪夜里，就算到了深夜，外面也还很明亮。天这么冷，等轿子里暖和起来再走也不迟啊，就请再到那边坐会儿吧。"

没想到是来迎接的。

"怎么回事？"

什么叫"久等了"？这究竟是怎么回事？光广和绍由都一脸不解，面面相觑。

七

众人已没有兴致再玩下去，正因为是游乐场所，便更加难以妥协。这是怎么了？看到众人犹豫的神色，两名小女仆再次齐声说道："太夫小姐说，刚才她离席而去，诸位一定会认为她是无情女子，可是她从未如此为难。若是顺了寒岩先生的意思，一定会惹船桥先生不高兴，倘若从了船桥先生，又会对不起寒岩先生……她只好悄悄地溜了出来。为了让双方都不失面子，今晚她才想请大家做客，把大家都请到她的房间。请体谅她的这番苦心，稍迟一些回去。"

听她们如此一说，倘若硬是拒绝，不免让人觉得小家子气，而且对于吉野做东的这番心意，大家也并不是不感兴趣。

"那就去吧。难得太夫一番心意。"

于是，众人在侍女凛弥和两名小女仆的引领下走出房间，穿上早已在庭前摆好的五双带有乡土气息的草履踏雪而去，而柔软的春雪上面却未留下一点痕迹。

哈哈，一定是拿茶来招待吧。除武藏之外，所有人都在如此想象。吉野精通茶道闻名已久，而且饮酒后喝一杯薄茶也不错。可是众人往前走了一段才发现，茶室都走过了，自己等人却仍被领着继续往前，直到后庭深处一片毫无情趣的桑田。每个人都有些不安。

"喂、喂，究竟要把我们带到哪里？这儿不是桑田吗？"光广责备道。

小女仆说道："呵呵呵，这儿不是桑田，是每年春末大家都会到此游玩的牡丹田。"

不悦再加上寒冷，光广的脸色越发难看起来。"不管是桑田还是牡丹田，雪积得如此厚，不都是一片萧条吗？吉野难道要我们感冒？"

"抱歉。吉野太夫已在那里等候多时，请移步到那边。"

众人抬头一看，田地的一角有一间茅草屋，是那种在这六条未繁荣之前便已存在的纯朴的百姓家。小屋后面环绕着一片树林，虽然风格与扇屋的人工庭院截然不同，却无疑也是扇屋的地界。

"这边请。"引路的小女仆进入被煤烟熏黑的土房，把众人引进去。"客人们来了。"她朝里面报告道。

"欢迎。请进，不要客气。"吉野的声音从映着红红炉火的隔扇后面传来。

"简直就像远离了京都……"众人打量起挂在土房前墙壁上的蓑衣斗笠，想象着吉野太夫如何以主人的身份款待客人，陆续进入屋内。

焚牡丹

一

　　吉野化了淡妆，将众人迎进里面。浅黄色无纹和服上系着黑缎腰带，头发也重新结成了端庄的贵族女人发型。

　　"啊，这真是……真是娇艳。"

　　众人望着她的装扮。比起在金屏银烛前穿着桃山刺绣的罩衫，嫣然炫耀着彩虹色嘴唇时的吉野太夫来，在这百姓家烟熏的墙壁和炉旁，身着素淡的浅黄棉布和服的她看上去反倒美了百倍。

　　"唔，这一换装束，感觉完全不一样了。"就连平常不大夸人的绍由都收起了毒舌。

　　吉野没有特意准备坐垫，而是把众人招呼到乡间炉子旁边，说道："诸位先生也都看见了，这儿是农家，也没什么好招待的，作为雪夜的款待，无论客人是卑贱的乡野村夫还是达官显贵，小女都觉得再也没有胜过这火的了，所以只把火准备足了。就算是从晚上聊到明天，即使不用续添，这花木柴薪也不会燃尽，请尽情过来烤火吧。"

原来如此。让人先走过寒冷的地方，再来这儿烤火，所谓的款待竟是如此意趣啊，连光悦都赞叹不已。绍由、光广和泽庵也都轻松地坐下，各自朝炉内的火堆伸出手。

"那边的先生也过来烤烤吧。"吉野稍稍让了让位置，用眼神招呼着身后的武藏。

一个四方的炉子却有六个人围着，自然不会很宽松。

武藏一直规规矩矩地坐着。如今名扬日本的除了太阁秀吉和大御所之外，便是这初代吉野了。比起出云的阿国，她作为高雅女人受到敬爱，而比起大坂城的淀夫人，她才色兼备，又具亲和力，更为有名。她接待的客人通常被称作"买欢客"，而她作为出卖才色的一方，则被称为"太夫小姐"。早就听说她平时入浴要让七名侍女打水，哪怕剪指甲也要由两名奴婢来伺候。眼前这些以如此有名的女性为玩乐对象的光悦、绍由、光广等买欢客，究竟是对什么如此感兴趣呢？武藏怎么看也不明白。

可是，在这种看似无趣的玩乐之中，也俨然包含着客人的礼节、女人的礼仪和双方的气魄之类的东西，不谙此道的武藏也不由得拘束起来，尤其他是初次涉足这脂粉世界，光是被吉野的明眸瞟上一次，都会顿感脸上发烫，心跳加快。

"为什么只有您如此拘束呢？请过来啊。"吉野几次催促他。

"是。那就……"武藏惴惴不安地坐到她旁边，学着众人的样子，生硬地将两手伸向炉子。

就在武藏坐过来的时候，吉野飞快地扫了一眼他的袖口。不一会儿，估摸着大家已经谈得兴起，吉野悄悄拿出怀纸，轻轻捏住武藏的袖口擦了一下。

"啊，多谢。"倘若武藏做出若无其事的样子，大概谁都不会注意，可他却瞅了瞅衣袖，道了一声谢，于是众人的目光忽然都转移到了吉野手上。叠在她手中的怀纸上沾满了红色的黏稠物。

光广定睛一看。"啊！那不是血吗？"他不禁喊了一声。

吉野微微一笑，道："不，大概是一片红牡丹吧。"随后便做出若无其事的样子。

二

每人都拿着酒杯，享受着美酒。炉内燃烧的火焰柔和地闪烁在围炉而坐的六人脸上。大家凝视着火焰，追忆起户外的雪，全都陷入了沉思。

当炉火开始暗淡的时候，吉野便从一旁炭笼般的器物中取出一把剪成一尺左右的细长柴薪添到炉子里。她所添的细长枯木并不是普通的松柴或杂木，而是一种极易燃烧的木柴。这种木柴不光燃得好，火焰的颜色也十分美丽，令人看得入迷。

似乎有人注意到了这一点，众人却仍沉默不语，大概是心全都被那火焰的艳丽恍恍惚惚地夺走了吧。仅仅是四五根细长的柴薪，就让屋内变成了白昼。柴薪上冒出的柔和火焰就像被白牡丹的风吹过，紫金色的光和鲜红的火焰不时交替，熊熊燃烧。

　　"太夫，"终于有人开了口，"你添的那柴薪究竟是什么树的？似乎不是一般的木头啊。"

　　当光广如此问起的时候，所有人都感到似乎有某种东西散发出的香气充盈在这温暖的屋内，而且的确是木头燃烧的气味。

　　"是牡丹树。"吉野说道。

　　"哎，牡丹？"似乎没有一个人不意外。若说牡丹，人们总觉得它充其量只是花草之类，怎么会长得甚至可以用作柴薪呢？众人十分疑惑。

　　吉野拿起一根正要添到炉内的柴薪递到光广手里，说道："请看。"

　　光广又拿到绍由和光悦的眼前，感叹道："这果然是牡丹枝。怪不得……"

　　吉野解释道，这扇屋围墙内的牡丹田在扇屋建起之前就早已存在，其中还有许多历经百年的牡丹古株。要想让这些古株开出新花，每年临近冬天时都要剪枝，把那些遭到虫蚀的古株截去，好让新芽发出来。柴薪便是这时产生的，但没有杂木那么多。把这些柴薪剪短了放在炉子里，火焰柔和又美丽，还没有呛眼的烟，甚至还会散发一股浓郁的香气。牡丹不愧是花中之王，即使变成枯木被当作柴薪，也与普通的杂木如此不同。看来无论植物还是人，都应追求真正的价值，活着的时候开出绚丽的花儿，死后还能做迷人的柴薪，能够像牡丹一样拥有真正价值的人，究竟有多少呢？

说完，吉野又有些寂寥地笑道："像我们这样的花，莫说是活着的时候了，仅仅是在年轻的时候能示人而已，然后便年老色衰，最后只能化为连香气都没有的白骨……"

三

牡丹枝白亮亮的火焰熊熊燃烧，炉边的人们不知不觉间便忘记了夜色已深。

"也没有什么好款待的，滩之名酒和牡丹柴薪倒是应有尽有，就算夜到尽头，它们也不会尽。"虽然吉野这么说，可面对她如此安排，大家已彻底满足。

"怎么能说是没什么招待的呢，简直堪比王者的盛宴啊。"就连那无论对何等奢侈行为都感到厌腻的灰屋绍由也不由得赞叹。

"既然大家满意，那就请各位在这里留下一笔吧，这样也好留下一点回忆。"说着，吉野拿过砚台磨起墨。在此期间，侍女已把毛毡一直铺到隔壁房间，然后在上面展开宣纸。

"泽庵和尚，太夫好不容易求一次，你就写点东西吧。"光广帮吉野催促。

泽庵点点头，说道："那就先从光悦先生开始吧。"

光悦默默地移膝至纸前，画了一朵牡丹花。泽庵则在上面题了一首歌："花若无色香，孰人会怜惜，纵使可怜花，犹有凋谢日。"由于泽庵写了歌，光广便故意写了首诗："忙里山看我，闲中我看山，相看不相似，忙总不及闲。"是戴文公的诗。在众人的怂恿下，吉野也在泽庵的歌下方写道："盛开之时犹孤寂，凋零后，谁人堪怜惜。"她坦率地写完便搁了笔。

绍由与武藏只是默默地看着。没有人硬让自己也拿起笔，这对武藏来说实在是幸事。

不久，绍由发现了竖挂在套间壁龛旁边的琵琶，便要求吉野弹，并提议听她弹一曲就散去。众人无不赞同："务请弹奏一曲。"

吉野并不发怵，立刻抱起琵琶，既没有夸耀技艺的感觉，也没有那种明明有才却故作谦让的造作之态，完全是一副坦诚的样子。她走到套间昏暗的榻榻米中央，抱着琵琶坐了下来。炉边的人静下心，默默地倾听她弹奏的一段《平家物语》。

炉中的火焰开始暗淡，但没有人想起该添些柴薪，大家全听得出了神。当四弦细腻的音阶突然转急、变为破调的时候，将要熄灭的炉火也忽地冒出一股火焰，将人们的心从远方唤回了现实。

一曲终了，吉野说了声"献丑了"，微笑着放下琵琶，返回原先的座席。趁这个机会，大家也都从炉旁站了起来，准备回去。武藏也像是被从空虚中救出一样，这才放下心，率先下到房内的泥地上。

吉野向除武藏之外的所有客人寒暄道别，却唯独对他没说一句话。当武藏跟着其他人正欲离开时，吉野悄悄捉住了他的衣袖，轻声说道："武藏先生，请您留宿在这里吧。也不知为何，我今晚不想让您回去。"

四

武藏像处女一样羞红了脸。尽管装出一副没有听见的样子，可他那惊慌失措的尴尬表情始终没逃过旁人的眼睛。

"可以吗……我今夜留这位先生一宿？"这次，吉野又问绍由。

绍由道："当然可以，当然可以。你就好好地疼爱他一下吧。我为什么要将他强行带走呢？你说呢，光悦先生？"

武藏慌忙甩开吉野的手。"不，我也与光悦先生一起回去。"

"武藏先生，可别这样说，今夜就在这儿住下，明日适当的时候再走也不迟啊。太夫好容易那样说了，她是不放心你啊。"众人全都欲把武藏孤身一人留在这里。

他们一定是想把像自己这样从未经历过这玩乐世界、

从未经历过女人的纯真青年留下，日后再开自己的玩笑，这一定是这些大人的恶作剧。尽管武藏如此推测，可看看吉野和光悦认真的表情，又觉得他们似乎并不是在开玩笑。

除了吉野和光悦，所有人都觉着武藏那窘困的样子十分有趣，纷纷打趣道：

"真是日本第一幸福的人啊。"

"要我来替你也行啊。"

可不久之后，人们的玩笑就被从后墙小门跑进来的男人的话语打断了。怎么回事？人们这才注意到事情不妙。奔至这里的男人是受吉野吩咐到烟花巷外面打探情况的扇屋的用人。人们不禁连连惊叹，吉野究竟是在何时做出如此细致的安排？唯独光悦，他从白天就一直与武藏待在一起，而从吉野刚才在炉边悄悄为武藏擦拭袖子上的血迹时起，他似乎就察知了一切。

"其他先生怎么都行，唯独武藏先生，万万不可轻易到烟花巷外面去。"打探回来的男人上气不接下气，用有些夸张的口吻向吉野太夫和其他人讲述了他看到的情况。"这烟花巷已经只有一个出入口了。大门两边，无论是草笠茶屋附近，还是行道树后，全都是全副武装的武士，一个个面露凶光，这边五人，那边十人，黑黢黢的，一伙一伙地站在那儿，据说全部是四条吉冈道场的门人。附近的酒家和商家不知道会出什么事，都战战兢兢地关了门。真是要出大事了！怎么说呢，从烟花巷到马场一带起码来了一百来号人吧。"男人报告时牙齿还咯咯地打架，就算他的话只有一半可信，事态的严重也是不争的事实。

"辛苦了。没你的事了，休息去吧。"

让男子退下后，吉野又对武藏说道："听了刚才的情况，或许您会说您不想被人说成是个卑怯者，纵然豁上一命也要回去。不过，请您不要意气用事。即使今夜被说成卑怯者，只要明天不是不就行了？更何况今夜本来就是来玩乐的。玩乐的时候就尽情玩乐，这才是男人的胸襟，不是吗？对方早就在等您回去，想伏击您，所以就算避开这险境，也丝毫不会玷污您的名誉啊。若主动送上门，不仅会被人说成是一介莽夫，还会给这烟花巷添麻烦。倘若一起出去，同行的各位先生也会受到连累，说不定会受到何种伤害。鉴于这些，今夜就请将您的身体先托付于我吉野吧。我一定会看管好的，诸位请回吧，路上小心。"

断弦

一

这个世界上似乎已没有了什么青楼，乐曲的声音也戛然而止，夜半丑时下刻的钟声仿佛还在耳边。从众人离开后，已经又过了一刻多。难道是想一直这样等到天亮？武藏孤零零地坐在泥地与榻榻米之间的横框上，只觉得自己变成了俘虏。

吉野则依然坐在之前的位置上，往炉子里添着牡丹枝，客人在的时候是这样，客人散去后也依然如此。"那儿很冷吧？请往炉子这边靠靠吧。"这句话她已经说了好几次，每一次武藏都坚决推辞，连吉野的脸都不正眼看。"请别客气，你先休息吧。天一亮，在下就可以回去了。"

只剩下二人后，吉野也觉得有点羞怯，话也少了。若真将异性看作异性，那是做不了娼妓这种工作的——这是那些只了解低贱娼妓却不熟悉最高级的太夫的教养和修为的买欢客的观点。

虽说如此，朝夕都在同男人打交道的吉野和武藏还是有着无法比拟的不同。从实际年龄来说，或许吉野只比武藏大一岁，但若说起在感情上的见闻、对痴心之人的感觉和识别，她当然是一个年长得多的大姐姐。可纵然是这样的她，在这孤男寡女共处一室的深夜里，看到武藏不敢看自己的脸，抑制着心跳，一动不动地拘束在原地时，她也恢复了少女之心，产生了一种与武藏同样的纯真悸动。

不明就里的小女仆和侍女在出去之前便有如伺候大名女儿就寝般，在隔壁的套间里铺好了豪华卧具。垂在缎面枕头上的金铃在昏暗的闺房中熠熠闪光，似乎更让两个人无法放松。

屋顶和树梢上的雪不时落下，吧嗒落地的声音仿佛有人从墙上跳下来一样清晰，令二人不禁受到惊吓。

吉野偷偷地看了看武藏。每次有声响，武藏便像刺猬一样充满斗志，眼睛像鹰一样清澈，连头发梢上的神经似乎都警惕起来。在这种时候，只要一碰到他的身体，任何东西都必断无疑。

吉野不由得打了一个寒战。黎明前的严寒彻骨袭来，可是她的战栗却属于另一种。身体的战栗和对异性的心动，两种情绪交织奔腾在内心深处。二人之间，牡丹火焰始终在燃烧。当她放在火上的茶釜里响起松涛般的水沸声时，她的心才恢复了往常的平静，静静地点起茶来。

"不久天就要亮了……武藏先生，喝一杯吧，在这边烤烤手也可以。"

二

"多谢。"武藏只迸出几个字，轻轻点点头，依然背对吉野。

"请……"劝茶的吉野无法再苛求，只好再次沉默。用心点的茶也在小绸巾上冷了下来。突然，不知吉野是生气了，还是觉得这对无聊的乡巴佬没用，只见她一下子抽掉小绸巾，将茶碗里的茶倒进一旁的水桶，怜悯地看着武藏。无论是后背还是身体四周，武藏依然像是用铁甲固定住一样，丝毫不露一点空当。

"喂，武藏先生。您那种样子是在防备谁呢？"

"不是防备谁，是告诫自己不要大意。"

"您这个样子，倘若吉冈门人呼的一下全都袭来，恐怕您当即就会被杀。我总觉得会是这样。您可真可怜。武藏先生，作为女流之辈，我虽然不懂得什么武道，可是从入夜时起，看到您的举止和眼神，我总觉得您就像一个即将被杀死的人。或许也可以说，您的脸上充满了死相。作为一个渴望出人头地的修行武者或武道家，在面对强大敌人的时候，您这样做合适吗？您这样做就能战胜敌人吗？"吉野一阵连珠炮般诘问道。她不仅在语言上打击武藏，还像是嘲笑他的胆小懦弱般微笑起来。

"什么？"武藏从泥地上起身，一下子坐到炉前，"吉野小姐，你嘲笑我武藏不成熟？"

"您生气了？"

"你是个女人，我不会计较。不过你刚才说在下的举止看上去就像一个即将被杀死的人，你有什么根据？"尽管嘴上说不生气，武藏的眼神却绝不温柔。即便是在这里等待天亮，他也能感受到包围他的吉冈一门的诅咒、计谋和刀刃。即使吉野不派人打探，他也早就做好了精神准备。

他并不是没想过直接从莲华王院躲藏到别处，只是那样既不尊重光悦先生，又会使自己违背对侍女凛弥许下的诺言。同时，他也不想在世上留下自己因害怕吉冈一门的复仇而躲藏起来的骂名，才再次返回扇屋，仿佛什么事情都没发生一样与众人同席。对他来说，这么做已经是痛苦的忍耐，他本以为已经展示了自己的镇定，可吉野究竟为什么又是嘲笑自己不成熟，又是咒骂自己面露将死之相呢？

若只是出自娼妓口中的戏言，那也无须较真，但倘若真是看出了什么名堂，倒也可以听一听。纵然置身于包围这房子的剑林之中，也要问问她究竟有何想法。于是，武藏不禁带着率直的眼神诘问起吉野。

三

那不是一般的眼神，而是如刀锋般逼人，直盯着吉野白皙的娇容，等待她的答复。"你是在开玩笑吧?!"由于对方迟迟不开口，武藏又稍稍一激。

吉野再次露出笑颜。"什么？"她笑嘻嘻地摇摇头说道，"我怎么会和身为武者的武藏先生开那样的玩笑呢？"

"那你说说，为什么在你的眼中，在下竟是一个立刻就会被敌人杀掉的脆弱之身？"

"既然您都问到这一步了，那我就只好说了。武藏先生，为了安慰众位客人，吉野刚才弹奏的琵琶曲您听了吧？"

"琵琶？这与在下的身体有何关系？"

"我真不该问您这个问题。您一直心不在焉，根本无法分辨出那曲中奏出的种种复杂音韵。"

"不，我听到了。我还没有迷糊到那种地步。"

"为什么只有大弦、中弦、清弦和游弦这四根弦，却能够如此自在地奏出强调、缓调和种种音色呢？这些您听得出来吗？"

"没这个必要吧。在下只是听了你唱的平家琵琶的'熊野'而已，其他的还需要听吗？"

"您所言极是。虽说这样便足够了，可我现在是把琵琶比作一个人。那么，即使大致想一想，也会觉得不可思议吧，仅仅是四根弦和一块木板，怎么就能奏出那么多音色呢？这千变万化的音阶与其用谱名来说，还不如用您也熟知的白乐天的《琵琶行》来解释更清楚。诗中形容的琵琶音色就是这样。"说着，吉野微微蹙起眉，用既非唱诗的节奏，亦非普通言语的低声吟诵起来："'大弦嘈嘈如急雨，小弦切切如私语。嘈嘈切切错杂弹，大珠小珠落玉盘。间关莺语花底滑，幽咽泉流冰下难。冰泉冷涩弦凝绝，凝绝不通声渐歇。别有幽愁暗恨生，此时无声胜有声。银瓶乍破水浆迸，铁骑突出刀枪鸣。曲终收拨当心画，四弦一声如裂帛。'光是一把琵琶就能生出如此复杂的音色。我从做侍女的时候起，就觉得这琵琶的琴体不可思议。后来在自己弄坏琵琶又尝试制作的过程中，愚钝的我终于发现了藏在琵琶里面的琵琶之心。"

说到这里，吉野突然停住话语，轻轻站起身，抱过刚才弹过的琵琶再次坐下。她轻轻拿着琵琶柄顶端，将琵琶立在武藏与自己之间，凝视着说道："虽然它能发出不可思议的音色，但打开板、瞧瞧心就不难发现，其实里面根本就没有什么奥秘。我给您看看吧。"

一把像一截长刀的细长劈刀已被拿在吉野纤弱的手上。就在武藏倒吸一口凉气的时候，劈刀已经深深地劈进了琵琶一角。面板附近到桑木琴体下面被劈了三四刀，发出流血般的声音。武藏只觉得那刀仿佛劈到了自己的骨头里，疼痛不已。可是吉野毫不吝惜，眨眼间便将琴身竖着割开。

四

"您请看。"吉野将刀收到后面，泛起若无其事的微笑对武藏说道。鲜明的木纹裸露出来，在明亮的灯火下，被割裂的琴身内部的构造完全显露。

武藏反复打量着琴身的内部和吉野的面孔，他甚至怀疑这名柔弱女子怎么会有那样的烈性。劈刀的声音还未从武藏的大脑里完全消失，身上的某个地方似乎还在疼痛，吉野却面不改色。"您也看到了，琵琶里面是空的。那么您一定会想，那千变万化的音色究竟是从哪里发出来的呢？您看，这琴身里面架着一条横档，这既是支撑琴体的骨架，又是琴体的核心。可倘若它只是牢固而笔直地撑起琴身，那什么样的曲子也奏不出来。为了生成不同的变化，您看，横档上被故意削成起伏的波状。但即使这样，还不能奏出真正的音色。那音色究竟生自哪里呢？生自将横档两端的力量恰如其分地进行削弱的松弛上。虽然我极不文雅地劈开了这面琵琶，可是我想请您明白的正是这一点。支撑着我们活下去的精神不也跟这琵琶极为相似吗？"

武藏一直盯着琴身。

"这道理似乎谁都明白，可实际上，我们往往连琵琶的横档那样的东西都无法放下，这不就是我们人吗？四弦一拨刀枪鸣，云开雾散，当我在发出如此强音的琴身里看到这横档一张一弛时，曾不止一次地联想到我们的日常生活。今晚，当我将往日的思考联系到您身上……啊，这是个多么危险的人！他身上只有紧张，丝毫没有一点弛缓。倘若有这样的琵琶，一旦拨起来，不要说音色的自由与变化了，恐怕只是弹一下便会弦断琴裂吧……尽管这么说很失礼，可我看到您的那种样子，还是暗暗地为您捏把汗。我绝非心怀恶意，也绝不是冷嘲热讽。您就把它当成一个女人可笑的杞人忧天，不要往心里去。"

远处传来鸡鸣。被雪映得益发刺眼的阳光已经透过门缝射了进来。武藏盯着那白色的木屑和残断的四弦，丝毫没有注意鸡鸣声，也没有觉察门缝中透过来的阳光。

"哦……不觉间天亮了啊。"吉野似乎不希望天亮似的，正欲往炉中再添柴，可牡丹枝已经用尽了。

开门的声音、小鸟的啁啾，清晨的一切气息听起来仿佛都属于遥远的世间。可是，吉野没有打开木板窗。尽管牡丹柴薪已经燃尽了，可她的血液还是热的。

当然，没有她的召唤，侍女和小女仆自然也不会擅自打开门闯进来。

忧春之人

一

春雪匆匆融去，前一日的降雪已经再也不见一丝痕迹，阳光也陡然间强烈起来，令人恨不能把身上的棉衣全都扔掉。春天仿佛乘着暖风一样一溜烟驰来，顿时让所有植物的嫩芽都开始膨胀。

"拜托，请通禀一下。"说话者是一名连背上都溅了泥点的年轻行脚禅僧。他站在乌丸家的玄关前，一直在大声叫门，可没人出来回应。于是他绕到总管房外踮起脚，从窗口往里窥探。

"什么事，和尚？"身后传来一名少年的声音。

禅僧回过头，仿佛在问"你是何人"，睁大眼睛打量着打扮奇怪的孩子。乌丸光广卿的府中怎么会有这种顽童呢？他一脸纳闷，并不说话。

城太郎腰间依然佩着那柄长木刀，怀里鼓鼓的，不知放着什么东西。他捂着怀说道："和尚，如果要米，得到厨

231

房那边去。你不知道后门吗？"

"米？我不是来要这个的。"年轻的禅僧用目光示意挂在胸前的信匣，说道，"我是泉州南宗寺的，有一封紧急书信要交给来这府上的宗彭泽庵禅师。你是厨房的伙计吗？"

"我？我是借住在这儿的，与泽庵师父一样都是客人。"

"是吗，那能否帮我转告一下泽庵师父？你就说故国但马给寺中寄来一封十万火急的书信，南宗寺的人就给他带来了。"

"那你先等着。我现在就把泽庵师父给你叫来。"城太郎跳上玄关，脏兮兮的脚印黏糊糊地落在台阶上。他忽然被屏风绊住，怀里顿时滚落出好几个小橘子，于是他慌忙将橘子捡起来，蹦蹦跳跳地朝里面跑去。不一会儿，他又返了回来。"不在啊。"他对等在那里的南宗寺信使说道，"我以为他在呢，原来今天一大早就去了大德寺。"

"那他什么时候回来？"

"不久就回来了吧。"

"那就让我在这里等等吧。有没有空余的房间暂时借用一下？"

"有啊。"说着，城太郎走到外面，仿佛这府中的事情没有他不知道的，他又往前走了几步，"和尚，你在这里面等着就行，这儿不碍事。"说着，他将禅僧带进了牛棚。

牛棚里乱七八糟，满是干草、牛车车轮和牛粪。南宗寺的信使一脸惊讶，再抬头看时，城太郎已经丢下他跑向远处。

城太郎顺着庭院朝宽广的府中跑去，然后将头探进"西屋"中光照很好的房间，喊道："阿通姐，橘子买来了！"

二

尽管阿通一直在服药，城太郎照顾得也很周到，可不知为何，这次的烧怎么也不退。阿通一直没有食欲，每次手碰到自己的脸，她总会大吃一惊：啊，我都这么瘦了。虽然她也不相信自己会得什么病，前来探望的乌丸家的大夫也保证说无须担心，可自己为什么会如此消瘦呢？于是，神经质般的担忧和发烧便在不觉间纠缠在一起。嘴唇一直发干，真想吃点橘子——当她无意间流露出这种想法的时候，数日来一直为她不吃不喝而担心的城太郎反问了一句"橘子"，便立刻要为她找来。他先问了厨房，那儿说没有橘子，于是他来到外面，一路沿青菜店和食品店问过去，结果哪里都没有卖橘子的。

京极原那边有集市，城太郎又去了那儿。"有橘子没？有橘子没？"他询问了一路，却净是售卖丝绸、棉布、油料、毛皮的店铺，一个橘子都没有找到。可他无论如何也想弄到阿通想吃的橘子。一些宅院的墙上不时会露出一些果实。"啊，找到了！"当他一次次抱着哪怕偷来也好的念头溜到墙下的时候，却发现那些果实不是酸橙，就是没法吃的木瓜。

城太郎转了半个京都，终于在一处神社的拜殿上发现了橘子，是与芋头和胡萝卜一起盛在方盘上供神的。城太郎只把橘子塞进怀里逃了出来。小偷！小偷！他只觉得神灵正从背后追来，十分害怕。又不是我吃，请不要惩罚我！一逃进乌丸家，他便在心里谢罪。

可是，这些事情不能对阿通讲。城太郎坐在枕边，掏出怀里的橘子，一个个摆给阿通看，然后拿起其中一个，麻利地剥开。"阿通姐，看起来很好吃啊，你尝尝。"他剥开皮，塞进阿通手里。阿通却像受到强烈打击似的，使劲把脸扭向一旁，怎么也不肯尝一口。

"你怎么了？"城太郎看着她。

阿通则把脸埋得更深了，只说着"没什么，没什么"。

城太郎咂起舌。"怎么又哭鼻子了！本来想买回橘子让你高兴高兴呢，谁知又哭起来了。你可真没劲。"

"对不起，城太郎。"

"你吃不吃？"

"待会儿再吃。"

"你先把剥开皮的这个吃了。快……你尝尝，肯定很好吃。"

"一定好吃，就凭城太郎的这份心意……只是，我一看到食物就没食欲了，枉费了你这番苦心。"

"心情这么不好啊。又想起什么伤心事了？"

"城太郎你对我太好了，我是高兴才这样。"

"你别哭了，弄得我都想哭了。"

"我不哭了……不哭了……太感动了。"

"那就快吃吧。你不吃东西会死的。"

"我待会儿再吃。城太郎你也吃吧。"

"我不吃。"城太郎害怕神灵的惩罚，一面如此说，一面咽着唾沫。

三

"城太郎，你不是喜欢橘子吗？为什么今天不吃呢？是因为我不吃？"

"唔……嗯。"

"那我吃还不行……城太郎，你也快吃吧。"阿通重新仰卧好，用纤细的手指除去橘子瓣上的筋丝。

城太郎一脸困窘地推辞道："阿通姐，我在路上已经吃了很多了。"

"是吗？"阿通将几瓣橘子含在唇瓣干裂的嘴里，恍恍惚惚地问道，"泽庵师父呢？"

"说是今天去了大德寺。"

"昨天泽庵师父遇到武藏先生了吧？"

"啊，你听到了？"

"嗯。当时泽庵师父告诉武藏先生我在这儿的事了吗？"

"说了吧，我想一定说了。"

"泽庵师父说，不久后就把武藏先生叫到这儿来，难道他对你什么都没说吗？"

"没有。"

"难道是忘了？"

"他回来之后我去问他。"

"嗯。"至此，阿通才躺在枕头上微微一笑，"只是，你若要问，最好避开我。"

"在阿通姐面前问不行吗？"

"我会难为情的。泽庵师父说我的病是武藏病。"

"啊，你这不是不知不觉就吃完了吗？再吃一个。"

"已经够了，真好吃。"

"从现在起，你一定什么都能吃得下。倘若武藏师父这时来了，你立刻就能起床了吧？"

"连城太郎你也讽刺我啊。"

与城太郎聊着武藏，阿通甚至忘记了发烧和身体的疼痛。

这时，乌丸家的小侍从在走廊外喊道："城太郎公子在不在？"

"在，我在。"城太郎回答。

"泽庵师父在那边叫您。请过去一下。"小侍从说完便离去了。

"咦，泽庵师父回来了？"

"你去看看吧。"

"那，我办完事之后马上就回来。"说着，城太郎从枕边站起来。

“城太郎……那件事你别忘了，千万要问一声啊。”

“哪件事？啊，就是让我催问一下武藏师父什么时候来这儿的事吧？”

阿通瘦削的脸颊上微微泛起红晕。她用被子半遮着脸，叮嘱道：“当然了，千万别忘了。记着，一定要问啊。”

四

此时，泽庵正在光广的起居室里与他谈着什么。

“泽庵师父，什么事啊？”城太郎打开拉门，站在后面问道。

“你先坐下。”泽庵说道，光广则露出一副原谅了城太郎的无礼的神情，微笑地望着他。

城太郎刚坐下便冲着泽庵说道：“对了，刚才从南宗寺那儿来了一个跟泽庵师父差不多的和尚，说找你有急事，现在正等着呢。我给你叫来吧？”

“不用了，若是这件事，我刚才已听说了。人家还说你是个可憎的小家伙呢。”

“为什么？”

“人家远道而来，你却把人家领到牛棚，让人家在里面等着，然后就丢下不管了，难道不是吗？”

“可是，是那个人自己说要找一个不碍事的地方啊。”

这时，光广摇晃着膝盖笑了起来。“哈哈哈，那你就把人家领到牛棚里去啊，你可太过分了。"但他立刻又认真起来，向泽庵问道："那么，禅师不打算回泉州，而是直接从这里前往但马吗？"

泽庵点点头，回答说书信的内容实在令他惦记，只好如此，而且也没什么好准备的，所以就不用等明天了，希望现在就立即告辞。

城太郎纳闷地听着两人的谈话，问道："泽庵师父，你要走？"

"有些事情，我必须赶紧回故乡一趟。"

"什么事？"

"故乡的母亲卧床了，听说这一次很严重，我很担心。"

"泽庵师父也有娘啊？"

"我也不是从树杈里生出来的啊。"

"下一次打算什么时候回来呢？"

"那要看母亲的情况了。"

"那……麻烦了……泽庵师父这一走……"城太郎想起了阿通，又想起她与自己的将来，似乎有些泄气，"那么，以后再也见不着泽庵师父了？"

"那倒不至于，一定还能再会的。你们的事情我已经拜托府上，希望阿通能想开点，早日恢复健康，也希望你能鼓起勇气。比起药物，阿通更需要心力啊。"

"可是，我的力量也没有用啊。武藏师父若是不来，她是好不了的。"

"真是个难缠的病人。有这么一个麻烦的同伴，也够为难你的了。"

"昨天晚上，泽庵师父见到武藏师父了吧？"

"唔……"泽庵与光广相视一下，苦笑了一声。若是被他直接问起地点可就麻烦了，好在城太郎的追问并未涉及这种细枝末节。

"武藏师父什么时候来这儿？泽庵师父说好要把武藏师父叫到这儿来，所以阿通姐每日都眼巴巴地盼着呢。泽庵师父，我的师父现在究竟在哪里？"城太郎语气迫切，仿佛只要知道住处，自己恨不能现在就去迎接。

"唔……那个武藏啊。"

尽管嘴上含糊其词，但泽庵绝非忘记了让武藏与阿通相会。今天他还在惦记此事，从大德寺回来时顺便去了趟光悦家，询问武藏在否，结果光悦也一脸愁容，说不知怎么回事，自从昨天晚上以来，武藏就没有从扇屋回来。母亲妙秀也担心武藏出事，让他赶快把武藏叫回来，所以他刚刚差人给吉野太夫送去一封书信，拜托让武藏回来。

五

"哦……这么说，那个武藏从那以后就没有从吉野太夫那里回来？"光广听后惊讶地问道。一半是意外，另一半则是轻微的忌妒，因此他的语气略显夸张。

当着城太郎的面，泽庵并没有多说，只是说道："看来他也不过是个平庸无聊之人。越是那些看着像少年才俊的人，将来越是成不了大器。"

"话虽如此，但吉野也是怪人一个。那个肮脏的武夫究竟哪点好？"

"无论是吉野还是阿通，女人的脾气泽庵我也弄不明白。在我的眼里，她们都是病人。不过，武藏的春天马上就要来临了……今后真正的修行，危险的并不是剑，而是女人。别人是帮不上忙的，也只能听天由命了。"

泽庵自言自语地咕哝了一会儿，忽然又急着起程，于是再次向光广辞别，并一再拜托府上暂时照顾病中的阿通和城太郎，不久便飘然出了乌丸的家门。普通的旅行者都选择清晨起程，泽庵却根本不在意是早晨还是傍晚。

太阳已经西沉，无论是往来的行人，还是慢吞吞前行的牛车，全都沉浸在七彩的暮霭之中。

"泽庵师父，泽庵师父！"这时，有人连连喊着从身后追了上来。

又是城太郎，泽庵一脸无奈地回过头。城太郎气喘吁吁地抓住他的袖子，拼命地哭诉道："泽庵师父，你就行行善吧，再回去一趟，帮我劝劝阿通姐吧。阿通姐又哭起来了，我实在是没辙了。"

"你说了武藏的事？"

"她一直追问啊。"

"然后她就哭起来了？"

"弄不好阿通姐会死掉的。"

"为什么？"

"她一脸寻死的表情。她还这么说：我再见他一次，再见一次面后就死。"

"那就不用担心。别管她，别管她。"

"泽庵师父，吉野太夫住在哪里？"

"你问这些干什么？"

"师父不是在她那儿吗？刚才，大人和泽庵师父不是说过吗？"

"你连这些都告诉阿通了？"

"嗯。"

"怪不得那个爱哭鬼要寻死觅活呢。我就是回去，也没法立刻让阿通的病痊愈。你就告诉她，说我是这么说的。"

"怎么说？"

"让她好好吃饭。"

"我以为什么呢。这话我每天都说上百遍。"

"是吗？你的话对阿通来说可是至上的名言啊，既然连这些都听不进去，那就没有办法了，只好告诉她实话了。"

"怎么告诉？"

"你就说，武藏让一个叫吉野的娼妓迷住，算上今天，已经有三天没有从扇屋回来了。仅凭这一点，就会明白武藏一点也不想念阿通。爱慕这种男人有什么用？你就这样跟那个哭鼻子的傻瓜直说。"

城太郎使劲摇摇头，光是听听就气不打一处来。"怎么可能呢？我的师父不是那种武士！若真这么说，阿通姐可真的要死了。我还以为你多了不起呢，臭和尚泽庵，你才是大傻瓜呢！大傻瓜大笨蛋！"

六

"你骂我？哈哈哈！生气了，城太郎？"

"谁让你说我师父坏话的？谁让你说阿通姐是大傻瓜的？"

"你可真是个可爱的小家伙。"泽庵抚摩了一下城太郎的头。

城太郎一转头，甩掉泽庵的手，说道："算了，我也不求你了。我一个人去把武藏师父找来，让他和阿通姐见面。"

"你知道武藏待在什么地方了？"

"就算不知道，只要找还怕找不出来？不用你瞎操心。"

"嘴硬又管什么用，你不照样不知道吉野太夫的家？还是由我来告诉你吧。"

"我不求人，求求人！"

"火气不要这么大嘛，城太郎。我不是阿通的仇人，也没理由憎恨武藏。不光如此，我还一直在暗暗地祈祷，希望他们能携手共度美好的一生。"

"那你为什么要使坏？"

"你觉得我在使坏吗？或许吧。可是现在，怎么说呢，武藏和阿通都像是病人。虽说治疗身体疾病是医生的职责，治心病是和尚的责任，可阿通的心病已经是重症。武藏那边不用管也会痊愈，可阿通那边我现在也无能为力，只能放弃了。像武藏那样的男人，光是单相思有什么用？还不如索性忘了他，重新好好地吃饭呢。除了这样还能有什么办法？"

"所以才算了。像你这样的臭和尚，根本就指望不上。"

"你若觉得我是在撒谎，可以亲自到六条柳町的扇屋，看看武藏现在是什么样子再说吧。然后把你看到的一切都原原本本地告诉阿通。虽然她会再一次悲叹不已，但只要能让她清醒就行。"

城太郎用手指塞住耳朵，说道："别烦我，别烦我，臭和尚！"

"明明是你追着我不放。"

"和尚啊和尚，没有布施给和尚，若是真想要布施，快快把歌唱。"城太郎一面唱歌冲着泽庵背后骂去，一面塞着耳朵目送泽庵远去的身影。

可是，当泽庵的身影消失在远处的十字路口后，城太郎便呆呆地伫立在原地，直到涌出的眼泪簌簌地滚落下来。他慌忙地抬起胳膊，擦擦泪眼，像一只突然想起什么的迷途小狗，朝路上张望起来。"大婶！"他跑向一个用头巾遮着脸路过的管家侍女打扮的女人，突然问道，"六条柳町在哪里？"

女人吓了一跳。"是烟花巷吧。"

"烟花巷是什么？"

"这……真是个讨厌的孩子！"女人瞪了他一眼，径直走了过去。

为什么要这样对自己呢？城太郎并未因这种疑惑而退缩。他毫不气馁，一路打听着朝六条柳町扇屋而去。

沉香之姿

一

已是黄昏时分，楼上已灯火烂漫，可充斥着三味线乐音的柳町仍看不到买欢客的影子。扇屋的年轻用人无意间看到入口有个人影，心里一惊。只见一个人头从大布帘之间探进来，两只眼睛骨碌骨碌地窥探着里面的情形，布帘下露出一双脏兮兮的草履和木刀的一端。年轻人好像误解了什么似的，慌忙欲叫其他人。

"大叔。"这时，城太郎一下子走了进来，突然打招呼道，"宫本武藏先生在楼上吧？武藏先生是我的师父，只要说一声城太郎来了，他就会知道。能不能帮我通禀一声？要不帮我把他叫到这儿来也成。"

扇屋的年轻人一看是个孩子，这才放松下来。但刚才的惊吓反倒让他一下子青筋暴起。"我当谁呢！一个毛孩子，是要饭的还是野孩子？什么武藏先生？没这种人，没有没有！谁让你天刚黑就脏兮兮地闯到这儿来的？快滚快滚！"

他说着，揪住城太郎脖子后的头发就要往外拖。

城太郎顿时像红鳍东方鲀一样勃然大怒。"你要干什么？我是来见我师父的。"

"浑小子！管他是不是你师父，那个武藏从前天起就够给我们添麻烦了。今天早晨，还有刚才，吉冈道场的使者也来问。不管是谁来问，我都是一句话：武藏早就不在这儿了。"

"不在就不在，好好说不在不就行了，干吗要揪我的头发？"

"谁让你探头探脑地将头伸进帘子里？害得我还以为是吉冈道场的探子呢，吓我一跳。你个可恶的臭小子！"

"你吓一跳关我什么事？快告诉我，武藏师父是什么时候走的，又去了哪里？"

"你这家伙，不光害我受到惊吓，还敢命令我告诉你？净想好事！你以为我是给你看门的吗？"

"不知道就算了，快松开我。"

"你让我松我就松吗？我怎么也得先教训你一顿再松开。"说着，年轻人揪住城太郎的耳垂一扭，然后就要往布帘外面推。

"疼！疼！"城太郎叫喊着低下身拔出木刀，突然朝年轻人的下巴狠狠打去。

"啊，你这浑小子！"年轻人的门牙立刻被打断了。他捂着被血染红的下巴，将城太郎赶到布帘外面。

"快来人啊！这个大叔要打人了！"尽管惊慌失措的城

246

太郎大声朝路上呼救，可手上的动作与他的呼喊截然相反，仍在用上次在小柳生城击杀猛犬般的力气抡起木刀就朝男人的脑门狠狠打去。伴随着一声蚯蚓鸣叫般的细微呻吟，年轻男子软绵绵地跌倒在柳树下，鼻子里满是血。

这时，一直在对面格子门前观望的女人们朝里面呼喊起来："不好了，不好了，那个拿木刀的小子杀死扇屋的年轻人逃走了！"

顿时，几个影子稀稀落落地奔向没有一个人的路上。

"杀人了！"

"有人被杀了！"充满血腥味的声音飘荡在晚风中。

二

打架是常有的事，烟花巷的人们早就习惯了秘密且迅速地处理这种血腥事件。

"往哪儿逃了？"

"什么样的小孩？"

一脸凶狠的男人们的搜索也只是一瞬的事情。

不久，买欢客们戴着草笠，衣着华丽，像追寻灯火的飞虫一样乘兴而来，甚至连半刻前发生之事的传闻都听不到了。洋溢着三味线琴声的大路上，夜色越深便越是热闹，而背面的胡同、田地和原野则一片静寂。

也不知刚才躲在了哪里，城太郎瞅准机会，像小狗一样从昏暗的小巷里爬了出来，然后一溜烟地朝暗处奔去。他单纯地以为这里和其他地方连在一起，可是一道一丈多高的栅栏挡在了他的面前。这道栅栏像一座城郭般把整个六条柳町坚固地围了起来，削尖了的烧木桩连在一起，无论城太郎如何寻找，也找不到能钻到外面的木栅门或空隙。

走了一会儿，城太郎又来到灯火辉煌的街市后面的大路上，他只好再次折回暗处。这时，一路尾随观察他的一个女人招招白皙的玉手，轻轻呼唤："小孩……小孩。"

最初城太郎还眼含疑色，可不一会儿，他便在黑暗中停下，慢腾腾地折返。"叫我吗？"确认女人白皙的脸上并无加害之意，他又向前靠近一步，"什么事？"

女人和善地说道："就是你吗，黄昏时在扇屋的入口处要见武藏先生的那个小孩？"

"啊，是啊。"

"你叫城太郎？"

"嗯。"

"那，我偷偷地带你去见武藏先生，快过来。"

"去、去哪里？"

这次轮到城太郎畏缩起来。为了让他放心，女人便解释了一下，城太郎这才说道："那，大婶，你是吉野太夫的女仆？"他绝处逢生似的放心地跟去了。

据这名女仆讲，吉野太夫一听说傍晚的事情就非常担心，立刻吩咐女仆前来查看。倘若城太郎被抓住，便立刻通知她，她好设法搭救；如若发现城太郎潜藏在某处，就悄悄将其从后庭的木栅门带到上次那间乡间小屋与武藏见面。

"已经不用担心了。只要吉野小姐打声招呼，在这里面便会通行无阻。"

"大婶，我师父真的在吗？"

"若是不在，我为什么还要到处找你，还把你带到这里来呢？"

"在这种地方究竟做什么呢？"

"做什么？他就在那边那家农舍里，不信你从门缝里看看。我正忙呢，现在得走了。"说完，女仆悄悄地消失在庭院的花丛中。

三

真的吗？真的在吗？城太郎简直无法相信。自己踏遍天涯都找不到的师父武藏，如今就在眼前的小屋里。他总觉得这愿望实现得太简单了，让他一时不敢相信。索性不找了，尽管心里这么想，可城太郎还是绕着农舍走了起来，寻找可以窥见里面情形的窗户。

一旁有个窗户，只是城太郎个子太矮够不着。他从灌木丛之间滚来一块石头，踩在上面一试，鼻子刚好够得着竹子窗棂。

"啊，师父……"由于是在偷窥，城太郎勉强忍住激动的声音，他终于找到了久未谋面的熟悉身影，真想现在就投入他的怀抱。

炉子旁边，武藏正枕着胳膊打盹。

"真悠闲啊。"城太郎惊呆的圆眼睛径直贴在窗棂上。

武藏正在惬意地打着盹，身上也不知是谁给悄悄盖上了一件沉甸甸的桃山刺绣长罩衫，穿的窄袖和服也与平常那身硬邦邦的土气衣服不一样，有着花哨的大花纹。离他不远处铺着一张朱色毛毡，上面散落着画笔、砚台、纸张之类，废纸中还能看到学画的茄子图和鸡的半身图之类。

"竟在这种地方画起画来了，连阿通姐生病了都不知道。"城太郎心头忽然产生一股近似于愤懑的情绪，对盖在武藏身上的那件女式长罩衫生起气来，对武藏穿的那件华丽和服也厌恶起来。他也能感觉得到洋溢在里面的艳媚气息。

今年元旦在五条大桥上发现武藏的时候，武藏也是被一名年轻女子搂住，那女子还不停地在大路上抹眼泪。而这次又是这个样子！最近，我的师父怎么这么反常呢？一种大人才有的慨叹般的苦涩，不由得在城太郎幼小的心中涌起。

对，吓师父一下！忽然，恶作剧的心理化为厌恶，他似乎想到了一个主意，刚要偷偷地从石头上下来，这时传来武藏的声音："城太郎，你跟着谁来的？"

"哎？"城太郎往里一瞧，刚才还在睡觉的武藏已眯起眼睛，正朝着他微笑。没等回答，城太郎已绕到正门口，打开门便冲了进去，抱住武藏的肩膀。"师父！"

"哦……你来了？"武藏仍仰卧着，伸开胳膊，把城太郎灰突突的头搂在怀里，"你怎么知道我在这儿？是从泽庵和尚那里听说的吧？好久不见了。"

武藏抱着城太郎的头，蓦地起身。阔别已久的温暖让城太郎像哈巴狗一样，久久不愿离开武藏膝前。

四

如今，阿通姐正卧病在床，她是多么想见到师父你啊。真可怜！阿通姐说过，只要能见到师父就行，她的心愿仅此而已。今年元旦时，在五条大桥上，尽管是在别处，但也算是相见了，可由于看到师父你与一个奇怪的女子亲密交谈，还把那个哭泣的女子搂在怀里，阿通姐气得不行，就像一只蜷缩的蜗牛一样，我怎么拉也没拉过去。也难怪，就算是我，当时也觉得心烦意乱，气愤不已。不过，那些事情就算了，现在请立刻去乌丸的府邸，然后对阿通姐说一句"我来了"。仅仅这样，阿通姐的病就一定可以痊愈。

上面这些话只是城太郎不停向武藏哭诉的无数话语的大意。

"唔……"武藏不住地点头，"是吗？是这样啊。"他总是重复这一句，但不知为何，最为重要的"那我就去见见阿通吧"，他却绝口不提。无论城太郎如何乞求，如何哭诉，武藏就像铁了心一样，怎么也不肯答应，弄得城太郎也没了办法。他一下子觉得武藏这个人——自己那么喜欢的师父突然之间变成了一个讨厌的人。和他打上一架？城太郎甚至产生了这样的想法，但他还是无法对武藏骂出口，只好用像舔了醋一样、一直嘟着脸的表情来乞求武藏的反省。

城太郎沉默下来后，武藏却看着画帖，提笔画起未完成的画。城太郎瞅了一眼他练习的茄子图，心里骂道：真笨！武藏似乎也厌腻了，开始清洗画笔。那就再求他一次试试看，城太郎想着，舔了舔嘴唇刚要开口，外面忽然传来一阵跳跃在踏脚石上的木屐声。

"客官，您的衣服干了，我给您拿过来了。"说着，刚才那个女仆抱来一摞叠得整整齐齐的夹衣和外褂放在武藏面前。

"有劳了。"武藏仔细地检查袖子和下摆，"都洗干净了吧？"

"血迹不好洗，怎么洗也洗不掉。"

"这样就很好了。对了，吉野小姐呢？"

"今晚也到处都是客人，一点空闲都没有。"

"没想到会给你们添这么多麻烦，不光让吉野小姐一人操心，还连累了扇屋的老板。待到今晚深夜时分，在下自会悄悄离去，务请向吉野小姐转达在下的谢意。"

城太郎这才换了表情，心想，看来师父还是一个好人。

他一定是想去阿通姐那里，才如此决定。城太郎自以为是地这么想着，嘴角挂起微笑。

武藏却在女仆离去后，立刻把那一摞窄袖外褂拿到城太郎面前。"今天你来得正好。这衣服是上次来这烟花巷时本阿弥先生的母亲借给我的。你能不能把这些还到光悦先生府上，把我原先的衣服拿回来？你是个好孩子，就替我跑一趟吧。"

五

"是。"城太郎乖乖地答道。只要做完这趟差事，武藏就会离开这里去见阿通姐了。想到这里，他欣然答应："我去去就来。"随后把要送的衣服往包袱里一裹，又把武藏另给光悦写的信塞在衣服中间，刚背在背上，刚才那个女仆便送晚饭过来了。"咦？哪里去？"她惊讶地睁大了眼睛。听了武藏的解释，她坚决阻止道："啊，万万不可。"

"为什么？"

女仆便对武藏讲起原委：这孩子真是人小鬼大，傍晚竟在扇屋前用木刀打伤了店里的一个年轻人，大概很严重，那人至今仍躺在床上呻吟不止呢。由于是烟花巷里的打架斗殴，已不了了之，而且吉野小姐也与老板和伙计们打过招呼，私下了结了此事。但由于这孩子刚才叫嚣说是宫本武藏的弟子，结果也不知是谁传出去的，从傍晚时分起，武藏还藏在扇屋里面的消息就传播开来，似乎也传入了在烟花巷大门外布下天罗地网的吉冈门人的耳朵里。

"是吗……"武藏听完后不由重新打量了一下城太郎。

城太郎眼见事情被武藏知道，自觉没有脸面，抓耳挠腮地退到角落里，畏缩起来。

"在这节骨眼上，倘若现在背着那东西堂而皇之地从大门出去，结果可想而知。"女仆又继续告诉武藏外面的情形，"怎么说呢，从前天到今日，一连三天，吉冈的人都一直紧紧地盯着您，吉野小姐和老板也都很忧虑。光悦先生前天夜里从这里回去时千叮咛万嘱咐要照顾好您，扇屋也断然不会将身处险地的您赶出去，更何况吉野小姐那么细心地呵护着您。可没想到吉冈的人竟那么执着，一直坚守在烟花巷的出入口，从昨天起还好几次来到店里，纠缠不休地打探您是否藏在这里。虽然我们委婉地将其打发走了，可对方似乎仍未消除怀疑。倘若现在从扇屋出去，很显然，对方正摩拳擦掌等待这样的好机会呢。虽然具体情况并不清楚，可为了杀您，吉冈的人已经做了战争般的准备，层层把守，说这次无论如何也要杀死您。"

女仆继续说道："所以吉野小姐和老板都十分担心，觉得您最好忍耐一下，再躲上四五天。想必不久之后，吉冈的人也会厌倦，就会撤走了……"

女仆一面伺候武藏和城太郎吃晚饭，一面不停地热心劝说。可武藏谢绝了对方的好意，说道："我也有自己的考虑。"他并没有改变今夜离开这里的决定，但唯有往光悦家遣使这一项接受了女仆的忠告，改请扇屋的年轻男佣跑了一趟。

六

使者不久便回来了。光悦回信如下：

武藏先生：

　　若有机会他日再聚，人生之路或长或短，唯愿君保重身体，虽身在他处，光悦仍为君祈福。

光悦

信虽短，可光悦的心意全在其中。而且武藏不想累及他们母子二人的平静生活，有意不再去他家，他似乎也十分理解。

"还有，这是您前几日脱在光悦先生家的窄袖和服。"男佣拿回了武藏的旧衣服和裙裤，"本阿弥的老母亲也托小的转达对您的问候。"转达完口信后，男佣退回了扇屋的正房。

武藏解开包袱，一看到旧衣服，顿感亲切万分。

比起慈祥的妙秀给的整洁干净的衣服，比起从这扇屋借的华丽夹衣，还是被雨露染旧的这身棉布衣服更适合自己。这才是修行的衣服，除此之外别无他求。

看上去那么破旧，又被雨露和汗水弄得那么脏，武藏觉得打开后气味一定很难闻。可是等伸进袖子穿上裙裤一看，却意外地发现折线笔挺，那形同破烂的旧和服就像重生了一样，已经重新做了一遍。

"有个母亲可真是好，自己若是也有母亲……"武藏忽然陷入孤愁，怅惘地描绘着接下去的生活。爹娘已经不在了，容不下自己的故土只有一个孤苦伶仃的姐姐。他低头对着灯火沉思了一会儿。这里只是住了三天的临时住所。

"走吧。"武藏拿起熟悉的刀，一下子插入系得结结实实的腰带和肋骨之间，突然生出的寂寞也被坚强的意志弹走了。

只有这刀才是父母，是妻子，是兄弟。武藏的心思又回到早就立下的誓言之中。

"走吗，师父？"

城太郎率先出去，高兴地望着夜空。现在赶往乌丸大人的官邸已经太迟，但就算夜再深，阿通姐也一定在无眠地期盼。她不知会有多么惊讶，或许又会高兴得哭起来吧。

从下雪的那天晚上起，每晚的天空都很美丽。现在就把武藏师父带去，让阿通姐高兴高兴！城太郎完全陷入了空想。望着星空，他只觉得就连那眨眼的星星都在跟着自己一起高兴。

"城太郎，你是从后面的木栅门进来的？"

"我也不知道是后面还是前面，反正是和刚才那个女人一起从那边的门进来的。”

“那你先到前面等着我。”

“师父呢？”

“我去跟吉野小姐稍微道个别，然后就去找你。”

“那我可到外面等着了。”

即使武藏只是短暂地离开一会儿，也多少会让城太郎有些不安。不过，无论武藏命令什么，今晚的城太郎都十分听话地遵从了。

七

三天时间，武藏觉得自己仿佛变成了一个愚钝的老人，在这隐匿之处无忧无虑，过得很自在。

打个比方，他此前的心神和肉体如同绷紧的厚冰一样，对月亮关上了心门，对鲜花塞上了耳朵，对太阳也闭上了胸怀，只是冰冷地将自己凝结成一团。虽然他坚信自己专心修行的态度是正确的，却又无法不觉得这样的自己只是一个心胸狭隘的顽固者。他甚至都害怕变回自己。

很久以前，泽庵就曾说他的强悍与野兽的强悍无异，奥藏院的日观大师也曾忠告他要更弱一些。一想到这些，他便觉得这两三天的悠闲生活对将来的人生还是十分重要的。从这种意义上说，即使现在即将离开扇屋的牡丹田，他也毫不觉得这几天是白白浪费了，反倒是给过于紧张的生命增添了几许悠然和放松。酒也喝了，盹也打了，书也读了，画笔也摸了，呵欠也打了，他甚至还要感谢这自由自在的几天，实在是难得的珍贵日子。

真想向吉野小姐道一声谢。武藏伫立在扇屋的庭院里，凝视着远处的花和灯影。可是，幽深的客房里依然充斥着买欢客不变的猥歌和三弦声，让他根本无法悄悄见上吉野一面。

那就在这里告别吧。武藏在心里默默地告别，又默默地在心里谢过她三天以来的好意，便转身离去。

从后面的木栅门走到外面，武藏朝等在那里的城太郎招招手，说道："走吧。"

刚打了个招呼，身后便有人一溜小跑地追了过来，是侍女凛弥。"这个，是太夫小姐给的——"

凛弥交到武藏手里一样东西，立刻又跑回栅门内。那是一张折得很小的彩纸般的怀纸。武藏将其打开，眼睛还没有看到文字，便先闻到一股淡淡的沉香气息。

> 比之相约即逝之夜夜空花无数，匆匆滑过树梢之月影益令人难忘，不及互诉衷肠便已云间两分离，世人当笑我，独对金樽空嗟叹，草草一笔敬上。
>
> 吉野

"师父，这是谁来的信？"
"没什么。"

"女人？写的什么？"

"小孩子用不着知道这么多。"说着，武藏叠起书信。

城太郎则伸伸懒腰。"真香啊，好像是沉香的香气。"他瞅了瞅说道，连他的鼻子也能嗅出这香味来。

门

一

两人已从扇屋出来，却仍在烟花巷中。如何才能越过围墙平安回到尘世呢？

城太郎担心地说道："师父，若往那边走，就到大门了。扇屋的人也说大门外面有吉冈的人把守，危险着呢。所以咱们从别处出去吧。"

"但除了大门，其他出入口晚上不都关着吗？"

"倘若翻过栅栏逃走……"

"若是逃走，会有损我武藏的名誉。如果不顾羞耻和名声，只要能逃走就行，那倒是很容易，但我做不出这种事情，只有静待机会。还是从大门光明正大地出去吧。"

"这样啊。"城太郎虽然略显不安，可他也明白，凡是不重"耻"者，纵使活着也如同行尸走肉，这是武士铁的法则，所以他也无法反对。

"可是，城太郎，你还是个孩子，没必要和我一样。我是要从大门出去的，但你可以先到烟花巷外面找个地方躲起来，等着我就可以了。”

“师父从大门大摇大摆地出去，那我一个人从哪里去外面呢？”

“翻过那边的栅栏。”

“就我一个？不行。”

“为什么？”

“为什么？师父刚才不是说了吗，会被别人说是个胆小鬼的。”

“谁都不会那么说你的。吉冈一方针对的只是我武藏，你并不在其中。”

“那我在哪里等着好呢？”

“柳马场一带。”

“师父一定要来啊。”

“嗯，一定去。”

“你可千万别又背着我偷偷溜走啊。”

武藏摇摇头。“我是不会对你撒谎的。快，趁着没人过来，快翻过去。”

城太郎看看四周，跑到昏暗的栅栏下面，可是烧制的圆木栅栏的高度却是他身高的三倍多。不行，看来我怎么也翻不过去。城太郎不自信地仰望着栅栏。

这时，不知武藏从哪里提来一个炭草包，放到栅栏下面。就算用这个垫脚也没用啊——城太郎用怀疑的眼神看着武藏。武藏朝栅栏外窥探一下，思考了片刻。

"师父，有人在栅栏外吗？"

"这一带栅栏外长着芦苇，很可能会有水洼，你得小心跳。"

"水洼倒是没事，可是太高了，手够不到上面啊。"

"不光是大门，栅栏外的各个要地也一定有吉冈的人把守，不能不防。外面昏暗，若一不小心跳下去，说不定会有什么人从黑暗中突然杀出来呢。你就踩着我的背，先爬到栅栏上，看清下面的情况后再跳。"

"是。"

"我从下面给你往外扔炭包，你最好看看那炭包，没什么异样后再往下跳。"说着，武藏让城太郎骑在脖子上，站了起来。

二

"够着了吗，城太郎？"

"够不着，还不行。"

"那你把脚踩在我肩膀上站起来试试。"

"可是我穿着鞋啊。"

"没关系，穿着鞋也没事。"

于是城太郎叉开腿，按照武藏所说，将两脚踩在武藏的肩膀上。

"这下够着了吧？"

"还不行。"

"你可真麻烦。你就不会探探身子，跳到栅栏上？"

"不能。"

"真是的。那你踩在我的手掌上。"

"能行吗？"

"托五个人十个人都没事。来，上。"武藏让城太郎踩在自己的双掌上，像举鼎似的，一下子将城太郎高高地举过头顶。

"够着了，够着了。"城太郎贴在栅栏上。

武藏一手拿起炭包，呼的一下扔到外面的黑暗里。炭包啪嗒一声落到芦苇中，看来没有任何异样。城太郎随即跳了下去。"什么啊，根本就没什么水。师父，这里只是一片荒原。"

"小心点走。"

"那，柳马场见。"城太郎的脚步声愈来愈远，消失在黑暗中。

武藏把脸贴在栅栏的缝隙间，一直站到听不见城太郎的脚步声为止。放下心后，他才轻快地走了起来。他舍弃昏暗的小道，来到最为繁华的通向大门口的大路上，像个买欢客一样混入熙攘的人群。可是他毫无遮掩，连斗笠都没有戴，刚踏出大门，潜伏在那里的无数双眼睛便惊讶地一齐把目光对准了他。"啊，武藏！"

大门两侧是围着草席的轿子揽客点。那里有两三名武士正一面叉开腿烤火，一面盯着出入大门的人。此外，草笠茶屋的凳子上和对面的饮食店里也分别驻扎着一组蹲守者，其中还有四五人轮班堵在大门边，肆无忌惮地瞅着从里面出来的裹着头巾或戴着草笠的人。若是有轿子出来，便拦住轿子检查。

吉冈的人从三天前就一直这么做。他们已经查清楚，自那个雪夜以来，武藏便没有从这里出来过。他们既与扇屋交涉过，也派出探子打探了，可扇屋一口咬定没有武藏这样的客人，连理都不理。他们也不是没有怀疑过吉野太夫将武藏藏匿起来，只是这吉野太夫可不是一般人，不只在这风流世界，上至达官显贵，下至黎民百姓，无一不喜欢她，一旦硬来，弄不好会落个武士结党寻衅的坏名声。于是他们便采取迂回的持久战术，一直在严密监视，静候武藏从里面出来。他们坚信武藏必会乔装打扮，或者藏在轿子里面，或者翻越栅栏从其他地方逃脱，并为此而做了各种准备。

可是，武藏竟毫不在乎、大摇大摆地从大门出来，将自己毫无遮掩地大曝于明灯之下，这反倒让吉冈一门愣住了，竟没有一个人上前堵住他。

三

既然没有人上前阻拦，武藏也没有理由停下。只见他大步流星，已然走过草笠茶屋前。就在快要走出一百步的时候，吉冈一门中才有一个人如梦方醒，大喊一声："别让他跑了！"

于是，众人才齐声喝道："别让他跑了！"八九个人喊着同样的话，呼啦一下冲到武藏面前。"武藏，站住！"

双方这才正面相对。

武藏答道："什么事？"他声音中的强悍让对方猝不及防。同时，他退向一旁，背对着路边的小屋。小屋旁横放着巨大的木材，周围堆满了木屑，似乎是锯木工睡觉的小屋。

"打架吗？"听到声音，锯木工刚从里面打开门，可一看外面的情形，顿时吓得关上了门，在内侧支上顶门棍。随后他大概立刻就钻进被子了，不再发出一丝声响，让人觉得里面空无一人。

仿佛相互呼唤的野犬，吉冈的人吹着指笛呼号着，眨眼间便陆续围拢过来。这种情况下，二十人也能看成四十人，四十人甚至能看成七十人，而实际数数，至少也有三十人。众人黑压压地将武藏围住。不，由于武藏背对小屋，所以确切地说，是连小屋都围了起来。

武藏瞪着眼睛数着三面敌人的数量，观察着事态将如何变化。倘若有三十人凑在一起，那便不再是三十个人的心理。一群人也只是一个心理，洞察这种心理的微妙变动倒也不是一件难事。

果然，没有一个人敢贸然单独杀向武藏。作为形成集合体的必然经过，在多数人拧成一股绳之前，他们只会吵吵嚷嚷，远远地围着武藏漫骂而已。有人像市井无赖一样骂着"浑蛋"，也有人哼哼着"臭小子"，这些无非是虚张声势，将每个人的弱点都暴露出来。不久，包围圈便像桶一样圆。而从最初起便只有一种意志与行动的武藏，已在极短的时间里做出比他们更充裕的准备。他甚至还有余力辨别哪些人比较强悍，哪些人比较软弱。

"是谁让在下站住的？不错，在下正是武藏。"他环视了一圈，说道。

"是我们，是我们一齐喊住你的。"

"那么，你们是吉冈的门人？"

"这还用说吗？"

"有什么事？"

"我想这一点也用不着在这里啰唆了吧？武藏，准备好了吗？"

四

"准备？"武藏撇了撇嘴，齿缝中露出一声冷笑。顿时，像铁桶一样包围着他的杀气汹涌而来，让人不寒而栗。武藏抬高了嗓门，继续说道："武士即使在睡觉的时候也已做好准备，随时都不会松懈。既然你们不讲道理，故意寻衅滋事，那就用不着人模狗样白费口舌，也无须像武士那样先礼后兵。只是莫急，在下想先问各位一句：各位究竟是想暗杀我武藏，还是想堂堂正正地杀我呢？你们是挟私报复而来，还是为一雪比武失利的耻辱而来？"

即使是言语，当然还有眼睛和身体的任何部位，只要一露出可乘之机，周围的利刃恐怕就会立刻像喷涌的潮水一样冲向武藏的薄弱之处。但没有一个人敢这样做，众人只是像串在一起的念珠一样默默静观。

"这还用说！"其中一人忽然大喝一声，回答武藏的问话。

武藏顿时将目光射向此人。从年龄、态度等方面来看，确实像吉冈门人的做派。此人正是吉冈十剑中的御池十郎左卫门。看来他是想率先刺出这第一刀，脚蹭着地逼上前来。"师父清十郎落败，传七郎先生又被杀，我们还能有什么脸面！虽然我们名誉扫地，可我们既是承蒙师恩的弟子，就要誓为师父雪耻。我们不是挟私报复，而是为师父讨回公道，是为吊唁师父进行决战！武藏，虽然这样对你并不公平，可我们还是要定你的性命了。"

"好一番豪言壮语，颇有武士风范！就冲这一点，我武藏也无法不拼死一战。只是你口称师徒情谊，要一雪武道之耻，那为什么不能像传七郎先生和清十郎先生那样，堂堂正正与我武藏进行正当的比武呢？"

"住口！你一直隐匿行踪，若不是我们死死盯着，你恐怕早就逃到他国去了吧？"

"小人啊，总是以小人之心度君子之腹。你们没长眼睛吗，我武藏既没逃走，也没躲藏。"

"被我们发现了，你当然会这么说。"

"什么？我若有隐匿之心，干吗待在这么个小地方，让你们随时都可发起攻击呢？"

"既然这样，你以为吉冈的人还会让你平安地过去吗？"

"我知道各位早晚要与我来场决斗，但在如此繁华的街市中，倘若像野兽或无赖一样无理争斗，惊扰世人，不仅玷污我们几个的名誉，恐怕连所有武士的脸面都会丢尽，各位口称的师徒名分也会沦为世人的笑柄，反倒会耻上加耻。不过既然你们不顾师门灭绝，不顾吉冈道场离散，也不顾廉耻和名声，一心舍弃武道，那就什么都不要说了。我武藏只要五体和双刀俱在，就会奉陪到底，堆起一座死人山让你们看看。"

"你说什么？"说话的不是十郎左卫门，而是从他旁边杀出来的一人，正要出手时，忽然不知何处有人嚷嚷起来："板仓来了！"

五

当时，板仓便是可怕官吏的代名词。"大道马奔腾，孰之栗毛驹，伊贺四郎左，大家快逃命"，还有"伊贺大老爷，赛千手观音，胜广目天王，手下探子众，上百悍喽啰"，甚至连嬉戏儿童的童谣，也全都在描述板仓伊贺守胜重有多可怕。

如今京都的繁盛，是浮游在特殊发展背景和不正常风气之上的。因为无论在政治上还是战略上，这个都府都掌握着日本的关键命脉，起着举足轻重的作用。从全国来看，这里是文化最为发达的地方，但从思想方面来说，也是最妨碍施政的地方。

从室町时代之初，京都的市民便几乎全都抛掉了武士的身份，变成了商人，而且还十分保守。而如今，不是拥护德川便是支持丰臣的武士共同占据着这个关键点，虎视眈眈地觊觎着下一个时代。而一些来路不明且不知以何为生计的武家竟然也大肆豢养起家臣和同党，不断扩张势力。不久后，德川和丰臣两股势力必会打起来，出去转转说不定还能碰上好运气呢——很多抱有这种空想的浪人正像蚂蚁一样蠢蠢欲动。还有一些无赖，他们也和浪人们沆瀣一气，以赌博、勒索、诈骗和诱拐为业，大肆扩张，饭馆和娼妓也随之增加。历朝历代都十分泛滥的消极主义者和虚无主义者也把信长吟诵的"人生五十年，如梦亦如幻"奉为真理，一味地沉溺在酒色的享受中，唯恐自己会早早死去。若只是这样也还罢了，可就连这种虚无之人也会宣扬冠冕堂皇的政治观和社会观，并且穿着难以分辨究竟是德川还是丰臣支持者的伪装，见风使舵，做着狡猾的墙头草，只要发现一条有利于己的藤蔓便会拼命抓住，一般的奉行是震慑不住的。

于是，在德川家康的慧眼之下，前来做京都所司代的便是这位板仓胜重。自庆长六年以来，他的身边已有与力三十人，同心一百人。在被任命为京都的大总管时，他还有一段逸闻。

接到德川家康任命的时候，胜重并未立刻受命，而是回道："我得先回府一趟，与妻子商量一下后再作回复。"回府之后，胜重便把此事告诉了妻子，并说道："古来有多少被擢至高官显位却因此而家破人亡者。究其原因，皆因门阀与内室之患。因此，我要先与你商量，倘若你发誓在我做了所司代之后，能够对身为市尹的我的一切所为都不插嘴，我才答应赴任。"

于是，妻子便郑重发誓："我一个妇道人家怎么会插嘴干政呢。"

次日清晨，临进城之际，胜重穿衣服时，竟将内衣的领子折在里面。妻子看见后，刚要给他正过来，他便斥责道："你难道忘记了发过的誓言吗？"结果，他重新让妻子发下重誓，这才接受了德川家康的任命。

由于是抱着这种决心任职的，板仓胜重清正廉明，也很严厉。有一个如此可怕的官吏，似乎谁心里都不会高兴，但不久之后，京都人便把他视作父母官，就像家里有父亲持家一样有了主心骨。

说着说着便偏了题，接下来言归正传。在后面嚷嚷的人究竟是谁呢？吉冈门人全都紧张地围着武藏，自然不可能有闲心说这些。

六

板仓来了——这句话的意思当然是"板仓的手下来了"。倘若让官府掺和进来可就麻烦了，但这种闹市必然会有巡逻的人走过，或许是他们发现了什么异常情况赶了过来。可刚才那一声究竟是谁喊的呢？若不是自己人，难道会是行人的提醒？以御池十郎左卫门为首，吉冈门人所有的眼睛都不由得循声望去。

"等等，且慢！"话音未落，只见一个年轻武士分开众人，挡在了武藏与吉冈门人之间。

"啊？"

"你？"

面对吉冈门人和武藏都露出的意外眼神，额发男带着"是我啊，这张面孔你们双方不会都忘了吧"的表情，傲然地炫耀着自己。原来是佐佐木小次郎。只听他说道："刚才我在大门前一下轿，便听到行人在喊'打架啦'。还以为是别人呢，没想到竟是令在下早就担心会出这种事的你们。我既不是吉冈的帮手，当然也不是武藏的朋友，但既然身为武士剑客，为了武门，为了所有的武士，我还是有资格对各位说上几句的。"

这是一番完全不似小次郎往日风采的雄辩。无论是说话的口吻，还是睥睨人的眼神，都傲慢到了极点。

"那么我问你们，倘若板仓大人的手下真的来了，把你们当作扰乱治安的不逞之徒，并让你们写悔过书，你们双方是不是都会丢脸？一旦官府插手进来，你们这样就只能被当作寻常的打架斗殴来处理。地点不合适，时间也不妥，身为武士的诸位倘若做出这种扰乱社会秩序的行为，便会给所有武士抹黑。我是代表武士对双方说话的，不要打了，不要在这儿打了。既然是解决剑上的恩怨，那就要遵照剑的礼仪，重新选定时间和地点再行了断。"

吉冈门人被小次郎的演说慑服，全都沉默下来。等小次郎一说完，御池十郎左卫门立刻接过话茬："好！"他强硬地说道，"没错，道理上是没错。但小次郎阁下能保证武藏到那一天不会逃走吗？"

"要我保证倒也可以。"

"含糊其词的允诺我们可不答应。"

"可武藏也不是不会走动的死人啊。"

"那你还是想放他走？"

"胡说！"小次郎骂道，"我若如此偏心，你们岂不把遗恨全都撒在我身上？我与他没交友情，也没理由要庇护他。不过到了如此关键的时刻，想必他也不会逃走。倘若他真的从京都销声匿迹，你们在整个京都竖起告示，将其丑行大曝天下不就行了？"

"不行，光是这些我们还不能答应。唯有阁下保证，将武藏看管到决斗的那一日为止，今夜的事情才算作罢。"

"且慢，那我得问问武藏的意思。"

小次郎骨碌一下转过身，一面正面回击像利箭一样射向自己后背的武藏的目光，一面傲慢地靠上前去。

七

双方尚未开口，便先用眼神对峙起来，仿佛猛兽看到猛兽时一样沉默。看来这二人先天性格不合，尽管互相赏识，却也彼此敬畏。

年轻的自负心一碰撞，便产生了摩擦。和在五条大桥时一样，如今二人又开始暗暗较劲。在开口之前，双方的目光已经述清小次郎的意愿，也言尽了武藏的情绪，无言的意志在酣畅淋漓地决斗。

不久，小次郎主动发问道："武藏，如何？"

"什么如何？"

"在下刚才向吉冈一方提的条件。"

"我答应。"

"好。"

"不过，我对那条件有异议。"

"你不满意将自己交给我小次郎？"

"与清十郎先生和传七郎先生的两次比武，我武藏都毫不畏惧，怎么会因为害怕与其遗弟子的比武而卑怯地逃走呢？"

"嗯，堂堂正正。那我就记下你的豪言了。那么武藏，你希望的日期是……"

"日期和地点由对方决定。"

"爽快！那么，你已决定今后住在哪里了？"

"没有固定住所。"

"不知住所该如何遭送决斗的牒状？"

"若能在此决定下来，在下必不违约，准时赴会。"

"嗯。"小次郎点点头退到后面，然后与御池十郎左卫门及其他吉冈门人交涉了一会儿，不久，又有一人从那边过来，对武藏说道："时间定在后天早晨寅时下刻如何？"

"知道了。"

"地点在叡山道一乘寺山脚下的数之乡垂松，以那棵树枝下垂的松树为会面地点。"

"一乘寺的垂松是吧？好，知道了。"

"至于吉冈一方，立清十郎、传七郎二人的叔父壬生源左卫门的独子源次郎为掌门人。源次郎也是吉冈家的家业继承人，所以才立他，但他尚未成年，所以会有若干名门徒服侍前去……为谨慎起见，先知会一声。"

相互约定之后，小次郎敲开那里的小屋，走进去命令两个颤抖的锯木工道："你们这儿有用不着的木板吧？我们要立告示牌，快给我锯好，钉在六尺左右的木桩上。"

锯木工锯好木板之后，小次郎又打发吉冈的人从别处弄来笔墨，大笔一挥，将决斗的内容写在上面。比起双方互递誓书，将约定立在大路上更好，这样便等于将绝对的约定公布于天下。

眼看着吉冈的人将告示牌钉在最显眼的十字路口，武藏便若无其事地朝柳马场方向快步走去。

八

城太郎孤身一人在柳马场等候武藏的到来。"这么慢。"他几次叹息着，不住地望向无边的黑暗。轿子的提灯掠过，醉汉哼着小曲跌跌撞撞而去。"怎么这么慢！"难不成……他心里也不是没有不安。突然，他朝柳町方向跑去。

这时，远处传来声音："喂，哪里去？"

"啊，师父！怎么这么晚才来，我正要跑去看看呢。"

"是吗，差点又走岔了。"

"大门外有很多吉冈的人吧？"

"是啊。"

"没把你怎么着吗？"

"嗯，没有。"

"没有抓师父？"

"没有。"

"是吗？"城太郎看看武藏，像在审视他的脸色似的，又问道，"那，什么事都没有？"

"嗯。"

"师父，不是那边，去乌丸大人家的路要往这边拐。师父也想赶快见到阿通姐吧。"

"想。"

"阿通姐一定会大吃一惊。"

"城太郎。"

"什么事？"

"你和我最初相遇的那个小客栈叫什么来着？"

"你说北野？"

"对对，是北野的后街吧。"

"乌丸大人的官邸可气派了，可不像那小客栈。"

"哈哈哈，怎么能和那小客栈比呢。"

"虽然正门已经关了，可敲敲后面的小门就能进去。若是知道我将师父带来了，说不定光广大人都会出来。还有，师父，那个泽庵和尚坏透了，可把我气坏了。他还说师父的事情不用管。而且他明明知道师父的下落，却怎么也不告诉我。"

由于深知武藏平日就寡言少语，所以无论武藏再怎么沉默不语，城太郎也只顾自己喋喋不休。

不久，乌丸家的后门出现在眼前。"师父，就是那儿。"城太郎用手指着，望着突然停下来的武藏，"看见没有，那墙上还微微映着灯光呢。那儿是北屋，阿通姐的房间就在那边。说不定那灯光就是阿通姐房间的，她还没睡，正在等着呢。快，师父，快进来啊。我现在就叩门，把看门的叫起来。"

城太郎正要上前，武藏却一把抓住他的手腕。"先别急。"

"为什么，师父？"

"我不进官邸。我想让你给阿通递个话。"

"什么？师父，那你为什么要到这里来呢？"

"我不过是送你回来而已。"

九

敏感的童心本来就一直暗暗担忧再出什么意外，可这种预感还是突然间变成了现实。

"不行！不行！"城太郎顿时用近乎尖叫的声音喊了起来，"不行，师父！你必须来！"他拼命拽着武藏的胳膊，无论如何也要把武藏拽到阿通枕边。

"别吵。"武藏望着一片沉寂的乌丸家，生怕被人听到，"你好好听着，你听我说。"

"不听不听！师父你刚才明明说了要跟我一起去！"

"所以我不是已经跟你来到这儿了吗？"

"谁稀罕你只到这门前来。我说的是要去见阿通姐。师父怎么能对徒弟撒谎呢？"

"城太郎，你先别激动，好好听我说。生死难料的日子就要逼近我武藏了。"

"师父不是经常说武士练的就是朝生夕死的觉悟吗？这又不是从现在才开始的。"

"没错，我自己挂在嘴边的话听你再次说出，我反倒得到了启示。这次真的是像我觉悟的那样，恐怕会九死一生。因此，我就更不能去见阿通了。"

"为什么？为什么，师父？"

"和你说了也不懂。你长大后就会明白。"

"师父最近真的会有生命危险吗？"

"你别告诉阿通。她现在生病，等她痊愈了之后，让她找一个好的归宿……听明白了没有，城太郎……你告诉她，就说我是这么说的，千万不要把我现在的样子告诉她。"

"不行，讨厌，我偏要说！这种事我怎么会瞒着阿通姐不说呢？无论如何，师父也得来一趟。"

"不懂事的孩子！"武藏甩开他。

"可是师父……"城太郎哭了起来，"可是！那阿通姐也太可怜了……我若把今天的事……告诉了阿通姐，她的病一定会加重的。"

"所以我才让你这么说。在武道修行期间，就算是见了面，对彼此也都无益。倘若不克服种种艰难，忍耐痛苦，将自己丢弃在百难之谷，是不会修成正果的。你明白吗，城太郎？你不久之后也要踏上这条路，否则便不会成为合格的武者。"望着抽抽搭搭的城太郎，武藏也不禁心生怜悯，将他的头拥进怀里，安慰道，"随时都会丢掉性命，此乃武者之常事。我死之后，你也再找一个好师父吧。此时不见阿通，也是为了她将来的幸福，到时候她也会体谅我武藏的心情。墙内映着灯光的便是你阿通姐的房间啊。阿通也很寂寞吧，快，你也快回去睡吧。"

十

　　城太郎还在苦苦纠缠，可似乎也明白了一半武藏的苦衷。虽然还在抽泣，可他已经不情愿地背过身，这说明他比刚才更明白了一些事理，既可怜阿通，又无法再强求武藏，进退两难的童真的呜咽显得那么可怜。

　　"那，师父。"城太郎放下抹眼泪的手，突然面向武藏，抓住最后一缕希望似的说道，"修行完之后，你就能好好地见阿通姐了吧？等到你觉得修行完成的时候。"

　　"这个，修行完时……"

　　"那得到什么时候？"

　　"说不准啊。"

　　"两年？三年？"

　　"修行之路可没有尽头啊。"

　　"难道你打算一辈子都不见阿通姐？"

　　"我若有天赋，或许会有练成的时日。倘若我没有，或许修行一辈子也仍一无所成。而且最重要的是，眼下我便面临着生死劫难。一个行将死去的人，怎么能与就要开花结果的年轻女人许下一生的誓约呢？"

　　武藏不由得说出了这一点，但城太郎似乎难以理解其中的内涵，有些纳闷。"那……师父不用许下这种誓约，只见见阿通姐不就行了？"他得意地说道。

武藏只觉得越向城太郎解释，便越感到自我矛盾，越感到迷茫和痛苦。"这样不行。阿通是年轻女人，我武藏也是年轻男人。而且师父实在羞于告诉你，倘若见了，师父我恐怕就会被阿通的眼泪征服，现在的坚定决心就会被阿通的眼泪瓦解……"

武藏曾在柳生庄亲眼看着阿通逃去，那时的心情与今夜的心情尽管都很矛盾，武藏却自觉内心已经与从前大不相同。无论是在花田桥时，还是在柳生谷时，以前那种憧憬扬名立万的豪迈和霸气以及那种近似洁癖的执着求道之心仿佛与女性水火不容，只有反感。可如今随着野性的逐渐退化和理性的增长，武藏面对女性时也自然有了软弱的一面。

正因为知道了无法重生的生命那么珍贵，武藏才懂得了什么叫可怕。正因为他开阔了人生的视野，懂得了人除了为剑而生，还有种种生存之道，自命不凡的心理才有所削弱。

对于女人也是一样。武藏从吉野身上看到了女人的魅力，也开始明白自己身体里也拥有男人对女人的所有情感。因而，与其说武藏惧怕女人，毋宁说是害怕自己的心。尤其是需要面对阿通的时候，他就更没有自信能克服一切，而且他又无法不为她的一生考虑。

"你明白吗？"面对抽抽搭搭的城太郎，他轻轻地说着。

武藏的话语一直在耳边萦绕，城太郎也一直捂着脸。

可是，当他忽然抬起哭泣的脸庞时，却发现眼前只剩下沉沉的雾霭。"啊，师父！"他啪嗒啪嗒地朝长长的瓦顶围墙的墙角跑去。

十一

城太郎大声呼唤武藏，可当意识到再怎么呼唤也没用时，他将脸贴到墙上，不禁"哇"的一声大哭起来。原本坚信的高兴事却被大人的顾虑无情颠覆，即便屈从了，也明白了其中的道理，可那颗稚嫩的心仍觉得委屈不已。等他扯开喉咙，将嗓子哭哑后，又颤抖着肩膀开始抽泣。

这时，只见一个人影站在了小门外，大概是府中的侍女，不知刚从哪里回来。听到暗处的呜咽，人影便将捂着头巾的脸转过来，轻轻地靠近。"城太郎？"她试探着喊了一声，"这不是城太郎吗？"

到了第二声的时候，城太郎才一哆嗦，扭过脸来。"阿通姐？"

"你哭什么呢？黑灯瞎火的。"

"阿通姐明明是病人，为什么跑到外面去了？"

"为什么？哪里还有比你更让人担心的人啊。既没有告诉我，也没对府里说一声，不声不响就跑了。掌灯时分还不回来，大门都关了也不见人影，你不知道人家有多担心啊。"

"那，你是出去找我了？"

"我还以为你出了什么事呢，睡都睡不着。"

"你真傻。明明是个病人，要是再发起烧来怎么办？快，快回床上去。"

"先别管我，你为什么哭？"

"过后再说。"

"不行，肯定不是一般的事。快，告诉我实情。"

"你躺下之后我再说。你才得赶快躺下呢，否则明天病得多厉害，我也不管了。"

"那我现在就回屋躺下。你先告诉我一点，你是不是追泽庵师父去了？"

"是……"

"从泽庵师父那里问来武藏先生的住处了？"

"那个不通人情的和尚，我讨厌他。"

"那你最终也没打听到武藏先生的住处？"

"唔……"

"打听到了？"

"不说这些了，睡觉、睡觉。以后再说吧！"

"为什么要瞒着我？你若如此捉弄我，那我就不睡了，一直待在这儿，你看着办吧。"

"真是的……"城太郎又要落泪，他皱皱眉，拉住阿通的手，"无论是你这个病人，还是我那个师父，为什么都这么逼我呢？只要阿通姐头上还敷着冷手巾，我就不能说。快，进去！你若不进去，我就把你背进去，硬塞到床铺上。"

他一手抓着阿通，一手咚咚地叩起后门，气呼呼地喊了起来："看门的！看门的！病人都从床上溜到外面来了，快给我开门！病人要冻着了！"

明日待酒

一

本位田又八额头上渗着汗，带着一丝酒气，从五条径直奔向三年坂。还是那家客栈。他从碎石遍地的坡道中途穿过脏兮兮的长屋，来到田园深处的厢房。"娘！"他窥视屋内，"都什么时候了，还在午睡？"他咂舌喃喃道。

又八在井边喘了口气，顺便洗了洗手脚才进屋，结果阿杉依然连眼睛都没睁开，头枕在胳膊上，简直连鼻子和嘴都分不清了，酣畅地打着呼噜。

"啧……就跟个偷嘴猫似的，一有空就知道睡觉。"

原以为阿杉已睡熟，不料听到声音，阿杉却微微睁开了眼睛。"什么？"她说着便起来了。

"咦，你早就听到了？"

"你逮着你娘在胡说些什么呢？睡觉是我的养生之法。"

"你养你的生也就罢了，可一看到我得闲就训斥我，说什么年纪轻轻的每天都这么无精打采，有这闲工夫还不赶紧打听线索去，可你自己倒美滋滋地睡起午觉来，就算是亲娘也不能太过分吧？"

"你就不能体谅娘一下？虽然你娘心气很足，可岁月不饶人啊。而且自从上次夜里你我二人没能杀成阿通，娘就失落至极，那天晚上被泽庵和尚扭住的膀子到现在还疼痛难忍呢。"

"我刚一有干劲，娘你就说泄气话，可娘刚一精神，我又泄了气，这简直是在原地转圈子。"

"说什么呢，今天我是休息了一天，可我还没老到对你说丧气话的份上。我说又八，你到底有没有在外面打听到一点让人爱听的消息啊？比如阿通的下落、武藏的情况什么的。"

"哎呀，不用去打听，外面就已经传疯了，蒙在鼓里的恐怕只有午睡的娘你了。"

"什么传疯了？"阿杉顿时用膝盖蹭了过来，"什么事，又八？"

"武藏要跟吉冈一方进行第三次比武。"

"哦？在哪里，什么时候？"

"烟花巷的大门前立着告示牌呢，只写了地点是一乘寺村，其他不详。对了，时间是明天黎明时分。"

"又八……你亲眼在烟花巷的大门旁看到那告示牌了？"

"嗯，那里人可多了。"

"这么说，你大白天就没羞没臊地在那种地方晃荡？"

"瞎、瞎说些什么啊。"又八慌忙摆摆手,"我怎么会这样?虽然偶尔也会喝点酒,可我已经洗心革面,从那以后,我不是一直在忙着打探阿通的消息吗?娘你居然还如此瞎猜,太不通情理了。"

阿杉忽然怜悯起来。"又八,别往心里去,刚才只是娘开的玩笑。你下定了决心,不再像以前那样胡作非为了,这一切娘又不是没看在眼里。只是,武藏与吉冈一门的决斗时间是在明日黎明,这也太突然了。"

"是寅时下刻,虽说是黎明,但天一定还黑沉沉的。"

"记得你说过,你在吉冈门人中有熟人,是吧?"

"有是有……但也不是光明正大认识的。你有事吗?"

"我想让你带我去吉冈道场。马上就去,你也快去准备一下。"

二

老人一旦急躁起来也真是让人无可奈何,之前还在悠闲地午睡养生,此刻却早已把休息之心抛到九霄云外。"又八,别这么磨蹭!"看到又八镇定自若的样子,阿杉眉头一皱,又斥责起来。

又八根本就不准备答应阿杉的请求,满不在乎地说道:"慌什么,又不是房子着火了。要去也得先告诉我理由啊,娘你到底是什么打算啊?"

"这还用说，你我母子去求人家啊。"

"什么……"

"你刚才不是说明日黎明吉冈的门人要杀武藏吗？你我也加入到决斗的人群中，尽管帮不了多大忙，起码也能助上一臂之力。不给那武藏一刀怎么能解恨？"

"哈哈哈，哈哈哈，你是在开玩笑吧，娘？"

"你笑什么？"

"你想得也太天真了。"

"天真的是你。"

"到底是谁天真，你还是先到街上听听外面的传言吧。吉冈一方先有清十郎被打败，后有传七郎被杀，这一次是最后的复仇战。那些破罐子破摔、被气血冲昏了头脑的家伙全汇集到了形同灭亡的四条道场，即使背上骂名，他们也誓杀武藏，为了给师父报仇，他们已经没必要拘泥于寻常手段了。他们早已亮出话来，说这次就算是以多欺少，也要干掉武藏。"

"哦……是吗？"光是听听就兴奋不已，阿杉眯起眼睛说道，"看来，就算武藏再厉害，这一次也难逃一死了啊。"

"这一点还不好说。今天京都到处都在传，说武藏大概也会网罗一些帮手。倘若吉冈人多，他也以多人迎战。这样一来，这场决斗可就真的要变成战争一样的骚乱了。在这样的骚乱中，你一个连走路都不稳的老太婆，就是去帮忙，谁又会拿你当回事？"

"唔……那倒也是。但难道我们母子就这样眼睁睁地看着自己一路追杀的武藏被他人杀死？"

"我是这么想的，明天黎明前，我们到一乘寺村去看看，自然就会明白决斗的情形。倘若武藏被吉冈的人所杀，我们就赶到那里，母子跪地祈求，跟他们详细说明我们与武藏的种种恩怨，好让我们也在死尸上砍一刀解恨。然后，哪怕要来武藏的头发也行，一只袖子也行，反正得要点东西，这样我们就可以回去对乡亲们说'你们看，我们就这样把武藏杀了'，这样你的面子不也就挽回来了吗？"

"有道理……你想得还挺周全，看来只能如此了。"阿杉重新坐下，又说道，"对，这样一来，我们在乡亲们面前的面子也保住了，以后就剩下阿通一人了。只要武藏死了，阿通就形同那树上掉下来的猴子，只要发现了她，不费吹灰之力就能结果她。"她自言自语地点着头，老年人的急躁这才安定下来。

又八忽然想起了酒，说道："既然如此决定了，今夜丑时之前，我们得好好休息。娘，现在还有点早，我想让人在晚饭时添上一壶酒。"

"酒？唔，你去跟账房说一声。我也要喝一点，提前庆贺一下。"

"好嘞……"又八懒懒地把手撑在膝盖上，正要起身，可不知看到了什么，忽然睁大了眼睛看向一旁的小窗子。

三

一张白皙的面孔在窗外一闪而过，可让又八吃惊的并不单单因为那是个年轻女子。"那不是朱实吗？"又八追到窗前。

朱实像一只没能逃脱的小猫呆立在树后。"啊……原来是又八哥。"她似乎也吓了一跳，惊奇地望着这边。从伊吹山时就一直戴在腰带和袖子上的铃铛也随着她颤抖的身子发出响动。

"你怎么了，怎么会突然来到这种地方？"

"其实……我住在这家客栈很久了啊。"

"唔……我怎么一点都不知道。那，你和阿甲一起？"

"不是。"

"一个人？"

"嗯。"

"你已经不和阿甲在一起了吗？"

"你知道祇园藤次吧？"

"嗯。"

"去年年底，养母和藤次二人卷走家当逃到他国去了。在那之前，我就已经和她分开了……"

铃铛声微微颤抖。抬眼一看，朱实不觉间已经用袖子捂住脸哭了起来。大概是树下光线暗淡的缘故，无论是脖颈，还是纤纤玉手，都与又八记忆中的朱实大不相同。在伊吹山下时，在蓬之寮时，那个熟悉的处女的娇艳一点都不见了。

"谁啊，又八？"身后的阿杉觉得纳闷，问道。

又八回过头来。"我以前也对你提起过吧。就是那个阿甲的养女。"

"她为什么站在窗外偷听我们的话？"

"你不要想歪了。人家碰巧也住在这家客栈，无意间正好走过来。对吧，朱实？"

"嗯，是的。我做梦都没想到又八哥也在这里。只是，我上次迷路到这里的时候，还见过一个叫阿通的人。"

"阿通已经不在了。怎么，你和那阿通聊过什么吗？"

"根本没聊什么，只是后来想了起来。那个人就是在故乡等着又八哥的阿通小姐吧？"

"唔……以前倒是那样的。"

"又八哥也因为我养母而……"

"从那以后你还单身？感觉你变化很大啊。"

"我为了那个养母，不知忍受了多少痛苦和辛酸，但不管怎么说，她对我也有养育之恩，所以我就一直忍着。可去年年底，我实在忍不下去，便在去住吉的路上逃了出来。"

"你和我，我们两个青春无限的年轻人，都让那个阿甲毁了……畜生，她将来会不得好死的，等着瞧吧。"

"可是，今后我该怎么办呢？"

"我也是，前途一片昏暗。虽然我也曾对她发下狠话，"

一定要混出个模样来给她瞧瞧……可是，光这么想又有什么用！"

两人隔着窗户同病相怜起来。阿杉一直在准备行囊，她咂舌道："又八，又八。别和那没用的人瞎唠叨了。我们今晚不是就要起程了吗？你就不能帮我打点一下行李啊？"

四

尽管还有话想说，可是怕惹阿杉不高兴，朱实便丢下一句："那，又八哥，以后再聊吧。"便悄悄离去。

不久，厢房里掌起灯来。晚餐中还有追加的酒，母子二人推杯换盏，托盘上则放着账单。客栈的老板和伙计接连过来道别："听说您今晚就要动身了。您住了这么长时间，也没有什么好东西招待您，请多多见谅。下次来京都时务请再度赏光。"

"好，好，说不定还会来叨扰呢。从年底到初春，不觉已住了三个月。"

"您这一走，总觉得有些恋恋不舍啊。"

"老板，临别之际，我敬你一杯。"

"不敢当。老婆婆，您这是要回故乡？"

"不不，还不知何时才能回故乡呢。"

"我听说您要夜半动身，为什么在这种时候动身啊？"

"因为忽然出了件大事。对了，不知您这儿有没有一乘寺村的地图？”

"一乘寺村？那可是离白河很远的地方，已经是靠近叡山的穷乡僻壤了。您半夜三更去那种地方……"

又八打断老板的话，从一旁插上一句："这些你就别管了，快把去一乘寺村的路线给我们在卷纸上画一下。"

"知道了。我这儿正好有个从一乘寺村来的用人，我去问问他，马上就给您画。只是，这一乘寺村虽说是个村子，却也很大。"

又八有了些醉意，厌烦起格外细心的老板。"至于我们的去处，你就不用操心了，你只须问清楚路怎么走就是。"

"实在抱歉。那么，请慢用。"老板拱手向走廊退去。

正在这时，三四个客栈的用人啪嗒啪嗒地从正房向厢房周围赶来。看到老板在这里，一个伙计慌忙问道："老爷，逃到这边来了没有？"

"什么事？什么逃来了？"

"就是那个……最近一直住在里面的那个姑娘。"

"哎，你说她逃了？"

"傍晚前好像还看到过她，可是屋里的样子……"

"不在了？"

"是。"

"一群笨蛋！"仿佛被开水烫了一下似的，老板顿时脸色大变，与刚才在客房门槛上那个拱手谦恭的老板判若两人，破口大骂，"人都逃走了，再吵吵有什么用？就会马后炮！就凭那姑娘的样子，从一开始就该知道她有问题。都住了七八天了，你们才发现她身无分文？照你们这个样，我这客栈不倒闭才怪呢！"

"实在抱歉，我们以为她是个姑娘家，没想到完全上了她的当。"

"柜台的亏空和房钱的损失也就罢了，你们赶紧去查一查，看看同住的客人有没有丢东西。哎，真是可恨的家伙！"老板咂着舌，瞪起眼珠子朝黑暗中张望。

五

母子二人已喝了好几瓶酒，等待着夜半的到来。阿杉先端起饭碗。"又八，你也别喝了。"

"就这一杯。"又八自斟自饮，"饭就不用了。"

"你怎么也得吃点泡饭哪，否则对身体不好。"

用人们的灯笼还频频出现于前面的田地和巷口。阿杉望望那里，嘟囔了一句："看来还没有抓住。"又说，"若是连累进去可就不好了，虽然在老板面前没有吱声，可是那个没付钱就逃跑的姑娘，不就是白天在窗口跟你说话的那个朱实吗？"

"很可能。"

"既然是阿甲带大的养女，一定也不是个等闲之辈。今后若是再碰上这货色，可千万别和她说话。"

"可是那个女人，想来也够可怜的。"

"可怜别人倒也没错，可若让咱们给她擦屁股垫付房钱，我可决不答应。在咱们离开这儿之前，千万得装作不知道。"

又八似乎想起别的事情，一面揪着发根，一面躺了下来。"真是个可恨的臭女人。一想起来，她的脸就浮现在天花板上。害我一辈子的既不是武藏，也不是阿通，而是那个阿甲。"

阿杉责问道："你在说什么呢？你就是把阿甲那女人杀了，父老乡亲也不会夸咱们，家名也无法挽回啊。"

"这世上的事可真麻烦。"

这时，客栈的老板提着灯笼又从走廊探过头来。"老婆婆，丑时的钟声刚响了。"

"哦……那就上路。"

"要走吗？"又八伸伸懒腰。

"老板，刚才那个骗吃的姑娘抓住没有？"

"哎，别提了。我看她模样标致，本以为就算她付不上店钱，也会有人替她垫付，谁想竟让她耍了。"

又八走到廊前，一面系草鞋带，一面回过头。"喂，娘，你在干什么呢？催我倒是催得急，自己却总是磨磨蹭蹭。"

"你就不能等等，急什么？对了，又八，那东西你装起来了？"

"什么？"

"我放在这行囊旁边的钱包啊。住店钱是用腰带里的钱来支付的，临时的盘缠则装在那钱包里。"

"这我哪知道。"

"又八，你快来看啊！这行囊上系着一张纸条，上面还写着'又八先生'呢。写的什么啊？啊，真是个死不要脸的东西！上面写着'请看在以往的情分上，饶恕我借钱之罪'。"

"唔……这么说，是让朱实偷走了？"

"偷了人家的钱，还有脸说让人宽恕。喂，老板，客人失窃，店主也负有不可推卸的责任，你说怎么办吧。"

"哎？这么说，老婆婆早就认识那骗吃骗喝的姑娘？那就请你们把她欠下的账设法垫上吧。"

老板如此一说，阿杉立刻一翻白眼，慌忙摇头。"什么，你说什么？我们怎么会认识那种女贼？快点，又八，再磨蹭鸡就叫了。快走，快走。"

必死之地

一

月亮仍挂在天空。虽说是早晨，可时间也太早了。一群黑影在白色道路上晃来晃去，看上去有些诡异。

"真意外。"

"嗯，有不少人没露面。本以为能凑一百四五十人呢。"

"如果就这些，也就有一半吧。"

"算上一会儿就来的壬生源左卫门老爷和儿子，还有那些亲戚，也就六七十人吧。"

"吉冈家也衰败了。毕竟清十郎先生和传七郎先生这两根顶梁柱都倒了，大厦将倾啊。"

听到这群人的窃窃私语，坐在远处残垣上的另一群人似乎不太乐意。"别净说丧气话！盛衰乃世上常事。"一人朝这边呵斥道。

而另外一伙人则说道："不来就不来呗，谁能管得着？既然道场都关了，还能不让人各自考虑前程？还能不让人算算将来的得失？这是理所当然的。只有那些有骨气有义气的遗弟子，才会自动汇集到这儿来。"

"一二百人反倒碍事，我们要杀的人不是才一个吗？"

"哈哈哈，是谁又在那儿逞能？在莲华王院时的本事呢？在场的人当时也都在，还不是照样眼睁睁地把武藏送走了？"

叡山、一乘寺山、如意岳，背后的山峦仍一动不动地沉睡在云的怀抱里。这里便是一乘寺遗址中田间道与山道的岔道，俗称薮之乡垂松，道路在此分成了三条。一株细长的松树穿过清晨的残月，伸展着伞状的枝叶。此处位于一乘寺山下，原野上的道路全是坡道，遍地碎石，路上还残留着好几道下雨时被水流冲刷出来的沟痕。

从刚才起，吉冈门人就像月夜中的螃蟹一样，占据了以这株垂松为中心的一带。"道路有三条，武藏从哪边来是最大问题。我们把所有人分成三组，分别在途中埋伏，垂松那边只留下当家人源次郎少爷、壬生源左卫门老爷和御池十郎左卫门、植田良平先生等十名前辈守候，如何？"有人根据地形如此提议道。

但另外一人立即反驳："不，这儿场地狭小，大家都凑在一处反倒不利。最好还是再隔开点距离，埋伏在武藏的必经之路上，先让武藏走进来，再来个前后夹击，就万无一失了。"

仗着人数众多，人们自然豪气冲天。或聚或离的人影不是端着长刀，便是横着长枪，似乎没有一个卑怯者。

297

"来了，来了！"虽然知道时间还早，但当远处有人突然喊起来的时候，人们还是吓得毛骨悚然，顿时鸦雀无声。

"是源次郎少爷！"

"坐轿来的啊。"

"毕竟还年轻嘛。"

人们一齐望去，只见远处摇曳着三四盏灯笼的光。在叡山山风的吹拂下，轿子在比灯笼还亮的月光中若隐若现地朝这边靠近。

二

"都到齐了，各位？"首先从轿子上下来的是一位老人，后面则跟着一名十三四岁的少年。两人都扎着白色缠头巾，裙裤开衩很高，是壬生源左卫门父子。

"喂，源次郎。"老人对源次郎说道，"你站在垂松这儿就行了。站在松树底下，不要动。"

源次郎默默点头答应。

源左卫门抚摩着他的头，继续说道："今天的决斗，虽然你是掌门人，但打斗可交由其他门徒。你还小，乖乖地站在这里就行了。"

源次郎点点头，立刻听话地朝松树下走去，像端午节的武士人偶一样威风凛凛地站在那里。

"不用急，还早呢。离黎明还有段时间。"说着，源左卫门摸摸腰间，拔出太阁款式的大烟斗烟管，"有火没？"他似乎想为同伴们减压，环视着众人。

"壬生老先生，打火石倒有的是，不过，先把人员分配一下如何？"御池十郎左卫门上前说道。

"你说得也有道理。"尽管血脉相连，可这老头还是毫不顾惜，把幼子拿出来当决斗的顶名人，可见他为人之淳厚。他二话不说便听从了御池的意见。"那就立刻准备迎敌吧。但你看怎么分配这些人好呢？"

"以这棵垂松为中心，在三条道路上各隔开二十间左右的距离，潜伏在大道两侧。"

"那么，这儿呢？"

"源次郎少爷的身边则留下老先生、在下和其他十人，不仅可以保护少爷，当三条大道上的任何一方传出武藏来了的信号，大家就立刻汇集到一处，一举让他毙命。"

"慢着。"源左卫门以老人的老练又思索了一会儿，说道，"若是分成好几处，虽然无法知道武藏究竟从哪条道上来，但最先迎击他的就只有二十人左右了。"

"这些人先一齐围上去——"

"不，不妥。武藏也一定会带几名帮手前来。不仅如此，上次在雪夜里与传七郎决出胜负后，光是看他从莲华王院退去的手法就知道，这家伙不光功夫很厉害，撤退的手法也很高明，可以说他深谙逃脱之道。他会在我们防守薄弱的地方砍伤三四人，迅速撤离，然后或许就会向世上宣扬，说他在一乘寺遗址以一人之力力克吉冈的七十余名遗弟子。"

"不，决不能让他得逞。"

"可事情若到了那种地步，再怎么说也没用了。即使武藏带来若干名帮手，世人也只会记住他一个人的名字。像这种孤身应对众人的决斗，世人无疑会憎恨人多的一方。"

"在下明白了。那么这次断不可让武藏活着逃走？"

"没错。"

"不用您提醒我们也明白，万一再让武藏跑了，无论以后我们如何辩解，都无法抹去污名。所以我们今天的目的只有一个，即不择手段杀死武藏。死无对证，只要杀了他，我们说什么，世人就只能听信什么了。"说着，御池十郎左卫门环视聚集在附近的人，喊了四五个人的名字。

三

"您叫我们？"三名携带短弓的门人和一名带着火枪的门人凑上前来问道。

"嗯。"御池十郎左卫门只是点点头，然后对源左卫门说道："老先生，我们连这种准备都做好了。这下您该放心了吧？"

"哦，远射武器？"

"找一处略高的地方或是树上，事先潜伏下来。"

"你就不怕世人说咱们手段卑劣？"

"世人议论算什么，击毙武藏才是第一要务。只要能赢，舆论自然就倒向我们。反之，一旦败了，就算我们说的是真的，世人恐怕也只会把那当作我们的抱怨。"

"好，既然你都豁出去了，老朽也没有异议。就算武藏带来五六个帮忙的，有了远射武器，便万无一失。不过，倘若我们还在商量之时便遭突袭，那可就来不及了。指挥就全部委托你了。立刻部署，部署！"老人点点头。

"开始埋伏！"御池十郎左卫门朝众人发出号令。三条道路上潜伏下充当前锋的门人，在一举挫伤敌人锐气的同时准备前后夹击。垂松处则是主阵，留有十名左右的中坚力量。

顿时，黑色的人影像芦苇间的大雁一样四散开来，有的沉于草丛，有的隐身树荫，有的潜伏于田埂。根据附近的地形，有的还背着短弓噌噌地爬到了高树上。带着火枪的男子也爬到了垂松的树梢上，可是月光明亮，男子为了隐身颇费周折。枯叶和树皮哗哗落下。站在下面的人偶般的少年源次郎打着哆嗦，把手伸进领子。

源左卫门责问道："怎么发抖了？懦夫！"

"是松叶掉进去了，根本不是害怕。"

"那就罢了。这对你也是一种很好的历练，决斗马上就要开始了，你好好看着便是。"

这时，三条道路最东边的修学院道突然传来一声"浑蛋"，接着草丛便唰唰唰地发出响动。埋伏的人分明一阵骚动。

"我怕。"源次郎不禁吐露出一句，紧搂源左卫门的腰。

"来了！"御池十郎左卫门立刻朝有动静的方向奔去。可是跑着跑着，他却纳闷起来。果然不是久候的敌人。只见上次在六条柳町大门前为双方斡旋的佐佐木小次郎站在那里喝道："你们没长眼吗？大敌当前怎么这么不长眼！慌慌张张地，还差点把我当成武藏要下毒手，这怎么行！我是来做今天比武的见证人的。世上有这样朝见证人身上施冷箭——不，放冷枪的浑蛋吗？"

四

吉冈一方也心气正旺，有人对小次郎的态度产生了怀疑。这家伙很可疑，说不定是受武藏之托，前来打探情形的——吉冈一方嘀嘀咕咕，虽然暂且忍住没有动手，却始终围住他不肯散去。

这时，看到御池十郎左卫门赶来，小次郎不再理会众人，朝分开人群钻进来的御池十郎左卫门抗议道："在下明明是作为见证人来到这里的，吉冈的人却连在下都当成敌人，要下杀手。难道这是阁下早就吩咐好的？既然如此，佐佐木小次郎虽不肖，却也很久没有让家传的晾衣杆尝尝鲜血了，真是意外的幸运啊。我没有理由帮助武藏，但为了武士的脸面，与你们较量一番也无妨。怎么样？"这简直是盛气凌人的狮吼。虽然这种傲慢是小次郎的一贯态度，可光是看到他那身影和额发，就有不少人被吓破了胆。

不过，御池十郎左卫门并不吃他这一套，说道："哈哈哈，您火气不小啊。但今晨的比武，有谁请您做见证人了？我不记得吉冈一门中有人拜托过您啊，难道您是受武藏之托而来？"

"住口！上次在六条的大门前立下告示牌的时候，我就与你们双方说好了。"

"不错，阁下当时是说自己要当证人。可武藏没有请阁下见证，本方也未曾提出这种要求。总之是阁下自己好事，不该插手的地方偏偏要横插一杠子，没错吧？世上倒是不乏阁下这种好事之徒啊。"

"你敢讥笑我？"小次郎的愤怒已经不再是虚张声势。

"回去吧。"御池十郎左卫门继续说道，"这不是演戏。"他像唾弃小次郎一般，表情极不愉快。

"唔……"小次郎吸了口气，铁青着脸点点头，立刻扭过身，"走着瞧，小子。"说罢，他就要原路离开。

恰在这时，比御池十郎左卫门稍迟一步赶到的壬生源左卫门慌忙喊住了小次郎。"真是年轻有为啊，小次郎先生。请留步。"

"这里已经没我的事了。刚才那些话，你们以后会得到报应的，走着瞧吧。"

"别、别这么说，请留步，请稍候。"说着，老人绕到怒气冲冲就要离去的小次郎前面，"在下是清十郎的叔父。早就从清十郎那里听说，阁下是一位仁义侠士。一定是误会了，门人唐突多有冒犯，请看在在下年事已高的份上不要计较。"

"您如此客气，在下实在不敢当。以前在四条道场也曾与清十郎先生有过一段交情，虽然帮不上什么忙，在下还是带着十足的好意来的，贵门下却出言不逊。"

"当然当然，那当然会惹您生气。方才的事请不要放在心上，为了清十郎和传七郎，还请多多帮忙。"

源左卫门圆滑老练，几句话便将这个精悍的傲慢青年安抚下来，让他恢复了平静。

五

吉冈一门既然准备得如此妥当，便用不着小次郎帮忙。但倘若让这个年轻人把吉冈的卑劣战法泄露出去，那可就不好了。源左卫门担心的正是这一点。

"务请不要往心里去。"

在老人诚挚的致歉下，小次郎怒气全消，顿时像换了一个人般热情地说道："不，老人家，您身为长辈却频频致意，让小次郎都不知如何是好了。真是折煞晚辈了。"

让众人意外的是，小次郎很快平静下来，又开始用那一贯的雄辩激励吉冈的人，还竭尽所能地骂起武藏来："我原本就与清十郎先生有交情，至于武藏，正如在下刚才所说，我与他毫无瓜葛。因此，即使从人情上讲，比起陌生的武藏，我当然更想让有交情的吉冈获胜。可是你们两度失败，致使四条道场离散，吉冈家灰飞烟灭……这是何等失策！啊，我怎么能忍心看下去！古来兵家比武众多，可如此悲惨的事情简直闻所未闻！身为室町家教头的名门，却因一介名不见经传的乡野武士而惨遭厄运，真是岂有此理！"

小次郎热血沸腾，滔滔不绝，耳根都红了。以源左卫门为代表，所有吉冈门人都被他激情四溢的巧舌鼓惑，沉默下来。连御池十郎左卫门等人也都后悔不迭。对于如此好心的小次郎，自己等人为何还要恶语相向？

望着眼前如此气氛，小次郎就像开个人演讲会似的，进一步发挥起如簧的巧舌来："我也是欲在武道上自立一家的人，所以并不是出于单纯的好奇心，而是带着认真的态度，每逢有比武或是正式决斗，我都会尽量前去观看。即使做一个旁观者，也会受益匪浅。可是迄今为止，还从未有过比观看贵派与武藏比武更让我心痛的经历。无论是在莲华王院，还是在莲台寺野，明明有人跟随在一旁，怎么就让武藏那小子平安抽身了呢？师父被杀，诸位竟还能任由武藏在京内横行，如此沉得住气，我实在不理解。"

他舔舔干燥的嘴唇，继续说道："不错，作为一个流浪的武者，武藏的确很强悍，无疑是个令人惊骇的刚劲男子。在下也见过他一两次，对这一点深有感受。尽管我这话听上去有点狗拿耗子之嫌，但这家伙究竟是何方神圣？从前些日子开始，我就对他的身世和籍贯进行了各种调查。当然，我是因为遇上了一个从十七岁左右起就十分了解他的女子，才揭开了他的面纱。"

说话时，他故意隐去了朱实的名字。"我询问那女子，又通过种种调查，发现武藏出生在作州，只是一个乡士的儿子，关原合战回乡后，在村里胡作非为，最后被乡人驱逐，流浪四方，是个不值一提的小人物。但也不知是天性使然，还是本身就拥有一种野兽般的强悍，他用起刀来便不要命，毫无章法可言，反倒会导致正统刀法频频失误。因此要想杀他，平常的战法注定会要失败。正如只有使用陷阱才能捕获猛兽一样，若不用奇策，势必会再次中他的计。关于这一点，不知诸位有没有仔细观察他，充分地考虑过？"

源左卫门谢过小次郎的好意，并告诉他吉冈的准备已毫无疏漏。小次郎点点头，又说道："既然准备得如此周全，当会万无一失，但为了谨慎起见，得有个更深远的计策啊。"

六

"计策？"源左卫门重新打量了一下自以为是的小次郎，说道，"已经无需其他计策和准备了，多谢您的好意。"

但小次郎仍揪住不放。"不，老先生，倘若武藏不自量力，傻乎乎地径直来到这里，那自然会落入诸位掌中，无处可逃。可万一他事先觉察这儿已做下如此准备，另择道路而去，那岂不是前功尽弃？"

"若真如此，那他等着嘲笑便是。我们会在京城的各个路口立上牌子，向天下宣告他逃亡的消息，让他沦为世人的笑柄。"

"不错，如此一来，贵方的名分也能保住一半，但武藏也同样会向世人夸大诸位的卑劣。怎么才能一解师怨呢？不在这儿杀死武藏就毫无意义。为了确保成功除掉武藏，就必须设下诱敌之计，好让他乖乖地进入这必死之地。"

"您有这种计策吗？"

"有！"小次郎以十分自信的口吻说道，"计策倒有的是……"说着，他压低声音，一贯傲慢的脸上忽然现出狎昵的表情，将嘴巴贴近源左卫门耳旁，悄声说道，"喂……如何？"

"唔……果然妙哉。"老人频频点头，直接将脸凑到御池十郎左卫门的耳朵上，面授机宜。

前天半夜，当宫本武藏叩开这久未造访的小客栈时，老板着实吃了一惊，可天刚一亮，武藏便跟老板打了个招呼，说要去一趟鞍马寺，出门后便一整天都没见人影。

大概晚上回来吧。老板热好了杂煮之类等他，可是当晚他并未出现。几乎到了昨日黄昏，他才回来。"这是鞍马的土产。"他说着将包在蒲包里的山药塞给老板，然后又拿出一卷似是从附近店里买来的奈良漂布，要老板赶紧找人给他缝制贴身内衣、腹带和束带。

老板立刻拿着布匹去了附近会针线的姑娘家，回来时又顺便打了些酒来，以山芋汁为酒肴。闲聊到半夜时，托人赶制的内衣与腹带也做好了。

武藏将衣物放在枕边便睡着了，可半夜老板被突然惊醒，只听见后面的井旁传来哗啦哗啦洗澡的声音。他无意间一瞧，发现武藏不知何时早已溜出床铺，在月光下沐浴完毕，穿上做好的洁白内衣，系好腹带，又裹上平常穿的那身衣服。

月亮尚未西斜。从现在起就如此准备，究竟要去哪里？老板不解地问道。结果武藏回答说他前几天就看遍了京城内外，昨日又登了鞍马，已经对京都有点厌倦了，想在拂晓时上路，登上月色中的叡山，观赏一下志贺湖的日出，再离开鹿岛前往江户。可一想到这些，眼睛便再也合不上，又不忍心叫老板起来，就把住店钱和酒钱包好放在了枕头边。虽然不多，还请收下。说不定三年或四年后再来京都时，还会住到这里。

武藏说完这些，又说道："老板，快关好门吧。"说罢便从一旁的田间小道绕出，大步流星地朝牛粪颇多的北野大路上走去。

老板恋恋不舍地从小窗里目送武藏离开。武藏在大路上走了十来步，又重新系了一遍棉布鞋绳。

一个月亮

一

尽管时间短暂，武藏仍觉得睡得很好，大脑就像夜空一样通透，清澈的夜色仿佛已与自己的身体融为一体。

"慢慢走吧。"武藏有意识地珍惜起自己的脚步，"也许今晚是最后一次品味这人世间的光景了。"这既非咏叹，亦非悲叹，也绝不是痛切的感慨，只是突然从毫无掩饰的心底发出的喃喃自语。到一乘寺遗址上的垂松还有相当一段距离，也才刚过半夜，濒死的感觉还没有切实地逼近。

昨天，他去了鞍马的奥之院，在松涛中静坐了一整天才离开。他本想努力达到无相无身的境界，可打坐时，死的念头怎么也挥之不去，最后甚至悲叹起来：自己究竟为何要爬到这山上来坐禅呢？

相反，今夜的神清气爽又是怎么回事？他甚至开始自我怀疑。傍晚时，他与小客栈老板喝了点酒，酒气发作熟睡过去，然后又用井水沐浴了清醒后的身体，裹上新做的漂布内衣，根本无法将这充满活力的身体与死亡联系在一起。

对了，拖着肿痛的脚爬上伊势神宫后面的山峰时，星星也是那么迷人。当时是天寒地冻的隆冬，而今，当时挂满冰花的树上该满是含苞待放的山樱花骨朵了。

没有刻意去想的事情在脑海里栩栩如生，而刻意思考的生死问题却理不出一丝头绪。或许是做的精神准备过多，对于死，武藏的理性似乎已不起作用。死的意义、死的痛苦、死后的世界，对于这些即使活到百岁也无法解决的问题，他似乎已熄灭了焦躁的求索心火。

深更半夜，前方某处却传来一阵阵和着笙的筚篥声，冷冷的，似乎来自巷内的公卿府邸。庄重的律调中透着哀伤，令人怎么也想象不出是酒兴正酣的公卿们正在消遣。忽然，武藏眼前浮现出一群围着灵柩守夜的人以及常绿树前面的白灯。

"看来，还是有人早自己一步死去啊。"明天，说不定自己就会在黄泉路上与那个人成为知己。想到这里，武藏不由得微微一笑。或许从刚才走路的时候起，这守夜的筚篥声便已传入耳朵。这声音让武藏不禁回忆起伊势神宫的子等之馆，让他想起拖着肿痛的脚登上鹫岳时树上的那些冰花。

咦？武藏不觉怀疑起自己清爽的头脑。这种清爽的感觉是从一步一步迈向死地的身躯里发出来的。难道是自己也意识不到的极度恐惧的幻觉？当武藏反问自己，忽然在大地上停下脚步时，已位于相国寺大路上。半町远的前方，宽阔的河面上波光粼粼，映在靠近河水的宅邸围墙上。

这时，一个黑乎乎的人影正静静地站在围墙一角，注视着这边。

二

武藏止住脚步。人影迎面走来，身边还有一个小影子，在月下的路上翻滚。等靠近一看，才发现是个男子带着一只狗。

武藏紧张的神经立刻放松下来，默默地从其身旁走过。但男子突然回过头喊了起来："武士大人，武士大人！"

"叫我吗？"二人已隔开四五间远。

"正是。"那是一个谦恭的庶民，身穿匠人的裙裤，头戴黑漆帽。

"什么事？"

"冒昧向您打听一下，您有没有看到这条道上有亮着灯火的宅子？"

"这我倒是没注意，似乎没有吧。"

"这么说，不在这条道上了？"

"你在找什么？"

"死了人的一家。"

"若是这个，那有啊。"

"哦，您看见了？"

"深更半夜的，却传出笙和筚篥的声音。不就在那儿吗？距此半町远的前面。"

"没错，神官应该是先去守夜了。"

"你也去守夜吗？"

"我是鸟部山制作棺椁的，也怪我糊涂，吉田山的松尾大人家要我去一趟，可等我赶到吉田山，却听说他们两个月前就搬家了……您说这深更半夜的，我也无法找个人家打听一下，对这一带又不熟悉。"

"吉田山的松尾？你是说原本住在吉田山，现在却搬到这一带来的那家人？"

"可我不知道他们已搬家了，害得我白跑了一趟。啊，多谢了。"

"等等。"武藏上前两三步，说道，"你要去的是在近卫家做管家的那个松尾要人家吗？"

"松尾大人才患病十日便故去了。"

"你是说户主？"

"是啊。"

"是吗……"武藏低吟了一声，又向前走去。棺材商也朝相反的方向走去。落在后面的小狗慌忙跟跄着跟上。

"死了？"武藏喃喃道。可是他并不怎么感伤。死了？他只是如此想而已。他对自己濒死的事实都不感伤，更不要说对他人了，尤其是对那位刻薄的姨父。他吝啬得恨不能把指甲都拿来当蜡烛烧，一辈子畏首畏尾，刚积攒下一点小钱便死了。

比起姨父，武藏反倒突然想起元旦早晨饥寒交迫的自己在加茂川冰冷的河水旁吃的烤年糕那扑鼻的香气来。那年糕可真香啊，武藏想起了与姨父死别后孤苦伶仃的姨母。

不久，武藏便站在了上加茂的河岸上。隔河望去，三十六峰黑黢黢地从空中压过来。每一座山似乎都对武藏展示着敌意。武藏一动不动地沉默着伫立了一会儿，"唔"的一声点点头，从堤上朝河滩走去。那里有一座像锁链一样将小船连在一起的舟桥。

三

若要从上京渡河赶往叡山及志贺山道，无论如何也要走这条路。

"喂——"当武藏来到舟桥中央时，远处传来呼喊声。淙淙的流水独享着皎洁月光下的天与地。从上游到下游，这儿仿佛是丹波风通行的道路，夜晚的空气冷冷地流淌。究竟是谁在喊谁呢？声音的主人又在哪里？想要立刻知道答案似乎并不容易，因为这天地实在太辽阔了。

"喂——"呼声再次传来。

武藏再次止住脚步，不过他已无心辨别这些，而是越过加茂川中的沙洲朝对岸跳去。这时，只见一个人挥着手，顺着河滩从一条白河方向奔了过来。武藏觉得此人有些眼熟，没错，正是佐佐木小次郎。

"嘿。"小次郎一面接近，一面亲昵地打招呼。他注视了武藏一会儿，又打量了一下舟桥，说道："就您一个人？"

武藏点点头。"一个人。"他显得理所当然。

问完之后，小次郎才一本正经地寒暄起来："上次夜里是在下失礼了，您能接受在下的莽撞之举，在下十分感激。"

"上次也让您费心了。"

"那么，您现在要去赴约吗？"

"是。"

"一个人？"小次郎明明知道，还是又叮问了一次。

"一个人。"武藏的回复与前一次并无不同，却更深地传入小次郎耳里。

"唔……这样啊。可是，武藏先生，上一次在下立在六条告示牌上的约定内容，阁下是不是读错了？"

"并没读错。"

"那告示牌上写的和此前与清十郎比武时写的不一样，可没有仅限于一对一的比武。"

"在下知道。"

"吉冈的顶名人只是个年幼的少年，其余全是一门的遗弟子。若说这遗弟子，十人是，百人也是，千人也是……这一点您上当了吧？"

"为什么？"

"吉冈的遗弟子中，懦弱之辈要么逃走了，要么不参加，可那些有骨气的人全都到了薮之乡一带，正以垂松为中心，等着阁下前去呢。"

"小次郎先生已经察看过那里了？"

"谨慎起见。在下觉得此种情况对于武藏先生十分重要，于是急忙从一乘寺遗址折返回来，估摸着阁下很可能途经这座桥，便在这里静候。这也是写下告示牌的见证人的义务。"

"有劳了。"

"那您仍然打算一个人赴约？还是其他帮手取别道而行了？"

"除了我自己，还有一人也随我来了。"

"哎？在哪里？"

武藏指了指地上自己的影子。"在这儿。"他微笑时露出的牙齿在皎洁的月光下显得无比洁白。

四

看似不会开玩笑的武藏突然开了个玩笑，弄得小次郎有些尴尬。"这可不是开玩笑的，武藏先生。"他分外认真地告诫道。

"在下也没有开玩笑。"

"什么与影子同行之类，这不是在愚弄人吗？"

"那么——"武藏比小次郎还认真地说道，"亲鸾圣人说过：念佛行者总是两人同行，与弥陀同伴。在下记得似乎有这么句话。难道这也是玩笑吗？诚然，从表面上看，吉冈一门无疑人多势众，而我武藏正如你亲眼所见，只有一人。或许连小次郎先生都觉得这根本就谈不上决斗，但还请您不用如此担心。"武藏的信念让他的语气中透着激动，"倘若因他有十人之众，在下便也以十人敌之，则对方必又会集二十人之众。倘因对方有二十人，在下便以二十人迎之，对方一定又会召集三十人、四十人。如此一来，便会极大地扰乱世间，死伤多数，于武道也不利，有百害而无一益。"

"言之有理。不过，武藏先生，明知会落败却还要参战，世上可没有这种武道啊。"

"特殊情况还是有的吧。"

"没有！否则便不是武道，只能是蛮横，是胡来！"

"既然没有，那就让在下做第一人吧。"

"太离谱了！"小次郎并不罢休，"您为什么要采取这种不符合武道原则的战法呢？为什么不找一条更好的活路呢？"

"活路？我现在正走在上面啊。只有这条路，才是在下的活路。"

"若不是黄泉路，那就算阁下幸运了。"

"或许在下刚才渡过的河便是前往地狱的三途川，行将踏上的路便是一里冢，前面的山丘则是针山。可是在下认为，自己的活路别无他途。"

"您是不是被死神附体了？"

"由他去吧。既有生而死者，亦有死而生者。"

"真可怜……"小次郎自言自语地嘲笑着。

武藏止住脚步。"小次郎先生，这条大道通往何处？"

"从花木村到一乘寺薮之乡，也就是说此路经过阁下的死地垂松，再通往叡山的云母坂，因此又叫云母坂道。"

"到垂松有多远？"

"从这里有半里多，就算是慢腾腾地走过去，时间也还很宽裕。"

"那么，待会儿见。"武藏忽然折向岔道。

"啊，武藏先生，您这么走方向就错了。"小次郎慌忙提醒。

五

听到小次郎的提醒，武藏诚挚地点点头。

可再一看，武藏似乎欲沿着弯路继续走下去，小次郎又提醒道："走错路了。"

"是。"武藏的回答表示他分明已知道。

就在行道树后，斜坡下的洼地里有一些田地，还能看见茅草屋的屋顶。武藏径直朝低处走去，背影从树丛间露了出来。只见他仰面对着月亮，孤零零地站着。

小次郎露出一丝苦笑。"我当是干什么呢，原来是小便啊。"他喃喃着，也仰望起月亮来。"月亮已经西斜……当月亮消失的时候，又会有多少人丢掉性命啊。"他好奇地频频猜想着。武藏将被击杀一事已经是板上钉钉，关键是这个男人在倒下之前究竟会斩杀多少人呢？这才是我要看的地方，他想。而且光是如此设想，就让他兴奋不已，热血沸腾，迫不及待。"难得一见的光景让我撞上了。无论是在莲台寺野那次，还是第二次，我都没有看到。今天拂晓终于能目睹了。咦，怎么回事，武藏怎么还没回来？"他朝低处的路上一瞧，还没见武藏回来的身影，又觉得无聊，便在树下坐下，继续偷偷地品味他的空想。

"看他那气定神闲的样子，肯定已将生死置之度外，所以一定会杀到最后。尽情地杀吧，杀、杀、杀！杀得越多，自己才越过眼瘾。可是吉冈那边说过，他们连远射武器都准备好了。若是轰的一下挨上一枪，可就万事了结了。不行，那样就没劲了。对，最好只把这一点悄悄告诉武藏。"

又过了好一阵子，夜雾让小次郎的腰阵阵发冷。他站起身。"武藏先生！"他喊了一声，忽然觉得有些不对劲，顿时焦躁起来，嗒嗒嗒地朝低地跑去。"武藏先生？"

崖下的农家被围在昏暗的竹丛里，尽管听得见某处传来水车声，却根本看不见水流。"完了！"小次郎立刻跳过去，跑到对面的崖上一看，一个人影也看不见，只看得到白河一带的寺院屋顶、森林、沉睡的大文字山、如意岳、一乘寺山和叡山，还有那广袤无垠的萝卜地，以及天空的一轮明月。

"完了！胆小鬼！"小次郎直觉武藏已经逃了。他突然醒悟过来，怪不得武藏刚才会那么沉着冷静，说话也那么离谱。"对，快回去！"他转身回到原路，见那里也没有武藏的身影，便飞奔起来，径直朝一乘寺垂松而去。

木魂

一

远了，更远了。眼看着小次郎朝远方奔去，越变越小，武藏不禁微微一笑。他正站在刚才小次郎站的地方。为什么小次郎那样寻找都没能发现他？因为当小次郎离开了自己的位置去别处寻找的时候，武藏反而来到了小次郎后面的树荫里。幸亏结果是这样，武藏想。

小次郎对他人的死抱有浓厚的兴趣，对生灵间不惜流血牺牲的悲壮决斗袖手旁观，还说是为了学习借鉴，不但是个自私自利的旁观者，还妄想充当双方的恩人，对双方卖乖取宠，真是个厚颜无耻的家伙！我才不吃小次郎这一套呢，武藏觉得可笑。小次郎频频告诉武藏敌人不可轻视，同时又询问有无帮手，无非是想让武藏向他屈膝求援，求他看在武士的情分上助一臂之力，可是武藏偏偏不上他的当。

我要活下来，要取胜——倘若真如此想，或许武藏也会想找个帮手，可他根本就没有求胜的想法，也全无要活下去的念头。说他没有这种自信大概更准确一些。根据他的暗中打探，今晨的敌人会有一百多名，而且对方一定会不择手段，不杀他誓不罢休。对方的这种决心他早已知晓，怎么还有闲暇思考如何获得生路呢？

不过，武藏决未忘记泽庵说过的一句话：只有真爱生命者，才是真正的勇者。宝贵的生命！人生无法重来！如今，这些话仍铭刻于他的五体之中。可是所谓爱生命与单纯的无为饱食生活截然不同，它绝不是碌碌无为苟延残喘。即使被迫辞别这无法重生的生命，也要设法让这生命更有意义、更有价值。就算舍弃了生命，也要让它的灿烂光芒长流于世。

问题便在这里。在千万年悠久的历史长河中，人一生的七八十年只不过是一瞬。就算不出二十岁便死去，只要能在历史上留下永久的光芒，这样的生命便可获得真正的永生。也可以说，这才是真爱生命。

人的一切事业都是创始时最重要、最困难，而唯独生命，却是终结时和舍弃时最为困难。因为只有在生命结束的时候，人的一生才能盖棺定论，生命的长短以及最终究竟是化为泡沫，还是成为永久的光芒，所有一切都在那时才能决定下来。

同样是热爱生命，商人自有商人的方式，武士也有武士的原则。不用说，武藏如今面临的，便是站在武士道的立场上如何舍弃生命，如何作为一个武士堂堂正正地死去。

二

从这里赶往一乘寺薮之乡垂松，武藏的面前有三条路。一条是佐佐木小次郎奔去的翻越云母坂的叡山道。这条路最近，而且直到一乘寺村都坦坦荡荡，可以说是正道。第二条则需要稍微迂回一下，从田间的乡村绕过去，沿着高野川走大宫大原道，取道修学院方向至垂松。还有一条路可选，便是从他现在所站的地方径直向东，翻越志贺山背后的道路，从白河上游穿过瓜生山的山麓，再从药师堂一带赶赴目的地。无论取道其中的哪一条，垂松的岔道都正好位于溪流合流点一样的交汇点上，所以距离上相差不大。可是，对于即将单枪匹马挑战云集在那里的吉冈大军的武藏来说，从武道的角度来看，三条路有着天大的差别。从这儿迈出的一步无疑将成为决定他一生命运的分水岭。

道路有三条，该怎么走呢？

武藏当然也慎重地考虑了一番，可不久后，他一下子变得轻松起来，身上再也没有苦闷和迷惘的影子。唰、唰、唰，只见他轻快地穿过树丛，越过小河、山崖和农田，在月光下朝自己欲去的地方走去。

那么，他究竟选择了哪一条道？他正朝着与一乘寺相反的方向前行，哪条道也未选。四周还是乡野地带，只见他一会儿穿过狭窄的小道，一会儿又横切农田，真看不出他究竟欲朝哪里走。

为什么要特意翻越神乐冈，来到后一条天皇陵后面呢？这一带竹丛幽深，一穿出茂密的竹林，便有一条透着山中凉气的河流映着月光朝村落里奔去。大文字山北侧的山脊已经迫在眼前。

武藏默默地朝山坳的黑暗中走去。刚才走过来时，他透过右侧的树丛看到远处有围墙和屋顶，似乎便是东山的银阁寺。无意间一回头，一汪泉水像枣形镜一样出现在眼前。再登上山路一看，泉水已经隐没到脚下的树荫里，加茂川的白练也伸到眼前。放眼望去，从下京到上京，一切尽揽怀中。

一乘寺垂松就在那边。武藏从这里已可以远远观察一乘寺了。大文字山、志贺山、瓜生山、一乘寺山，倘若从这里横穿三十六峰的山腰去叡山方向，便可正好到达目的地一乘寺垂松后方，还可俯瞰山下的情形。

武藏对战法早就了然于胸。他无疑是联想到了桶狭间之战中以少胜多的信长，并想效仿源义经取险道鹎越突袭平家军的智慧，因而舍弃了必选的三条道，从完全不同的方向登上了这艰险的山道。

"啊……武士。"

没想到在这种地方竟会传来人语声。武藏忽然从山路上听到意外的脚步声，接着眼前便出现了一个扎着狩衣下摆、手持松明的公卿官邸家仆模样的男子。他像要熏烤武藏般，将松明伸到武藏近前。

三

那男子的脸已被手持的松明油烟熏黑，就连鼻孔里都黑乎乎的，狩衣也已被露水和泥水弄脏。两人刚一碰面时，他发出了一声惊叫，武藏觉得可疑，便凝视他的脸，结果他突然有些害怕似的深深埋下头。"那个，您——"他问道，"请恕冒昧，您是否就是宫本武藏先生？"

武藏的眼睛顿时在松明的红光中放出亮光。不用说，这是理所当然的警惕。

"您是宫本先生吧？"男子又问了一次，言辞中却充满了恐惧，因为武藏沉默的表情中蕴含着一种人类罕见的东西，男子显出一副摇摆不定、随时都会逃跑的样子。

"你是谁？"

"是……"

"什么人？"

"是……我是乌丸家的人。"

"什么，乌丸家的……我是武藏，可你身为乌丸家的家臣，深更半夜到这山路上干什么？"

"您真的是宫本先生？"说着，男子便头也不回地朝山下跑去。松明的火焰拖着一条红色尾巴，眨眼间便沉入了山麓。

武藏好像突然想起什么似的，一下子加快步伐，横穿志贺山大道，又穿过一道道山腰，急匆匆地远去了。

另一方面，男子一溜烟地跑到银阁寺旁边，将一只手搭在嘴边。"喂，内藏大人，内藏大人！"他拼命喊同僚的名字，结果同僚并没有回应，而住在乌丸家已久的城太郎却应了一声："什么事，大叔？"声音从两町开外的西侧寺门前遥相呼应而来。

"城太郎？快来啊！"

远处又传来回应："过不去啊……阿通姐好不容易才走到这里，说走不动了，已经倒在这儿过不去了。"

男子咂了下舌，却又以更大的声音喊道："再不快来，武藏先生就走远了！快来啊，我刚才在那边看见武藏先生了！"

结果这次没了回音。男子正在纳闷时，远处蓦地出现了两个身影，缠在一起朝这边急匆匆赶来。是城太郎扶着病人阿通赶来了。

"噢！"男子连忙摇摇火把，催促着两人。即使不催，也能远远地听见病人剧烈的喘息声。

阿通的脸色比月亮还苍白。她那裹在瘦弱手足上的旅装显得那么不协调，可是一来到松明旁，苍白的脸颊便一下红了起来。"真、真的吗？您刚才说的……"

"当然是真的，我刚才亲眼看见了。"男子用力说道，"快去追还能见上。快去，快！"

城太郎则有些迷惘。"哪边、哪边？光说快也不知到底在哪边啊！"他站在阿通和男子之间，生起气来。

四

　　阿通的身体当然不可能一下子就恢复，能够走到这里，已经是靠悲壮的决心坚持的结果了。自躺到乌丸府中的病榻上后，她就从城太郎那里问出了详细情形。"既然武藏先生都豁上一死了，那我还在这儿养病，在这儿苟延残喘有什么用。"她先是说出这一句，不久又说道，"哪怕死前见上一面也好。"

　　于是阿通铁了心，不顾此前一直敷着冷毛巾的发烧的身体，扎起头发，执意下了床，在干瘦的脚上穿上草鞋，任谁劝阻都不听，终于跟跟跄跄从乌丸家爬了出来。看到她如此坚决，乌丸家的人无不动容。

　　决不能丢下她不管——人们想竭尽所能帮助她实现愿望。这说不定是她在这个世上最后的希望了。不难想象乌丸府邸上下顿时围着阿通团团转的样子。这事或许也传入了光广卿的耳朵，对于这悲惨的绝恋，他可能也暗中下了指示。

　　总之，在阿通以柔弱的步伐来到银阁寺下的佛眼寺门前，乌丸家的仆人已向武藏有可能出现的各个地方派出人手，到处寻找他。

　　不过，众人只知道决斗的地点是一乘寺，至于是在广阔的一乘寺村的哪一带，他们并不清楚。而一旦等到武藏站上决斗地，一切就来不及了，所以通往一乘寺的所有路上都有一两个人在拼命奔走寻找。

功夫不负有心人，武藏终于还是被发现了，剩下的就不能再靠帮助者的力量，而主要看阿通的决心如何。武藏刚才从如意岳的中途横穿志贺山，下到北面的山谷去了——光是听到这些就足够了，她已不再需要依靠他人之力。

"你没事吧？阿通姐，你没事吧？"

面对悬着一颗心寸步不离的城太郎，阿通连话都不说一句。不，是说不出来了。她已经豁上一死，发疯般逼着自己的病体前行，口干舌燥，呼吸急促，仿佛喘不过气来。苍白的额头上，冷汗频频从发根流下。

"阿通姐，就是这条道。从这条道横穿，再横穿，接连穿过半山腰后，自然就会到叡山。已经不用上坡了，这下轻松了。先找个地方喘口气吧？"

阿通默默地摇摇头。两个人拽着一根手杖的两端，仿佛漫长人生的所有艰难都浓缩在这一刻的山路上。她痛苦地同喘息做斗争，拼命地赶着还有二十町之多的山路。

"师父！武藏师父！"城太郎不时用最大的嗓门朝前方喊上几声，对阿通来说，这是她最大的动力。可是最后，似乎连这种力量也耗尽了。

"城……城太郎……"阿通刚要张口，可话还没有说出来，手便松开了手杖，踉踉跄跄，无声地倒伏在山谷的碎石和草丛中。她干瘦的手指捂住嘴和鼻子，肩膀不住地颤抖着。

"啊！血……你吐血了？阿通姐！阿通姐……"城太郎放声大哭，抱起她单薄的身体。

五

阿通微微摇摇头，依然伏在地上。

"你怎么了？你怎么了？"城太郎惊慌失措，不断抚摩着她的后背，安慰着，"你难受吗？水？阿通姐，你想不想喝水？"

阿通点点头。

"你等等！"城太郎望望四周，站了起来。脚下便是山间缓缓的谷道，四周的草丛和树丛里传来潺潺水声，仿佛在不断地告诉他"我在这儿，我在这儿"。不过用不着跑远，身后的草根和石块下就有泉水涌出。城太郎蹲下来，准备用两手捧起水。水格外澄清，甚至都能看得见小河蟹的影子。月亮已经西斜，月影并未映在水里，但映在水面的鲜明的月云却比仰望天空直接看时美了一倍。

自己先喝个痛快吧，城太郎忽然间产生了这样的念头。他挪动了五六步，跪在水边，像家鸭似的刚要把头伸向水面时，忽然大叫一声，眼睛像是被什么东西吸住了，河童头上毛发倒竖，身体一下子缩成栗子般的一团。

对岸五六棵树的影子像条纹一样映在水面上，上方有个人影，正是武藏。城太郎确实吓了一跳，但这并非现实带给他的冲击。他只是有些吃惊，以为是妖怪恶作剧般假借他朝思暮想的武藏倏地穿了过去。可是当他战战兢兢，将吃惊的目光从水面抬向对面的树荫时，就是真的大吃一惊了。武藏竟真的站在那里。"啊，师父！"

　　静静地映着月云天空的水面顿时变得乌黑浑浊。本来从水边绕过去就行，可城太郎却突然跳进水里跑了过去。水把他的脸都打湿了，甚至还溅到了武藏身上。

　　"我可找到你了，可找到你了！"城太郎就像揪着一个逃跑者，拼命拽住武藏的手。

　　"等等。"武藏背过脸去，忽然把手指按在眼上，"危险，危险。稍等一会儿，城太郎。"

　　"不，我不会放开你的。"

　　"你放心，我是远远听到你的声音才等着你的。你先别管我，先把水给阿通送去。"

　　"啊，水浑浊了。"

　　"对面也有好水在流。去，舀那边的。"说着，武藏把腰间的竹筒递给城太郎。可城太郎似乎想起了什么，忽然缩回手，盯着武藏说道："师父，还是你亲自送过去吧。"

六

　　"是啊……"武藏遵照吩咐似的乖乖点点头。他用竹筒舀了水，走到阿通身边，然后抱住她的背，亲自把水喂了下去。

城太郎也在一旁安慰道："阿通姐，是武藏师父、武藏师父！你知道吗？知道吗？"

水滑入喉咙之后，阿通似乎舒服了一些，缓过神来似的舒了口气，可是身体仍靠在武藏手臂上，恍恍惚惚地望着远处。

"不是我，阿通姐，抱着阿通姐的是师父。"

城太郎重复一遍后，阿通望着远方的眼眸中溢满了热泪，眼睛变得像朦胧的钻石一样，不一会儿，两行白珠滚落脸颊。她明白似的点点头。

"啊，太好了。"城太郎欣喜万分，不由得满足起来，"阿通姐，这样行了吧？这样就放心了吧？师父，从那以后，阿通姐说无论如何也要见你一次，根本就不顾自己生病，我说的话怎么也不听。这种事要是经常发生，有几条命也得搭进去，所以师父就好好地劝劝她吧。"

"是吗。"武藏仍抱着她，"都是我的错。我做得不对的地方我道歉，阿通做得不好的地方也要好好说说。为了让她的身体健康起来，我现在就说……城太郎。"

"什么？"

"你，能不能稍微……离开这儿一会儿？"

"为什么？"城太郎噘着嘴反问道，"为什么我就不能在这儿？"他似乎有些不满，也有些奇怪，动都没动。

武藏也现出为难的样子。

于是阿通便央求道："城太郎……别这么说，你先到那边待一会儿……行行好吧。”

听阿通这么一说，对武藏噘嘴的城太郎也没了办法。“那……我只好先爬到上面去了。你们谈完后可要喊我啊。”他抬头望望伐木开辟的山路，沙沙沙地登了上去。

阿通终于恢复了一点精神，坐起来，目送着像小鹿一样攀登而去的城太郎，喊道：“城太郎，城太郎！用不着走那么远！”可也不知城太郎有没有听到，连句话都没回。

其实，阿通完全没必要背对着武藏说这些言不由衷的话，可是少了城太郎这个同伴，只剩下两人之后，阿通忽然心头一堵，手足无措，不知该说什么好。生病的时候，或许比健康时更害羞吧。

七

不，感到害羞的不只阿通，武藏也把脸扭了过去。一方背过身低着头，另一方则扭过脸仰望天空，这便是多少年来一直想见面却又难得一见的二人的相会。

该怎么说呢？武藏找不到合适的话语，因为无论用什么样的语言都不足以表达内心。在风吹雨打的千年杉上漆黑的那一夜以及自那夜以来的事情，他瞬间便能在心中描绘出来。虽然没有亲眼看到，可从那以后五年多来阿通走过的道路，还有她始终如一的清纯心情，武藏绝非没有领会感觉到。

阿通多舛而复杂的生活与浑身燃烧的真爱烈焰，还有自己像哑巴一样面无表情、像死灰一样以冷面示人的情欲暗火，若要问谁更强烈、更痛苦，武藏始终认为是他自己。如今，他仍这么想。可是比起自己，他仍觉得阿通更可怜、更惹人怜爱，这个女人坚强而勇敢，竟承担了连男人都难以承受其一半的所有苦恼，克服了生活上的种种艰辛，一直把爱情作为生命背负到了今天。

只剩下……一瞬间了。武藏望着月亮。他不由得想到自己存在于这个世上的时光。月亮已经变成了残月，不觉间完全西斜，泛起白光，黎明不久就要降临。与月亮一起行将落入死山的自己，现在是该向阿通吐露真心的时候了，哪怕一句也好。这也是报答这个女人的最好方式。可是真实心情怎么也无法说出来，越想说便越是说不出口，他只有胡乱地望着天空，继而环视别处。

同样，阿通也只是凝视着大地，把眼泪默默注入大地中。在来此之前，她的心里只有火热得连七堂伽蓝都能烧毁的恋情，此外再无真理，再无神佛，再无任何利害关系，也没有男人世界中那种所谓骨气和名声。她一直坚信能够用这种热情打动武藏，用她的眼泪感化武藏，一定能在这红尘之外寻找一处两人的小世界。

可是一旦见了面，她却什么都说不出来了。莫说这炽热的愿望，就连相逢之前的所有艰辛、彷徨于人生路上时的悲惨、武藏的无情等，她一件也说不出来了。刚想把心一横，倾吐涌到心口的所有情感，嘴唇却不住哆嗦，心头也越发憋闷，眼泪更是堵不住。倘若是武藏不在身旁的樱花月夜，她一定会"哇"的一声，像婴儿一样号啕痛哭，至少要带着向不在这人世的母亲倾诉般的心情痛痛快快地哭个够。

究竟是怎么回事？阿通也不说话，武藏也不开口，时间就这样白白流逝。

大概是已经接近拂晓的缘故，六七只归雁发出不合拍的啼叫声飞过了山脊。

八

"雁……"武藏喃喃着。明知与眼前的情形并不相称，有些生拉硬拽，可武藏还是说道："阿通姑娘，归雁啼叫着飞走了。"

阿通也抓住这个契机。"武藏先生。"她说道。

两双眼眸这才碰撞在一起。春秋时节大雁飞过的故乡的山也在两个人心底浮现。那时他们都那么单纯。阿通平时和又八要好，她总说武藏粗鲁，不喜欢武藏。武藏若是恶作剧，阿通也会不服输地骂他。就这样，幼年嬉闹时的七宝寺山浮现在眼前，吉野川的河滩也涌上心头。

可是，一旦沉溺于追忆中，眼前这再也不会有的宝贵一瞬又会白白浪费。于是沉默了一会儿，武藏还是开口道："阿通姑娘，听说你现在身体不好，到底怎么样了？"

"没什么。"

"快好了吗?"

"先不说这些了,你现在就要去什么一乘寺遗址拼死一战吗?"

"唔……嗯。"

"倘若你战死了,那我也不打算活了。所以什么身体好不好的,我都已经忘记了,根本就无所谓了。"

武藏望着阿通脸上平静如水的表情,只觉得自己似乎根本不及这个女子。在下定决心之前,他着实为生死的问题苦恼过,也考虑过什么日常的修为、身为一名武士的历练等,在经过了痛苦的斗争后才终于痛下决心。可是,一个女人从未经历过这种历练和苦难,却毫不迟疑地说"我也不打算活了",如此轻松便把生死的问题表达了出来。

武藏凝视着阿通的眼睛,他知道她的话绝不是出于一时的激动,也绝非谎言。她的话里甚至有一种欣然的感觉,正追随自己一同走向死亡。她那平静的眼眸审视着死亡,甚至连最毅然决然的武士都比不上。

武藏有些羞愧,甚至怀疑起来:一个女人怎么能做到这些?同时他也有些不知所措,为阿通的人生担忧起来,甚至乱了方寸。

"胡、胡说!"突然,武藏变得情绪激动,自己都在为吐自口中的话而惊讶,"我的死是有意义的。身为为刀而生之人,为刀而死是最大的愿望,而且我也是为拯救混乱的武士之道,主动去迎击那些卑鄙敌人而死。你想追随我死去，这种心情我很高兴，可是，这能有什么用？除了像虫一样悲惨地生，又像虫一样可怜地死去，还能有什么意义？”

再抬眼看时，阿通已经再次伏地哭泣，武藏这才意识到自己的言辞太过激烈，于是弯下身子，压低声音。“可是，阿通姑娘……想来，我也在不知不觉间对你撒了那么多谎。无论是千年杉的时候，还是花田桥的时候，即使我并非真心想欺瞒你，可结果看起来是一样的。而且我还一直装出一副冷酷的样子。我已经是一刻之后行将赴死之身。阿通姑娘，我刚才的话不是谎言。我喜欢你，喜欢得没有一天不想念你。我也曾万分痛苦，真想舍弃一切与你共度一生，倘若没有这胜过你的刀……”

九

武藏停顿了一下。“阿通姑娘！”他又重新加重语气，一贯沉默不语、面无表情的他此刻竟罕见地沉浸于感情之中，“鸟之将死，其鸣也哀。我武藏也是将死之人。阿通姑娘，请你相信我，我刚才的话没有一丝谎言和炫耀。我是厚着脸皮、没羞没臊地说这番话的。此前，我一想到你，有时连白天都会恍恍惚惚的，而且夜不能寐，每夜净为那些热辣的梦境苦恼，甚至觉得自己都要发疯了。无论睡在寺院还是露宿山野，你的幻象总是浮现在眼前，最后，我只好将薄薄的草被子当成阿通姑娘你搂在怀里，咬着牙挨过一晚。我已经彻底被你俘虏，对你迷恋无比。可是，即便在那种时候，每当不觉间拔出刀一看，狂热的血便会顿时如水一般冷静下来，你的影子也如云雾从我脑海里淡去……"

阿通刚要开口，可是当她抬起蔓草的白花般呜咽的脸庞，看到武藏那张认真得充满了可怕激情的脸时，顿时喘不上气来，再次低下了头。

"于是，我就再次把身心投入了武道中。阿通姑娘，这种两难的心境便是我武藏的真心。我一直行走在恋慕和修行两条道上，历尽迷惘，尝尽苦恼，好不容易才将自己拽到这武道的修行上来。所以，我比谁都了解我自己。我既不是了不起的男人，也绝非天才，只是比起阿通姑娘你来，我更喜欢武道而已。我无法为恋爱而死，却能随时为武道献身，仅此而已。"

武藏的确想原原本本、毫无遮掩地将自己的真心和内心深处的话语全部说出，可是说着说着，美丽的言辞和激动的感情便占了上风，总觉得还有一些东西堵在心口，没能完全诚挚地说出来。

"所以，阿通姑娘，虽然别人并不知道，可我武藏就是这样的男人。说得更露骨一些，每当想起你，突然被你俘虏的时候，我只觉得五体都像烧焦了一样。可是一旦想到武道，大脑清醒过来后，就立刻又把你完全抛到了脑后。不，甚至连脑后都没有。在我这身体和内心中，阿通姑娘甚至连一粒草籽都不如了。每当这时，我武藏就变成了一个最快活、活得最充实的男人。你明白吗，阿通姑娘？对于这样的我，你把身心全都赌上，一个人苦撑到现在，我也觉得对不住你，可我没办法，因为这就是我。"

突然，阿通纤细的手一下了抓住武藏粗壮的手腕。她已经不再哭泣。"我知道！这些事情……你的这种心情……我不是不知道……我不是在一无所知的情况下恋着你的。"

"那不用我说，想必你也知道与我武藏一起死去的想法有多么不值得了吧？我就是这样的一个人，只有在这样短短的一瞬间，我才会无所顾忌，将身心都交给你。可是一旦离开你身边半步，我就不会再把你放在心上。你把自己托付给我这种男人，追随我死去，像小小的铃虫一样，能有什么意义？女人有女人的人生之路，女人的人生价值也可以在别处。阿通姑娘，这就是我的临别话语。那么，我已经没有时间了。"

说着，武藏轻轻掰开她的手，站了起来。

十

阿通被甩开的手立刻又抓住武藏的袖子。"武藏先生，你等一下。"她的心口也憋满了要说的话。尽管武藏那么说，阿通却想告诉他，她绝不是那样看待他，也绝没有抱持着这段恋情是错误的想法。可是一想到以后再也见不到他，她就无论如何也克制不了当下的情感，脑中一片混乱，再也说不出一句话。所以，尽管她嘴里喊着"等等"，揪着武藏的袖子，可她还是无法克制自己，只能展现出女人缠绵哭泣的柔弱一面。

面对女人的欲言又止、柔弱之美和单纯的复杂，武藏也无法心静如水。他害怕的自己性格中的最大弱点，如今正像在暴风中摇曳的根基尚浅的树木一样晃动不止。他甚至觉得自己一直坚持的"求道的操守"也会山崩地裂般与她的眼泪一起化为泥淖崩塌下来。他害怕面对这些。

"你明白吗？"武藏应付道。

"明白了。"阿通微微点点头，"可是我还会那样，如果你死了，我也跟着死。既然身为男人的你都能高高兴兴地赴死，那我这个女人也能死得很有意义。我决不会像虫一样茫然地死去，也绝非因为一时的悲伤而死。所以唯有这一点，就请让我阿通自己来决定吧。"她平静地说道，又添上一句，"像我这样的人，哪怕只能在你的心里给你做妻子也好。光是这样，我的愿望也算实现了。我非常高兴，这是只有我才能拥有的幸福。虽然你说不想让我不幸，可我绝不是因为不幸才死的。虽然看着我的所有人都说我不幸，我自己却丝毫未觉得。反倒是……啊，怎么说合适呢，我那等不及死亡的黎明、行将死在清晨小鸟鸣叫中的肉体，就像新娘一样正迫不及待呢。"大概是话说长了便喘不上气，只见她抱着胸口，抬起做着美梦般幸福的眼睛。

残月依然灰白，树间开始微微泛起薄雾，黎明眼看就要到来了。这时，在阿通抬眼仰望的山崖上方，忽然传来一声女人尖锐的悲鸣，就像打破树木沉睡的怪鸟。那的确是女人的喊叫声。刚才城太郎应该爬到了山崖上，可那绝不是城太郎的声音。

十一

出事了！

是谁的喊声？发生了什么？

仿佛突然回过神来一样，阿通抬眼朝云雾弥漫的峰顶望去，武藏则趁机离开了她，连声"再见"都没有说，急匆匆地大踏步朝远方的死地赶去。

"啊，还没……"

阿通追赶十步，武藏又奔出十步，然后回过头来。"阿通姑娘，我知道。但你绝不能就这么白白死去，绝不能被不幸逼得滚落山崖，无谓地死去。希望你身体恢复后，用健康的心再好好想想。我现在也绝非白白去送命，只是为了抓住永远的生而暂时选择死的形式而已。与其追随我死去，阿通姑娘，你还不如坚强地活下来守望。即使身体化为泥土，我武藏也一定会永生！"

武藏连气都没喘一口，又添上一句："听见没有，阿通姑娘！你若随我而去，便会误入歧途。即使是你看到我死去的外表，到冥途上寻找我，我也决不会在那里。无论百年还是千年之后，我武藏所在的地方，依然是这个国家的人群中，是这个国家的刀之中，不可能在其他任何地方！"

丢下最后一句，他的身影便已远至阿通的回答无法到达的他方。

阿通茫然地留在原地，仿佛武藏远去的身影就是从她心中脱出的自己。离别的悲伤是离散时才会产生的感情，所以阿通现在的心中并没有那种悲伤，只是战栗的眼睛忽然间被彼此即将奔向生死怒涛的同一个灵魂填满。

沙，沙，沙。这时，土石从崖上向她的脚下滑落。接着，仿佛在追赶那泥土的声音似的，城太郎突然"哇"的一声，扒开树丛和杂草跳了下来。

"啊！"阿通吓得一哆嗦，因为城太郎正戴着一个恐怖的鬼女面具，正是他从奈良的观世寡妇那里强要来的笑脸鬼女。大概是他觉得这次不会再回乌丸家，便小心翼翼地放在怀里带了出来。

"吓死我了！"他突然站到阿通面前，举起两手说道。

"怎么回事，城太郎？"阿通问道。

"我也不清楚是怎么回事，不过阿通姐也听到了吧？刚才女人的惊呼。"

"刚才你戴着这玩意儿在哪儿呢？"

"我一直爬到山崖上，那里也有这样的山路，再上面正好有一块坐着正合适的巨岩，我就坐在那儿，呆呆地望着月亮落下。"

"戴着这玩意儿？"

"嗯……至于原因嘛，因为那边有狐狸在叫，还有一些不知是狸还是貉的东西，窸窸窣窣的，我想戴上面具吓唬吓唬，它们就不敢靠近了，结果不知从哪儿传来'啊'的一声。那究竟是什么声音，听着就像来自地狱里针山上的树精。"

离散之雁

一

在从东山赶到大文字山山麓之前，又八和阿杉还能大致辨别方向，可后来便不知不觉间走错了路，竟然迷失了去一乘寺村的方向。

"喂，慌慌张张地着什么急啊！你就不会等等我，又八，又八！"一旦跟不上又八的步子，阿杉便没了劲头，也失去了耐性，从后面气喘吁吁地说道。

又八故意大声地咂舌道："什么，不是嘴上挺厉害的吗？离开客栈时，你是怎么训斥我的来着？"由于没法丢下阿杉不管，又八每次都会停下脚步等她，但也就是在这种时候，他才敢反驳好不容易从后面赶上来的老母亲。

"你冲我撒什么气？这世上哪有像你这样的儿子，对亲娘说的话怀恨在心，还伺机报复！"阿杉刚擦了擦满脸的汗水，歇了口气，又八站着难受，便立刻又朝前面走去。

"你、你就不会等等啊？再歇一会儿再走！"

"别光歇着了，天都要亮了。"

"胡说，离黎明还有一会儿呢。若是平常，这么点山路，我老婆子毫不费力，可这两三天，也不知是要感冒还是怎么了，总觉得身子骨发软，一抬腿就喘不动气，真是倒大霉了。"

"还嘴硬！谁让你不听我的。半道上将酒馆的人叫起来时，人家好不容易热情地让我们休息一下，你却因为自己不想喝，又是时候不早了，又是快上路之类，唠唠叨叨，连个酒都不让我安心地喝，就拽我上路。再怎么是亲娘，世上也没有像你这样难伺候的主儿。"

"哈哈，原来你是因为我没让你在那家酒馆喝酒而生气啊？"

"算了算了，我哪那么多闲心。"

"就算任性也得有个度不是？我们这不是在去办大事的路上嘛。"

"那我们娘俩也用不着扑到那刀光剑影中去。决出胜负后，我们再去求吉冈的人也不晚，不就是往武藏的死尸上砍一刀解解恨，再从那不会还手的身体上要点头发之类的东西当作回乡的礼物吗？用得着那么大惊小怪吗？"

"行了行了，咱们娘俩就是在这儿吵破天也没有用。"

一旦迈开步子，又八又自顾自地咕哝起来："真愚蠢啊。从他人杀死的死尸身上拿证据，还要拿回乡，大张旗鼓地说什么实现了夙愿。反正故乡的那些家伙都是从未到那山窝窝外边去过的人，他们肯定会真心为你庆祝的……真讨厌，在那样的山窝里过日子，我一想起来就浑身难受。"

什么滩酒啦、京城女人啦，又八熟悉的都市生活的所有都让他恋恋不舍，更何况他还有更大的欲望留存在这都市里。若是得到机会，他要找到一条与武藏不同的道路，飞黄腾达，好让自己饱餐那仍未得到满足的物质世界的体验，品味人生的价值。他决没有抛弃自己一直以来的愿望。真讨厌。光是从这里望望，就让人无限眷恋这都市。

不知不觉，阿杉又被远远地落在后面。在离开客栈之前，她就一直说身子发软，或许身体情况真的不太好。最后她终于坚持不住，说道："又八，你能不能稍微背我一会儿？就算是做善事，背我一小会儿吧。"

又八皱皱眉，噘着嘴，一句话也没回地等在原地。就在这时，两人忽然吓了一跳，都不约而同地竖起耳朵。这对母子也听到了刚才让城太郎吓了一跳，同时也传入阿通耳中的悲鸣似的女人喊叫声。

二

也不知是来自哪里，总之只有这一声悲鸣。若是还有第二声，或许能弄清声音的方位。仿佛在等待第二声似的，又八和阿杉都呆住了，矗立在疑惑之中。

"啊！"突然，阿杉喊了一声。这并非因为她听到了第二声奇怪的悲鸣，而是她看到又八似乎想起了什么，突然抓住山崖的一角，正欲下到山谷中。"你、你去哪里？"她慌忙责问道。

"这下面的山谷。"说话时，又八已经将身体下沉到崖道上，"娘，你先在这儿等我一会儿。我看看就上来。"

"傻瓜！"阿杉终于骂出了口头禅，"你去找什么？找什么？"

"什么？你刚才没听到吗？女人的叫喊。"

"你找那个干什么？喂，傻瓜，站住，你给我站住！"

阿杉嚷嚷的时候，又八已经理都不理，抓着树根向深谷中下降。

"傻瓜！浑蛋！"

又八透过树间的缝隙，从深谷底部仰望对着月亮骂骂咧咧的老母亲，喊道："等着！在那儿等着！"但山谷太深了，不知他的声音有没有传到阿杉的耳朵里。"咦？"又八有点后悔了。刚才的悲鸣的确是从这边的山谷一带传来的，但万一弄错了，岂不是白费力气。

不过仔细一看，在这月光都照不到的山谷里，竟然还有条小道。而且这一带的山原本就不深，这里还是从京都去往志贺的坂本和大津的近道，所以无论下到哪里，都会看到有人踏过的足迹。

潺潺的流水或变成小瀑布，或变成急流，朝下落去。又八沿着水流走，又横跨水流，只见有一条路通向左右山腰，他发现的目标正好在与山路交汇的溪流旁边。

前面有一间只能容下一个人的小窝棚，或许是捕捞红点鲑的渔夫暂住的小屋。在小窝棚后面，一个蜷曲之人发白的面孔和手在又八眼前闪过。

"女人？"又八躲在岩石后。正是因为刚才的悲鸣发自女人，他才会在猎奇心理的驱使下来到这里。若是男人的声音，他才懒得来到这山谷呢。现在他终于窥见了发声人的真面目，的确是个女人，而且很年轻。

她在做什么呢？

起初又八还带着疑问，可再一看，疑惑便全都解开了。女人正爬到水流旁边，用白皙的手掌捧起水送往唇边。

三

女人一哆嗦，敏感地回过头。她已经像昆虫一样用身体感知到又八的脚步声，一副立刻就要站起来的架势。

"咦？"又八惊呼一声。

"啊？"女人也同样吃了一惊，但那是从恐惧中获得解脱的声音。

"是不是朱实？"

"啊……啊。"仿佛在溪边喝的水终于咽了下去一样，朱实使劲喘了口气。

又八抓住她微微颤抖的肩膀。"你怎么了，朱实？"他从头到脚打量着她，"你也是一身旅行装扮啊。就算是去旅行，可到这种地方来干什么？"

"又八哥，你娘呢？"

"我娘？我让她在山谷上面等着呢。"

"她生气了吧？"

"你说的是旅费的事？"

"我突然间必须要踏上旅程，可是客栈的钱付不上，也没有旅费。我也知道这样做不对，可出于一时的恶念，就把和婆婆的行李放在一起的钱夹偷偷拿了出来。又八哥，请原谅，你就放过我吧，我以后一定会还上的。"

看到朱实潸然泪下，不住地谢罪，又八反倒一脸意外。"喂，你到底在谢什么罪？啊，我明白了。你一定是误解了，以为我和我娘是为了抓你，才追到这里来的吧？"

"可就算是我一时冲动，毕竟是偷了人家的钱逃走了，即便被抓住，说我是小偷，我也赖不掉啊。"

"那都是我娘的话。对我来说，就那么点钱，倘若你真是困难，我还想主动送给你呢。我根本就没当回事，你也不用担心。对了，你究竟为什么急匆匆上路，还走到这里来？"

"因为在客栈的厢房时，我在角落里听到了你和你娘的对话。"

"这么说，就是武藏与吉冈一方今天决斗的事？"

"嗯……"

"所以你就临时打算去一乘寺村，结果便来到了这里？"

朱实没有回答。

从同住在一个屋檐下的时候起，又八就知道了朱实内心的秘密，所以他并不深究。

"对了。"又八突然转变话题，"刚才传来的那声尖叫，该不会是你的声音吧？"他这才提及下到谷底来的目的，问道。

"嗯，是我。"说完，朱实仿佛仍未从恐怖的噩梦中解脱出来，又从谷底仰望起那黑黢黢地耸立在空中的山肩。

四

朱实讲述的事情经过如下：就在刚才，她越过山谷的溪流，正要赶往前方突兀的岩山山腰，突然发现山肋一带的岩尖上坐着一个让所有人都会恐惧的妖怪，正在眺望月亮。尽管听起来不像是真的，可朱实却异常认真。"虽然我是从远处看见的，可我还是看出那妖怪的身体像侏儒一样小，却有着一张无异于普通人的女人脸，而且白得吓人，带着一种无法言喻的色彩，嘴唇裂到耳根，还望着我这边，似乎在抿嘴笑。当时我大概禁不住大喊了一声，恍如在噩梦之中。当我回过神来的时候，已经滑落到山谷里了。"朱实说道。

仿佛十分恐怖似的，朱实煞有介事地讲述。又八想努力忍住不笑，可还是笑了起来："哈哈哈。我以为什么呢。"他揶揄道，"连在伊吹山下长大的你居然也会害怕？谁信哪。

说起谁恐怖，恐怕连妖怪都会对你甘拜下风吧。你不是曾穿越那磷火飘飘的战场，从死尸身上剥下太刀和铠甲吗？"

"可那时候，我只是个根本就不知道什么叫害怕的孩子啊。"

"我看你根本就不像个孩子，单是从现在都还无法忘怀那时的事情这一点来看。"

"那是人家头一次知道什么是恋爱嘛。不过，我现在已经放弃那个人了。"

"那为什么还要赶去一乘寺村？"

"我也不清楚，只是觉得也许能遇上武藏先生。"

"别费劲了。"又八加重语气，给她讲起武藏连万分之一胜算都没有的处境和对手的情况。

从清十郎到小次郎，经历了几个男人后，朱实的少女时代已成为往日回忆。对于这样的她来说，就连想念武藏时也无法再像少女时那样编织花一样的美梦了。她很清楚，自己已从肉体上完全失去了这种资格，就像一只不知该生该死、只是寻找着下一条道路的迷失孤雁。即使她从又八这里真真切切地听到武藏正一步步濒临死亡，她也没有太过悲伤。要问她为什么会恋恋不舍地徘徊到这里来，这矛盾的心情连她自己都说不清楚。

朱实仿佛失去了前行的方向，恍恍惚惚地听着又八的话。又八默默地注视着她的侧脸。她的彷徨与自己的徘徊是何其相似！这个女人在寻找同伴——她白皙的侧脸上分明透着这样的渴求。

又八突然抱住她的肩膀，把脸贴了过去。"朱实，咱们逃往江户吧……"他喃喃道。

五

朱实一惊，仿佛在怀疑自己的耳朵，注视着又八的眼睛。"哎？逃往江户？"她这才回过神来，重新审视现实似的反问道。

又八搂住她肩膀的手悄悄地使劲。"也不一定非去江户城不可。但我听人们说，关东的江户才是日本今后的霸府呢。现在，大坂、京都已经被当成古城，新幕府江户城的周边正不断建造新城呢。到那里去，早早地融入那里，一定能谋得一份好差事。你和我都是离群的迷雁，去吧，去看看吧。好吗，朱实？"

在这耳语的鼓动下，朱实的脸渐渐火热起来。又八又极尽口舌，鼓吹起红尘的广阔和自己年轻的生命："人，就要活得痛痛快快，想做什么就做什么，否则活着还有什么意义？我们应该大胆地去闯一闯。若不做生活的强者，一切都是鬼话。你越是肤浅地想做一个正直善良的好人，命运反倒越会嘲笑戏弄你，越会让你哭鼻子，通畅的大道便越不会来到你的脚下。朱实，你不也是这样吗？无论是阿甲，还是清十郎那个男人，都把你当成他们的饵食，任意吞食你。我们决不能这样。不做吃人的强者，就无法在这个尘世上坚强地活下去。"

朱实的心被打动了。自从从蓬之寮那个家流落到尘世，她历尽折磨，而又八似乎已成长为一个坚定可靠的人。只是，她的大脑里似乎还飘荡着一丝难以舍弃的幻影，那是武藏的影子。仿佛一个家已被烧毁的人无论如何也要回到废墟上，哪怕看一眼灰烬也好，她的心情便近似于这种愚蠢的执着。

"你不愿意？"

朱实默默地摇摇头。

"那就走吧。只要你不嫌弃。"

"可是，又八哥，那你娘怎么办？"

"我娘啊。"又八抬头望望远处，"只要拿到武藏的遗物，她就会一个人回故乡去。一旦知道自己像'姥舍山'传说一样被我抛弃在这里，她一时间肯定会怒火中烧。不过这算不了什么，只要我将来有了出息，她心头的创伤自然就会抹平。既然决定了，咱们就赶紧走吧。"

又八意气风发，率先走起来，可朱实似乎仍有点踌躇。"又八哥，走别的路吧。那条路……"她依然心惊胆战。

"怎么了？"

"爬上那条路后，又会看到那山肩。"

"哈哈哈，你说的是嘴巴裂到耳根的那个侏儒吧？有我在身边呢，没事。不行，我娘肯定会在那边四处呼喊的。比起妖怪侏儒来，她更可怕。朱实，若是让她发现了可不得了，快走。"

当奔去的两个身影隐没在半山腰的时候，等得不耐烦的阿杉的声音终于在山谷中回荡起来："儿子……又八……"她徒然地在四周彷徨。

生死一路

一

　　吱吱，吱吱，吱吱……风吹拂在阡陌中的树丛上，小鸟闻风而起。虽说已是清晨，可四周仍昏暗得连小鸟的影子都看不清。

　　有了前车之鉴，佐佐木小次郎提前打着招呼："是我，见证人小次郎。"他大口地喘着气，像魔鬼一样跑过云母坂十町多长的田埂，来到垂松的岔道口。

　　"是小次郎先生啊。"

　　一听到脚步声，潜伏在四周的吉冈门人立刻围到他身边，一脸等不及了的表情。

　　"还没来吗，武藏那家伙？"壬生源左卫门问道。

　　"不，碰上了。"小次郎抬高了语尾的声调。在这几个字的冲击下，大家顿时把视线全聚集到他身上，但他仍冷冷地环视众人，继续说道："碰是碰上了，可武藏那家伙不知卖的什么药，和我从高野川一起走了五六町后，便忽然消失了。"

　未等小次郎把话说完，御池十郎左卫门便抢先问道："什么，让他逃了？"

　"不！"小次郎抑制住众人的骚动，继续说道，"看他那异常从容的样子、对我说话的语气以及其他情形，虽然他消失了，却怎么也不像是逃走的样子。想来或许是他有什么奇招，怕被我小次郎知道，于是故意把我撇下。总之，决不可掉以轻心。"

　"奇招？什么奇招？"无数面孔围着小次郎，生怕漏掉他的只言片语似的嚷嚷起来。

　"我想，大概武藏的帮手们都集中在某处，会合之后就会一起杀到这里。"

　"嗯，极有可能。"源左卫门呻吟道。

　"那很可能马上就会赶到这里了。"说罢，十郎左卫门对撒出埋伏圈和跳下树来的同伴们喊道，"回去回去！一旦在疏于戒备的时候让武藏来个出其不意，那我们可就输惨了。他带多少帮手来也没用，别乱了方寸，只管给我狠狠地打！"

　"对！"

　众人也意识到这一点。

　"越是等得不耐烦而开始松懈的时候，便越是不能掉以轻心。"

　"各就各位！"

　"好！不要大意！"

说着，人们又四处散开，再次隐身于草丛中或树荫里，携带远射武器的人则藏身于树梢上。

小次郎忽然看到像稻草人一样站在垂松底下的少年源次郎，问道："困了吗？"

源次郎使劲摇摇头。"没有。"他否定道。

小次郎抚摩着他的头，说道："那就是冷了？你看，你的嘴唇都发紫了。你是吉冈一方的掌门人，也是今天决斗的总大将，一定要挺住，再坚持一会儿。再过一小会儿，就能看到好戏了。我也要找个地势好的地方待着了。"丢下这句后，小次郎便离开了。

二

另一方面，离开阿通后，武藏似乎要把耽误的时间补回来，急匆匆地赶着路。在垂松决斗的时间是寅时下刻。由于最近日出大约是在卯时之后，四周仍在一片黑暗之中。决斗地点正好在叡山道上，是三条道路的交叉点，天亮后会有很多路人，所以决定时间时无疑也考虑了这一点。

啊，是北山寺院的屋顶。武藏停住脚步，望望山路下露出来的伽蓝。近了！由此到垂松只有七八町的路程了。从北野的小巷一路走来终于抵达了这里。刚才月亮还一直伴随他前行，此时却大概隐藏到山后去了，连影子也看不见了。不过，沉沉地睡卧在三十六峰怀中的白云却突然活动起来，开始往上升，光是根据这些也能知道，天地已在静寂的黎明前的黑暗中开始了"伟大的日课"。

在开始这伟大的日课之前，用不了几次呼吸的时间，自己恐怕便会化作比云还要淡的气，消融在这天地中，武藏仰望着云想道。从云天拥抱的巨大气象上看，一只蝴蝶的死和一个人的死毫无二致。可是，若从人类拥有的天地来看，一人的死却能关乎人类全体的生，总会给人类的永生描绘出或好或坏的暗示。

要死得其所！因此武藏才来到这里。如何死得其所？他最大、最后的目的便也在这里。

忽然，耳边传来水声。由于一口气赶到这里，他忽然觉得干渴。他蹲在岩下啜饮起水来，水的甘甜直渗舌根。

精神毫未紊乱，这点武藏自己也知道。他也很清醒，对于即将到来的死亡，他丝毫未感到卑屈，甚至觉得如今自己的气力都充盈到了脚跟上。可是当他停下脚步稍事休息时，身后似乎传来呼唤他的声音。是阿通的声音，也是城太郎的声音。

这完全是心理作用。武藏知道阿通是不会从后面追来的，因为她是一个太了解他内心的女人。可是阿通拼命从后面呼唤他的感觉怎么也无法从他大脑里抹去。在赶到这里前，他也曾偶尔回头望望。现在也是，一停住脚步，他便下意识地竖起耳朵。

若是晚了，不仅会被人说是违背了约定，对武藏自己的战斗也会造成损失。若想单骑杀入无数敌人之中，只有在月亮已落而夜色仍未完全退去，即黎明前黑暗的那一瞬最为有利。武藏自然考虑到了这些，才如此匆匆赶路，这也是为了从心底里彻底甩掉令他牵肠挂肚的阿通那虚幻的声音和身影，他才把眼一闭，一咬牙赶到了这里。

<h1 style="text-align:center">三</h1>

"外敌易破，心敌难伏"，武藏忽然想起这句话。去他的，我怎么会被这种事扰乱心境！他鞭笞着自己的内心。真是优柔寡断！他努力将阿通的所有影子都从心底抹掉。刚才离别的时候，自己不是也对阿通说过了吗？他感到一阵耻辱。当男人面对男人的使命挺身而出的时候，应该把所有恋情都抛到脑后。尽管如此告诫自己，可果真就能将阿通从自己的脑海中抹去吗？

有什么好留恋的！他把阿通的幻影从心中踢出去，然后仿佛逃遁似的，立刻又飞奔起来。

这时，一条白色的道路从下方的大竹丛一直绵延到山脚下的树林、田地和阡陌之间。"啊！"已经近了！一乘寺垂松的路口已经近了！顺着这条路往前望去，大约在两町远的前方，路与另外两条路汇合到了一处。弥漫着乳白色雾气的空中，那株高展着伞枝的松树也映入了武藏的眼帘。

他一下子跪倒在地。背后、前面，甚至还有山上的树木，似乎全都变成了敌人。他的五体充满斗志。在岩缝与树荫间，他像蜥蜴一样敏捷地移动，来到位于垂松正上方的高地上。在那里！他靠近再靠近，连汇集在路口的人影都能隐约地分辨出来。约有十个人以树干为中心，一动不动地竖着枪站在雾气中。

呼！从山巅上吹下来的破晓前的风把雨一般的水滴带到武藏身上，又像波涛一样掠过松树梢和大竹丛，向山下飞去。雾气中的垂松颤抖着伞盖般的树枝，似乎在向天地报告着一种预感。

尽管能看见的敌人寥寥无几，但武藏本能地感到漫山遍野似乎都是敌人。他仿佛已经来到了死界，手背上都跳起鸡皮疙瘩。可他的呼吸异乎寻常地深沉而安静，连脚指甲都已做好战斗准备。随着一步步逼近，他的脚趾都开始用不逊于手指的力量攀登起岩石。

眼前有一道旧堡垒遗址般的石垣。武藏沿着岩山的半腰来到这处稍高的区域，再一看，与下方垂松相对的方向有一处石质鸟居，周围种着乔木和防风林。"哦，神社。"他一跑到拜殿前便跪了下来。也不管是什么神社，不知不觉间便两手扶地。事有凑巧，他正处于难以抑制战栗的心魂之时。漆黑的拜殿中，一盏供灯似灭非灭，飒飒地在风中摇曳。

"八大神社……"他仰视着拜殿的匾额，仿佛获得了巨大力量的帮助，"对！"既然背后有了神的护佑，由此杀向正下方的敌人那还怕什么？神灵总是护佑着正义的一方。他不禁想起了信长在赶赴桶狭间的途中叩拜热田神宫的故事，真是鼓舞人心的祥瑞之兆！

武藏用神社门前洗手处的水漱了漱口，然后含了一勺水，将水雾喷在刀柄线上，又往草鞋带上喷了些水。他迅速绑好皮带，又用棉布系起拢鬓发的头巾，便返回神殿前，将手伸向拜殿的鳄嘴铃的绳子。

四

武藏正要伸手，又缩了回来。不！且慢！那条连红白颜色都分不清了的古老棉搓绳——从鳄嘴铃上垂下来的绳子——似乎在说：求你了，抓住它！可是武藏扪心自问：我到这里来究竟求什么？想到这里，他一愣，收回手。自己不是已经与宇宙同心同体了吗？他想。在来此之前，不是早就看淡了这朝不保夕的生命吗？自己平常一直修炼的不就是这视死如归的精神吗？他斥责起自己来。如今本该是平日修为的用武之地，可自己看到一缕灯光，竟如在暗夜中发现了救星，兴奋得心动神摇，竟忘乎所以地欲摇晃这鳄嘴铃。

武士的同伴并不是别的事物，死亡才是武士恒常的朋友。无论何时都能清醒地、完美地、毫不犹豫地死去，这种修养无论如何学习、修炼，也很难完全修成。不过，从昨晚一直走到今晨，武藏的身体完全领悟了这些，他本该偷偷感到自豪。他如巨石一般伫立在神前，垂下惭愧的头，悔恨的泪水不知不觉间从脸颊上滚落。

我错了！他心里咀嚼着后悔。即使以为自己已彻底化为玲珑剔透之身，可五体中的某处一定还流淌着求生的欲望。阿通、故乡的姐姐，还有那连稻草都想抓住的愿望。啊，真懊悔！我竟然忘乎所以，将手伸向了鳄嘴铃的绳子，居然要在临终之时借助神力！

面对阿通时都没有流出的眼泪，此刻竟滂沱般滚下武藏的脸颊。为自己的身体，为自己的心，为自己的修为，武藏感到万分懊悔。他是无意识的，以何心情祈求，祈祷何种愿望——他连想都没想就要晃鳄嘴铃的绳子，可正因为是无意识的，才不可原谅！心中的惭愧无论如何斥责也斥责不尽。

一直以来自己只是进行着如此浅薄的修行？愚钝的家伙！一想到这里，他只能越发觉得自己可怜。自己已经是空身，还有什么需要祈求、祈祷的？未战便心露败相，以这样的心态，怎么能走完作为一名武士的一生？

不过，武藏仍突然感到一种"万幸"。他真的感受到了神。而且幸运的是，他尚未进入战斗便感受到了悔恨。能警告他这一点的才是神。他信神，但是武士之道上根本就没有什么可以祈求的神。这是一种超越了神的绝对的道。武士心中的神既不能求，也不会夸大人类的力量。虽不能说完全没有神，但神也绝非必须祈求的存在。不过人不能将自己完全看作弱小的可怜之物，绝不能妄自菲薄。

武藏后退一步，两掌并拢，那手已经完全不同于刚才要伸向鳄嘴铃绳子的手了。接着，他立刻跑下神社里延伸出的细长陡坡，垂松的路口便在陡坡尽头山脚的斜坡上。

五

这是一处让人无法站直的陡坡。若是下暴雨，一定会直接变成瀑布，被流水冲刷出来的石子则会嵌入脆弱的泥土里。

武藏一口气奔了下去，石子和泥土纷纷落下，打破了四周的静寂。

"啊！"不知是发现了什么，武藏突然蜷缩成一团滚入草中。草叶上的露水还没有滴落，他的膝盖和胸膛全被打湿。他就像一只蜷缩的野兔，凝视着垂松的树梢。通过目测也能看出，他到那里不过几十步的距离，而且垂松所在的路口比这儿还要低，所以树梢看上去也比较低。

武藏看到了潜藏在树上的人影。那人似乎拿着远射工具，而且不是短弓，看起来像是火枪。

卑鄙！武藏火冒三丈。对付孤身一人的敌人竟如此卑劣！但他也并非完全没预料到。他早就料到敌人会做出这种准备，吉冈一方绝不会想到自己只身前来。如此一来，还是连远射武器都准备好更为明智，而且不能只有一两杆。

不过，从武藏的位置来看，他只在垂松的树梢上发现了持远射武器者。倘若他们全都隐藏在树上，也未免太危险。若是短弓，还可以隐藏在岩石后，要是火枪，从这半山腰射击也能命中。但唯一对武藏有利的一点是，无论树上的男子，还是树下的人群，全都背对着他。正因为道路岔向三方，他们才忘记了背后的山。

武藏在地上慢慢地匍匐前进，头低得比鞘尾还低，接着又突然小跑，嗖嗖嗖地接近巨松的树干。就在离松树还有二十间左右的时候，树梢上的男子忽然发现了他的身影。"武藏！"男子大喊一声。

尽管声音从天而降，可武藏仍以相同的姿势又前进了十间左右。他心里早已计算好，只有在这几秒内，子弹才不会射过来。因为树梢上的人正骑在树枝上，将枪口对着三条岔道的方向。要想在树上射击，身体的位置必须调整，再加上小树枝的妨碍，枪口无法立刻对准。综合这些因素，他认为只有这几秒最安全。

"什么？在哪里？"作为大本营而驻扎在垂松下面的十多人异口同声。

"后面！"树上的男子用喉咙撕裂般的声音狂喊。而此时，树梢上慌忙调整过来的枪口已经准确地瞄准了武藏的头部。

嗤！松针之间露出火绳燃烧的火光，而武藏的胳膊也刹那间画出一个大圆，手里的石子呼啸着朝线香般燃烧的火绳飞去。啪！小树枝断裂的清脆声音与刚才从那里传出的"啊"的喊声融汇到一处，一个物体猛地从雾中落向地面。当然，那是人。

六

"啊！武藏！是武藏！"

只要是没有关注背后的人，自然都会发出这种惊呼。正因为三条岔道的各个要地都水泄不通地布满了守卫，所以他们做梦都没想到居然会毫无征兆地在这核心地带突然迎来武藏，吉冈一方的狼狈可想而知。

虽然只有不到十人，却像大地被突然掀翻似的，同伴间的刀鞘相互碰撞，交错的枪柄绊住彼此。有人还毫无必要地错身跳到远处，似乎还未缓过神来。

"小、小桥！"

"御池！"

众人徒劳地高声呼喊着同伴的名字。

"别大意！"有人明明自己都没有安定下来，却在告诫他人。

"什、什、什么？"

"见、见鬼了！"

有人连话都说不出来，只是用力将话语从牙缝里挤出。

等到几人将好不容易拔出来的刀枪明晃晃地对准武藏，围成一个半圆的时候，武藏说道："按照约定，生于美作的乡士宫本无二斋之子武藏前来比武了。掌门人源次郎先生在哪里？可别像从前的清十郎先生和传七郎先生那样再犯下错误。听说源次郎先生年龄尚小，就算是有几十个帮手我也认。只是想必贵方也看到了，武藏我只身一人前来，你们究竟是一对一，还是一齐上，随你们的便。来吧！"他凛凛地放言道。

武藏彬彬有礼的寒暄再次让吉冈一门深感意外。若在平常，不以礼还礼，对武士来说绝对是刻骨铭心的耻辱，可今天与平常不同。倘要还礼，没有十足的从容是根本做不到的，可此刻，他们连口中的唾液都干了。

"你迟了，武藏！"

"胆怯了吧？"

他们只能用干渴的舌头说出这些。

尽管如此，武藏只身一人赴约的那句，他们还是听得真真切切。对啊，对方只有一人啊，他们的底气顿时复苏。可是源左卫门和御池十郎左卫门等人反倒觉得这是武藏的奇招，疑神疑鬼地认为武藏的帮手一定藏在附近。

嗖！某处传来弦音。武藏挥刀而起的刀风与这声音几乎同时响起，随之只听啪的一声，朝武藏脸部飞来的一支箭顿时断成两截，干脆利落地落在他的肩后和刀前。当众人的视线随着断箭落在地上时，武藏已经像一头毛发倒竖的狮子，纵身一跃，朝隐藏在松树树干后的黑影飞去。

"啊！好可怕！"从一开始便按照吩咐站在那里的少年源次郎大喊一声，紧紧地搂住树干。随着这喊声，源左卫门只觉得自己被一劈两半，"哇"的一声在远处跳了起来。

同时，武藏的刀唰地闪过，也不知是如何被斩下来的，只见一块两尺多长的松树皮像薄板一样被削下，少年源次郎的人头随之被斩落在血泊中。

雾风

一

这简直是魔鬼的行为。似乎从一开始，这就是武藏的重点目标。武藏丢下一切，率先斩杀了少年源次郎。无法说是悲痛还是残忍。虽然是敌人，可他还只是个少年。就算杀了他，对方的力量也不会有丝毫减损。不，这反而会极度激怒吉冈一门，只能把对方全部战斗力像狂澜一样完全激发出来。

尤其是源左卫门，他带着一脸哭相。"啊，你居然……"他发出怒吼，老迈的胳膊抡起沉甸甸的大刀，举过头顶朝武藏砍来。

只见武藏的右脚后退一步，同时身体和两手向右一斜，刚刚抹过少年源次郎脖子后返回的刀刃顿时一闪。他"嗨"的一声一刀斩去，源左卫门正要落下的肘部和脸已被砰地削去一截。

"呜——"也分不出是谁的呻吟声，因为从武藏身后刺出冷枪的一人也跟跄着向前倒去，与源左卫门倒在一起。还不等目光挪向别处，武藏的正面已经又有第四个人扑了过来。武藏似乎正斩在此人的重心上，连肋骨都被斩断，头和手耷拉着，腿却仍支撑着已没了生命的身体走了两三步。

"都上啊！"

"在这儿！"

身后的六七人不时发出呼喊向同伴告急。可是分散潜伏在三条岔道上的同伴毕竟离大本营还有相当的距离，仍完全没有觉察这里转瞬间发生的异变，而且呼喊声也随着松涛和大竹丛的沙沙响声徒然消失在空中。

从保元、平治时起，从平家的落败者们彷徨在近江路上时起，从亲鸾或叡山的僧众往来于京城时起，几百年来这棵垂松一直扎根于这路口。不知是因为如今意外地从土中呼吸到了人类的鲜血而欢呼，还是树心在忧伤地哭泣，树梢不住地战栗，每次吹来那烟一样的雾风时，冰冷的水滴便簌簌地溅落在树冠下的刀和人影上。

呼吸之间，一个死者和三个伤者已被排除在这紧张的圈外。就在彼此喘息的一刹那，武藏将后背紧紧地贴在垂松的树干上。两抱多粗的树干是背后绝好的防御，可是武藏却觉得长时间胶着在这里反倒不利。他凶悍的眼神沿着刀背盯着七张敌人的面孔，思忖着下一处地利。

树梢声、云声、树丛声、草声，一切都在战栗的风中。这时，有人用沙哑的声音在远处说："去垂松那边！"

附近一处略高的山丘上，刚才还选好位置坐在岩石上的佐佐木小次郎不知何时竟站了起来，朝着潜伏在三条岔道的树丛和树荫里的吉冈门人喊："喂！喂！在垂松这里，快来垂松这里参战！"

二

　　远处传来火枪的声音，强烈的声波顿时震住了人们的耳朵。小次郎的声音应该也有人听到了。"哎呀！"大竹丛、树荫里、岩石后，所有隐蔽处都骚动起来，潜伏在三条岔道的伏兵顿时像蚊子一样涌出。

　　"已经来了！"

　　"路口！路口！"

　　"让他钻了空子！"

　　就在火枪轰响的同时，武藏也贴着树干动了起来。弹丸擦过他的脸，扑哧一下射在树干上，从刚才就将枪尖和刀锋集中在一起与他对峙的七人也噌噌噌地随着他的移动围绕树干转了起来。

　　这时，武藏突然刀指七人左侧的男子疾飞而去。此人好歹是吉冈十剑之一的小桥藏人，可面对武藏迅疾而可怕的架势，他不禁惊叫一声，单腿点地，躲过身子。而武藏继续向前突去，嗒嗒嗒，仿佛没有尽头。看到武藏远去的背影，众人才醒过神来。"别让他跑了！"他们立刻紧追不舍，猛扑过去。就在一齐杀向武藏的一刹那，阵型已经四散，每个人都失去了章法。

突然，武藏又势如流星锤一般杀了回来，朝最先追过来的御池十郎左卫门就是一刀。

诡计！十郎左卫门直觉肯定有诡计，追击时早已留下回旋的余地，只见他一弯腰，武藏的刀只是横着掠过他胸前。可是武藏并不像常人那样一抢一刀，即一刀砍空之后，刀的余力便散失到空中，然后再次抢刀重砍。他的刀法绝没有那么迟钝。

由于武藏并未拜过师，修行上自然有不利和痛苦之处，但这也有相应的益处，即他从未陷入既成流派的章法。他的刀法无章无形，也没什么所谓的秘诀，是他在天地四方中描绘出的想象力和执行力结合而生的无名无形的刀法。

武藏现在斩杀御池十郎左卫门时的刀法便是如此。十郎左卫门不愧是吉冈门下的高徒，完全躲过了武藏诈败的回马枪。但无论是京流还是神阴流，无论何种流派，只要是此前的既成刀法，都能躲得过去。可是，武藏的刀法并非如此。他的刀中必然含有回头刀，向右斩去的刀中蕴含着立刻斩回左侧的原动力。倘若仔细留意一下他的刀在空中留下的光影，必然会发现那迅疾的光总像松针一样，在划出一两根线条后立刻折返，杀向敌人。

"哇！"惨叫之间，御池十郎左卫门的脸已经碰在如燕尾般反杀回来的刀刃上，变得像残破的红色鬼灯一样。

三

秉承京流吉冈传统的十剑之一的小桥藏人首先毙命，如今，连御池十郎左卫门这样的高手都栽倒在地。倘若再加上并不能算数的掌门人少年源次郎，这里的一半人已经成为武藏的刀下之鬼，沦为决斗序幕中的祭品，血洒一地。

此时，如果武藏借斩杀十郎左卫门的余势乘虚而入，再砍下几颗敌方的头颅，无疑可以解决这里的大多数人。可是也不知他是怎么想的，竟径直朝三条岔道的其中一条奔去。

武藏的身影变幻莫测。每当以为他要逃走，他总会突然杀回来，可每当看到他扑过来重新做出迎战的架势时，他又会像贴着地面一掠而过的飞燕一样，刹那间消失得无影无踪。

"浑蛋！"

留下的半数人咬牙切齿。

"武藏！"

"不知羞耻！卑鄙！"

"胜负还没决出来呢！"

人们怒吼着追赶。他们个个两眼喷火，望着成摊的鲜血，嗅着血腥的气息，仿佛进了酒窖一样迷醉。站在血泊中时，勇者总会比平常更为冷静，而懦弱者则恰恰相反。

众人激愤地朝着武藏的背影一路追去，俨然一群血池中的恶鬼。

"跑了！别让他逃了！"

武藏对他们的呼喊充耳不闻，丢下那最初战斗的三岔路口，朝三条岔道中最狭窄的修学院道方向奔去。当然，埋伏在那里的吉冈门人在得知这边的事态后正慌忙赶来。不出二十间的距离，武藏便会迎头撞上他们，势必陷入被前后夹击的困境。

两伙人的确在丛林道上撞上了，却只看到了彼此的身姿而已。

"武藏呢？"

"没来啊。"

"不、不可能啊。"

"可是……"

正在争吵之间，武藏喊道："在这儿！"话音未落，他已从岩石后面跳出，站在吉冈门人刚刚通过的道路中央。来吧！他的身体已经做好了第二次准备。由于道路狭窄，愕然的吉冈一方当然无法一下子集中全部力量。再加上手臂和刀的长度，一旦每个人都以自己的身体为中心画圆，路上甚至无法并排站下两个人。不仅如此，站在武藏前面的人嗒嗒嗒地一个劲后退，后面的人则争着涌向前面，庞大的人群顿时混乱起来，反倒束缚了彼此的手脚。

四

不过，众人的力量原本就没那么脆弱。尽管一度被武藏的迅疾和胆魄吓倒，喊着"别、别退"，尽管腰和脚跟透着不安，他们还是自觉人多势众。

"他不过就一个人。"

"你小子！"

"让我来收拾他！"

最前面的两三人挺身而出，后面的人自然也不能袖手旁观。"哇"的一下，光是声势便远强于孤身的武藏。仿佛在迎着怒涛游泳一样，武藏且战且退，一步步被逼向后方，莫说杀敌，防守已成了第一要务。他连那些跌倒在面前斩杀起来不费气力的敌人都顾不上，连连后退。在这种情况下，就算是斩杀两三个敌人，也不会削弱对手的总体实力。不光如此，一不留神，敌人的枪便会刺过来。刀锋易躲，在人群之中却无暇防备伸缩自如的矛头。

吉冈一方趁势压上。由于武藏一个劲后退，他们便紧追不舍。武藏的脸已经变得苍白，怎么看也不像还在呼吸。此时，倘若他被树根绊一下，或是被绳子之类缠住脚，一定会摔个倒栽葱，可是谁也不愿挑战一个慷慨赴死的人。因此众人虽然哇哇喊着，端着刀枪一步步逼近，可是这数不清的枪尖和刀锋却朝武藏的胸膛、小臂、膝盖等处只推进了不到两三寸。

"啊？"突然，武藏从他们眼前消失了。面对狭窄的道路和唯一一个对手，力量显然过剩的这一伙人无处发力，竟彼此推挤起来。但武藏既非脚底生风溜之大吉，也未跳到树上。他只是纵身一跃，从路上滚到了树丛里而已。

眼前是泥土柔软的孟宗竹密林。武藏像飞鸟一样穿梭在绿竹缝隙中，身上唰的一下刺过一缕金色的光。不知何时，朝阳已经从叡山山峦的峡谷里露出梳子形的火红一角。

"站住，武藏！"

"卑鄙！"

"有背对着人比武的吗？"

众人纷纷冲进竹林。武藏已经跳过竹林边的小河，跳上一丈多高的山崖，呼哧呼哧喘了两三口气，暂且歇息。崖上是坡度很缓的原野。他眺望着黎明的天际。垂松的路口就在脚下，路口处有四五十名没追过来的吉冈门人，发现他站在高处的身影，便一齐"哇"的一下冲了过来。

比刚才增加了两倍的人群黑压压地聚集在原野上。吉冈方的所有人全都来了，若是牵起手，巨大的刀圈足以将这片原野包围。而远方武藏的那一把刀却像熠熠闪光的绣花针一样渺小，他一动不动地盯着对方，远远地站着。

五

不知何处传来驮马的嘶鸣，已经是山乡里有人走动的时候了。尤其是这一带，早起的法师们已经在叡山上上下下，只要天一亮，便没有一天看不到脚穿木屐端着肩膀走路的僧侣。

来往的僧侣、樵夫和农民全嚷嚷起来：

"有人械斗！"

"哪里？在哪里？"

随着人的喧哗，村落里的鸡和马也跟着骚动起来。八大神社上面也有一群人看热闹。流动不息的雾气一会儿把山和围观者的身影涂抹成白茫茫一片，一会儿又在众人眼前豁然铺展出一片视野。

眨眼间，武藏变得惨不忍睹。缠住鬓发的头巾已被汗水和血迹染成了桃红色，散乱的头发紧贴在头上，原本就十分恐怖的脸现在又像是画上了魔王的脸谱，简直惊世骇俗。他用尽全身的力气呼吸，像黑色皮制胴衣一样的肋骨一起一伏。裙裤绽开了，膝关节挨了一刀，伤口中露出石榴籽一样的白色东西，是露出的骨头。小臂上也有一处擦伤。虽然并无大碍，滴落的血迹却把胸口到小刀带前的部分都染红了，全身看起来像是穿了扎染的衣服，又像是从墓地中站起来的人，令观者不禁掩目。

不，更令人目不忍睹的是挨了武藏的刀后一边呻吟一边爬动的负伤者和已一动不动的死人。七十多个人冲上原野，呼的一下发动袭击的瞬间，便已有四五人倒地毙命。

原野里散布着吉冈一方倒地的伤者。那边一个，这边又一个，彼此相隔。由此情形不难猜出武藏在不断地移动，他把整片原野的每寸土地都当成了厮杀的战场，使人多势众的敌人无暇集结力量。

即便如此，武藏的移动始终有一定的规则，即不会杀向敌人队伍的侧面。他努力避开敌人展开的横队正面，从人群的一角绕到另一角，以闪电之势杀过去，斩断末端。所以从武藏的位置来看，敌人总是像刚才在狭窄的道路上逼近他时一样，把纵队的一端暴露在他的眼前。不论同时有七十人还是一百人，他的战法总是只以最末端的两三个人为对手。

可是无论速度有多凌厉，武藏仍不时露出破绽，而敌人也不会总上他的当。有时也会出现许多人同时行动，一下子从前后夹击过来。此时便是武藏最危急的时候，也是他的所有能量在忘我中发出高度的热量和力量的时刻。

不知何时，他已握起两把刀。右手的大刀沾满鲜血，刀柄和拳头全被血浆染得鲜红，左手的小刀仅刀锋上沾了一点油脂，还熠熠地闪着光泽，足以再斩断若干人的骨头。尽管如此，他却全然没有正在使用双刀的意识。

六

他们就像海浪与燕子一般，海浪击打着燕子，燕子则踏着浪花，倏地翻转到他处。尽管没有一瞬是静止的，可每当有人倒在刀下，在地上痛苦挣扎时，吉冈一方总会不由自主地发出惊呼，或者呻吟一声，似乎在努力使自己眩晕的精神清醒过来。

噌噌噌，耳边只传来一阵草鞋蹭地的声音，敌人欲向武藏包围过来。武藏趁机喘了口气，左刀架在前面，正对着敌人，右手的大刀则展向一侧，从肩膀、手腕到刀锋保持水平。这是一种避免敌人偷袭的姿势。大小双刀的尺寸加上两臂完全伸展开的长度，形成了以他炯炯的双眸为中心的一片广阔区域。敌人若忌惮他的正面而窥探右面，他便会转到右侧牵制敌人。若直觉认为敌人会转向左侧，便会啪的一下伸出左刀，将敌人包夹在双刀之中。

武藏突在前面的短小左刀具有磁石般的魔力，突入刀前的敌人宛如被粘在竹竿头上的蜻蜓，进退不能。眨眼间，长长的右刀一声怒吼，一人就已变成喷着鲜血的烟花。很多年之后，武藏的这种战法被人称为"二刀流以寡敌众之式"，可是现在完全是武藏无意识的行为，是忘我之中力量被无限逼迫的结果，平常一直被遗忘的左手的能力不由自主被发挥到了极致。

不过，作为刀法家的武藏可以说仍很幼稚。他是何流派，有何理念，都全然不知，至于理论探索、体系构建等，他更不可能有时间来做。或许也是命运使然，他一直坚信不疑的道路只有一条，那便是实践。这是他从实践中获知的经验。至于理论，以后躺在床上也能思考。

与武藏截然相反，吉冈一方以十剑为代表，甚至连幼稚的晚辈大脑里都被灌输了京八流的理论，若仅从理论上说，已经有不少人具备了一家之风。可是武藏无师可从，他以山野危难和生死之巷为修行的温床，在朦胧之中探求刀为何物。为了学道，他一直拼命磨炼，与他相比，吉冈一门的心态和历练过程都是截然不同的。在拥有理论常识的吉冈门人看来，武藏已经呼吸急促、血色全无、浑身是血，却仍能手持双刀，无论什么东西只要一碰上去，转瞬之间便化为血烟，这种阿修罗般的样子实在是不可思议。他们头晕目眩、汗湿双眼，面对同伴的鲜血时愈加彷徨，与此同时，武藏的身影也变得愈发难以琢磨。最后，所有吉冈门人都感到极度疲劳和焦躁，只觉得仿佛在与血红的妖怪战斗。

七

逃吧！孤身战斗的那个人，逃走吧，快逃吧！大山在呼唤，乡间的树木在召唤，天上的白云也在呐喊。还有那些止住脚步的行人和附近的百姓，都远远地望着重围中的武藏，为他的险境而揪心，竟不由自主地向他呼喊起来。

就算有山崩地裂、翻天覆地般的惊雷落下，那声音也不会传到武藏的耳朵里。他的身体只为他的心力驱使。肉眼所见的身体只不过是假身，惊人的心力已经点燃了身体和灵魂。武藏现在已经不是一个肉体，而是一团熊熊燃烧的生命火焰。

突然，"哇"的一声，三十六峰同时发出山崩地裂般的喊声。这是远观的人群和拥在武藏面前的吉冈门人同时从大地上跳起来，不由自主发出的声音。因为武藏突然像野猪一样从山麓奔向乡里。当然，七十多名吉冈门人也不会袖手旁观。

"追！"他们黑压压地朝武藏追去。"哪里走！"一追上去，五六个人便一拥而上向武藏杀去。武藏一低身子，唰地用右刀扫向他们的小腿。一个敌人说着"拿命来"，枪顿时扫落，但铿的一声，武藏一下子将其击飞到天上。同时，他的一根根乱发仿佛都要杀向敌人，全都倒竖起来。唰、唰、唰，左右刀交替，刀走水火，连咬紧的牙齿都要从他口中飞出咬向敌人似的。

"啊，逃跑了！"远处人群的骚动似乎在嘲笑吉冈一方的彷徨。眨眼之间，武藏已经从原野西侧的一端跳到了绿色的麦田里。

"回来！站住！"呼啦一下，跟上来的一部分人刚跳下去，空中又传来两声令人不禁掩耳的惨叫。紧贴在崖下的武藏候个正着，将几个不知死活也学着跳下来的人斩杀。

嗖！扑哧！两杆枪朝麦田正中央飞去，深深地插入泥土中，是吉冈一方从上面投下来的。可是武藏已经像泥块一样在山田里跳跃，转瞬间便与他们拉开了约半町的距离。

"山村那边！朝大道方向逃了！"

吵嚷之间，武藏已经爬过山田的田垄，还不时从山上回头望望对手分散追击的情形。

此时，朝阳终于像平时早晨那样，照亮了世间万物。

菩提一刀

一

这里是无动寺的林泉，寂然卧于往来的白云之上。由于高居大四明峰的南岭，毋庸说那东塔西塔了，连横川、饭室的山谷都尽收眼底，甚至连三界里尘芥般的大河都远远地挂在云霞之下，叡山的法灯和鸟语亦颤抖在春寒料峭中。

"与佛有因，与佛有缘，佛法僧缘，长乐我常。朝念观世音，暮念观世音，念念从心起，念念不离心……"

究竟是谁在念诵呢？无动寺深处的一室中传来了非诵非唱的十句观世音经。不，准确地说更像无意间流露出来的喃喃自语。不知不觉间，这自语声竟忘我地高亢起来，可凝神静听时，声音忽而又归于低缓。

黑黢黢的木地板走廊仿佛用墨洗过一样，一个身穿白色僧衣的小和尚正走在上面，将简陋的斋食高举在面前，朝传来诵经声的杉板门内送去。"客人。"小和尚将斋食放在一角，"客人。"他又跪地提醒了一声，可被提醒者仍弓着腰，背对着他，似乎连他进来都没有察觉。此人乃数天早晨前来此的修行者。当时，他挂着刀摸索到这里，浑身是血，惨不忍睹。

说到这里，此人是谁便不难想象了。从这南岭东下可到穴太村白鸟坂，西下则可直抵修学院白河村，自然也能到那云母坂和垂松的路口。

"午膳给您送来了。客人，给您放在这儿了。"

"哦。"武藏这才察觉似的，伸了伸懒腰，回过头来。"不好意思。"一看见斋食和小和尚的身影，他连忙端坐，行施一礼。他的膝盖上散落着白色的木屑，细碎的木屑甚至撒落到榻榻米和走廊上。看来是栋树之类的香木，微微地散发着一股香气。

"您现在就用膳吗？"

"对，现在就用。"

"那，我来侍奉您用吧。"

"那就劳驾了。"

武藏接过饭碗吃了起来。小和尚则出神地望起武藏身后熠熠闪光的小刀，和他刚才放下来的五寸大小的木头。

"客人，您在雕什么呢？"

"佛像。"

"阿弥陀佛？"

"不，我想雕一尊观音菩萨，可是不大会用凿子，怎么也雕不好。你看，老切到手指上。"说着，武藏伸出手给小和尚看，但比起手指上的伤，从武藏袖口露出来的胳膊上的绷带似乎更让小和尚皱眉。

"腿和胳膊的伤怎么样了？"

"承蒙照顾，这些伤已无大碍。请代我向住持道声谢。"

"要是雕观音像，中堂那边就有一尊观音像，据说还是出自一位名匠之手呢。您吃完饭后想不想去看看？"

"那可一定得看看。不过，到中堂有多远呢？"

二

小和尚答道："不远，也就十町左右。"

"这么近？"

武藏当下打定主意，吃完饭后就让那小和尚领着去东塔的根本中堂看看。就这样，时隔十几日，武藏终于再次踏上了大地。尽管自己觉得已痊愈，可脚一踏到地上，左腿的刀痕依然发痛，胳膊上的伤口也感到一阵阵山风往里钻。飒飒摇曳的树间，山樱如飞雪般飘舞，天空也绽满了临近夏季的颜色。仿佛生生不息的萌芽本能地伸展一样，武藏的肌肉也因体内忽然涌动的某种东西而疼痛起来。

"客人，"小和尚抬起头望望他，说道，"您是修行武者吧？"

"对。"

"那您为什么要雕观音像呢？干吗要学雕佛像啊？为什

么不把这些时间用来习武呢？"有时候，童真的追问也会刺人肺腑。比起腿上和胳膊上的刀伤，小和尚的这句话似乎更让武藏心痛。更何况小和尚才不过十三四岁，跟武藏在垂松下最先斩杀的少年源次郎相比，不论是年龄还是体型都那么相似。

那一日究竟有多少人负伤，又有多少人亡命呢？武藏至今也想不起来。自己是怎么厮杀的？又是怎么从那地狱里逃脱的？这些也都只是些断断续续的记忆。但从那以后，即使在睡梦中，当日的一幕也总会在眼前闪烁：松树下，敌方名义上的掌门人少年源次郎那"好怕"的一声惊呼，还有和松树皮一同被斩落在地的可怜尸骸。

莫心慈手软，斩！

当时正是在这种信念的支配下，武藏才断然最先斩杀了那名少年，可是如今活在世上的自己却不由得后悔起来。为什么要杀他？根本用不着如此残忍。武藏自己都对这过分的举动憎恨不已。

我做事不后悔！

他曾在旅行日志的一角写下如此字句，并发誓牢记。可唯独少年源次郎一事，无论他如何为自己当时的行动开脱，也抑制不住心头微微的痛苦和悲哀。

难道他在修行道路的荆棘中非得经历这种考验不可？若果真如此，那他前进的方向也太凄凉、太不人道了。

干脆把刀折断算了！他甚至产生了这种想法。尤其是钻进这座法寺后的数日里，当他沉浸于极乐鸟般的清音，从血腥中清醒过来，回归自我后，他也不禁产生了菩萨心肠。

在等待伤痛痊愈的无聊日子里，他之所以会突然雕刻起观音像，与其说是对少年源次郎的一种超度，毋宁说是为自己灵魂所做的忏悔。

三

"小和尚。"武藏终于找到了回答对方的话语，"这法寺里不是也有不少圣人雕刻的佛像吗？什么源信僧都的作品、弘法大师的雕刻之类，这又是怎么一回事呢？"

"也是啊。"小和尚纳闷地低头想了想，"这么说来，和尚也会画一些画、制作一些雕刻之类呢。"他似懂非懂地点点头。

"所以，武者雕刻乃是为雕琢武之心。佛家拿起刻刀来，恐怕也是为了从无我的境地去接近弥陀之心。绘画是这样，学习书法亦是如此。许多人都在追逐同一个月亮，可有的在高岭的迷途上徘徊，有的则会绕道而行，归根结底，大家的目的都一样，都是为实现功德圆满而采取的一种手段。"

一旦说教起来，小和尚似乎也没了兴致。只见他在前面一路小跑，然后指着草丛中的一块石碑，像导游一样说道："客人，这儿的石碑据说是一个叫慈镇的和尚写的。"

武藏于是走过去，读起那绿苔下面的文字来："济世此法水，细流淙淙流多远？将来之末世，思来不觉心中寒，比叡之山风萧萧。"

　　武藏静静地伫立在石碑前。这披满苔藓的石碑简直就是个伟大的预言者。由于信长这个惊人的破坏者和建设者的横空出世，连叡山也没能从他的大铁锤下逃脱。自那以后，禅宗五山便被从政治和特权中流放，虽然现在正悄然回归原来的法灯传承之山，可法师之中仍残存着倚仗守戒功德而恣意妄为的遗风，争夺座主之位的明争暗斗也不绝于耳。

　　本是拯救俗世的灵山，可他们非但不拯救世人，还要被世人供养，依靠这种布施经济才苟延残喘到现在。一想到如今这种颓废的寺风，武藏也不由得在石碑前感叹起这无声的预言。

　　"走吧。"小和尚正催促前行，身后忽然有人挥手喊了起来。原来是无动寺的打杂僧人。僧人径直奔到两人面前，二话不说质问起小和尚："喂，清然，你究竟要把客人带到哪里去？"

　　"去中堂啊。"

　　"干什么？"

　　"客人每天都在雕观音像，可老雕不好，我就说中堂那边有座名匠雕刻的观音像，带他去看看。"

　　"那也用不着非今天去不可啊。"

　　"这……我也不知道有事啊。"小和尚含糊其词，有些顾虑地对武藏说道。

于是，武藏接过话茬向打杂僧人道歉："是我不知道他还有事，擅自将他带了出来，实在抱歉。原本也用不着今天去，还请将他带回去吧。"

"不，我不是来叫这小和尚的，而是客人您。您如果方便，就请回去一趟吧。"

"什么，叫我？"

"是的，您好不容易走到这儿，实在抱歉。"

"是不是有人造访在下？"

"我一再回话说您外出了，可对方始终黏在那里不依不饶，说刚刚还看见您，无论如何也要见您一面，让我等务必叫您回去。"

咦，到底是谁呢？武藏有些纳闷，不觉间迈出步子。

四

尽管叡山延历寺僧兵的横暴势力已完全被逐出政权和武家社会，可瘦死的骆驼比马大，残势如今还存于这山上。正所谓"禀性难移"，尽管世道已变，可他们依然没有改变从前的装束，既有脚穿高木屐横挎大太刀者，亦有腋下佩带长刀者，总之，一群十人左右的僧兵正等在无动寺门前。

"来了。"

"就是那个？"

一群人顿时交头接耳起来。说话间，这群头戴赤黄色头巾、身着黑衣的影子已迎了上来，视线都汇集到武藏、小和尚与前去叫来二人的打杂僧人身上。

到底是什么事呢？连叫自己的人都不清楚，武藏更是无从知道。只有一点在路上已听说：对方乃东塔山王院的堂众。可是武藏一个都不认识。

"辛苦了。已经没你们的事了，退到门内。"一个大法师挥着长刀将打杂僧人和小和尚轰走，然后问武藏："你可是宫本武藏？"

由于对方并未以礼相待，武藏也站着答道："不错。"他点点头。

这时，一个老法师从后面上前一步。"现在宣示中堂延历寺的众判。"接着，他如同下达文书似的说道，"叡山乃净地，乃灵域，断不许负怨恨逃避者潜伏，况不逞争斗之徒乎！而今已知会无动寺，令汝即刻退出本山。如有违背，必依山门严则处罚。汝可知晓？"

武藏望着对方凛然的样子，一阵哑然。为什么？真是奇怪。当初摸到这无动寺乞求收留的时候，为谨慎起见，无动寺已向中堂的衙署打过招呼，对方并未反对，无动寺是在得到许可后才答应容留自己的。如今对方却像驱赶罪人似的突然要赶自己出去，这里面一定有缘由。

"尊意已明。只是在下未能收拾准备，今日白天恐有些勉强，可否容在下明早起程？"武藏先是乖乖地答应下来，然后又问，"可是，这究竟是官府司直的指示，还是本山衙署的命令？先前无动寺提出申请时明明已答应容留，如今却突然下此严命，在下甚是不解。"

听到武藏质疑，对方答道："哦，既然你问，那就不妨告诉你。当初，衙署也对你在垂松以一人之身力敌吉冈一门之举抱有满腔敬意，可后来世上纷传你行为卑劣，于是众议认为不可再留你于山上。"

"卑劣？"武藏点点头，仿佛意料之中似的。那之后吉冈方会如何向世间败坏他，这一点完全不难想象。既然如此，在这里和这些笃信道听途说的人争论还有什么意思呢？武藏再次冷冷地说道："明白了。既然无法容人分辩，那在下明早一定离开。"

他正要进入门内，背后突然传来法师的唾骂声："邪门歪道！罗刹魔鬼！"

五

"什么？"武藏不由火起，停住脚步，对嘲骂自己的堂众怒目而视。

"你听到了啊？"回答者是刚才在身后骂武藏是邪门歪道的法师。

武藏遗憾地说道："既然衙署有令，在下已乖乖地接受，为何仍要出此脏口？莫非是故意要与在下挑起事端？"

"我们是侍奉佛祖的，压根就没有寻衅滋事的念头。这些话都是不由自主冲破喉咙跳出来的，我们也没有办法。"

其他的法师也纷纷应和："是天声！是天让人说的！"

众人添油加醋地吵嚷，污蔑的眼神和叫骂的唾沫纷纷朝武藏身上砸来。武藏感到了难以忍受的耻辱，可是面对挑衅，他还是努力劝解自己，沉默不语。

这山上的法师，自古便以长舌有名。所谓的堂众便是学寮的学生，全是傲慢不逊、卖弄学问、光说不练之辈。

"有什么啊！乡里传得神乎其神，我还以为是个多么了不起的武士呢，如此看来，不过是个窝囊的家伙而已。哟，还生气了，我看连个屁都放不出来了吧！"

武藏不断忍耐，可对方还是漫骂不绝。他微微怒形于色。"是天让人说的，是天声，对吧？"

"是又怎么样？"对方傲慢地回击道。

"那是什么意思？"

"还不明白？山门的众判都告诉你了，还不明白？"

"不明白。"

"是吗？但以你的智商也难怪。你真是个可怜的人！但不用多久你就会知道什么是轮回了。武藏！你的名声可真臭啊。下山也要小心点啊。"

"名声算不了什么，让人们随便说好了。"

"哼，好像还觉得自己挺对似的。"

"我没错！在那场比武中，我没有丝毫卑劣行径，没有一丝可耻的地方。"

"住嘴！决不容你如此胡说！"

"那我哪里卑鄙了？我做过什么卑怯之事？我敢对刀发

誓，我的战斗中没有一丝邪恶。"

"亏你还有脸说！"

"若是别的事，在下也可以置之不理，可若是诽谤我的刀，我决不答应。"

"那就说说！倘若你能回答这个问题，你就答给我们听听！不错，吉冈方派了大批人马，确实过分！而你却毅然以一人之力血战到底，你的勇气、顽强和不怕死的劲头的确令人称赞，也堪称了不起。可是，你为何连十三四岁的孩子都斩尽杀绝？将那个叫源次郎的少年残忍地杀死……"

武藏仿佛被泼了一盆冷水，脸上悄然失去了血色。

"吉冈二代清十郎变成残废，悄然遁世，其弟传七郎也死在你手中。若说剩下来的血脉……便只有那幼小的源次郎。斩杀源次郎便形同让吉冈家断后。即使你是为了武士之道，也不该有如此血腥残忍的做法。说你是邪门歪道、杀人魔鬼都不解恨！你还算是人吗？你怎能配得上与这烂漫的山樱相媲美的武士称呼？"

六

面对一直低头不语的武藏，对方继续说道："山门对你的憎恨也是源于对这前后经过的了解。其他任何情形我们都可原谅你，可唯独对你将那名少年都算作敌人，并残忍斩杀的蛇蝎之心，我们无法宽恕。我们这个国家没你这样的武士。越是强大杰出，便越应慈爱体贴，懂得何为体恤众生。只有这种人才能算得上真正的武士！叡山现在要把你赶出去！你趁早滚，赶快从这儿消失！"

堂众将所有詈骂和嘲蔑倾泻到武藏身上后，陆续返回。武藏心甘情愿接受这种鞭笞，一直沉默。但对于他们的指责，他也并非无言以对。我是对的！我的信念没错！在那种场合，我只能如此坚持，毫无他法！他的心里绝非没有申辩的理由，即使现在，他也仍如此坚信。

那么，为什么还要斩杀少年源次郎呢？对于这一点，武藏心里十分清楚。源次郎是对方的掌门人，也就是大将，是三军的令旗，杀他有何不对？此外，武藏还有其他理由：敌人起码有七十人之众，就算化为舍利白骨，斩杀其中十人，也只能称得上是善战。而倘若只去斩杀那些吉冈的遗弟子，就算斩杀二十人，剩下的五十人照样会奏凯而还。为了获取胜利，必须要率先杀死身为敌方精神象征的大将。只要将敌人的中心一刀斩杀，就算战死，自己也照样能说获得了胜利。

倘要武藏继续说下去，从武道的绝对法则和本质上，他也能举出若干个理由。可是面对堂众的詈骂，他最终没有申辩一句。即使他坚信自己有道理，也仍有一种莫名的良心上的谴责比堂众的责骂更让他感到伤痛和惭愧。

"还谈什么修行啊，算了吧。"武藏抬起呆滞的双眼，仍呆立在门前。洁白的山樱花瓣飘散在傍晚的风中。他此前的坚定信念也似那花瓣一样，化为霏霏花雨朝天空飘去。

"而且还有阿通……"武藏忽然想起了商人的怡然,想起光悦和绍由的生活。不!他大步走进无动寺。房间里已经掌上灯。这儿也只能待最后一晚了,明天必须离去。无论是巧还是拙,只要能把自己那颗祈福的心送到菩提那里就足够了。就趁今夜赶紧雕好,留在寺里吧。他在灯盏下坐下,将未雕完的观音像按在膝上,拿起刻刀,再次专心地撒下新的木屑。

这时,没有关上寺门的无动寺大走廊里,有一人悄悄地爬了上来,像只动作迟缓的猫一样蜷缩在屋外。

七

短架灯的光暗下来,武藏剪了剪灯芯,接着又弯下腰,拿起刻刀。群山已经淹没于沉沉的夜色和静寂里。唰、唰,刻刀锋利的刀刃一点一点雕凿着木头,微微发出下雪般的声音。

武藏完全沉浸在刀刃上。他生性如此,无论做什么,只要开始动手,就会全身心投入,此刻也一样。仅仅看他那手执刻刀雕刻的样子,便不难感觉到那股燃烧的不知疲倦的热情。不知不觉间,吟诵观音经的声音越来越大。他蓦地回过神来,又忽地降低声音,接着再剪剪灯芯,将一刀三拜之心全都凝聚在佛像里。

"唔……好歹雕好了。"当武藏伸起懒腰的时候,东塔的大梵钟已经敲响二更的钟声，"怎么也得去道一声别，这雕像也要在今夜拜托给住持才行。"

尽管雕得粗陋，可对武藏来说，这是他用惭愧的眼泪将自己的灵魂一点点刻进去，为那亡命的少年祈祷冥福而雕成的东西。他想把它留在这寺院，永远吊唁源次郎的灵魂，抚慰自己的忧愁。

不久，他便带着雕好的观音像出门而去。

他刚一离去，小和尚便进屋迅速用扫帚打扫房间，然后将被褥全都铺好，随后扛着扫帚返回斋堂。

这时，本该空无一人的房间里，却吱呀响了一声，隔扇悄悄地开了一道缝，接着又关上了。不一会儿，对此一无所知的武藏回到房间。他将住持送给他的钱别斗笠和草鞋等旅途用具放在枕边，便熄灭了短架灯，钻进被窝。由于门并未关上，风立刻吹打起四面来。隔扇在星光的映照下透着明亮的蒟蒻色，树木的影子不禁使人想起大海的荒凉。

微微的鼾声传来，武藏已睡着了。随着睡眠深入，气息也越来越舒缓。这时，一角的小屏风一端微微动了一下，哧溜，一个像猫一样弓着背的人影爬了过来。

武藏的气息猛地停了下来，人影顿时趴得比被褥还低，小心地探测起气息的深度，耐心地等待着良机。

忽然，人影像黑丝绵一样，一下子压向武藏，同时将短刀的刀锋对准他的喉咙拼命扎了下去。"哼，你小子，让你尝尝厉害！"

接着，只听当的一声，人影顿时飞到了一旁的隔扇上，连那刀锋究竟刺向哪里都已无从知道。人影像个厚重的包裹一样被扔了出去，只呻吟了一声，便翻着跟头与隔扇一起滚落到外面的黑暗中。

就在抛出去的一刹那，武藏忽然觉得那歹人的体重极轻，顶多有一只猫的重量，而且脸用布包着，头发像麻线一样银白。可是，武藏对抛出去的人连理都没理，便立刻抄起枕边的太刀。"站住！"他跳下外廊喊道，"难得造访一次，怎么也得打个招呼啊！回来！"话音未落，他便大步追赶起黑暗中的脚步声。

不过，武藏并未真心去追。他嘲笑着慌乱奔向远方的雪白刀刃和法师头巾，不一会儿便折返回来。

八

恐怕在被扔出去的一瞬就摔得够呛，阿杉仍在地上呻吟不止。她知道武藏已经返回，却逃也没法逃，起也起不来。

"啊，这不是大娘吗？"武藏扶起她。原来，冲自己首级而来的谋杀者既不是吉冈的遗弟子，也不是此山的堂众，竟是这衰老不堪的同乡好友的老母亲，着实让武藏意外。"啊，一切全明白了。到中堂抗诉，恶言中伤我的身世和行为的人竟然就是大娘啊。一定是堂众听了大娘的话便信以为真，也十分同情，当下决定赶我下山，又趁着夜色帮大娘来这里暗害我。"

"唔……疼死我了。武藏，既然落在你手里，我老婆子也无话可说，只能怪本位田家没有武运了。你快斩下我老婆子的头吧。"阿杉痛苦难当，强忍着说道。

尽管拼命挣扎，可阿杉根本没有阻挡武藏的力气。刚才摔得无疑很重，但自从离开三年坂，阿杉的感冒就一直未好，不时发低烧，浑身软弱无力，总之健康状况不佳。而且在赶赴垂松的途中，她又被又八遗弃，这给她年迈的心带来了更大的打击，也弄坏了身体。

"快杀啊！事已至此，快砍下我老婆子的头！"

如果从她的心理和肉体的衰老程度来考虑，她挣扎着说的这些话，也未必纯粹是弱者所叫嚣的自暴自弃的疯话。或许她真的已完全死心，反倒希望早点死去。

不过，武藏并没有那样做，而是说道："大娘，痛吗？哪里痛？我会服侍您，请不用担心。"说着，他轻轻地让她躺在自己怀里，又把她移到床铺上，坐在枕边，一直守护到天亮。

天空一泛白，小和尚便立刻将武藏要的便当包好送了过来。方丈连连催促："也别怪老衲催逼，既然中堂那边昨日都那样严令了，还请尽早下山吧。"

武藏原本就打算如此，于是立刻打点行装，可麻烦的却是生病的阿杉。他与寺里商量，寺院方面似乎也怕留下这种人会带来麻烦，便说道："您看这样如何？"

原来寺里正有一头大津的商人运货用的母牛，那商人把牛寄存在寺里，便去丹波路办事了，因此可以借用牛背，驮阿杉下山到大津，然后把牛放到大津的渡口或附近的批发市场便可。

乳

一

　　沿山脊走过四明岳的山顶，再经山中下至滋贺，便可来到三井寺背后。"呜……呜……"阿杉疼得不时在牛背上呻吟。武藏则手牵缰绳，走在前面。他回过头来安慰道："大娘，您若是疼得厉害，就歇一会儿吧，反正你我都不急着赶路。"

　　阿杉趴在牛背上不吭声，可就在这无言之中，她的表情深处反倒潜藏着那素来刚强的个性。她可不喜欢受仇人的照顾，因而武藏越是体贴，她便越是憎恶，越是反感：哼，我可不是那种让你可怜可怜就会忘记怨恨的老婆子！

　　可是，对于这个仿佛就是为了诅咒自己而活着的阿杉，不知为何，武藏既没有强烈的憎恨，也没有如火的仇视，或许是因为在力量的对抗中，对方实在过于弱小。可此前一直算计、陷害自己，让自己吃尽苦头的敌人，便是这个最没有腕力的老人。但不知为何，武藏始终无法将这个老人看作敌人。

武藏真的不在意阿杉吗？在故乡时吃尽了她的苦头，在清水寺又在众目睽睽下遭到她的唾骂，而且迄今为止，他有许多事都被阿杉搅和，脚下也被使了不少绊子。每每想起这个老奸巨猾的阿杉，他都憎恨又愤怒。

我该怎么处置阿杉才解恨呢？武藏甚至觉得将她撕成八瓣都不够。可是即使人头差点让她揪下，他也没有由着性子怒骂"死老太婆"，也从未产生过扭断她那满是皱纹的细脖子的念头。而且，这一次的阿杉更是与以往不同，全然没了精神，昨晚的摔打让她痛苦得呻吟不已，往日的辛辣毒舌也没了威风。所以武藏便愈发可怜她，希望她尽快康复。

"大娘，我知道在牛背上很痛苦，可只要到了大津就一定有办法，您就再忍耐一下吧。从早晨起就没有吃便当，肚子也饿得慌吧？您就不想喝点水吗？什么，不要？是吗？"

从山顶环顾四周，莫说是北陆的远山和琵琶湖，就连伊吹山都清晰可见，甚至连近处濑田的唐崎八景，也都尽收眼底。

"休息下吧。大娘，您也从牛背上下来，在这草地上躺一会儿吧。"武藏将缰绳拴在树上，把阿杉抱下牛背。

二

"痛！痛！"阿杉皱着眉头，甩开武藏的手，趴在草地上。她的皮肤已变成土色，头发蓬乱，倘若丢下不管，极可能会送命，情况看来很严重。

"大娘不喝点水吗？就不想吃点东西？吃一点吧。"

武藏担心不已，抚摩着阿杉的后背关心地问。可倔强的阿杉只是固执地摇摇头，水也不喝，食物也不吃。

"真没办法。"武藏无计可施，"从昨晚就滴水未进，想讨点药，附近又没有人家……这样您只会越来越疲乏。大娘，您哪怕把我的便当吃一半也好啊。"

"恶心。"

"什么，恶心？"

"我就算饿死在荒郊野外，让鸟兽吃了，也决不会向你这个仇人要饭吃。傻瓜，少和我来这一套！"阿杉甩开武藏抚在背上的手，又趴在草丛里，"唔。"

武藏没有生气，反倒对阿杉的心情感同身受。只要消除阿杉所持的根本误解，对方也一定能理解他的心情。眼下，他只能徒然叹息。

仿佛是自己的母亲生了病，无论阿杉说什么，武藏都任劳任怨，始终耐心地安慰着。"可是大娘，倘若就这样死去，不是白费了吗？既无法看到又八出人头地……"

"什么？你说什么？"阿杉露出牙齿，一副欲咬过来的架势，"这、这种事用不着你管！又八也一定会飞黄腾达！"

"我也是这么想的。所以大娘也得打起精神，好好鼓励儿子才是。"

"武藏！你这个伪善之人！我岂会被你那甜言蜜语哄骗，放弃对你的怨恨？你不要净说这些没用的烦我！"

阿杉一脸的敌意实在让人无奈。就算是再大的好意，此时也会起反作用。武藏默默站起身走到阿杉看不见的地方，解开便当。便当是用槲树叶卷起来的饭团，里面还加了黑色的味噌，实在美味。哪怕大娘能吃一半也好啊。武藏想着，便把剩下的少许饭团又包进槲树叶，放在怀里。

就在这时，阿杉旁边忽然传来说话声。武藏从岩石后面探头一看，发现一个女人正在和阿杉说话。大概是路过的山里女人吧，穿着大原女穿的那种裙裤，头发干涩无光，随意一扎便垂在肩上。

"行吗，老婆婆？我家也住了个病人，虽然恢复得差不多了，倘若能喝点牛奶，我想一定能恢复得更好。正好我也带了一个壶，您就让我稍微挤点这母牛的奶吧。"女人高声说道。

"哦，我倒是也听说过母牛的奶对病人有好处，只是不知这牛能否挤出奶来。"阿杉眼里闪着与面对武藏时截然不同的眼神。

女人与阿杉交涉了一阵子，然后便蹲在母牛的肚子下，拼命往抱着的壶中挤白色的液体。

三

"多谢您，老婆婆。"女人从母牛肚子下面爬出来，小心地抱着装有牛奶的壶，道谢后就要离去。

"等等。"阿杉慌忙抬起手叫住了女人，然后环顾四周。没看到武藏的身影，她便安心地说道："你能不能把那牛奶也给我喝一点？就让我喝一口吧。"她颤抖着干渴的声音央求道。

"那还不简单。"女人于是递过壶。阿杉立刻把嘴唇贴在壶口，闭着眼睛咕嘟咕嘟地喝了起来，从嘴角溢出来的白色汁水流过前胸，洒在草地上。

一直喝到胃装满，阿杉才一哆嗦，立刻就要呕吐似的皱起眉。"啊，多么可怕的味道！但说不定我也能康复呢。"

"老婆婆身体也不舒服吗？"

"没事，就是感冒发烧的时候又摔了下。"说着，阿杉站了起来，趴在牛背上时呻吟不已的病态已稍有好转，"请问……"她压低声音，贴近女人，同时用锐利的眼神留意着武藏，"顺着这条山道一直走，能到哪里？"

"能到三井寺上面。"

"三井寺就是大津的地盘了吧……除了这条路外，还有没有其他近道？"

"也不是没有。老婆婆，您到底要去哪里？"

"去哪里都行，我只是想从抓住我不放的恶人手里逃走。"

"往前走四五町有一条北下的小道，您若不嫌难走，一路走下去，就能到达大津和坂本之间了。"

"是吗……"阿杉慌忙叮问道，"那，倘若后面有人追上来向你盘问，你就说不知道便是。"慌忙丢下这句话，阿杉立刻抢在一脸纳闷的女人前面，仿佛跛脚的螳螂赶路似的，一瘸一拐地朝前方奔去。

武藏目送阿杉离去，苦笑了一下，然后从岩石后面站起身，轻轻走了回来。抱着壶离去的女人背影浮现在眼前。武藏一喊她，女人便立时呆立在原地，未等武藏发问，便满脸一问三不知的表情。

不过，武藏并未问及阿杉的去向。"老板娘，你家是这边的农家还是樵夫啊？"

"我家？我家在前面山顶开了间茶屋。"

"山顶茶屋？"

"是。"

"那就更好了。能否帮我到京内跑一趟，我会付你跑腿钱的。"

"倒不是不行，只是家里有位生病的客人。"

"那牛奶就由我去送吧，然后我就在你家里等着回信。如果现在就能立刻动身，太阳落山之前还能赶回来。"

"那倒也行……"

"你不用担心，我不是什么坏人。刚才那位大娘既然都能跑得那么有力了，我也就不担心了，由她去好了。我现在就写封信，拜托你把信送到京内的乌丸家。我在你的茶屋里等着回信。"

四

武藏抽出矢立中的笔，立刻写起信来。是给阿通的书信。滞留无动寺时，他就一直想找个机会给她写封信。

"那就拜托了。"把信交给女人后，武藏跨在牛背上，随着母牛悠闲的脚步享受着半里左右的路程。虽然只是潦草数笔，但他回想起书信的内容，又想象阿通收到信后的心情，不禁咕哝起来："没想到还能再度会面。"他的笑容映着灿烂的云霞。此时，比起那生机勃勃地静候夏季降临的大地万物，比起那装点着晚春碧落的云间万物，唯有他那张脸最快活、最富有光彩。

"看她最近那样子，恐怕现在还卧病在床吧。但看到我的信，她一定会一下子蹦起来，与城太郎一起追来。"

母牛或走或停，还不时嗅嗅青草。在武藏眼里，连那白色的草花都像洒落的星星。他完全沉浸在美好的心情里，可当他环顾山谷时，忽然又担心起来：阿杉大娘该不会又一个人倒在地上痛苦挣扎吧？只有在这种时候，他才有空去想这些乱七八糟的事情。

倘若让旁人看到信，那可丢死人了。武藏大致是这样写的：花田桥畔时你等了我，这次就让我来等你吧。我先一步赶到大津，将牛拴在濑田唐桥上，到时候再说悄悄话吧。他像吟诗一样反复吟诵着刚才书写的内容，甚至都开始在心里构思悄悄话要说些什么了。

山脊上现出一家茶屋。就是那儿吧，武藏想。走近以后，他下了牛背，拿着这儿的女主人要送回来的牛奶壶。"打扰。"他在店前的折凳上坐下，正在往放着蒸笼的泥灶里添柴的老婆婆立刻给他打来热茶。于是他把遇见这里的女主人并求她跑腿的事情一五一十地告诉了老婆婆。当他正要连奶壶也一并交与她时，连连点头的老婆婆大概是耳背，接过奶壶后竟纳闷起来。"这是什么？"

武藏便告诉她，这是自己牵来的母牛的牛奶，这儿的女主人要给生病的客人喝，就挤到了这壶里，请赶快给病人送过去。老婆婆这才现出似懂非懂的神情，"哦？是牛奶啊？哦。"但她只是两手抱着奶壶，不知该如何处置。"客官，里面的客官，快请出来一下，我也不知这事该如何是好……"她往狭小的屋子里面瞧了瞧，突然喊道。

五

老婆婆喊的客人并未待在里面。"噢。"回答声是从后门传来的。不久，一个男人慢腾腾地从茶屋一旁露出头来，问道："什么事，老婆婆？"

404

老婆婆立刻将奶壶递到那男人手里，男人却呆住了，既没有听老婆婆的话，也未看手中的奶壶，只是像个呆子一样将目光朝武藏脸上投去。武藏也凝望着男人。

　　"呃，呃……"也不知是谁先出声的，只见双方喃喃着向彼此靠去，然后脸与脸碰到了一起。

　　"这不是又八吗？"武藏喊道。那男人竟然是本位田又八。

　　听到老朋友熟悉的声音，又八也忘情地喊了起来："啊，阿武？"他脱口喊出从前喊惯了的名字。武藏伸出手，又八也忘我地拥抱过去，恍惚间奶壶滑落在地，壶碎了，白色的液体溅到二人的衣摆上。

　　"啊！多年不见！"

　　"关原合战，从那以后……从那以后再也没见面！"

　　"这么说来……"

　　"有五年没见了，我今年都二十二了。"

　　"我也二十二了。"

　　"对，咱们俩同岁啊。"

　　两个朋友紧紧拥抱在一起，甜润的奶香萦绕在二人周围。此情此景或许又让他们回忆起了童年的时光。

　　"你出息了，阿武。不，现在这么喊，是不是连你自己都觉得不习惯了？那我也喊你武藏吧。你上次在垂松的壮举，还有此前的种种传闻，一直都如雷贯耳啊。"

　　"不，说来惭愧，我还远未成熟，是那些人太没出息了。对了，又八，住在这茶屋里的客人就是你吗？"

"唔……我想动身到江户去，才离开京都没多久，可是出了点事，就耽搁了十多天。"

"那，病人是……"

"病人……"又八支吾道，"那病人是我的同伴。"

"是吗？不管怎么样，看到你平平安安的，我比什么都高兴。对了，上次我从大和路去奈良的途中，收到了你托城太郎给我的信。"

又八忽然低下头。一想起自己当时在信中写下的豪言壮语至今一件都未能实现，他就怎么也抬不起头来。

武藏把手搭在又八的肩膀上，不觉倍感怀念。至于五年间又八与自己的差距，他根本就没有想过，只想趁此良机与老朋友好好地叙叙旧。

"又八，你说的那同伴是谁啊？"

"啊……也说不上是谁，只是稍微……"

"那，咱们到外面去吧，在这里也不便多说。"

"嗯，走。"又八似乎也希望如此，立刻朝茶屋外走去。

蝶与风

一

"又八，你现在靠什么为生？"

"我错过了仕宦的机会，连个像样的差事都没有。"

"就是说，你一直瞎混到了今天？"

"一说我就来气……就是因为那个阿甲，我走错了关键的一步。"

两人来到一片原野上，不禁回想起伊吹山麓。

"坐吧。"武藏盘腿坐在草上。他不禁为总在自己面前感到自卑的朋友如此气馁而着急。"你说是因为阿甲？可是又八，这种想法本身就是男人自卑的表现。开创生涯的只有自己，除此以外绝无旁人。"

"当然，我也不对。怎么说呢，我总是躲不开向我滚滚而来的噩运，总被拖着走。"

"这样怎么能闯过如今的时代呢？如今的江户也是饥渴的各国人争相涌入的新城市，就算是到那儿，倘若没有过人的本领，连立身处世都没法指望。"

"我若是也早早地修行武道就好了。"

"你在说什么啊？你不是才二十二岁吗？以后的路还长着呢。不过又八，你不是那种适合修行的人。你最好去做学问，然后找一位贤明的主君踏上仕途。"

"那我也试试……"又八揪下一根草穗叼在嘴里。他也为自己感到羞耻。

同样生在山里，同样是乡士之子，仅仅五年，对方就与自己产生如此大的差距。一想到这里，又八便为自己混吃混喝的日子而后悔不已。只是听到一些传闻，尚未见到武藏的时候，他还真未把武藏放在眼里。可是亲眼看到武藏五年后完全不同的样子，就算他再怎么迟钝，都无法不从武藏身上感到那种与朋友不相称的凌人气势，无法不对自己抱有自卑。连他平时对武藏抱持的反感、抗拒甚至自尊心都同时消失殆尽，只能默默地在内心责备自己没骨气。

"你在想什么呢？喂，坚强点。"武藏拍拍又八的肩膀，又八不由得感到对方对自己懦弱意志的斥责。"没关系，如果是游逛了五年，那就权当自己晚生五年。但倘若换种思考方式，说不定这五年的闲逛也是一种珍贵的修行呢。"

"我实在没脸见人。"

"哦……光顾着跟你说话，差点忘了，又八，我刚刚在那边与你母亲分开了呢。"

"哎？你见到我母亲了？"

"你怎么就没能继承一点你母亲的坚强和韧性呢？"

二

　　望着眼前这个不肖之子，武藏不禁为不幸的阿杉悲哀。多么没出息的东西！不争气的又八那消沉的样子实在让人无法视若无睹。武藏真想骂他一句：你看看我，我从小便与母亲分离，从未尝过母爱，是多么悲惨和寂寞！

　　无论是阿杉拖着一把老骨头尝尽旅途之苦，还是她把武藏当成永世仇敌执着追杀，其根本原因便是她疼爱又八，此外再也找不出其他理由。这完全是因溺爱而生的误解，又因误解而生的执念。武藏只有在模糊的幼时梦境里才能感受到母亲。他羡慕又八。

　　在经历过阿杉的唾骂、迫害、算计，从一时的愤怒中清醒过来后，他反倒更深切地感受到自己的孤愁，羡慕又八能有疼爱自己的母亲。所以，若想解除阿杉的诅咒……凝望着又八的身影，武藏不由得在心中自问自答：除非这个儿子能有出息。倘若又八能超越武藏，争口气给阿杉看看，光宗耀祖，阿杉或许会觉得比砍下武藏的人头还值。想到这里，他对又八的友情就像他对武道的态度，就像他雕刻观音像时的情绪，不由得熊熊燃烧起来。

　　"又八，你不这么想吗？"这真实的情感让武藏的话里充满了真诚与庄重，"拥有那么好的母亲，你为什么就不能让她流几滴幸福的眼泪呢？在没有母亲的我看来，你实在太过分了。我不是说你不尊敬你母亲，而是说你虽然有一个深爱自己的母亲，拥有这样一个最大的幸福，却把这种难得的幸福糟践了。假如我现在有这么好的母亲，我的人生不知会温暖多少倍。无论是磨炼修行还是建功立业，都不知会涌出多大的干劲来呢。为什么？因为再也没有比父母更真诚地为孩子的功业而高兴的人了。能够有人为自己的功业欢呼，这难道不是巨大的精神动力吗？对于拥有这些的人来说，这话听起来有点像迂腐的说教，可一个漂泊之身感叹着美好景色，身边却没有一个倾听者时，他的身心是多么孤独啊。"

又八一直在倾听，武藏便一口气说到这里，然后使劲握住他的手。"又八……这些你一定也都明白。我是作为一个朋友来求你的。我们出生在同一片乡土……啊，又八，就让我们再一次唤醒那扛着一杆枪便离开村子前去参加关原合战时的气魄，相互勉励吧。现在世上已看不到战争的影子，虽然关原合战的战火熄灭了，但是和平背后的人生之战不仅没有熄灭战火，反而制造出一个个惨烈的修罗场和诡计的陷阱。若想从中冲出去，就只有磨砺自己。又八，希望你再次拿出扛着枪义无反顾奔赴战场时的气概，认真地把这个尘世当作战场，好好努力，出人头地。只要你拿出干劲，我什么都会帮你，哪怕给你做奴仆也行。只要你对天地起誓，真的拿出干劲来。"

又八的眼泪滚落下来，落在两人紧紧相握的手上，像开水一样滚烫。

三

倘若这是母亲的意见，又八一定又会嗤之以鼻，反击说耳朵早就听出老茧了。可面对五年后重逢的挚友的话语，他的内心受到强烈的震动，不禁流出热泪。

"知道了，明白了。多谢。"他不断用手背擦拭眼睛，"我也把今天作为心灵的生日，由此重生吧。既然我没有那种以武立身的禀赋，那么无论是去江户还是遍历诸国，只要能遇到良师，我便潜心追随其做学问。"

"我也会一起留意，帮你寻一个好的老师和主公。这学问也不是只有闲着时才能做，侍奉主公的同时也能修学。"

"我似乎觉得已奔上了一条光明大道。只是，有件麻烦事……"

"没事，有事只管讲。将来也是一样，只要我武藏能做到，只要对你有帮助，无论什么事情我都会帮你，起码也可以为惹恼你母亲的罪过作一点补偿。"

"难以启齿啊。"

"即使是不重要的隐情，也会在不知不觉中投射出巨大的阴影。说出来吧……难为情也只是一瞬，而且朋友之间也没什么可害羞的。"

"那我就说了……在茶屋后面卧床的，其实是个女伴。"

"女伴？"

"而且……啊，我实在是难以启齿。"

"你真不像男子汉。"

"武藏，说出来你可别生气，因为你也认识她。"

"咦？到底是谁？"

"朱实。"

武藏一惊。在五条大桥上见面时，朱实便已不再是从前那纯白的野花。虽然还没有放荡得像阿甲那样成为满含媚汁的毒草，可她已经是一只衔着危险的火种到处飞的鸟了。武藏不由得回忆起来，当她扑在自己怀里哭着向自己告白时，还有一个似乎与她保持着某种关系的年轻额发男人从桥畔向自己投来不满的目光。

听到又八的旅伴是朱实，武藏顿时为又八捏了把汗，因为他立刻就察觉到又八的不幸。一个拥有复杂经历和性格的女人和一个性格懦弱的男人，二人的人生将会走向何等黑暗的谷底呢？究竟是为什么？阿甲也罢，朱实也罢，选谁不好呢，为什么这男人身边净是些危险的旅伴呢？

看到武藏沉默，又八不由得按照自己的理解解释起来："你生气了？我只是觉得不能瞒着你才直说的。但你一定不怎么高兴吧？"

武藏怜悯地说道："你胡说些什么？"他这才恢复了神色，"我是在为你感到悲哀啊。究竟是你太不幸了，还是你自己在制造不幸？明明已经吃尽了阿甲的苦头，怎么又……"

武藏很遗憾，不禁追问起这前后的经过。于是，又八便把在三年坂客栈的邂逅到次日夜晚在瓜生山再度相遇，然后心血来潮决定同朱实一起私奔去江户的过程，甚至连把母亲抛弃的情形都原封不动、毫无隐瞒地讲了出来。

"大概是抛弃母亲的事遭了报应吧。朱实说在瓜生山滑倒时摔得很痛，之后就一直在这家茶屋卧床休养。我也后悔了，可事已至此，已经无法赶她走了。"

听了他的叙述，武藏终于明白了。原来这个男人竟将慈母之珠换成了衔火之鸟。

<h1 style="text-align:center">四</h1>

"客官，原来您到这儿来了啊。"这时，微微有点年老昏聩的茶屋老婆婆慢腾腾地走了过来，两手叉腰，似乎看天气似的，环顾着天空说道："和您同行的病人没一起来啊？"她似问非问。

又八立刻着急地问道："朱实吗？朱实怎么了？"

"不见了。"

"不见了？刚才还在啊。"

尽管无法解释，可武藏的某种直觉还是应验了。"又八，去看看。"

两人急匆匆赶回茶屋，往朱实休息的脏兮兮的房间里一看，老婆婆所言果然没错。

"啊，不好！"又八一下子慌了，大喊道，"腰带没了，鞋也没了！啊，我的路银也没了！"

"化妆用品呢？"

"梳子、簪子都没了。跑到哪里去了？丢下我一个人。"又八刚才还热泪盈眶、发愤图强的脸上顿时充满了悔恨。

老婆婆从门口的泥地往里瞅了瞅，自言自语地说道："究竟是怎么回事？那个姑娘啊，说出来客官也别不高兴，其实她根本就没病，是在装病呢。我老婆子一眼就可以看出来。"

又八已经无暇听这些。他立刻来到茶屋外，茫然张望着山间蜿蜒的白色小道。桃花已枯萎凋谢的桃树下，卧在那里的母牛突然打了个呵欠，悠悠地叫了一声。

"又八，发什么呆啊？为了离去的朱实能有一个好的将来，哪怕能有个好一点的落脚处，我们就为她祈祷吧。"

"嗯。"

一阵风卷着小旋涡吹过又八茫然若失的脸，一只黄色的蝴蝶在风的吹拂中朝崖下坠去。

"你刚才的话让我很高兴。那是你真正的决心吗？"

"当然是，不然还能是什么？"又八紧咬嘴唇颤抖着喃喃道。

武藏一把拽过又八的手，仿佛欲将他茫然凝望远处的眼眸拉回来。"你面前的道路已然打开了。朱实逃走的方向并不是你的道路。你现在赶紧穿上草鞋，去把下山赶往坂本和大津之间的老母亲找回来。你决不能失去你母亲。快，马上去！"说着，武藏将草鞋绑腿等旅行用具取过来，拿到店前的折凳上，接着又说道，"钱有吗？路银……虽然并不多，你还是先把这些拿去吧。你若是真的立志去江户成才，那我也先同你共赴江户。而且我还有一些心里话也要和你母亲说。我先将这头牛牵到濑田的唐桥，过后你可一定将你母亲领来啊。听见没有，一定要牵着大娘的手来啊。"

道听途说

一

　　武藏留了下来，等待茶屋女老板归来。午后的小半日实在无聊，天又长，身体也像软糖一样，想伸伸懒腰。武藏也学着卧在桃树下的母牛，横躺在茶屋一角的长凳上。今天早晨起得早，昨晚也未正儿八经地睡。不觉间，梦中出现了两只蝴蝶，其中一只是阿通，围绕着连理枝翩翩起舞。

　　忽然睁开眼睛一看，阳光已映到房屋门口的泥地深处，仿佛睡觉时连住处都发生了变化，只听得茶屋中传来喧嚣。

　　由于下面的山谷中有采石场，劳作的采石工每日都依惯例于未时来这里吃吃茶点，喝上一阵子粗茶，再耍耍嘴皮子。

　　"说到底，真是太没出息了。"

　　"吉冈一方吗？"

　　"当然。"

"真丢人。那么多弟子，竟连一个争气的家伙都没有。"

"那是因为拳法先生太伟大了，世人过于高估了吉冈家。看来，伟人只能撑起第一代家业啊，第二代就慢慢衰败，到了第三代差不多就没落了，再到第四代，就很少有人能名副其实了。"

"你说得不对。拿我来说，还不是照样名副其实吗？"

"那是因为你们家代代都是采石工。我说的是吉冈家。不信你看看太阁大人的后人就知道了。"

于是话题又绕了回来。一个采石工说，在垂松决斗的那天早晨，他正在附近，看了个真真切切。看来他已经将自己目击的情形向其他人讲了几十上百遍，讲得实在传神。那个宫本武藏以一百几十人为对手，就是这样杀入敌阵的——仿佛他自己已化身为武藏，讲得十分夸张。幸亏他讲到兴头上时，一旁长凳上的故事主人公正在熟睡，倘若醒来听到他夸张的描述，一定会忍不住大笑，或者羞愧得无地自容。

可是，闻言之后甚是不悦的另一伙人一直坐在檐前的另一个桌边听他们谈论，原来是中堂的三名武僧和一名被武僧们送到这山顶茶屋的气宇轩昂的青年。"那么，就此作别吧。"他们彼此道别。青年一副凛凛的旅装打扮，身穿窄袖和服，额发格外艳丽，身背大太刀，无论是身形、眼神还是气势都十分华丽。

采石工们慑于他的气势，离开了桌子，挪到草席上，生怕惹怒他。可移到那里后，便益发起兴地谈起垂松的情形，众人还不时大笑，频频歌颂武藏。

不久，大概是肚子里的蛔虫闹腾起来，佐佐木小次郎再也无法默默听下去，冲着采石工们大喝一声："喂，石匠！"

二

采石工们朝小次郎回过头，重新端坐好。风华正茂的小次郎刚才就在三名中堂武僧的陪伴下威风八面，因而采石工们也一齐低下头恭敬应答："是。"

"喂喂，刚才装出很懂的样子，一直喋喋不休的那个男的，你到前面来！"小次郎用铁扇招呼着他们的领头人，"其他人也都给我靠过来，别害怕。"

"是，是。"

"刚才听你们对宫本武藏交口称赞。以后若再敢胡说八道，决不饶你们！"

"是……什么意思？"

"那个武藏有什么了不起的？虽然你们之中也有人目击了那日的情形，可我佐佐木小次郎作为当日比武的见证人，亲自详细调查了双方的实情。事后我就上了叡山，在根本中堂的讲堂里，把一山的学生召集到一起讲述了我的见闻和感想，又应诸院硕学们的邀请，毫无保留地讲述了自己的意见。然而，你等连刀为何物都不明白，只看到了表面的胜负，便受一群愚人谣言的鼓惑，称武藏之流为什么稀世英雄、举世无双的高人，如此一来，我小次郎在叡山讲堂里的话岂不全都成了谎言？尽管一些无知平民的传言根本就不值一提，可我还是得让在场的诸位高僧也听一下，而且你们的错误看法也会贻害世人，所以我要给你们好好讲讲武藏的真面目，你们都给我掏干净耳朵听好了。"

"是……是。"

"那这武藏究竟是何种肚量之人呢？从他挑起那场比武的动机中便不难洞察，那只不过是武藏沽名钓誉的伎俩而已。为了让自己扬名，他向京内第一的吉冈家挑起比武，而吉冈家完全中了他的圈套，成了他的垫脚石。至于理由，京流吉冈已经衰落，第一代拳法时代的光环已经退去，这是人尽皆知的事实。若比作树，吉冈已成朽木，若比作人，吉冈已是濒死之人。即使不理不问，它也会自取灭亡，武藏却出来推倒了它。推倒它的力量谁都有，可人们并未那样做。因为今天的武者已经不再把吉冈一流放在眼里，而且念及拳法先生的遗德，出于武士的情怀，便放过了这濒临倒闭的门户。武藏却故意大张旗鼓，扩大事件的影响，还在京城的大道上竖起告示牌，大肆宣扬，让人们全落入他的圈套。这种卑鄙的居心和下流的伎俩不胜枚举。无论是与清十郎对阵，还是与传七郎决斗，他从未有一次守时。在垂松的时候也不例外，他不敢堂堂正正地正面决斗，净耍一些旁门左道。不错，若从人数上看，他的确是以一打多，可是他的狡猾、他沽名钓誉的高明之处正藏在这里。

结果也完全和他预期的一样，世人的同情全都集中到他一人身上。不过在我眼里，那种比武简直如同儿戏。他终究只是玩点小伎俩，耍耍小聪明，然后便瞅准时机溜掉。从某种程度上讲，他的确野蛮强悍，却完全配不上做什么高人。如果非要说他是高人不可，那他便是'逃跑的高人'，唯他飞毛腿般的逃跑伎俩实在高明。"

三

小次郎的演讲口若悬河，想必在叡山的讲堂时也是如此。

"在外行人看来，一人对几十人的决斗绝不是件易事，但几十人的力量加起来并非就是一人之力的几十倍。"

小次郎以这种论法，再糅以专业的知识，肆意地驳斥着当日的比武。倘若站在旁观者清的角度上，武藏就是再善战，也能从鸡蛋里挑出骨头来。而这位小次郎又极尽所能地辱骂起武藏杀死吉冈名义上的掌门人一事，甚至抬升到武士道和刀的精神层面，指责武藏是一个实难容赦之人。进而，他又把武藏的来历和在故乡的所作所为都翻出来，还搬出如今正有一位姓本位田的老母亲不顾年迈正在追杀武藏一事。

"若是大家不信，尽可以去找那位本位田老母亲问问。我逗留在中堂期间，还见过那位老母亲，倾听了她的控诉。

连一位年近六十的纯朴老妪都在追杀他，这样的人哪里能称得上伟大呢？一个内心阴暗、被人视为仇敌的人，你们竟为他大唱赞歌，这样能给世道人心带来什么好处？我只是觉得心寒才说这些的。我先声明一下，我既非吉冈门人的亲戚朋友，也并非对武藏抱有仇恨。只是，我自己也是爱武之人，立志于此道，所以才做出如此正确的评判。懂了吗，石匠们？"

说完，大概是实在口渴难耐，小次郎端起茶碗，一饮而尽，回头看看同伴说道："啊，太阳已西斜了。"

"若不赶紧动身，恐怕不等抵达三井寺，山道就黑了。"中堂的武僧提醒道，从坐得腿脚发麻的长凳上站起身来。

采石工们不知如何是好，一直僵在原地，此时一看机会来了，顿时像被从法庭上解放一样，争前恐后朝山谷中的作业场而去。

山谷已沉浸在泛着紫色的余晖中，白头翁高亢的鸣叫声在山谷里回荡。

"请多保重。"

"再度进京时务请光临敝寺。"

武僧们也就此别过小次郎，赶回中堂。

"老婆婆。"只剩下一人后，小次郎朝里面招呼一声，"茶钱放这儿了。再给我两三根火绳吧，我好在走夜路的时候用。"

"火绳？这里有的是，都在墙上挂着呢，用多少您就拿多少吧。"老婆婆应道。

于是，小次郎冒冒失失地走进茶屋，从墙角的火绳捆中抽出了两三根。这时，火绳捆吧嗒一声从钉子上滑落到下面的长凳上。小次郎下意识地伸手去捡，这才注意到长凳上横躺着一个人。当他顺着那人的两脚一直看到脸上时，顿时一哆嗦，心口仿佛被一下子击中。原来，武藏正枕着胳膊，死死地盯着他的脸。

四

仿佛被弹出去一样，小次郎啪的一下跳了出去，完全是下意识的反应。

"哦？"说话的是武藏。只见武藏露出白色的牙齿，嘻嘻笑着，仿佛刚睡醒一样，慢腾腾地起身，朝小次郎走去。武藏站在小次郎面前，带着亲切的微笑和直穿他内心的眼神。小次郎也想还以微笑，可脸上的肌肉却奇怪地僵硬起来，终究没能笑出来。武藏正在嘲笑他刚才下意识跳开的狼狈。其实他根本就不用慌，但想到武藏肯定听到了他刚才对采石工们演讲的内容，顿生狼狈也是自然的。

总之，小次郎转瞬便恢复了一贯的傲慢，可一时间竟也语无伦次。"啊，武藏先生……您在这儿啊？"

"上一次——"武藏刚一开口。

"上次，您那骇人的表现简直就是神力啊。而且听说您也没怎么受伤，实在是可喜可贺。"尽管心里有一万个不服气，尽管怀着痛苦的矛盾，小次郎还是脱口而出。连他自己都为这言不由衷的话感到后悔。

武藏想挖苦小次郎。不知为何，一见到小次郎的神气和态度，便不由得想戏弄他。于是，武藏假装殷勤地说道："上次之事承蒙您见证，多谢关照。刚才，阁下又给了在下种种忠告，尽管您是讲给别人听的，可在下听后还是深表感谢。在下也知道自己眼中的世界与世人眼中的自己差别很大，但很少能听到这种真正的声音。阁下能够在在下午睡的梦中讲给在下听，实在是诚惶诚恐啊。在下不会忘记，一定会永记心头。"

不会忘记，一定会永记心头——听到这一句，小次郎顿时起了一身鸡皮疙瘩。尽管听上去只是一句平常的寒暄，可在小次郎听来，这却是向他发出的未来的挑战。而且话的背后还带着这样一种意味：丑话就用不着先在这里挑明了吧。

彼此都是武士，都是容不下虚伪或一丝污点的修行者。就算是在嘴皮子上一争高低，也只是打口水仗，而且这也不是只靠三言两语便可解决的小问题。至少对武藏来说，垂松一事是他毕生的大事，他也一直坚信这是一个参道者的修行。在此事上，他丝毫没有卑鄙之举，也没有任何愧疚。可在小次郎那里，对此事的反应竟截然相反，成了如此卑怯的一种表现。如此一来，这个问题的解决也只能如武藏的话中话那样，虽然今天丑话不说，但决不会忘记。他只能以这种暗示留待将来一决高低。

尽管内心有种种复杂的感情在涌动，可佐佐木小次郎仍不认为自己是在捕风捉影、胡说八道。他觉得自己只是站在自己的立场做出了公正的判断，而且就算目睹了武藏如此骇人的实力，他也绝未将武藏视为超越自己的高人。

　　"好。阁下的'永记心头'一句，小次郎也会永远铭记在心。千万不要忘了，武藏。"

　　武藏默默地点点头，露出一丝微笑。

连理枝

一

城太郎从柴扉大声往里喊:"阿通姐,我回来了!"他先是朝里面打了声招呼,便在环绕宅院的清流旁一屁股坐了下来,哗啦哗啦地清洗起小腿上的泥巴。

屋顶的人字形木头上悬挂着一块木匾,上写"山月庵"三个白色的字。一只燕子一面将白色的粪便落在那里,一面啁啾鸣啭,俯视着正在洗脚的城太郎。

"啊,冷!冷!"尽管不停皱眉,城太郎仍连脚都不擦一下,继续戏水。水是自银阁寺苑内流出的清泉,比洞庭湖的水还要清冽,较赤壁的月亮还要清冷。可是土地很温暖,紫罗兰花也被他压扁在腰下。他眯着眼睛,独自享受着天地之下的人生。

不久,城太郎用草擦了擦濡湿的脚,朝走廊方向悄悄绕去。这里是银阁寺一位别当的闲宅,从在瓜生山与武藏分手的次日夜晚,在乌丸家的说合下,这里便暂时借给阿通住了。

　　自那以来，阿通便一直在此养病。当然，垂松决斗的结果也传到了这里。当日，城太郎就像战场上的传令官一样，在垂松战场和这里之间往返了几十次，如数家珍般向阿通报告战场的情况。因为城太郎一直坚信比起任何药，武藏平安的消息才是她最好的良方，证据便是阿通的脸色日渐一日地红润起来，现在已能靠着桌子坐了。虽然城太郎也曾一度担心，不知所措，倘若武藏真的死在垂松，恐怕光是这精神的打击也一定会让阿通随之死去。

　　"啊，肚子饿了。阿通姐，你刚才在干什么呢？"

　　阿通望着城太郎那充满朝气的脸，说道："我从早晨起就这样坐着啊。"

　　"那你不厌腻吗？"

　　"就算身体无法动弹，心却能够任意漫游啊。你先别管我，先说说你自己吧，大清早跑到哪里去了？那边的食盒里还盛着昨日人家给的粽子呢，你快吃点吧。"

　　"粽子待会儿再吃吧，有件高兴事我要先告诉阿通姐。"

　　"什么？"

　　"武藏师父的事。"

　　"哎？"

　　"说是在叡山上呢。"

　　"啊……他去了叡山？"

　　"昨天和前天，还有前些日子，我每天都四处打听呢。结果今天终于让我打听着了，说武藏师父正住在东塔的无动寺里。"

"真的？看来他真的平安无事。"

"既然打听到了，那就尽早动身，否则他若是又去了别的什么地方可就麻烦了。我吃了粽子后马上准备，阿通姐你也赶紧去准备一下。咱们马上走，现在就去无动寺找他。"

二

阿通的眼睛一眨不眨，凝望着他处。她的心已越过屋檐飞向了远方的天空。

城太郎吃完粽子，拿上东西，又催促了一声："快、快走啊。"

可是阿通仍无起身的意思，一直呆坐着。

"你怎么了？"城太郎略带不满地追问道。

"城太郎，咱们就别去无动寺了。"

"哎？"城太郎诧异地咂着舌，带着些微嘲讽，"为什么？"

"没有为什么。"

"真是的，你们女人总是这样，真没劲。明明心里都恨不得要插翅飞过去了，可弄清了心上人的下落后，竟然又奇怪地做作起来，嘴里还说什么'啊，那就算了吧'之类，扭扭捏捏、磨磨蹭蹭的。"

"城太郎你说得没错，我真希望能插翅飞过去啊。"

"那就飞去吧。"

"可是……可是，城太郎，上次在瓜生山见武藏先生的时候，我以为那是今生最后一次见面，就把心里话全说了出来。武藏先生也说了，不会再活着见面了。"

"可是，他不是还活着吗，去见见有什么不行的？"

"不。虽然垂松的胜负已经决出，可也不知道武藏先生是真觉得自己胜利了，还是另有想法才退身到了叡山。而且他对我有言在先，我也已经顿悟，斩断了今生的这份爱，不再死死地揪住他的袖子。所以即使知道了武藏先生的下落，倘若没有他允许……"

"那，如果师父就这样十年二十年都没有一丝消息，你怎么办？"

"就这样待着。"

"就这样坐着一动不动，望着天空过日子？"

"嗯。"

"真是个怪人，阿通姐也是怪人一个。"

"你不明白吧？我心里却像明镜一样。"

"明白什么？"

"武藏先生的心啊。瓜生山最后一别之后，我更明白了武藏先生的心。那就是信任。以前，我一直爱慕着武藏先生，拼命地思念，甚至当着城太郎的面我都不怕被笑话，我真的是一直痛苦地恋着他。可若要问我真的信任武藏先生吗？我实在不知道该如何回答。可现在已经不是这样了。我已经坚信，无论活着还是死去，纵然分离，我们的心也仍像比翼鸟、连理枝一样紧紧地连在一起，所以我丝毫都不感到寂寞。我只为武藏先生祈祷，祈祷他能按照自己的心愿，无拘无束地前进在修行的道路上。"

城太郎一直乖乖地听着，这时却忽然大嚷大叫起来："你撒谎！你们女人净撒谎！那好，你以后就别再说什么想见师父了！今后无论你怎么哭鼻子，我都不管了！"数日来的努力全都化为泡影，他生起气来，直到晚上都没说一句话。

入夜不久，草庵外已映起了松明火红的灯火。这时，有人当当地敲起门来。

三

乌丸家的武士将一封书信交到城太郎手里，说道："这封信，大概是武藏先生误以为阿通小姐还住在府里，才打发信使送来的。我等将此事禀明大纳言大人之后，大人命我立刻给阿通小姐送来，于是便急忙带来了。还有，请一并转达大纳言大人对小姐的慰问之意。"说完，信使便立刻回去了。

城太郎将信拿在手里。"啊，是师父的字！若是在垂松死去，师父自然无法再写这信了。收信人是'阿通小姐'啊。怎么不写'城太郎先生收'呢。"

这时，阿通从里面出来，问道："城太郎，刚才府里的人送来的是不是武藏先生的信？"

"是啊。"城太郎故意将信藏在身后，"可是，关阿通姐什么事？"

"快给我看看。"

"不行。"

"别逗我了，快别闹了。"

眼见她急得要哭起来，城太郎便把书信塞给她，说道："看看，明明那么想见，我说要去的时候，却总是打肿脸充胖子，装模作样。"

阿通已无心听他絮叨这些。在短架灯下握着展开的书信的白皙手指也随着灯芯的火焰颤动。或许是心理作用吧，今夜连灯光也显得那么艳丽，一点阴翳都没有，令人心花怒放。看来这灯也有灵啊，阿通捧着武藏的来信，真切地感受着心上人的笔触和墨香，就连那墨迹的光泽都变成了彩虹色。不觉间，她的睫毛上已挂满泪珠，一切恍如梦中。她高兴至极，大脑一片茫然，简直不相信这是真的。

阿通反复读着这简短的书信，百看不厌，仿佛自己就是《长恨歌》中的杨贵妃。由于安禄山的叛乱，唐明皇在兵乱之中痛失杨贵妃。他对贵妃极度思念，便命道士四处探寻她的魂魄。道士穷尽碧落，踏遍黄泉，终于在海上的蓬莱宫中发现了那名花貌雪肤的仙子，转达了皇帝的相思之情，令贵妃万分惊喜。

"人，一旦变成等候者，等待的时间顿时就会变得无比漫长。对，得尽早去见他。"虽然这话是对着城太郎说的，可欣喜已经让阿通近乎癫狂，听起来就像自言自语。

阿通立刻收拾了一下，又分别给草庵的主人、银阁寺的僧侣和关照过自己的人们各留下一封感谢信。她整整鞋履，率先走到门外，然后对鼓着腮闷坐在屋内的城太郎喊道："城太郎，你刚才就已经准备好了，直接上路就行了。快，快出来啊！我还要给人家关门呢。"

"关我什么事。去哪里？"城太郎极为不痛快，脸拉得很长。

四

"城太郎，你生气了？"

"当然生气了！"

"为什么？"

"阿通姐也太不拿人当人了。我费尽九牛二虎之力才找出师父的下落，本来要去，阿通姐却偏偏不去。"

"理由我不是都告诉你了吗？只是武藏先生刚才又来了信。"

"那也不能光你一个人看啊，连一眼都不让我瞧。"

"啊，实在抱歉。对不起，城太郎。"

"算了，我现在连看都不想看了。"

"别发那么大火，你就看看这信吧。你说是不是很稀奇？武藏先生给我写信，这还是头一遭呢。还说要等着我，要我快过去，这么温柔的话也是头一回说呢。还有，如此令人高兴的事情，我也是生来头一次遇到。所以城太郎，你就别闹别扭了，快把我领到濑田去吧。你就行行善，别老鼓着腮了，好吗？难不成，你连武藏先生都不想见了？"

城太郎默默地将木刀插在腰间，把刚才就已打点好的包袱斜背在肩上，然后砰的一下跳到庵外，朝着手忙脚乱的阿通斥责道："去就去，那还不快走！你再磨蹭，我就把你关在里面！"

"哟，这么凶啊。"

于是，两人连夜踏上志贺山的山道。由于好面子，尽管路上很寂寞，城太郎仍不肯开口说一句话。只见他大步走在前面，不时揪下一片路旁的树叶吹吹叶笛，又不时唱几声民谣，踢踢小石头，一副无处发泄情绪的样子。

于是阿通说道："城太郎，差点忘了，我还带了一样好东西呢，送给你吧。"

"什么？"

"竹叶糖。前天乌丸大人不是让人送来了很多糖果嘛。还剩下一些……"

"哼。"城太郎既没说要，也没说不要，仍默默地走着。阿通便强忍喘息的痛苦，追到他身旁。"城太郎，你不吃吗？我也吃点好了。"

这时，城太郎的情绪才好歹恢复了一点。

登上志贺山顶的时候，北斗星已淡淡地泛出白色，云也呈现出黎明前的样子。

"你累了吧，阿通姐？"

"嗯，一路净是爬坡。"

"往后就都是下坡路了，轻松了。啊，有湖！"

"那是琵琶湖吧。濑田在哪边呢？"

"那边。"城太郎指着远处说道，"虽然说好了等着，可师父能那么早去吗？"

"但要赶到濑田去，起码还得花半天时间吧。"

"对，不过从这里望去，好像就在眼前似的。"

"稍微休息一下，怎么样？"

"好啊。"看来城太郎已完全释怀，只见他兴冲冲地寻找起休息场所来，"阿通姐，阿通姐，这棵树下没有晨露，还不错，快来这儿坐下。"他向阿通招招手，指着两棵巨大的合欢树下。

五

"这是什么树？"城太郎在相拥的两株乔木下坐了下来，问道。

"合欢树。"阿通抬头望望告诉他，"还记得我和武藏先生小的时候，在我们经常玩耍的七宝寺里也有这种树。每到六月前后，树上就会开满淡红色丝线一样的花。夕月出来时，树叶就会全都重合起来睡觉。"

"所以才叫睡眠树？"[1]

"但如果写出来，是写作'合欢'二字。"

"为什么？"

"为什么呢，一定是有人故意造的借用字吧。但看到这两棵树的样子，即使没有那样的名字，看起来不也像是合欢的样子吗？"

"树怎么会有欢喜和悲伤呢？"

"城太郎，树也有心。这山上的所有树木，倘若你仔细看看，就会发现它们有的怡然自乐，有的黯然神伤，还有的像你那样在歌唱呢。有的树还会聚在一起愤世嫉俗。就连石头都一样，倘若有人附耳去听，会听到它们在和人说悄悄话呢。怎么能说树就没有自己的情绪呢？"

"照你这么说，倒也真有这么点意思。那，你怎么看这合欢树？"

"我觉得它很令人羡慕。"

"为什么？"

"你知道《长恨歌》吧？是一个叫白乐天的人写的诗。"

"嗯。"

"那《长恨歌》的最后有这么一句：在天愿作比翼鸟，在地愿为连理枝。我刚才就在想，这连理枝说的就是这种树吧。"

"连理枝？那是什么？"

---

①日语中，"合欢"与"睡眠"发音相同。

"就是两棵不同树上的树枝、树干和树根像一棵树一样和睦地矗立在天地之中，欣享岁月春秋。"

"什么啊……你是在说你自己和武藏师父吧？"

"不许胡说，城太郎。天亮了。多么美丽的云霞啊。"

"鸟开始歌唱了。从这儿下去后，咱们也去吃早饭吧。"

"城太郎，你就不想唱支歌？"

"什么歌？"

"刚才说到白乐天，我一下子想起来了。上次你向乌丸家的家臣学过一首诗吧。你还记得吗？"

"《长干行》？"

"对，就是那个。你把那诗给我吟诵一下吧，用读书一样的节奏就行。"

"妾发初覆额，折花门前剧。郎骑竹马来，绕床弄青梅……"城太郎立刻吟诵起来，"是这首吗？"

"对，再接着吟。"

"同居长干里，两小无嫌猜。十四为君妇，羞颜未尝开。低头向暗壁，千唤不一回。十五始展眉，愿同尘与灰。长存抱柱信，岂上望夫台。十六君远行……"吟诵到这里，城太郎忽然站了起来，催促听得入神的阿通，"还吟什么诗啊，我肚子都饿扁了。快去大津吃早饭吧。"

送春谱

一

天地间充满了潮湿的雾气，家家户户的炊烟有如战火一样从黎明的市镇上袅袅升起。朝霞从湖北向石山淡淡逝去，大津驿站也从朝霞和烟霭下隐约凸显出来。

昨夜以来，走腻了山道的武藏，不，是一直骑在牛背上任由母牛摇来晃去的武藏，终于随着黎明来到了有人烟的村落。

"哦。"武藏不禁在牛背上揉揉眼睛，眺望起来。就在同一时刻，阿通与城太郎也正从志贺山的山路上眺望着大津的屋顶，朝湖畔跃动着希望的脚步。

从山顶茶屋绕山而下的武藏，此时正从三井寺的后山走向八咏楼所在的尾藏寺坂，那么，此时的阿通正走在哪条路上呢？

用不着在湖畔的濑田碰头，即使在半路上邂逅，也绝对算不上是什么偶然，因为双方都在相同的时刻和路途上朝同一地赶来，但武藏的视野中始终未出现阿通的身影。武藏绝未失望，他并不苛求能在半路上相遇。据送信的茶屋女老板说，阿通已不在乌丸家，书信于昨夜由乌丸家转交给阿通休养的地方。就算如此，鉴于阿通的身体状况，又是一介女流，再加上要收拾一下，动身最早也得是今晨前后，赶到约定地点怎么也要今天傍晚。

武藏一路上都在如此盘算、想象，而且他现在没什么急事，所以母牛的脚步再慢他也毫不在意。

母牛健硕的身体已被山里的夜露打湿，一望见晨曦中的草色，便频频贪吃起来。武藏也不以为然，任由其吃个痛快。

这时，与民家相对的寺院路口现出一株不知名的樱树，看起来年头久远，颇为珍贵。树下坟冢上的石碑刻有和歌。是谁的和歌呢？武藏并未刻意去想，走过了两三町后却突然想起来。"对……是《太平记》中的。"他喃喃着。

《太平记》是他从小就喜欢读的书，有的地方甚至都能背诵。大概是和歌让少年时的记忆一下子复苏了，武藏在缓缓前行的牛背上不禁背诵起收录有那首和歌的《太平记》中的一章："志贺寺有一上人，手携杖一枚，眉垂八字之霜，观湖水之波而念诵水观之法时，恰逢京极之御息所归志贺花园，上人乃一见倾心，顿起妄念，多年行德亦溃，终因红尘执念而丧一切……有点记不起来了啊。"武藏想了一会儿，又凭着模糊记忆继续吟诵起来，"虽返至柴庵，迎奉本尊，然妄想之念犹如影随形于观念之床，连唱名声中亦闻烦恼之息。见暮山之云乃忧为君之花钗，望闲窗之月则长叹，以为玉颜之回眸一笑。若妄念今生不离，恐成往生之障，若不一会御息所，一吐吾深情之一端，岂可安心临终焉，因，上人挂杖赴御所，于鞠坪之下，立等一日一夜……"

"喂，旅行的！骑牛的武士！"这时，身后忽然有人喊了起来。

二

原来是一个批发场的壮工。只见那人跑过来，抚摩着牛鼻子，又隔着牛头仰视武藏，说道："武士先生，您是从无动寺来的吧？"

"哦，你怎么会这么清楚？"

"这头花斑牛，就是我上次借给运货到无动寺的商人用的牛，只是有赶牛人跟去而已。武士大人，您就多少留下点赶脚钱吧。"

"原来如此，你是牛主人？"

"这牛并不是我的，但的确是批发场牛棚里的牛。您总不能白用吧？"

"好好，那就给你点草料钱吧。只是，是不是我付了牛钱，就可以由我牵到任何地方？"

"您只要付了钱，牵到哪里都没关系。就算您去了三百里开外，只要将其交给途中驿站的批发店，总有一天，回程的客人会让牛载着货物返回这大津的批发场的。"

"那么，到江户去得付多少钱呢？"

"是顺路啊。那请来一下批发场，写下您的名字再走吧。"

武藏也正好要趁机准备一下，便按其所说，朝批发场
走去。

批发场在打出浜渡口附近，上下船者络绎不绝。这里
往来的旅客很多，既有卖草鞋的店铺，也有一洗旅途尘垢
的浴场和理发店。武藏慢慢地吃了早饭，虽然觉得有点过
早，可不久后，他还是再次变成牛背上的人，从批发场向
前赶去。

濑田已经很近了。就算一面欣赏湖畔亮丽的风光，一
面任由母牛慢腾腾地摇晃着走，中午之前也总会赶到。阿
通不会这么早就来的，武藏毫不担心，而且对于这次与阿
通相见，他心里也很坦然。

武藏对阿通不再设防。在闯过垂松的死地之前，武藏
一直对女人树有坚固的防线，即使对阿通也有同样的畏惧。
可是自从上次看到阿通那明快的态度和聪明的感情处理方
式，武藏对她的感情便加深了，已然超越了一般的爱。如
今，他甚至觉得，自己一直以来都在用畏惧普通女性的那
种眼神去审视阿通，这种胆小与谨慎实在对不起她。武藏
已安心地接受了阿通的情感，同样，从那以后，阿通也加
深了对武藏的信赖。武藏已经完全接纳了她。今日会面之
后，无论她有什么愿望，只要她提出来，武藏都会答应。
只要不妨碍他的刀，不让他从修行之道上堕落。

以前，武藏一直害怕这一点，害怕自己的刀会因女人的青丝而钝化，害怕女人让自己的武道丧失。可是像阿通那样善解人意、明辨是非，又能巧妙处理理性与情感的女人，绝不会将痴情的荆棘横在男人前行的道路上，绝不会成为武藏的羁绊。只要自己保持清醒，不沉溺其中，不自乱阵脚就行。

对，跟阿通一起到江户去，让她也好好学学那些妇人之道，然后自己就带着城太郎，踏上更高的修行之道。等机会到来时——波光在陷入遐想的武藏脸上摇曳着，仿佛投下了幸福的微笑。

三

中之岛连接着二十三间长的小桥和九十六间长的大桥，上面生长着古老的柳树。濑田的唐桥之所以又名青柳桥，便是因为那柳树经常被旅人当作标记。

"啊，来了！"忽然，城太郎从中之岛的茶屋里冲出来，抓住小桥的栏杆，一手指着远处，另一只手朝茶屋的长凳上招呼，"是师父！阿通姐，阿通姐，师父骑着牛来了！"只见他手舞足蹈，来往的行人不禁侧目。这名少年究竟为什么如此兴奋呢？

"啊，真的！"阿通也跌跌撞撞地跑出来，与城太郎一起张望。二人喊着：

"师父！"

"武藏先生！"

挥舞的斗笠和手相互呼应，面带微笑的武藏越来越近。不久，牛便被拴在柳树上。尽管隔着河远远望见时，阿通又是狂喜地挥着手，又是兴奋地呼唤武藏的名字，可一旦站到武藏身边，她就什么都说不出来了。除了只会用眼睛微笑，剩下的话全由城太郎说了。

"师父，你的伤好了？我看到你骑着牛来，还以为上次的伤还在痛，无法走路呢。哎？我们怎么来得这么快？这个嘛，你最好问问阿通姐。师父，这个阿通姐啊，真是太任性了。师父一来信，你看，她一下子就精神起来了。"

"唔，是吗？唔……"武藏也微笑着不断点头。茶屋前面还有其他客人，让城太郎这么一说，武藏只觉得自己像前来相亲似的，羞愧难当。

后面有一个小房间掩映在藤萝架中。三人到那儿休息，阿通仍扭扭捏捏的，武藏也沉默起来，只有城太郎一人和那因为盛开的紫藤花而欢舞的飞虫蜜蜂在尽情地欢跃，由衷地说笑，享受这景致和生命。

"啊，不好了，石山寺那边的天空都阴成那样了，看来要下雨了，快请往里面坐坐吧。"茶屋的老板慌忙卷起苇帘，围上木板窗。

果然，不知何时，江水已变成了铅色，微风中的雨气也开始聚集，紫藤花的紫色有如将死的杨贵妃的衣袖一样，顿时散发出呜咽般的香气，战栗起来。

唰，仿佛直奔这纤弱的花儿袭来，石山的山风夹着小雨打下。

"啊，打雷了。今年第一次打雷。阿通姐，别淋湿了。师父也快往里坐坐，往屋里坐。啊，真痛快！这场雨来得正好，来得真是时候！"

究竟是哪里正好呢？说话的城太郎并非别有深意，可让他如此一说，武藏更不好意思往里进了。阿通也红了脸，与雨打的紫藤花一起站在走廊的一端，任由雨水打湿衣服。

"好大的雨！"白色的雨中，一名男子头顶草席作伞，从雨中奔来。一跑到四宫明神的楼门下，男子才舒了口气，捋了捋头发上的雨滴，朝着迅急低垂的雨云喃喃道："简直像雷阵雨。"

眨眼间，四明岳、湖水和伊吹一带全都变成了乳白色，耳边也只有潇潇的雨声。恍惚间，一道闪电突然斩断视线，雷声顿时落在附近的大地上。

"啊！"害怕雷电的又八立刻捂上耳朵，蜷缩在楼门的雷神下面。

乌云一走，刚才的大雨便戛然而止，阳光立刻透了下来。雨停了，大路也恢复了旧貌，某处甚至还传来三味线的声音。这时，一名婀娜的女子穿过大道，似乎有什么事，朝又八微微一笑。

四

这是一名未曾谋面的女子。"您是又八先生吧？"她问道。

又八有些纳闷，便问何事。女子答曰："刚才家里来了一位客人，说是您的朋友，从二楼看到了您的身影，便吩咐小女务必将您请去。"听她这么一说，又八才注意到这神社附近确有几家娼家模样的屋舍。

"您若有其他事，见面后立刻回去便可。"女子根本不理又八犹豫的神情，拉他径直而去。将他引至附近的娼家后，其他女人也纷纷出来，又是为他洗脚，又是帮他脱掉濡湿的衣服，照顾得既殷勤又周到。

那位自称是朋友的客人究竟是谁呢？尽管又八一再追问，对方也不挑明，只说一到二楼就知道了，一副开玩笑的样子。

反正淋了雨，衣服也湿了，索性就暂借一下这儿的衣服吧。"今天濑田的唐桥上有人等着我，需要马上回去，希望在此期间将我的衣服烘干，不要再强留我。拜托了，如何？"又八数次叮咛道。

"是，是。到时候我们一定会放您回去。"女人们敷衍着，硬是把又八推到了楼梯上。

二楼的客人究竟是谁呢？又八怎么也想不出来。但他也不是没见过这种场面，而且一遇到这种事情，他的思维和举止也会异乎寻常地灵敏起来，常有精彩的发挥。

"啊，犬神先生。"对方突然先招呼了一声。认错人了吧，又八在门槛处止住脚步，但望望那早就坐在客间里的客人，倒也完全不陌生。

"啊？你……"

"你忘了吗？我叫佐佐木小次郎。"

"那你说的犬神先生是……"

"就是阁下啊。"

"可我是本位田又八。"

"这我知道，只是忽然想起上次在六条松原的黑夜中，你在野狗的包围下做出百面怪相，于是就尊你为犬神，称你为犬神先生了。"

"你就饶了我吧，别开玩笑了。上次你可真让我吃尽了苦头。"

"但今天我是想让你撞好运才来迎接你的。你来得正好。快，只管坐。喂，女人们，快给这位先生斟酒，拿酒杯来。"

"濑田那边还有人在等我呢，我得马上告辞。哎呀，喂，别倒了，我今天不能喝。"

"谁在濑田那边等你？"

"一个姓宫本的幼时好友——"

还没等又八说完，小次郎便立刻抢过话茬，说道："什么，武藏？唔，是吗？在山顶的茶屋约好的？"

"你怎么这么清楚？"

"阁下的来历和武藏的经历，我全都详细调查过了。还有，你的母亲是叫阿杉吧？我在叡山的中堂也见过。而且你那母亲还把此前的苦心全都一五一十地告诉了我。"

"哎，你见过我母亲？从昨天起我也在到处找她呢。"

"她可真是个了不起的老人，令人佩服啊，中堂的僧人也全都同情她。分别时，我答应过她，一定要助她一臂之力。"小次郎涮了涮酒杯，说道，"来，又八，为了一雪旧怨，让我们交个杯吧。像武藏那样的对手，根本就用不着害怕。不是我说大话，有我佐佐木小次郎帮你呢。"说着，他红着脸递过酒杯。

可又八并没有伸手。

五

一贯追求虚荣的小次郎，一旦醉酒，也自然忘记了平常的仪态和华丽。"又八，为什么不喝？"

"我得告辞了。"

小次郎手一抬，一把抓住又八的手腕。"不行！"

"可我与武藏有约——"

"别犯傻了。就你一个人，恐怕还没等向武藏通报完姓名，就早被斩杀了。"

"我们已经互释前嫌了。我要追随着我那亲密的朋友去江户，认真地闯一闯。"

"什么，追随武藏？"

"尽管世上都在说武藏的不是，可那都是我那母亲到处恶意中伤的结果。母亲错怪武藏了。这次我已经彻底明白，也反省了。我也要学着良友的样子，尽管起步已有点晚，可我还是想去立一番大事业。"

"哈哈哈，哈哈哈。"小次郎拍着手笑了起来，"你真是个老实人！喂，你母亲也如此说过。果然，你果然是一个几世罕见的老实人啊。你完全让武藏骗了。"

"不，武藏他——"

"打住，听我说。首先，天下怎么会有你这种背叛母亲倒向仇人的不孝者呢？就连我这个路人佐佐木小次郎都为你母亲的话语义愤填膺，发誓将来要助她一臂之力呢。"

"无论你怎么说，我还是要去濑田。请放开我。喂，女人，衣服干了吧，快把我的衣服拿来。"

"不准拿。"小次郎吊起醉醺醺的眼角，"谁要敢拿，休怪我不答应！喂，又八，既然你要学武藏，那起码也得见见你母亲，说服她后再走也不迟。恐怕你母亲不会同意你做这种耻辱之事。"

"正因为我怎么也找不到母亲，才想与武藏一起先去江户。只要我有了出息，一切宿怨便可迎刃而解了。"

"你这一定是武藏的口吻吧。从明天起，我也会一起帮你找。总之，你最好先听听你母亲的意见再走。今夜就和我喝酒吧。我知道你不愿意，就权当陪陪我小次郎吧。"

当然，这娼家的女人们也全都向着小次郎，自然不可能归还又八的衣服。

天黑了下来，夜也终于深了。又八不喝酒时，在小次郎面前连头都不敢抬起来，可一旦喝醉，他也会突然变成一只猛虎。谁怕你！他一赌气喝了一整夜，而发起酒疯来，竟连小次郎都奈何不了他。将心中的郁闷宣泄一空后，他才终于醉倒。

又八入睡时已是黎明时分，而睁开眼时则已过午。一打听，小次郎仍在另一间屋子里熟睡。昨日的雷雨让今天的阳光分外明媚，武藏的话语再次在他耳畔响起，他真想把昨晚的酒都吐出来。

下了楼，又八让女人们拿出衣服，往身上一裹便逃一般朝外面奔去。他急匆匆赶到濑田桥畔一看，只见石山寺那恋恋不舍的残花早已凋零在濑田川上，被泛红的浑浊河水冲走，紫藤茶屋的紫藤花穗也被风雨无情地打碎，棣棠也早已散败而去。

"他说过要把牛拴在这里——"可无论是桥畔还是中之岛上，又八都寻不见牛的影子。寻遍所有地方后，又八又到中之岛的茶屋打听，对方告诉他说，那名骑牛的武士昨天一直在这里待到打烊，入夜后便移到了客栈，今天早晨又来这儿站了好一阵子，似乎在等人。不久后武士便写下一封信，说若是有人来找他，请将书信转交，言毕便将写好的东西系在店前的青柳树枝上，然后离开了。

又八闻言，抬眼一看，柳枝上果然系着一封信，仿佛一只白蛾停在那里。"真抱歉，原来是提前一步去了。"又八喃喃着解开白蛾的翅膀。

女瀑男瀑

一

脚下的旅程已迈向初夏时节。武藏正沐浴在木曾路的新绿中，任由牛缓慢地前行在中山道上。

我等着你，你随后追来便是——于是又八便开始急匆匆地追起在柳枝上留下书信而去的武藏。可直到草津，他也没有追上，又追到彦根和鸟居本，也未看到武藏的人影。

"奇怪啊，不会是追过头了吧？"又八又来到摺钵岭，在山岭上守望了大路半天，结果一无所获。即使向路人打听骑牛的武士也没用，因为骑牛马的旅人实在太多，而且又八一直误认为武藏独自一人，但其实武藏还有阿通和城太郎两个同行旅伴。

又八追到美浓路也没找到武藏，他想起了小次郎的话：莫非我真是个好骗的老实人？接着便无限迷惘起来。他一会儿返回原路，一会儿又绕路而行，自然无法遇上该遇之人。不过在中津川驿站旁，他最终还是发现了武藏的踪影。

究竟追了几天了？一腔热情的又八一路追来，终于还是追上了目标。可是看到武藏的背影，他不由得脸色大变，顿时怀疑起武藏来。究竟是怎么回事，骑在牛背上的竟不是武藏！那不是七宝寺的阿通吗？而牵着牛缰绳前行的，不正是武藏吗？

至于武藏身旁的城太郎，根本就未被又八看在眼里。而让又八心生猜疑并战栗起来的，正是阿通与武藏那亲密无间的样子。比起从前所有的憎恶和忌妒，再也没有比这一瞬更让又八憎恨这位朋友的时候了，此时此刻，他眼中的武藏俨然化成了恶魔。

"看来我终究还是一个老实人啊。从被那家伙唆使去关原的时候起，我一直都在被他耍弄。但我也决非没有骨气，我不会永远让你如此糟践。小子，你给我记着，咱们走着瞧！"

"热！热！这么难走、让人汗流浃背的山路我还是头一回走呢。这里是哪儿啊，师父？"

"我们正在爬木曾最难走的地方，叫马笼岭。"

"我们昨天也爬了两道岭吧。"

"对，是御坂和十曲。"

"我可真受够这山路了。真想早点到江户的闹市去啊。你说是吧，阿通姐？"

阿通却从牛背上答道："不，城太郎，我喜欢一直走在这种无人的地方。"

"反正你自已又用不着走！师父，那边有个瀑布！"

"哦，那稍那微休息一下吧。城太郎，你先把牛拴到那边去。"

三人寻着瀑布的声音钻进小道，只见山崖上有一处赏瀑布用的空屋，周围盛开着被水雾打湿的草花。

"武藏先生。"阿通看到告示牌上的文字，便将眼神转移到武藏身上，露出笑容。原来牌子上面写的是"夫妻瀑布"。大小两条瀑布正朝同一条溪流落去，那条优雅的自然便是女瀑。尽管城太郎答应着往前稍微走走就休息，却一刻都不闲着。一看到瀑布潭的狂澜和击打岩石的奔流，他便仿佛与直落而下的水流变成浑然一体，欢呼雀跃着朝崖下跑去。

"阿通姐，有鱼哟！"阿通没有作声，城太郎又继续嚷道："能用石头打到！用石头一打，鱼肚子就翻上来了。"不一会儿，意料之外的方向又传来"哇"的回声，可他丝毫没有一点返回的意思。

二

太阳从山端映过来，在那些被水雾打湿的草花上描绘出无数条小彩虹。

武藏和阿通走近赏瀑小屋后面，完全置身在瀑布声的包围中。

“到哪儿去了呢，城太郎？”

“是啊，真拿他没办法。”

“这算得了什么，和我小时候比还差得远呢。”

“那是因为你不一样嘛。”

“不过又八恰恰相反，老实得很。说到又八，这家伙终究还是没来啊。他才让人担心呢，到底是怎么回事……”

“这样一来我倒是安心了。我一直都在担心呢，若是又八来了，我就干脆躲起来。”

“倒也没有必要躲。只要把话说开了，人没有不通情理的。”

“可本位田家那对母子性情有点古怪。”

“阿通姑娘……你就不会再重新考虑一下？”

“怎么考虑？”

“我是说，你就不重新考虑一下，继续做本位田家的儿媳妇吗？”

阿通吓了一跳，立刻斩钉截铁地说道：“不会的！”泪水眼看就要从她发红的兰花般的眼角滚落。

自己怎么会说出这种无聊的话？武藏后悔不迭。事到如今，一切都再明白不过了，阿通一定感到寒心，没想到她竟被看成了逢场作戏的女子！她用手捂着脸，肩膀微微战栗。我是你的人！白皙的后颈仿佛在对武藏如此诉说。周围刚抽出嫩叶的枫树用浅浅的绿色将这里从人们的视野中隔绝开来。

武藏只觉得把大地都要掀翻的滔滔瀑布声已全然化成

了鲜血的涌动声。他的身体里也潜藏着一股强烈的本能，比一看到瀑布潭的狂澜和奔流便骤然狂奔的城太郎还要强烈。这几天里，无论是在客栈的灯火下，还是在灿烂的阳光下，他一直都在各种光线里目睹阿通的身体，那芙蓉花般汗津津的肌肤总在他眼前闪来闪去。有一夜，尽管隔着屏风，可黑发的气息仍直逼他的胸口。就这样，长久以来一直被压抑在磐石下的爱欲萌芽骤然间在他心里成长。仿佛青草散发出的热气一样，一种燥热的东西不觉间让他的眼睛模糊起来。

突然，武藏一下子离开了。不，是逃也似的离开了。他将阿通丢下，朝远处连条小径都没有的荒草丛中走去。他突然感到痛苦，仿佛口中在冒火一样，恨不得从身体中丢弃一些已膨胀到极限的血液，或是像城太郎那样狂奔。当他发现一处竖着细长枯草的僻静的向阳处后，便一屁股坐了下来。

阿通不知缘由，立刻追了过来，依偎在他的膝旁。武藏僵硬的表情和沉默的态度看起来十分可怕。看到他极不高兴，阿通惶惑不已。"你怎么了？武藏先生……武藏先生……你若是生气了，请原谅我，原谅我。武藏先生，倘若……"

武藏表情越是僵硬，脸色越是阴沉可怕，阿通便越想拼命抓住他的心。仿佛摇曳的花一样，那无意间散发出来的花香愈发让武藏喘不过气来。

"喂！"武藏突然说了一声，巨大的手臂猛然抱住阿通，将她扑倒在枯草中。阿通伸着白皙的脖颈，连声音都发不出来，只能在他的怀里挣扎。

三

罗汉松上，一只长尾的斑纹鸟正眺望着尚有残雪的伊那山脉的天空。山杜鹃火红地绽放，空旷的天空那么湛蓝。枯草下，紫罗兰正散发着芳香。猿猴在啼，松鼠在欢跳。在这片大地上，一丛枯草被深深地压在地上。尽管没有发出悲鸣，阿通却发出了近乎悲鸣的惊呼："不行！不可以！武藏先生！"她像带刺的栗子一样自卫着，拼命蜷缩着身子，"这、这种事……像你这样的人竟也会……"她悲伤地呜咽起来。

武藏猛地一惊。理智而冰冷的声音仿佛在他欲火焚烧的身上突然浇了一瓢凉水，令他顿时寒毛倒立。"为、为什么？"他近乎呻吟的声音里带着哭腔，简直就要哭出来。尽管没有任何人知道，他却感到了一种男人无法忍受的侮辱。无处发泄的愤懑和耻辱让他怒吼起来。

就在他放手的一瞬，阿通已经不在了，只有一个小小的断了细绳的香袋遗落在那里。他茫然地望着香袋，哭了起来。现在，他已经能够冷静而客观地审视自己的卑鄙，只是令他不解的是阿通的心。阿通那眼眸、热唇、话语、全身——就连那头发都在不断诱惑着他的情欲，才酿成了今天的结局，难道不是吗？

先是故意往男人的心头点上一把火，可一旦火着起来，自己却吓了一跳慌忙躲开，阿通就是这样做的。即使她不是有意的，可从结果来看，这不是完全等同于欺骗和陷害深爱自己的人，故意让其陷入痛苦和耻辱吗？

"啊，啊……"武藏的脸贴在地上，哭倒在草丛里。他只觉得自己迄今为止的切磋琢磨全都失败，所有磨炼和修行也全都崩溃。他悲伤至极，就像幼童丢失了手中的果实。对自己的唾弃和悔恨让他再也忍不住，一下子伏在地上悔恨地啜泣起来，仿佛再也无颜面对天日。

我没错！武藏在心底频频如此呼喊，却怎么也平静不下来。想不通，我想不通！此时，他已无暇顾及对方那清纯少女之心的可怜。那是一种像珍珠一样易惊、敏感又害怕遭人玷污的东西，在女人的一生中，那是只有在某一时期才会拥有的完美思绪之美，是最珍贵的东西，可此时的武藏已无法带着这种怜悯来思考这些了。

他在地上伏了一阵子，不断嗅着泥土的气息，心情终于稍稍平静了一点。不久，他霍地站了起来。尽管眼睛里已不再充血，脸色却十分苍白。他将阿通遗落的香袋踩在脚下，仿佛倾听山的声音似的低着头思考。"对！"忽然，他径直朝瀑布走去，有如投身垂松的刀山火海时紧锁浓眉。

小鸟尖厉的鸣叫声在空中划过。大概是风的作用，瀑布的轰鸣也突然更近了，仿佛置身于云朵中一样，连阳光似乎都暗淡了。阿通只是从武藏所在的位置逃了二十步。

她紧紧地将身子贴在一株白桦树干上，一直注视着武藏。意识到自己的行为分明已刺痛了武藏，但她真希望武藏能再度来到自己身边。要不就主动向他道歉吧？她迷惘不已。可是就像受到惊吓的小鸟一样，剧烈的战栗仍无法止住，就连身体也不像是自己的了。

四

阿通并未哭泣，眼里却荫翳着一种更甚于哭泣的恐惧、迷惘和悲伤。她唯一信赖的武藏竟不是心里勾画的那种人。当充满幻想的心中忽然出现了一个赤裸男性的时候，她惊愕得几乎要晕厥，悲伤至极。不过，就在这种悲伤和恸哭之中，她仍未意识到自己身上也存在着不可思议的矛盾。倘若刚才那种强烈的压迫不是来自武藏，而是来自其他男性，她逃走的距离绝不止二十步或三十步。为什么她只跑了二十步就停下，然后又开始恋恋不舍呢？随着悸动略微平息，她甚至产生了这样一种想法：即使是这种丑陋的人性本能，武藏也不同于其他男人。

武藏生气了吗？请不要生气啊，我并不是嫌弃你，不要生气。阿通感到自己仿佛成了暴风吹打中的孤独者，心里不断地向武藏道歉。尽管武藏也在自责、苦闷，可阿通并未觉得他那野蛮的行为是丑陋的，并未觉得他像其他男人那样卑鄙。她反倒突然自省起来。为什么？难道是我？

她甚至对自己盲目的恐惧感到愤怒。不知怎么，她竟然又眷恋起刚才那刹那间火花一样的血液狂喷。

咦？去哪里了？武藏先生呢？不知何时，武藏已不在那里。阿通顿时觉得自己仿佛被抛弃了。他一定是生气了。怎么办呢？她惴惴不安地徘徊着，返回观赏瀑布的小屋。那儿也没有武藏的身影，只有洁白的飞沫化成一团团雾气，被山风从瀑布潭里撷起，不绝于耳的瀑布轰鸣一个劲地摇曳着满山的树木，冷冷地朝脸上打来，令人不禁捂上耳朵。

忽然，高处传来一声惊叫："啊，不好了！师父跳进瀑布了！阿通姐！"是城太郎的声音。他涉过溪流，正站在对面的山峰上，大概是在欣赏男瀑的瀑布潭，却突然发出异样的喊声向阿通告急。

瀑布的轰鸣声似乎让阿通听不清。可从城太郎的角度望去，只见阿通也发现了什么似的，脸色大变，立刻攀着幽深瀑道间因水雾和山苔浸润而异常湿滑的断崖向下爬去。

城太郎也像只猿猴一样，哧溜哧溜地抓着藤蔓，从对面的山崖上荡向下方。

五

阿通和城太郎都看见了。瀑布潭中，吼啸的飞沫和洁白的水雾最初还让人纳闷那究竟是石头还是人类，但那个双手手指紧紧并在胸前、低头矗立在五丈之余的瀑布下的裸体并非石头，而是武藏。

见此情形，阿通立刻从绝壁中途高喊"武藏先生"，城太郎也从对面深渊的岸上大喊："师父，师父——"

二人用尽气力交互呼唤着，可武藏的耳朵里除了滔滔怒吼的瀑布声，已经听不见任何声音了。

青黑色的瀑布潭水没到了武藏胸口。流水化成千百条银龙，朝他的脸和肩膀疯狂咬去。疯狂的旋涡化作千万只恶魔的眼睛，眼看就要将他的脚拽向死渊。只要一个不小心，哪怕只是一个脆弱的呼吸或是精神上的松懈，他的脚后跟便会从水苔上滑过，坠入那永远都没有回程的冥途的激流中。从头顶上直落而下的水流简直让他背负上了几千贯的重压，他的心和肺仿佛被压在大马笼群山下一样痛苦。

尽管如此，武藏的热血中仍无法抹去刚才被他抛弃在那里的阿通的身影。连志贺寺的上人都拥有同样的血液，法然的弟子亲鸾也抱有相同的烦恼。古来越是成大事者，越是生命力强悍的人，生来就越是背负着更大更强的痛苦。

还是一名十七岁的年少村童的时候，武藏之所以能肩扛长枪毅然投身到关原的风云中，便是凭着满腔的热血。他能痛感泽庵的铁锤，为法情的慈悲流泪，然后幡然醒悟脱胎换骨，也是凭借着这股热血的力量。他仅凭一把孤刀便闯进柳生城，挑战石舟斋，又只身勇闯垂松的刀山火海，也都是热血的推动。

可是一旦被阿通这个心仪的对象引燃人的本能，武藏原本的野性便立刻化为一匹脱缰的悍马，仅凭几年来略有成就的修行和理性的力量根本无法控制。面对这个敌人，他的刀也无能为力。通常的敌人都是存在于身体之外的有形对象，而这个敌人则藏于心中，全然无形。

武藏狼狈不堪。他完全清楚心中潜藏的这个巨大缺陷，彷徨不已。对于这人不可或缺却又令人痛苦万分的热血，尤其是因异常的情欲而令人激情万丈的热血，他该如何处理呢？就连他自己都不清楚，因此才发狂般跳入瀑布潭。无论是城太郎在刹那间望见的眼神，还是他朝阿通狂喊师父投水时的惊叫，无疑都没有错。

"师父啊……师父啊！"城太郎带着哭腔，仍在继续叫喊。在他眼里，武藏那求生的身影看起来像是在寻死。"你不能死啊，师父！你可别死啊！"他仿佛自己也在忍受着痛苦，两手的手指紧扣，与瀑布的轰鸣和哭泣声进行着抗争。可无意间再朝对面的绝壁一望，他才发现，刚才还在那里一同悲伤的阿通此时却已在不觉间消失，哪里都没有她的身影。

六

"奇怪，莫非连阿通姐也……"城太郎望着溢出洁白水沫的流水，悲伤地彷徨起来。他只能这样猜测：由于看到武藏不知何故跳入瀑布潭，并且露出一副寻死的样子，于是阿通也一同投身。

不过城太郎立刻便意识到，这种悲伤还有点为时过早。尽管武藏依然矗立在五丈有余的瀑布下任凭浪打，可看他那从肩膀溢满全身的力量和如铁的年轻生命力，他丝毫没有一点伫立在鞠坪之上的志贺上人那样求死的意思，反倒显示出在大自然的薜苔下洗去心灵的污垢、愈发坚强的重生英姿。这一点连城太郎都能看出来，证据便是不久后从瀑布潭里再次传来的武藏的声音。当然，城太郎并不清楚武藏在喊什么，只觉得听起来既像念诵经文，又像在责骂自己。

夕阳从山边映过来，洒在瀑布潭的一端，无数小彩虹从武藏那肌肉凸起的肩膀上升起，飞向四面八方。其中还有一条大彩虹喷射得比瀑布还高，横贯苍穹。

"阿通姐！"城太郎像鲇鱼一样跃起，在岩石间跳动，涉过激流，朝绝壁而来。对啊，既然连阿通姐都不着急，那我干着急做什么？若说师父的心情，阿通姐应该最清楚。

于是，城太郎攀着绝壁，上到离赏瀑小屋稍远一点的地方。不知何时，牛的缰绳松开了，母牛正拖着缰绳自由自在地吃草。城太郎无意间往赏瀑小屋的方向一望，发现屋檐下只露着阿通背后的衣带。她到底在干什么呢？城太郎有些纳闷，便蹑手蹑脚地靠过去一看，只见阿通将武藏脱在小屋里的衣服和大小双刀抱在怀里，正旁若无人般抽抽搭搭地哭泣。

阿通姐怎么又在莫名其妙地哭泣？城太郎十分纳闷地伫立在原地，不禁将嘴唇贴在手指上发呆。阿通紧紧搂在胸前的也不是什么特别的东西，这自然让他十分不解，而且她那哭泣的样子也与平常不同。城太郎的童心也感到了事情非同寻常，于是他一声未吭，再次悄悄地返回母牛旁边。牛卧在白色草花中，眼睛上泛着夕阳的光辉。

"净弄这些事，到底什么时候才能赶到江户啊？"城太郎无奈地在母牛身旁躺下了。